BASTEI
LÜBBE

CATHERINE
GASKIN

Glück und Glas

Aus dem Englischen von
Renate Nauck

BASTEI
LÜBBE

BASTEI-LÜBBE-TASCHENBUCH
Band 10041

1. Auflage 1975
2. Auflage 1976
3. Auflage 1978
4. Auflage 1980
5. Auflage 1981
6. Auflage 1982
7. Auflage 1984
8. Auflage 1986
9. Auflage 1988
10. Auflage 1989
11. Auflage 1990
12. Auflage 1993

Die englische Originalausgabe erschien 1967 unter
dem Titel EDGE OF GLASS bei Collins, London

Lizenzausgabe: GUSTAV LÜBBE Verlag, Bergisch Gladbach
Printed in Germany
Einbandgestaltung: Zembsch Werkstatt
Satz: hanseatenSatz-bremen, Bremen
Druck und Bindung: Ebner Ulm
ISBN 3-404-10041-7

Der Preis dieses Bandes versteht sich einschließlich
der gesetzlichen Mehrwertsteuer

1. KAPITEL

I

Manchmal, wenn ich einen Fetzen Papier vor dem Winde dahinfliegen sehe, werde ich daran erinnert, wie er an jenem Vormittag das Geschäft betrat – beinahe geräuschlos, wie mir schien; und lediglich ein Luftzug von der Tür her war der Grund, mich umzusehen. Die Haltung, in der er dort stand, war von einer eigentümlichen Zartheit, als ob der trügerische und launenhafte Wind jede Sekunde wieder losblasen würde und ihn mit sich forttragen könnte. Ich sah ihn an, und ein unerklärliches instinktives Gefühl, das Frauen immer abstreiten und sich trotzdem zunutze machen, sagte mir, daß ich gar nicht wollte, er ginge wieder.

So eilte ich durch den langen, engen Laden auf ihn zu, an den Spieltischchen und Schreibtischen vorbei, den verzierten Rokokokommoden, den Staffordshire-Hunden und den silbernen Tabletts, die ziemlich schlecht geputzt waren, weil Blanche jetzt nicht mehr da war, um aufzupassen, daß sie richtig gepflegt wurden, oder um es sogar selbst zu tun. Beim Gehen kam es mir vor, als schritte ich in einen der goldgerahmten, konvexen Spiegel hinein, die wir verkauften, obgleich ich diesen Eindruck früher noch nie gehabt hatte. Vielleicht kam es auch daher, weil der Mann am anderen Ende des Ladens plötzlich groß und deutlich sichtbar wurde – alles andere neben ihm schien zu verschwinden. Die Gestalt war hoch und schlank und das Gesicht sofort auffallend – für einen Mann vielleicht zu schön, obgleich nichts Feminines in seinen scharf umrissenen Zügen lag. Sein Mund bildete eine gerade, tiefe Linie. Wahrscheinlich spiegelte sich meine Reaktion auf sein Erscheinen in meinem eigenen Gesicht wider. Er wurde verlegen und wollte wohl die Tür schon wieder öffnen und gehen. Es wirkte wie die Geste eines scheuen Menschen, der sich nicht ganz sicher ist, wie man ihn aufnimmt.

»Kann ich Ihnen behilflich sein?« fragte ich.

Der zunächst flüchtige Blick wurde offen und klar, und ich erkannte, daß ich mich hinsichtlich seiner Schüchternheit geirrt hatte. Die Augen waren tiefliegend und von jenem kräftigen, leuchtenden Blau, das man manchmal bei Männern beobachten kann. Sie wirkten sinnlich, so wie die festen, geraden Lippen auch sinnlich waren. Dann schenkte er mir ein Lächeln, das jegliche Schärfe dieses fesselnden Gesichtes milderte und das Dunkel des regnerischen Freitagmorgens aufzulösen schien.

»Oh — ich möchte Ihnen keine Mühe machen. Wenn ich mich nur einen Augenblick umschauen dürfte . . .?«

»Natürlich«, sagte ich. Ich hätte ihn, aus reinem Vergnügen, gern selbst herumgeführt, aber ich trat zurück und ließ ihn an mir vorbeigehen. Sein Lächeln hielt noch an, als hätte ich ihm einen persönlichen Gefallen getan.

»Das ist sehr liebenswürdig«, antwortete er. Seine Stimme klang tief und zugleich weich — eine irische Stimme. Der Tonfall war etwas schwerfälliger, als ich nach seiner Art, sich zu kleiden, erwartet hätte. Er trug seinen wertvollen Tweedanzug mit großer Lässigkeit, und der lederfarbene Regenmantel war der Mode entsprechend leicht angeschmutzt. Vielleicht war diese Kleidung gar nicht so vorteilhaft für ihn, denn ich hätte ihn auf den ersten Blick für einen Schauspieler gehalten — aber natürlich hätte ein Schauspieler längst diesen Akzent abgelegt. Er ging tiefer in den Laden hinein, machte hier und da halt und bewegte sich mit einer Anmut und Leichtigkeit, die mir Freude bereitete. Deshalb verwarf ich auch den Gedanken, daß er ein reicher Farmer sein könnte — ein Landwirt etwa, der in London auf Urlaub war. Und dann wurde mir klar, daß ich mich zu einem Spiel hatte hinreißen lassen, das ich niemals spielen wollte, wie ich mir hoch und heilig geschworen hatte: mich für die Kunden persönlich zu interessieren, Vermutungen über sie anzustellen und so zu tun, als steckte ich in diesem Geschäft, in diesem Laden, bis an mein Lebensende, wie es ja bei Blanche gewesen war. Also drehte ich ihm den Rücken zu, sah aus dem Fenster und versuchte, mir einzureden, daß ich nur meiner morgendlichen Beschäftigung nachginge.

Der Name »Blanche D'Arcy« war in Goldbuchstaben auf einer langen schwarzen Tafel noch immer über dem Laden angebracht, obgleich Blanche seit vier Monaten tot war. Ich erkannte die undeutliche Spiegelschrift dieser Buchstaben im Schaufensterglas des Ladens, der auf der gegenüberliegenden Seite der King's Road lag. Der Verkehr strömte vorbei, und wenn die vielen Autos und roten Busse langsamer fuhren, konnte ich auf ihren Seitenfenstern den Widerschein der hellen Laternen erkennen, die über unserem Geschäft hingen. Diese Spiegelung wurde auf das regennasse Pflaster reflektiert. Blanches Name war immer noch hoch oben über der King's Road angebracht, wie nun schon fast zwanzig Jahre lang, und alle Lampen waren eingeschaltet, wie sie es immer getan hatte, um die Kunden anzuziehen.

Blanches Kunden kamen aus Treue und Anhänglichkeit auch weiterhin; trotzdem wußten wir, daß im Grunde alles vorbei war. Der Pachtvertrag für das Geschäft lief noch sechs Jahre, aber mir war klar, daß ich keine sechs Jahre mehr hierbleiben würde. Wenn Mary Hughes, die Frau, die mit Blanche zusammengearbeitet hatte, es nicht weiterführen wollte, würde ich verkaufen. Wahrscheinlich würde ein weiteres Café daraus gemacht werden, etwas, das schnell Geld brachte. Es war ein regnerischer Morgen an einem kalten Frühjahrstag in London, und ich war in entsprechender Stimmung. Ich weiß noch, wie ich dastand, den Verkehr beobachtete und an andere Gegenden dachte, in denen die Sonne immer scheint und die ich nächste Woche hoffentlich entdecken würde, wenn ich Ferien in Frankreich machte – einen Ort etwa, wie ihn Lloyd Justin in seinem Brief aus Kalifornien, der heute morgen angekommen war, schilderte. Ich überlegte mir, warum wir in England immer so tun, als sei die Sonne die Lösung für all unser Elend.

Das Geräusch kam in einem jener seltenen Augenblicke, da kein Verkehr herrschte, so daß es lauter schien, als es gewesen sein mußte – das harte Klirren von zerbrechendem Glas. Ich fuhr herum und bemerkte, daß er nicht die Kristallsplitter auf dem Fußboden, sondern direkt mich ansah. Hatte er gewollt, daß ich mich ihm zuwandte und absichtlich das Glas zerbrochen, damit ich mich umdrehen und auf ihn zukommen sollte?

»Das tut mir sehr leid«, sagte er. »Es war sehr ungeschickt von mir.«

Ungeschickt war wohl das letzte Wort, das ich auf ihn angewandt hätte. Unsere Blicke trafen sich, und wir wußten beide, daß es eine Lüge war. Er war sich darüber im klaren, daß ich wußte, daß er gelogen hatte. Aber es war ihm egal. Aus irgendeinem Grunde mußte die kleine Kristallvase zerbrochen werden.

»Natürlich werde ich den Schaden bezahlen«, sagte er. »War sie wertvoll?«

Ich beugte mich herab und nahm ein dreieckiges Stück vom Boden auf. Er bückte sich im gleichen Augenblick, um mir zuvorzukommen, und wieder trafen sich unsere Blicke. Ich überlegte, warum eigentlich ich es war, die fortsah und aus der Fassung gebracht wurde. Auf dem Klebeschildchen an der Scherbe erkannte ich Blanches Schrift.

»Sheridan«, sagte ich. »Drei Guinees.«

Er nickte beiläufig, als läge ihm der finanzielle Teil

der Angelegenheit nicht so sehr am Herzen. »Irisch«, sagte er. »Es ist irisches Glas.«

»Ja«, antwortete ich. Er wartete und streckte gleichzeitig die Hand aus, um mir die Scherbe fortzunehmen – nicht etwa, um den Preis zu kontrollieren, denn er sah nicht einmal hin, sondern um zu versuchen, irgendeinen Anknüpfungspunkt zu finden. Er wartete und sagte noch immer nichts. Deshalb fühlte ich mich genötigt, eine Erklärung abzugeben, als sei er dazu berechtigt. »Meine Mutter kaufte immer irisches Glas, wenn sie konnte. Sie stammte aus Irland.«

»Ihre Mutter . . .? Dann ist Blanche D'Arcy Ihre Mutter?«

Der Schmerz war noch zu frisch, und mir war, als hätte das zersplitterte Glas plötzlich mein Fleisch durchbohrt. »Sie war es. Sie ist tot.«

»Oh . . .!« Der Ton war voller Mitgefühl. »Das tut mir leid. Ist es schon lange her, daß es passierte?«

»Vier Monate. Sehen Sie . . . ich möchte nicht . . .« Ich wollte ihn bitten, keine weiteren Fragen zu stellen, aber er wußte auch so, was ich meinte.

»Es ist schlimm, aber letztlich muß es einmal so kommen, nicht wahr?« Er drehte die Scherbe immer wieder in den Fingern herum, ohne sie jedoch anzusehen.

»Würden Sie denn überhaupt noch etwas irisches Glas bekommen können? Antike Stücke . . . Etwas, was man nach Irland zurückschicken kann. Vielleicht sogar noch mehr Sheridan?«

Als ich zögerte, drang er weiter in mich. »Sie müssen das verstehen – es würde doch wirklich ein richtiger Spaß sein, von London aus etwas Irisches zurückzuschikken. Irland ist so lange ein armes Land gewesen, und man vergißt leicht, daß wir je etwas Gutes hergestellt haben.«

Vielleicht spürte ich aus der Art, wie er es sagte, daß es ihm wichtiger war, als der beiläufige Ton mich hätte erkennen lassen. Um so eigenartiger war es, daß er die Sheridan-Vase zertrümmert hatte. Nach meinen Erfahrungen in diesem Geschäftszweig waren junge Männer, die antikes Glas aufstöberten, selten genug. Wenn sie aber außerdem in irischen Wirtshäusern und auf Rennbahnen zu Hause waren und mit beiden Beinen in dieser männerharten Welt standen, wie dieser es ganz offensichtlich tat, so war das einmalig. Und ich gehörte der Generation an, für die Originale attraktiv sind. Ich hatte seine Hände gesehen, als wir die zerbrochenen Glasteilchen ausgetauscht hatten: sie waren kräftig, im Verhältnis zum übrigen Körperbau zu derb und gerötet, als seien sie erbarmungslos geschrubbt worden. Erschreckend waren die Schwielen und vielfachen Narben von Schnittwunden oder wahrscheinlich Verbrennungen. Sie standen in einem eigenartigen Gegensatz zu seinem Gesicht.

»Vielleicht habe ich etwas für Ihren Zweck«, antwortete ich schließlich. Es war, als übte sein Blick einen Zwang auf mich aus. »Hier weiter hinten.«

Er folgte mir auf den Fersen, während ich schon dachte, ich müßte den Verstand verloren haben. Er hatte ein Stück Sheridan-Glas absichtlich zerbrochen – daß es absichtlich gewesen war, wußten wir beide –, und nun bot ich ganz ruhig an, ihm mehr davon zu zeigen. Aber das war eben das Schwierige: ich war alles andere als ruhig. Und bis zu diesem Augenblick hatte ich geglaubt, daß ich so langsam darüber hinaus sei, mich lediglich durch ein Gesicht oder eine äußere Erscheinung beeinflussen und erregen zu lassen. Dieser Mann schien ein paar Jahre mühsam errungenen nüchternen Denkens einfach auszulöschen. Das irritierte mich, und ich war kurz angebunden, als ich ihn aufforderte, dahin zu kommen, wo Blanches Schreibtisch stand und sie inmitten des ganzen Wirrwarrs kleiner Gegenstände ihre Bücher geführt hatte. Es war in der kleinen Nische, die durch einen separaten

Zugang zur Straße und die Treppe zum oberen Stockwerk gebildet wurde.

Dort befanden sich ungefähr ein Dutzend Einzelstükke, von denen Blanche, wie mir einfiel, gesagt hatte, sie seien Sheridan. Sie wurden in einem Schränkchen mit zwei Glastüren, das neben dem Schreibtisch an der Wand hing, aufbewahrt. Es war nicht genug Platz vorhanden, um sie richtig auszubreiten, und ich konnte mich auch nicht mehr daran erinnern, daß Blanche besonders viel Aufhebens davon gemacht hätte. Allerdings konnte ich mir auch nicht ins Gedächtnis zurückrufen, daß sie sie jemals Kunden gezeigt hätte, auch nicht solchen, die sich für antikes Glas interessierten. Während ich unter den Schlüsseln am Ring nach dem richtigen suchte, hatte ich das ungemütliche Gefühl, in eine Sphäre einzudringen, die eigentlich Blanches Privatsache gewesen war. Ich hatte keine spezielle Kenntnis von den Dingen, die wir im Geschäft verkauften. Bis Blanche ernstlich krank geworden war, hatte ich nur samstags gelegentlich einmal geholfen. Deshalb hätte ich auch das Eintreffen eines besonderen Stückes zeitlich nicht genau fixieren können. Aber eins wußte ich doch: wenn Blanche ein besonders gutes Stück Sheridan, einen Kelch, ein Glas oder einen Teller erworben hatte, durfte es niemals unter die allgemeinen Gegenstände im Laden gemengt werden, sondern fand zusammen mit seinen Gegenstükken auf den staubigen Borden des Schränkchens seinen Platz. Offensichtlich hatte sie die kleine Vase, die nun zerbrochen war, nicht für wertvoll genug gehalten, um sie dieser erlesenen Gruppe zuzugesellen. Es war nicht ungewöhnlich, daß Blanche im Besitz dieser kleinen Sammlung war — die meisten Antiquitätenhändler hatten ihr Steckenpferd. Seltsam schien mir aber, als ich jetzt darüber nachdachte, daß Blanche, wenn Sheridan-Glas wirklich ihre Liebhaberei gewesen war, niemals davon gesprochen hatte.

Als ich den Schlüssel ins Schloß steckte, sah ich mich flüchtig nach dem Mann hinter mir um. Er betrachtete nicht etwa das Glas, wie ein voraussichtlicher Käufer es getan haben würde, sondern unmittelbar mich. Anstatt mich zu warnen, ließ sein durchdringender Blick mich wie vorhin schon einmal erschauern. Ich blickte fort, und meine Finger wurden unsicher.

Lange Zeit hatte niemand die Sheridan-Stücke geputzt, deshalb war ihr Glanz dem schmierigen Staub gewichen, der Londons Luft ist. Aber sogar meinem relativ unerfahrenen und bis jetzt gleichgültigen Auge konnten ihre edlen Konturen, die Sicherheit in der Ausführung und die Erfindungsgabe des Künstlers, der sie geblasen, nicht verborgen bleiben. Ich wählte das schlichteste Stück aus, das ich entdecken konnte – einen Dessertteller mit einem in der Mitte eingeschliffenen Blumenmuster. Der unvermeidliche Schmutz hatte sich in jeder Ritze des Schliffs festgesetzt. Dann wandte ich mich herum, um es ihm zu geben.

Da hörte ich einen schnellen, scharfen, tiefen Atemzug, und schon reichte seine Hand an mir vorbei. Sie griff mit nachtwandlerischer Sicherheit nach dem schönsten, dem am reichsten verschnörkelten Stück – einem zweihenkeligen Kelch auf einem hohlen, gedrehten Stiel, dessen Griffe ein wundervolles Gewirk von geblasenem Glas darstellten und der dort, wo die Finger des Trinkenden anfassen, in Blumenzweigen und Blättern gipfelte. Er war reich geschliffen und mit einem porträtierten Kopf und einer Inschrift geschmückt – eine Art Gedenkpokal. Der Mann sah ihn gespannt an und drehte den oberen Teil nach unten, um das Zeichen des Schleifers zu erkennen. Seine Hände waren enorm sicher, als er ihn berührte. Wie er jetzt zwischen den narbenbedeckten Fingern ruhte, hatte ich keine Befürchtung, daß auch dieses Stück in Scherben am Boden liegen würde.

Er murmelte, ohne mich anzusehen: »Sheridan . . .«

»Ja.«

»Wieviel ist er wert?«

Ich wußte es nicht. Ich kannte nicht den Wert der Hälfte aller Gegenstände, die Blanche im Laden hatte. Sie hatte zwar versucht, die ganzen Kleinigkeiten aus Glas und Porzellan zu etikettieren, damit ich sie Samstag nachmittags, wenn das Geschäft von King's Road-Bummlern voll war, nicht immer fragen mußte. Aber die wichtigsten Stücke blieben Blanche überlassen, ihr und Mary Hughes.

»Er ist nicht verkäuflich.«

Er sah auf. »Aber Sie haben ihn mir doch gezeigt.«

Ich hatte es getan, und ich konnte nicht erklären, warum. Ich zuckte die Achseln. »Ich dachte, Sie würden gern wertvolles irisches Glas sehen. Sie sagten . . .«

Jetzt war er an der Reihe, die Schultern hochzuziehen. »Anschauen ist gut für Museen. Aber immerhin, wenn Sie nicht verkaufen wollen . . .«

Ich wollte nicht, daß er die ganze Sache so persönlich machte. »Nicht, daß ich nicht verkaufen will. Rein zufällig ist er nicht verkäuflich.«

»Aber wenn er zu verkaufen wäre – nur angenommen, er wäre verkäuflich –, was ungefähr würde er kosten?«

Ich war in die Enge getrieben. Ich wußte es wirklich nicht, und wahrscheinlich vermutete er das. Deshalb nannte ich den Preis so hoch, wie ich mich nur traute, vielleicht lächerlich hoch – das konnte ich nicht sagen. »Fünf . . . siebzig Guinees.«

»Sie sind wahnsinnig.« Er sprach die Worte ohne Heftigkeit aus, einfach wie die Feststellung einer Tatsache.

»Es ist ein sehr schönes Kristallstück«, verteidigte ich mich.

Jetzt lächelte er wieder – ein langsames Lächeln, das für meine Unwissenheit Spott und Mitleid hatte.

»Lassen Sie es mich Ihnen erklären – nur über dieses

eine Stück lassen Sie mich Ihnen erzählen.« Er schnellte einen seiner Fingernägel gegen den Pokal, und ich hörte das melodische Klingen von Kristall. »Dies ist nicht nur ein sehr schönes Kristallstück – obgleich es das in der Tat ist. Dies ist ein Stück ohnegleichen. Wenn Sie sich überhaupt dafür interessieren, können Sie das Original hiervon in jeder Geschichte der englischen Glaskunst abgebildet finden.«

»Der englischen.« Ich war froh, daß er sich versprochen hatte. Das gab mir etwas von meinem Selbstgefühl wieder.

»Der englischen«, wiederholte er. »Das Original hiervon ist den Glaskennern als der Culloden-Pokal bekannt. Er und seine beiden Nachbildungen waren der Hauptgrund, weshalb die Glasbläserfamilie Sheridan England verlassen und sich in Irland wieder ansiedeln mußte – und glücklicherweise durften sie das, ohne daß man sie wegen Verrats anklagte.«

»Verrat?« Ich wunderte mich, daß ich auch nur im entferntesten gedacht hatte, dieser Mann könnte ein Bauer sein. Sein Ausdruck war gespannt, als er das Glas genau prüfte, und vertieft. Er sprach von etwas, das er kannte und innig liebte. Ich hätte ihn nicht am Reden hindern können, selbst wenn ich es gewollt hätte.

»Sehen Sie das hier?« Er zeigte auf das eingeschliffene Porträt. »Charles Edward Stuart – Bonnie Prince Charlie, der junge Thronprätendent. Dann diese Blumen auf den Henkeln – die Distel und die Rose – die Kronen von England und Schottland. Und hier, um das Bildnis des Prinzen gewunden, die getroffene Eiche, das Symbol der Jakobiten. Natürlich gibt es überall eine Menge von diesen Gläsern, aber dieses muß mit das schönste und berühmteste sein. Die Sheridans waren *für* den Prätendenten, und Thomas Sheridan selbst – der berühmte Sheridan – stellte zwei Kopien dieses Originals her und sandte sie dem Prinzen, als er und seine Armee auf dem

Weg nach Süden in Liverpool einzogen — war es nicht 1745? Sie werden die englische Geschichte besser kennen als ich. Dann hörte das Kriegsglück auf — diese Stuarts waren eine sehr unglückliche Familie, glaube ich —, und der Prinz wurde wieder nach Norden verjagt. Man könnte es wahrscheinlich so formulieren, daß die Schlacht vom Culloden-Moor das Ende des Jakobitentraumes war. Nach Culloden wurde ein Pokal unter dem zurückgelassenen Gepäck des Prinzen gefunden. Der Hersteller konnte natürlich leicht identifiziert werden. Der Kelch, so heißt es, wurde vom Herzog von Cumberland, dem Sieger von Culloden, selbst vernichtet. Sheridan und seine Familie flohen nach Irland. Aber irgendwo zwischen Liverpool und Culloden verschwand der zweite Kelch — entweder zerbrochen oder an einen treuen Verfechter der Sache verschenkt.«

»Und der andere?«

»Ist noch bei der Familie Sheridan — in Irland.«

Ich sah das Stück in seinen Händen mit Scheu und großer Ängstlichkeit an. »Dann muß dies derjenige sein . . .«

». . . der seit Culloden verloren ist.«

Er drehte ihn ehrfurchtsvoll, während seine Finger die geschliffenen Linien nachzeichneten, den Verflechtungen des Henkels folgten und das Ebenmaß von Stiel und Fuß streichelten. Das Sinnliche, das ich in seinen Augen gelesen hatte, wurde in diesen Bewegungen wieder offenbar — die Hände eines Liebenden auf dem Körper der Geliebten. Sein Ton war beinahe verträumt, als er leise murmelte: »Verloren seit zweihundert und einigen Jahren . . . Wo ist er inzwischen gewesen? Vielleicht verwahrt in irgendeinem Schrank, weil es zu gefährlich war, ihn zur Schau zu stellen, bis alle Welt die gerechte Sache des Thronanwärters vergessen hatte. Dann selbst vergessen und schließlich zusammen mit dem Inhalt eines Hauses versteigert. Wo fand sie ihn, frage ich mich. Mein Gott, welch ein unglaublicher Zufall! Welche Fügung des Schicksals . . . und vor allen anderen gerade für sie . . .«

Ohne mich um Erlaubnis zu fragen, reichte er wieder an mir vorbei, stellte den Pokal sorgfältig auf das Bord zurück und schloß die Schranktür. »Sie sehen also«, fuhr er jetzt wieder in normalem Ton fort, »er hat keinen Preis. Er gehört in die Sammlung eines Millionärs — oder zur Familie Sheridan. Oder vielleicht«, fügte er mit einem Anflug von Boshaftigkeit hinzu, als bereue er die vorhergehenden Träumereien, »sollten Sie Patriotin sein und ihn dem Victoria-und-Albert-Museum überlassen — weil er nämlich tatsächlich englisch ist.«

»Fast hätten *Sie* ihn gehabt — für siebzig Guinees.«

Er schüttelte den Kopf. »Ganz gewiß hätte ich daran keine Freude gehabt. Es wäre zu einfach gewesen, ihn Ihnen quasi zu stehlen.«

»Aber wenn es Ihnen vielleicht Spaß gemacht hätte?«

Er lächelte wieder spöttisch und machte absichtlich ein spitzbübisch-sündiges Gesicht. »Oh, ich bin immer gern dazu bereit, mein Glück zu versuchen — bei einem Pferd oder bei einer Frau.«

»Das ist ja für alle beide großartig. Wie nett von Ihnen, ihnen diese Chance zu geben.«

»Ich glaube«, sagte er, »Sie sind darauf aus, sich über einen armen Bauernjungen aus dem Moorgebiet lustig zu machen.« Bei diesen Worten brach sein irischer Akzent so stark durch, daß es fast komisch wirkte. Und ich erkannte, daß nicht nur seine narbenbedeckten Hände von viel Bitterem sprachen, das er durchgemacht haben mußte.

»Ich bin da, um den Kunden zu helfen, und nicht, um mich über sie lustig zu machen.«

»Natürlich . . .« Sein Ausdruck schien sich zu verdüstern. »Ich vergaß, daß ich ein Kunde bin. Und Sie sind Blanche D'Arcys Tochter.«

»Was soll denn das heißen?«

»Nichts – überhaupt nichts. Also, drei Guinees schulde ich Ihnen, nicht wahr? Und da ich kein Sammler mit Millionen hinter mir bin, verschwinde ich hier lieber und stehle Ihnen Ihre Zeit nicht mehr.« Er zählte das Geld schnell auf dem Pult ab, und zwar legte er den genauen Betrag hin – drei Pfund, eine halbe Krone und Sixpence. Wahrscheinlich wollte er nicht, daß ich ihm wechselte. Ich ließ es da, wohin er es gelegt hatte.

»Kannten Sie denn meine Mutter?«

»Nein, ich habe Blanche D'Arcy nie kennengelernt. Und nun . . . leben Sie wohl.«

Er wandte sich um und durchschritt den ganzen langen Laden. »Auf Wiedersehen«, sagte ich, aber ich wußte nicht, ob er mich noch hörte. Die Glasscherben knirschten unter seinen Füßen, und dann öffnete er die Tür. Danach hielt er an und sah zu mir zurück. Ich machte einige erwartungsvolle Schritte auf ihn zu.

»Und noch etwas. Ihr Vater – er ist wohl auch tot, nicht wahr?«

Mir stockte der Atem, als er das fragte, und aufgebracht rief ich ihm durch den ganzen Laden zu: »Geht Sie denn das etwas an?«

Er schien über meine Frage einen Augenblick nachzudenken. »Nein – ich nehme an, das würden Sie wohl kaum sagen.«

Die Tür fiel ins Schloß, und ich konnte seine hohe Gestalt über die Straße zur Bushaltestelle stürmen sehen. Halb im Laufschritt begab ich mich in den vorderen Teil des Ladens und war noch rechtzeitig, um die fliegenden Schöße seines Regenmantels gerade eben zu erkennen, als er aufsprang und mit Leichtigkeit die hintere Plattform des Busses Linie 11 erreichte, der sich in Bewegung setzte.

Den Rest des Vormittags war ich deprimiert und ruhelos. Eine von Blanches alten Kundinnen kam herein und kaufte eine Spode-Terrine, aber ich war geistesabwesend, und sie mußte mich für gänzlich uninteressiert gehalten haben. Ich wußte, daß sie an dem Kauf keinen sonderlichen Gefallen gefunden haben konnte. Wahrscheinlich würde sie nicht wiederkommen. Aber mir lagen zwei Dinge schwer auf der Seele: Lloyd Justins Brief und der Mann, der mir von dem Culloden-Pokal erzählt hatte.

Ich verbrachte den Nachmittag damit, vor einer Filmkamera zu sitzen und so zu tun, als rauche ich eine Zigarette — das war mein eigentlicher Beruf. Es war ein langer, ermüdender Nachmittag. Wir gingen die Posen und Bewegungen immer wieder durch, denn es ist entsetzlich schwer, den Ausdruck reinen, spontanen Genusses wiederzugeben, der für die Zigarettenreklame ja alles ausmacht — für jede andere Reklame natürlich auch. Schließlich war es aber doch überstanden, und ich war im Begriff fortzugehen, als das Telefon klingelte und Rudis Sekretärin sagte, es sei Claude, mein Agent.

»Maura?« Claude vergeudete nie seine Zeit mit unwichtigen Dingen wie etwa »Wie geht es Ihnen?« »Hören Sie, ich muß Sie sofort sprechen. Ich erwarte Sie im Weißen Hirschen um halb sechs Uhr. Es tut sich was.«

II

Der Weiße Hirsch war eins von den Restaurants in Chelsea, die damals in Mode waren. Man konnte sich darauf verlassen, daß Claude niemals an einem Ort anzutreffen sein würde, der passé war. Es war gerade geöffnet worden und noch fast leer. Claude machte eine kaum merkliche Bewegung, die zur Not als Aufstehen hingehen mochte, als ich an seinen Tisch kam. Frauen waren nicht Claudes Sache. Er ertrug die Fotomodelle, deren Leben er überwachte, weil er damit sein Geld verdiente. Zu Moderedakteuren, Filmdirektoren und schönen jungen

Männern war er sehr höflich. Für den Rest von uns blieb nicht mehr viel übrig.

»Es handelt sich eigentlich um zwei Dinge«, sagte er, als ich mich setzte. »Zunächst ist da . . .«

»Claude — haben Sie etwas dagegen? Zunächst würde ich gern etwas zu trinken bestellen. Es war ein langer Nachmittag.«

Er schnalzte ungeduldig und gab dem Barkeeper ein Zeichen. Ich bat um einen Whisky und wußte, daß ich selbst zu zahlen hatte. Claude führte seine Modelle nicht auf Spesenrechnung aus.

»Nun . . .«, fing er wieder an. »Zunächst habe ich einen Job für Sie. Eine Statistenrolle ist in einem Film freigeworden, den Peter Latch in Spanien dreht — wissen Sie, der, für den die viele Reklame gemacht worden ist. Es ist weiter nichts dabei, die Rolle ist tatsächlich nur ein paar Zeilen lang. Aber das Mädchen trägt einige sagenhafte Kleider. Er bat seine Leute extra, festzustellen, ob Sie verfügbar seien.«

»Ich? Warum ich?«

Claude zuckte die Achseln, als könnte er auch nicht begreifen, warum. »Sind Sie ihm nicht auf der Party bei Thompson begegnet? Schließlich werden Sie keine Hauptrolle spielen. Es geht lediglich darum, Kleider zu tragen.«

Natürlich war ich mit ihm auf der Party bei Thompson zusammengetroffen. Ich dachte an das alternde, kluge Gesicht, die aufmerksamen Augen und die wenigen Worte, die er in seiner affektierten Sprechweise an mich gerichtet hatte. So berühmte Filmdirektoren wie Peter Latch hatten Modellen selten viel zu erzählen. Sie waren immer von schönen Frauen umgeben, die gleichzeitig Schauspielerinnen waren. Es überraschte mich, daß er sich meiner Person entsann — und erst recht meines Namens.

Mein Getränk kam. Als ich den ersten kleinen Schluck genommen hatte, fragte ich: »Wann?«

»Eben, das ist es. Er braucht Sie gleich – spätestens Ende nächster Woche. Die Rolle ist gerade eingesetzt und gehört mit zu den Außenaufnahmen. Es paßt doch sehr gut, weil Sie ja sowieso Sonntag in die Ferien gehen.«

»Im Gegenteil, es paßt nicht, nicht wahr? Ich meine – ich wollte ja nicht auf Urlaub gehen, um zu arbeiten.« Ich wollte mein Auto nehmen und mich im Frühlingssonnenschein unten in Frankreich treiben lassen – an warmen Seeufern sitzen und den Schnee auf den Bergen betrachten, die ersten Kirschen des Jahres probieren, guten Wein trinken und einen Abstecher quer durchs Land bis zum Mittelmeer machen, falls Lust und Laune mich schließlich so weit bringen sollten. Es wäre das erste Mal weit weg von London, seitdem Blanche tot war, die erste Abwechslung im grauen Alltag gewesen. Ich brauchte es dringend.

Claudes Mund öffnete sich leicht. Er zuckte mit den Wimpern hinter seiner schweren Brille. Endlich einmal hatte ich es erreicht, daß er sich nicht nur mit seinen eigenen Angelegenheiten beschäftigte.

»Es kann nicht Ihr Ernst sein, daß Sie ablehnen! Maura, dieser Mann macht Stars! Und er hat nach Ihnen gefragt. Glauben Sie mir, ein zweites Mal bekommen Sie diese Chance nicht.«

»Ich sagte nicht, daß ich ablehnen würde. Aber es sind nun mal meine Ferien.«

Er hob die Schultern.

»Na ja – natürlich, wenn Sie es so ansehen ... Es tut mir leid, daß Latch sich überhaupt um Sie bemüht hat – und es tut mir leid, daß *ich* mich um Sie bemüht habe. Meine Mädchen nehmen immer meinen Rat an. Und schon gar nicht würden sie jemanden im Stich lassen.«

»Claude, ich bin müde«, fuhr ich ihn plötzlich an. »Ich glaube, ich werde hingehen und die Sache machen, Mr. Latchs Kleider tragen und tun, was man von mir verlangt. Aber erwarten Sie bitte nicht, daß ich mich darüber freue, das sofort tun zu müssen. Schließlich bin ich ein Fotomodell und keine Schauspielerin. Und Mr. Latch hat doch wohl nicht versprochen, ausgerechnet aus mir einen Star zu machen?«

»Wer weiß, Baby, wer weiß?« sagte Claude und hatte ein eiskaltes Lächeln für mich übrig. »Man kann über solche Dinge niemals etwas sagen. Was Sie nun brauchen, ist noch ein Drink«, fügte er hinzu und war gern bereit, mich ein wenig zu verwöhnen, weil ich jetzt die Dinge so sah, wie es ihm paßte.

»Ich bin mit diesem ja noch gar nicht fertig«, erklärte ich.

Er achtete nicht darauf, sondern gab dem Barkeeper wieder einen Wink. Allmählich füllte sich der Raum, und an der Bar war voller Betrieb. Claude mußte selbst zur Bar hinübergehen und den Whisky holen — was hieß, er mußte ihn auch bezahlen. Aber das schien ihm nichts auszumachen. Es hätte mich warnen müssen, daß noch etwas kam.

»Das war also die erste Sache«, fuhr er fort, während er an seinem Wermut nippte. Claude nahm niemals scharfe alkoholische Getränke zu sich. »Und ich bin sehr zufrieden damit, weil es Ihnen da, wo so etwas zählt, viel nützen kann, wenn Sie den richtigen Eindruck machen. Das Eigentliche aber kam auch heute nachmittag erst zur Sprache. Ein Unglück kommt selten allein, wie meine alte Mama zu sagen pflegte.«

Endlich war ich gewarnt — er wurde zu freundlich. »Worum handelt es sich?« Ich fragte mich, warum meine Worte vorsichtig klangen.

»Ja, ich nehme an, Sie haben über Rosemary Parks und den Autounfall gehört? Armes Ding! Es heißt, sie wird wenigstens sechs Monate nicht arbeiten können.« Ich wußte, daß es ihm nicht besonders leid tat. Irgendwie würde Rosemarys Unglück für Claude ein Gewinn sein. »Also — das ist natürlich der Todesstoß für den *Wild*-Reklamefeldzug. Sie hat den Kontrakt, wie Sie wissen, und soll das *Wild*-Mädchen sein.«

Ich nickte. Es war eine der reizvolleren und begehrten Arbeiten, die in dieser Saison ein junges Fotomodell erhalten hatte. Sie war als einziges Modell für einen neuen Kosmetikzweig ausgewählt worden, der ausschließlich für junge Menschen und das Geld, das aus ihren Taschen floß, geplant war. Das hatte für Rosemary, bis sie den folgenschweren Unfall erlitt, buchstäblich bedeutet, daß sie mit tödlicher Sicherheit ihr eigenes Gesicht ein ganzes Jahr lang überall, wohin sie blickte, zu sehen bekam.

»Ja«, sagte ich.

Er schwang triumphierend sein Glas. »Onkel Claude«, sagte er, »ist fleißig gewesen – und nun werden *Sie* das *Wild*-Mädchen sein. Märchenhaft, nicht wahr?«

Mein Gesicht verzog sich zu einem schmerzhaften Lächeln. »Märchenhaft«, sprach ich ihm nach. »Wie haben Sie das denn angestellt?« Es war Claudes Leistung, nicht meine. Er wollte bestimmt aufgefordert werden, alles zu erzählen.

»Oh – ich spitze überall meine Ohren«, antwortete er und ließ mich gleichzeitig wissen, wie schwer er für seine Kunden arbeitete. »Mir war bekannt, daß die Aufnahmen für die erste Serie des Werbefeldzuges schon fertig waren. Er sollte im Herbst einsetzen. Als dann das mit Rosemary passierte, wußte ich, daß es zeitlich nicht mehr zu schaffen war. Deshalb ging ich einfach hin und präsentierte ihnen die Fotos, die Max Arnott von Ihnen gemacht hat – und da konnten sie nicht widerstehen.«

»Die Bilder von Max . . .?«

»Ja, natürlich, alle Probleme waren gelöst. Die Fotos waren genau das, was sie brauchten – die Mädchen-im-Herbstwald-Geschichte. Besser noch als die, die sie schon von Rosemary hatten. Und fix und fertig. Sie würden keine Zeit verlieren.«

»Sie wollen doch nicht sagen, daß sie die Bilder verwenden wollen . . .«

Er wollte mich nicht ausreden lassen. »Natürlich mußte Max an dem Geschäft beteiligt werden. Und er hat zugestimmt, bloß weil es für Sie so viel bedeuten wird. Ein großes Entgegenkommen von Max, denn mit diesem Pin-up-girl-Zeug hat er ja schon vor Jahren aufgehört. Die Agentur Morton ist selbstverständlich in höchstem Maße geschmeichelt, daß der berühmte Max Arnott die ganze Serie macht – wirklich eine Ehre, worauf sie sich etwas einbilden können. Wunderbar, nicht wahr?«

Dieses Mal konnte ich das pflichtschuldige Echo einfach nicht herausbringen. Ich dachte nicht an den *Wild*-Reklamefeldzug und welche Vorteile mir daraus erwachsen würden. Ich dachte an die Fotos. Von den Hunderten von Aufnahmen, die ich in den drei Jahren von mir gesehen hatte, als ich als Fotomodell gearbeitet hatte, und von allen anderen privaten, die mir zu Gesicht gekommen waren, hatten sich diese tief in mein Gedächtnis eingebrannt. Sie waren an einem Sonntag letzten Herbst von Max Arnott gemacht. Er hatte morgens Blanche angerufen und gesagt, daß er und Susie einen Ausflug machen wollten und ob Blanche und ich wohl mitkommen würden. Inzwischen wußten wir – alle von uns, weil Max und Susie Blanches engste Freunde waren –, daß Blanche sterben müßte, wahrscheinlich schon sehr bald. Der Morgen war regnerisch gewesen, und der Wald, wo wir gepicknickt hatten, war menschenleer. Am Nachmittag war die Sonne herausgekommen, und das Gold und Rot des Herbstes leuchteten hell. Es war schwer gewesen, die Augen von Blanches Gesicht fernzuhalten, als wir einen Spaziergang durch das nasse, raschelnde Laub am Boden machten. Sie blickte mit der Tiefe eines Menschen um sich, der wußte, daß er von diesem herrlichen Anblick den Rest seines

Lebens zehren mußte. Plötzlich sagte sie: »Mach doch bitte ein paar Fotos von ihr für mich, Max. Ich hätte sie gern zur Erinnerung . . .«

Wir wußten, was sie meinte – aber im Grunde waren wir es ja, die sich erinnern würden. Ich hatte meinen Schmerz gewaltsam abgeschüttelt, weil sie in der kurzen Zeit, die ihr noch blieb, keine traurigen Bilder von mir betrachten sollte. So hatte ich mich in eine humorvolle Stimmung und Ausgelassenheit versetzt, war einherstolziert und posierte unter den hohen Bäumen, durch die die Strahlen des Sonnenlichtes hereinbrachen. Ein Wind war aufgekommen und hatte mein loses Haar und meinen Rock durchgepustet. Ich hatte meinen Kopf zurückgeworfen und gelacht, damit sie auf den Bildern keine Traurigkeit entdecken sollte. Und Max hatte diese Stimmung auch noch gesteigert, indem er mich animierte, so daß wir uns wirklich toll und übermütig vorkamen.

Es war meine erste wirklich echte schauspielerische Leistung, und natürlich hatte Claude das sofort erkannt, als er die Bilder gesehen hatte. Die Farben des Tages hatten Max dazu bewogen, Farbfilme zu nehmen, obwohl er sonst Schwarzweiß bevorzugte. Claude machte ganz große Augen angesichts der rein zufälligen Farbensymphonie. Mein rotbrauner Rock, die dicken Kniestrümpfe, der orangefarbene Pullover und mein wuscheliges, dunkelblondes Haar harmonisierten eigentümlich miteinander. Er hatte sich einen Satz stark vergrößerter Abzüge von Max erbeten. Und jetzt, so viele Monate später, da Blanche tot war und der eigentliche Zweck der Bilder erfüllt, hatte er sie gebraucht, um diese höchst begehrenswerte Sache für mich zu arrangieren.

»Max hat wirklich zugestimmt?« fragte ich schließlich. Claude wurde vorsichtig. Wir wußten beide, daß Max ein zu berühmter Fotograf, ein zu bekannter Name und ein zu harter Mann war, um die kleinen Kriegslisten von Claude zu dulden. Er wagte also nicht, unverblümt über ihn zu lügen. »Na ja — er hat zugestimmt, wenn Sie es auch tun. Wie ich schon sagte: er will es nur machen, um Ihnen weiterzuhelfen. Ich finde das verdammt großzügig von ihm.«

Wieder dachte ich an die Aufnahmen. Es kam alles wieder: die goldenen Farben des Herbsttages, die entlehnte Stimmung trunkener Jugend, der Schmerz, der meine Sinne geschärft hatte und mich auf jedes halbausgesprochene Gebot von Max reagieren ließ. Mir kamen Zweifel. Ich traute mir vielleicht zu, daß ich es ein zweites Mal schaffen würde, aber ich glaubte nicht, daß ich es überhaupt erst versuchen wollte.

»Muß man denn gerade diese — ausgerechnet diese besonderen Fotos nehmen? Ich meine, würde es nicht auch genügen, wenn man mit den ersten einer neuen Serie, die Max aufnimmt, anfängt?«

Ein gereizter Ton kam in Claudes Stimme. »Natürlich muß man sie nehmen. Wie stellen Sie sich das denn vor, daß ich *Sie* an die *Wild*-Leute verkauft habe? Ohne Bilder, die jetzt schon fertig sind, sitzen sie mit ihrer Herbstkampagne in der Patsche. Sie kaufen Max Arnotts Bilder, darauf läuft es hinaus. Natürlich möchten sie ein und dasselbe Mädchen für die Dauer der ganzen Jahresserie haben.« Er sah mich scharf an. »*Sie* brauchen das wirklich nicht zu sein, Schätzchen. Max könnte jedes beliebige Mädchen so fotografieren, daß es fabelhaft aussieht. Seien Sie also glücklich und zufrieden. Ein Jahr lang werden Sie das *Wild*-Mädchen sein. Und am Ende dieses Jahres sind Sie dann in der Lage, selbst Ihre Preise zu machen. Deshalb tun Sie, was man Ihnen sagt, und überlassen alles übrige mir.«

Er lehnte sich zufrieden in seinem Sessel zurück. Er hatte alles entschieden, und alles war in Ordnung. Ein Jahr lang sollte ich das *Wild*-Mädchen sein, und meine Bilder würden auf riesigen Reklameflächen erscheinen. Ich würde den Leuten von Reklametafeln längs der Eisenbahnlinien, von prächtigen bunten Plakaten in Drogeriefenstern und aus allen Frauenzeitschriften und Modezeitungen zulächeln. Der Gedanke daran hätte mich eigentlich stolz machen müssen, aber merkwürdigerweise tat er es nicht. Ich hatte von Fotomodellen gehört, die als ganz gewöhnliche kleine Mädchen angefangen hatten und schließlich nicht mehr ein noch aus wußten vor lauter Arbeit. Aber das Schlimmste war, daß sie Blanches Bilder nehmen wollten, die einen völlig privaten Charakter hatten und keineswegs für die Schaufenster von Drogerien bestimmt waren.

Claude holte sich noch einen Wermut. Dann nahm er seinen Block heraus und fing an aufzuschreiben, was ich in Spanien zu tun hätte, um mit Peter Latchs Filmgesellschaft den richtigen Kontrakt zu bekommen. »Das Hauptbüro ist in Madrid, aber sie filmen nördlich davon . . . Sie sparen Zeit, wenn Sie . . .«

Ich hörte nur halb hin. Ein Teil meines Ichs stand abseits und beobachtete mich, wie ich in eine Sache hineingezogen wurde, die mir im Grunde überhaupt nicht paßte. Es war, wie Claude es nannte, märchenhaftes Glück – zwei märchenhafte Glücksfälle an einem einzigen Tage. Es brachte mich einen Riesenschritt dem Platz näher, den alle Fotomodelle erstreben: der obersten Spitzenstellung. Ich sah mich in dem Raum, der nun überfüllt war, um. Jeder Stuhl war besetzt, und an der Bar saßen die Leute in drei Reihen zusammengedrängt. Während Claude schrieb, spielte ich mit meinem Glas und wünschte, daß der Gedanke, nach Spanien zu reisen, um meine kleine Rolle für Mr. Latch zu spielen, mich glücklicher machen würde. Und ich hätte mich auch so gern darüber glücklich gefühlt, daß ich das *Wild*-Mädchen war. Ich gab mir Mühe, den vielen suchenden, ruhelosen Gesichtern um mich her etwas Erregendes abzugewinnen, aber sie gaben mir nichts – nichts als die Gewißheit, daß es eine Art Glück bedeutete, das hier in dieser Welt begriffen wurde und Beifall fand, wenn man Kleiderständer für Mr. Latch und das *Wild*-Mädchen war. Und mit welchem Recht wollte ich denn auch mehr verlangen? Ich würde beneidet und bewundert werden, und das würde genügen müssen. Das Stimmengewirr, das jede Minute anschwoll, weil der Raum noch voller wurde, schien mir zuzuschreien, daß ich wahnsinnig sei, glücklich sein zu wollen, wenn ich erfolgreich sein konnte. Wahrscheinlich versprach mir Lloyd Justins Brief, der auf Blanches Schreibtisch lag, etwas mehr: ein gutgestelltes Leben, eine gewisse Sicherheit, ein prachtvolles, neugebautes Haus mit Schwimmbad und der ständigen Sonne Kaliforniens. Aber wer konnte mir Glück versprechen? Claude war wenigstens aufrichtig — er bot mir lediglich Erfolg an. Ich steckte also Claudes Stück Papier in meine Tasche, betrachtete mir noch einmal die Menschen ringsherum und fühlte mich dabei genauso ruhelos und unzufrieden, wie wahrscheinlich auch jeder andere von den jungen Leuten.

Und dann sah ich ihn — den Mann, der heute vormittag im Geschäft gewesen war, den Sheridan-Mann, wie ich ihn nannte, mit dem außergewöhnlich schönen Gesicht und den verarbeiteten Händen.

Ich blieb sitzen und beobachtete ihn. Was ich schon morgens empfunden hatte, überkam mich jetzt wieder — ich wurde froh und unruhig zugleich. Daß wir uns zweimal an einem Tage begegneten, war, glaube ich, nicht besonders merkwürdig. Das Restaurant war nicht weit von Blanches Geschäft entfernt, und er hielt sich wahrscheinlich irgendwo in der Nachbarschaft auf. Der Weiße Hirsch wurde häufig in den Zeitungen erwähnt, und höchstwahrscheinlich war er hergekommen, um sich den ganzen Betrieb und den Lebensstil der Leute von Chelsea anzusehen. Aber dieses Mal, dachte ich, würde ich ihn nicht fortgehen oder verschwinden lassen, wie er es heute morgen getan hatte. Dieses Mal würde ich auf jede

Frage antworten, die er mir stellte – auch über meinen Vater oder was er sonst wissen wollte. Plötzlich wußte ich, warum ich es so unpassend fand, wonach er mich gefragt hatte. Er hatte persönliche Dinge berührt, und das tat man in London eigentlich nicht, wenigstens nicht bei einer rein zufälligen Begegnung. Niemand hatte die Zeit dafür, und niemanden interessierte das Privatleben anderer. So saß ich voller Erwartung da und wartete, denn ich war ganz sicher, daß er sich umdrehen, mich sehen und selbstverständlich auf mich zukommen würde.

Er stand an der Bar – am äußeren Rand einer Gruppe junger Leute, aber er gehörte nicht zu ihnen. Offensichtlich hörte er ihrem Gespräch zu, und sie wußten, daß er zuhörte – wie jemand, der ohne Begleitung in einem Lokal ist, es vielleicht tut, weil er gern hinzugezogen werden möchte. Dann sah ich, daß einer der Männer mit ihm sprach – wahrscheinlich um ein Streichholz bat, denn er zog sofort sein Feuerzeug hervor. Mir war klar, daß es nicht lange dauern konnte, bis sie ihm erlaubten, für sie alle eine Runde auszugeben. Ich hatte das so oft beobachten können, wenn sie wußten, daß der Fremde ein Außenseiter war. Und tatsächlich kam es auch ziemlich schnell so, und er machte einen sehr zufriedenen Eindruck, weil ihm erlaubt wurde, zu zahlen. Ich sah, wie er sein Glas hob, nickte und der einzigen Person der Gruppe, die ihm ihr Glas als knappen Dank entgegenhielt – natürlich war es ein Mädchen – zulächelte. Aber fast sofort war er wieder ausgeschlossen. Er wurde einfach stehengelassen, und seine Bemühungen um eine Unterhaltung blieben praktisch unbeachtet. Einige Minuten versuchte er noch, sich zu beteiligen, aber er war und blieb ein Außenseiter, daran konnte auch die ausgegebene Runde nichts ändern. Er selbst kam allmählich zu dieser Erkenntnis. Ich beobachtete, wie sein Ausdruck vor Zorn finster wurde und eine vorübergehende Bitterkeit in ihm aufstieg, wie ich sie ja schon morgens kurz kennengelernt hatte. Er trat zurück, und ich war darauf vorbereitet, ihn anzulächeln, wenn er den Kopf wandte und mich sah. Schließlich glitt sein Blick – wegen seiner Größe war das möglich – über die Köpfe der Gruppe hinweg und kreuzte sich mit meinem.

Die Reaktion kam schneller, als ich erwartet hatte. Er war einige Sekunden wie erstarrt, als wolle er sich vergewissern, daß ich es war. Dann setzte er sein Glas mit einem Knall auf die Bar und drängelte sich durch die Gruppe. Er rempelte die jungen Leute sehr unhöflich an, beachtete ihre Proteste nicht im mindesten und entschuldigte sich auch nicht. Anstatt auf mich zuzukommen, wie ich es erwartet hatte, wandte er sich jedoch zur Tür. Ich lächelte noch immer sehr herzlich zur Begrüßung, als ich völlig fassungslos sah, wie die äußere Schwingtür sich öffnete und dann wieder schloß, nachdem die regennasse Straße flüchtig zu erkennen gewesen war.

Ich sprang sofort auf und stieß dabei ungeschickt an den Tisch, so daß Claudes Aufmerksamkeit sich mir wieder zuwenden mußte.

»Maura . . .?«

Ich riß meinen Mantel und die Handtasche an mich. »Ich rufe Sie morgen an – einverstanden?« Dann drängte ich mich durch die Menge, stand draußen auf der Straße und hielt nach ihm Ausschau.

Er war nirgends zu sehen. Wie ich da so töricht und verloren stand, wußte ich nicht, warum ich ihm nachgelaufen war. Ich knöpfte meinen Mantel zu und machte mich auf den Heimweg.

III

Bevor ich in jener Nacht einschlief, las ich noch einmal den Brief von Lloyd Justin – den Brief aus Kalifornien, der morgens gekommen war, den sonnenhellen Brief, der vom neuen Haus mit Schwimmbad berichtete, den

Brief des jungen Forschungsingenieurs, der sich Mühe gab, das gute Leben drüben nicht übermäßig selbstzufrieden zu schildern, und der versuchte, nicht allzu glücklich zu sein, weil das Leben und Klima dort so ganz anders als alles war, was er in England zurückgelassen hatte. Letzten Sommer hatte Lloyd Justin gewollt, daß ich ihn heiratete und mit ihm käme, wenn er seine Tätigkeit in einer der großen Flugzeugfabriken in Südkalifornien aufnahm. Ich hatte gezögert und keine Antwort gegeben, weil ich fühlte, daß die Grundlage für eine Ehe etwas vollkommen Vorbehaltloses sein müßte – stärker als das, was ich für Lloyd oder bis zu jenem Augenblick für irgendeinen anderen Mann empfand. Daß ich keine Antwort fand, hatte ihn böse gemacht. Aber es war zu jener Zeit gewesen, als ich über Art und weiteren Verlauf von Blanches Krankheit informiert wurde. Alles schien zu einem Stillstand zu kommen. Ich hatte Lloyd gesagt, daß es belanglos sei, ob ich ihm mein Jawort gäbe oder nicht, weil ich Blanche nicht verlassen würde. Es ihm so zu erklären, war taktlos und vielleicht dumm. Er war verletzt und auch zornig fortgegangen, und ich hatte seither keine Nachricht mehr von ihm erhalten. Ich vermißte ihn, und ich hätte die Heftigkeit des Bruches wahrscheinlich bedauert. Aber die Sorge um Blanche und ein Berg von Arbeit, den Claude mir besorgt hatte, ließen mir keine Zeit, mich eventuellen Grübeleien hinzugeben. Durch einen gemeinsamen Freund hatte er jetzt von Blanches Tod erfahren, und in dem Brief, der an diesem Morgen ankam, bat er mich zu kommen und bot mir ein Leben in der Sonne an. Ich mußte feststellen, daß ich ebensowenig wie im vergangenen Sommer zu einer klaren Entscheidung kommen konnte.

Ein einziges Mal hatte ich mit Blanche über Heiraten gesprochen – ehe ich Lloyd kennengelernt hatte. Ich würde die behutsame Art, mit der sie nach den passenden Worten gesucht hatte, nie vergessen. »Ich glaube, daß es nicht von unserer persönlichen Entscheidung abhängt, ob eine Ehe es wert ist, geschlossen zu werden oder nicht. Man kann sich einfach nicht vorstellen, daß eine andere Wahl möglich wäre.« Das war es, wo meine Zweifel einsetzten. Denn es war mir durchaus möglich, weiterzuleben, auch wenn ich mir vorstellte, nicht mit Lloyd verheiratet zu sein.

Meine Gedanken waren bei Lloyd und bei Blanche, als ich einschlief. Und im Traum wirbelte ich noch einmal in dem Herbstwald umher und drehte mich im Kreise; aber jetzt trug ich die Phantasiekleider, die für Peter Latchs Mädchen in dem Film entworfen worden waren. Plötzlich war da auch der Sheridan-Mann und hielt mir den Culloden-Pokal entgegen, so daß das schräge Sonnenlicht ihn traf und strahlend aufleuchten ließ. Dann wehte ein Wind, und meine leichten Kleider flatterten hinter mir her wie ein Banner. Die Sonne verschwand, und ich fröstelte. Beide, der Mann und der Pokal waren fort – verloren in den nassen Wäldern.

Ich erwachte, meine Daunendecke lag am Boden. Das Morgengrauen an diesem Samstag war unfreundlich kalt und feucht.

2. KAPITEL

I

Später als ich beabsichtigt hatte, kam ich an jenem Samstagabend in unser Geschäft in der King's Road zurück. Mein Kopf war voll von dem, was noch alles zu tun war, bis ich die Fähre von Lydd nach Frankreich am nächsten Morgen in aller Frühe erreichen würde. Mary Hughes hatte mir aber versprochen, sie würde auf mich warten. Wir wollten zusammen zu Abend essen und die Rechnungen und alles andere durchsehen, das vielleicht während meiner Abwesenheit entschieden werden mußte. Es würde nicht besonders viel sein, denn Mary Hughes war schon immer sehr tüchtig gewesen. Blanche hatte gesagt, sie sei die Geschäftsfrau von ihnen beiden, aber alle beide wußten auch, daß Blanche den besseren und zuverlässigeren Blick für Möbel hatte. Es hatte niemals Ärger gegeben, wenn man Marys Händen den Laden überließ, und auch jetzt erwartete ich keinen. Daß alle Lampen noch brannten, auch wenn es nach sieben Uhr war, beunruhigte mich keineswegs. Wie Blanche hatte auch ich keine besonders sparsame Ader.

Erst als ich auf die Tür zuging und drinnen den uniformierten Polizisten wie einen Wachtposten stehen sah, kam mir zum Bewußtsein, daß der Streifenwagen dort an der Straßenkante Dienst tat – einen Dienst, der mich anging.

Der Schutzmann öffnete die Tür, als ich ihn dazu aufforderte.

»Ich bin Maura D'Arcy. Ist etwas nicht in Ordnung?«

»Da sollten Sie lieber mit dem Inspektor sprechen, Miß.«

Der Klang unserer Stimmen drang bis hinten in den Laden, wo Mary war und mit den beiden Männern redete. Als ich näher kam, wandten sie sich um.

»Oh — Maura!« Mary sah verstört aus. Ein Staubstreifen lief quer über das Vorderteil ihres Kleides, und ihr struppiges graues Haar umrahmte ziemlich unordentlich ihr Gesicht. »Dies ist Kriminalinspektor Kerr.«

»Guten Abend, Miß D'Arcy — mein Assistent, Sergeant Saunders.«

Ich beantwortete die Vorstellung der beiden mit einem Kopfnicken, wandte mich jedoch an Mary. »Ist etwas nicht in Ordnung?«

Mary machte eine hilflose Bewegung. Sie war sonst selten hilflos oder verstört. »Oh, es ist etwas sehr Unangenehmes. Ich glaube, es ist etwas gestohlen worden — aber ich weiß nicht, was.«

Als ich die Stirn runzelte, streckte sie ihren Arm aus. »Hier hinten — komm doch bitte her und sieh es dir an. Vielleicht kannst du sagen, ob irgend etwas fehlt. Weiß Gott, eigentlich müßte ich es wissen. Aber ich habe niemals etwas aus diesem Schränkchen angefaßt, und ich kann mich auch nicht genau erinnern, was eigentlich darin war. Ich habe dem Inspektor erklärt, wie Blanche und ich arbeiteten . . .« Während sie sprach, führte sie uns alle zum hinteren Teil des Ladens. Ich ahnte schon, wo wir landen würden — und hatte recht.

»Siehst du . . .« Sie zeigte auf das Schränkchen an der Wand neben Blanches Pult.

Der Schnitt in der Glasscheibe war so geschickt gemacht, daß er nicht sofort ins Auge fiel. Beide Türen des Schränkchens waren geschlossen. Um das Schloß der rechten Tür sah man eine kleine dunkle Fläche, auf die man nur wegen der fehlenden Spiegelung aufmerksam wurde. Ein halbkreisförmiges Stück Glas, das gerade groß genug war, um eine Hand durchzulassen, war herausgeschnitten und entfernt worden, so daß das Schloß mühelos geöffnet werden konnte – und auch war. Schon mein erster schneller prüfender Blick auf die staubigen Borde und die darauf verstauten Gegenstände sagte mir, was fehlte.

»Wer hat es getan?«

Mary war wieder völlig verwirrt. »Ich weiß es nicht. Es könnte jeder hier gewesen sein. Das Geschäft war den ganzen Nachmittag sehr, sehr voll und die Kunden im ganzen Laden verstreut.« Ihre Stimme versagte. »Es tut mir furchtbar leid, Maura. Aber du weißt ja, wie es ist . . . Samstag nachmittags . . . Dutzende von Leuten waren da, und alle stellten mir Fragen und wollten Preise wissen . . . Und es ist ja auch nicht weiter schwierig, hierher zurückzugehen, während ich vorn im Laden bin. Du weißt ja selbst, daß man es einfach nicht sehen kann, ob jemand hier hinten ist.«

Ich nickte. »Ich weiß . . . Im Grunde habe ich auch die Schuld, weil ich nicht hier war. Samstags solltest du nicht allein davorstehen . . .«

Inspektor Kerr wurde bei unserem Meinungsaustausch ungeduldig. »Miß D'Arcy, könnten *Sie* uns dann sagen, was eventuell fehlen könnte?«

Ich zuckte wie Mary hilflos die Achseln. »Antike Kunst ist wirklich nicht mein Fach, Inspektor. Meine Mutter war ja . . .«

»Ich bin im Bilde«, sagte er. »Mrs. Hughes hat mir das schon auseinandergesetzt. Was wir gern wüßten, ist folgendes: Können Sie feststellen, ob irgendein Gegenstand bestimmt fehlt – sei es aus dem Schränkchen oder von einem anderen Fleck in Ihrem Geschäft?« Nun war die Reihe an mir, ziemlich ratlos die Hunderte von Gegenständen zu betrachten, die über den großen Raum verteilt waren. »Mrs. Hughes sagt«, fügte er hinzu, »sie wäre mit dem Inhalt des Schränkchens nicht vertraut.«

Mary verteidigte sich prompt. »Nun passen Sie mal auf, Inspektor. Ich habe Ihnen gesagt, daß die Dinge in dem Schränkchen nicht verkäuflich waren. Blanche – Mrs. D'Arcy – hatte ganz einfach ihre eigene kleine Sammlung von altem Glas. Aber sie hat niemals besonders viel Aufhebens davon gemacht, so daß ich nicht jedes einzelne Stück aus ihrem Besitz benennen kann. Ich glaube nämlich . . .«

»Das genügt, Mrs. Hughes. Und Sie, Miß D'Arcy?«

Ich hatte mir noch einmal die Borde betrachtet. Es gab keinen Grund, es ihm nicht zu sagen. Und ich fragte mich, warum es mir dennoch so widerstrebte.

»Ich entsinne mich eines Stücks, das eigentlich hierher gehört und jetzt fehlt.«

»Was war das?«

»Ein Kelch aus dem achtzehnten Jahrhundert – Sheridan, geschliffen, mit einem gedrehten Hohlstiel und zwei Henkeln, sehr sorgfältig ausgearbeitet.« Saunders schrieb nieder, was ich sagte. Ob es der Anblick der zu Protokoll genommenen Worte war, der mir den Mund verschloß? Ich sagte nichts weiter über das Glas, nichts über die besondere Art des Schliffs oder über die symbolhafte Bedeutung der verschlungenen Blumen an den Henkeln. Mochte Mary das hinzufügen, wenn sie es wußte.

Allem Anschein nach wußte sie es nicht. Es folgte keine Erläuterung mehr, außer daß sie schnell sagte: »Na ja, *alles* Glas hier drinnen ist Sheridan. Es war Blanches Hobby. Ich dachte, das hätte ich Ihnen erzählt, Inspektor.«

»Nein«, sagte er geduldig. »Nein, das haben Sie nicht, Mrs. Hughes. Sonst noch etwas, Miß D'Arcy?«

»Nichts, auf das ich mich jetzt besinnen kann.« Ich zeigte auf den leeren Halbkreis. »Muß das nicht ziemlich schwierig gewesen sein, Inspektor – in einem Geschäft voller Menschen?«

»Nicht unbedingt. Die Scheibe wird mit einem Ansauggummi gefaßt und gehalten, während man das Glas schneidet. Eine Routinesache für eine bestimmte Sorte Einbrecher, fürchte ich.«

Mary gab ein lautes Schnaufen von sich. »Das kann doch wohl keine Routine sein, in einen vollen Laden zu kommen und so was zu machen!«

»Nein«, gab er zögernd zu, als fiele es ihm schwer, überhaupt etwas zuzugeben. »Es ist kein gewöhnlicher Einbruch, Mrs. Hughes. Dieser Dieb scheint sehr wählerisch gewesen zu sein. Könnten Sie eine Wertangabe über diesen — hm — Kelch machen, Miß D'Arcy?«

Ich wandte mich an Mary. Sie antwortete für mich und paßte auf, daß Blanches Sammlung auf keinen Fall unterschätzt würde. »Ich bin ganz sicher, daß das billigste Stück nicht unter zwanzig Guinees weggegangen wäre — viele davon sind beträchtlich mehr wert, möchte ich sagen. Gutes Glas aus dem achtzehnten Jahrhundert wird ziemlich selten. Aber dieses Stück . . .« Sie schüttelte den Kopf. »Keins davon war verkäuflich, deshalb haben wir niemals einen Preis dafür festgesetzt.«

Ich wandte mich halb ab, als überprüfte ich die restlichen Dinge in dem Schränkchen — und ich sagte kein Wort. Ich sagte kein einziges Wort über das, was ich von dem Culloden-Pokal wußte — auch nicht, daß er sehr kostbar und der einzige seiner Art war. Ich wußte natürlich, wer ihn hatte oder wer ihn hatte wegnehmen lassen. Ich wußte auch, daß er kein Dieb war. Wenn er darauf bestanden hätte, hätte ich ihm den Kelch wahrscheinlich für siebzig Guinees verkauft. Er hätte mir ja nicht zu sagen brauchen, wie hoch sein wahrer Wert war. Ich konnte mich von dem Anblick des fein säuberlich ausgeschnittenen Kreises nicht losreißen. Er wirkte irgendwie aufreizend, schien mich zu verhöhnen und zu quälen und fesselte gleichzeitig meine Aufmerksamkeit, wie es ja die zertrümmerte kleine Vase auch getan hatte. Natürlich war er verrückt, und der Kelch müßte ihm weggenommen werden, aber damit rechnete er aus irgendeinem

Grunde nicht. Er rechnete nicht damit, daß ich tat, was ich hätte tun müssen; und er rechnete auch nicht damit, daß ich mich an den Inspektor wandte, um ihm von einem eigentümlichen Mann zu erzählen, was ich noch behalten hatte: daß er groß war, mit irischem Akzent sprach, sehr gut aussah und ich überzeugt war, daß er mit Absicht eine kleine Sheridan-Vase zerschlagen hatte. Für den Culloden-Kelch befürchtete ich nicht das gleiche Schicksal. Ich konnte mir seine Hände, als er ihn untersucht hatte, ins Gedächtnis zurückrufen – sorgfältige, wissende und fast ehrfürchtige Hände. Ich glaubte nicht, daß er ihn vernichten würde. Sollte das aber seine Absicht gewesen sein, dann wäre die Tat schon passiert. Ich besann mich auf die vielen ungewöhnlichen Fragen, die er mir über Blanche und meinen Vater gestellt hatte. Er wollte mir bestimmt etwas durch die Wegnahme von Blanches Pokal sagen. Die Aktion war noch nicht abgeschlossen. Ich gewann die feste Überzeugung, daß ich wieder von ihm hören würde.

Wenn ich mich nicht irrte, warum hatte er mich dann gestern abend nicht einfach geschnitten, sondern war buchstäblich vor mir geflohen? Es war zuviel für mich. Ich war aus der Fassung gebracht und unglücklich und hätte gern gewußt, was Blanche mit diesem seltsamen Mann angefangen hätte, der das Gesicht eines Engels hatte und Hände voller Narben.

Ich blieb zurück, während Mary mit dem Inspektor einen langsamen Rundgang durch das Geschäft machte. Sie wollte feststellen, ob vielleicht noch andere Gegenstände fehlten. Ich war nicht überrascht, daß sie nichts fand. Sergeant Saunders stand noch immer mit seinem hervorgeholten Notizbuch neben mir, aber seine Aufmerksamkeit galt nicht ausschließlich seinem Vorgesetzten. Ich merkte, daß ihm irgend etwas auf der Seele lag, und drehte mich um, um ihn anzusehen. Es war das erste Mal, daß ich ihn richtig ansah.

Sofort begegnete mein Blick einem etwas einfältigen Lächeln. Er war jung – das heißt, er war wohl nicht viel älter als ich, aber für den Posten, den er bekleidete, war er sehr jung. »Natürlich habe ich Sie wiedererkannt«, sagte er.

»Mich wiedererkannt?« Weshalb fühlte ich mich schuldig, wenn ein Justizbeamter mich wiedererkannt hatte? Hatte ich etwas verbrochen?

»Sie sind doch das Mädchen von der *Marsh*-Schokoladenreklame, nicht wahr?«

Ich nickte erleichtert.

»Ich fand es umwerfend«, fügte er hinzu. Ich überlegte, ob er die Schokolade meinte. »Ich fand, Sie sahen umwerfend aus. Aber man ist Ihnen überhaupt nicht gerecht geworden.«

Lächerlicherweise merkte ich, wie ich rot wurde. Komisch, wie wohl mir dieses ungewollte und gänzlich unerwartete Kompliment tat. Es war alles ganz einfach. Ich war das Mädchen aus einer Schokoladenreklame, und für ihn sah ich so lecker wie die Schokolade aus, die ich verkaufen half. Dies hier war so köstlich weit von Claudes Welt weg, von *Wild,* und von Peter Latch. Es war eine unkomplizierte Welt, in der ein junger Mann den Justizbeamten abstreifte und schnell eine günstige Gelegenheit beim Schopf ergriff, um seinen Gefühlen unumwunden Ausdruck zu verleihen. Es konnte nicht von Dauer sein, aber trotzdem war es wundervoll.

Mary und der Inspektor hatten schließlich die Tür erreicht. Saunders wollte gerade auf sie zugehen, da wandte er sich halb zu mir hin. »Vielleicht sehe ich Sie einmal wieder . . .?«

Ich hoffte, daß mein Lächeln ihn nicht zu sehr ermutigte. Es würde niemals geschehen, das wußten wir beide. Für ihn würde ich weiterhin das Mädchen auf der Schokoladenreklame sein. Für mich war es schon etwas ganz Alltägliches, daß man mit dem Lächeln eines Mädchens einfach Schokolade verkauft. Es war aber hübsch, daß die kleine Episode sich zugetragen hatte.

Der Inspektor bat Mary um ihren Anruf, falls sie entdecken sollte, daß noch weitere Sachen fehlten. Sie würden in Verbindung bleiben, wenn sie etwas herausbekämen. Das klang nicht sehr hoffnungsvoll. Es war ein geringfügiges Vergehen, der Diebstahl eines Kelches aus dem achtzehnten Jahrhundert, dessen Wert zwischen zwanzig und dreißig Guinees lag. Das einzig Interessante an dem Vergehen war die Methode, mit der der Dieb gearbeitet hatte, und seine große Einseitigkeit. Sein Ziel war nur ein einziger Gegenstand gewesen, während alles andere im Laden ihn gleichgültig ließ. »Sieht mir wie ein Sammler aus«, bemerkte der Inspektor – jetzt, nachdem die Routinearbeit fertig war, etwas mitteilsamer. »Wir erleben so etwas tatsächlich hin und wieder, wissen Sie. Es sind verschrobene Menschen, die eine Manie für ein besonderes Stück haben und das dann einfach besitzen müssen, auch wenn sie es sich nicht leisten können. Sie glauben nicht, wie schwierig es ist, sie zu ermitteln. Aus Gewinnsucht würden sie niemals stehlen, sondern rein aus Freude am Besitz. Sie versuchen auch nie, das Diebesgut bei einem Hehler loszuwerden – sie schließen es einfach weg und weiden sich im stillen daran. Unsere üblichen Methoden sind gänzlich erfolglos, wenn wir hinter dieser Sorte von Einbrechern her sind.« Er schien jetzt um Verständnis dafür zu werben, daß sein Beruf viel schwerer sei, als man glaubte. »Wir sind viel besser für den Umgang mit Berufsverbrechern als mit Amateuren ausgerüstet, müssen Sie wissen.«

»Trotz und alledem«, sagte Mary, nachdem ich oben in der Küche zwei Whiskys eingeschenkt hatte und die Vorbereitungen für das Essen anfing. »Ich finde, das ist ziemlich dürftig. Aber natürlich, wenn sie schon die zwei Millionen Pfund nach dem großen Eisenbahnraub nicht finden konnten, dann weiß ich nicht, was wir von ihren

Fähigkeiten erwarten können, wo es nur um einen einzelnen Kelch geht. Sie werden wohl eine Beschreibung veröffentlichen, und damit basta. Aber es ist ja immerhin ein wertvolles Stück, und ich finde, es ist eine Schande, daß man einfach in einen Laden gehen kann und das tut, was der getan hat . . . Blanche würde wütend sein . . .«

Ich murmelte unzusammenhängende Antworten, als ich die Dinge bereitstellte, die ich für verlorene Eier mit Käsefondue benötigte: die zum Schmoren vorbereiteten Pilze, auf denen sie angerichtet werden sollten, die herrlich duftenden, kleingehackten Schalotten und Knoblauch, die mich angenehm hungrig machten. Ich gab Mary den Schweizer Käse zum Reiben und stellte ein Glas Wein bereit. Während ich das tat, wanderte mein Blick häufig in Blanches Kochbuch. Meine Gedanken jedoch waren noch mit dem Problem des Culloden-Pokals beschäftigt. Ich bezweifelte stark, daß Blanche wütend gewesen wäre, wie Mary gesagt hatte. Ihr Gefühlsleben war meiner Meinung nach doch wesentlich komplizierter gewesen. So langsam begriff ich, daß wohl gewisse Beziehungen zwischen Blanche und dem jungen Mann bestanden oder bestanden hatten – und der Schlüssel dazu lag beim Culloden-Pokal oder vielleicht auch ganz allgemein bei Sheridan-Glas. Ich tat nach und nach den Wein und die Bouillon zu der Mischung dazu und überlegte, warum der Mann gesagt hatte, daß er Blanche nicht gekannt hätte. Als die Sahne und das Mehl dazukamen, fiel mir ein, daß er nicht alt genug war, um Blanche näher gekannt zu haben, als sie in Irland lebte – er mußte damals ein kleines Kind gewesen sein. Die Vorstellung machte mich innerlich ganz unruhig, daß ich höchstwahrscheinlich niemals eine Antwort auf diese Fragen bekommen würde – es sei denn, der Mann tauchte wieder auf und gab sie mir freiwillig. Bei dem Gedanken nahm ich aus Versehen mehr Rahm und Käse als nötig.

»Wie machst du das bloß?« fragte Mary und beobachtete meine Kochkünste.

»Blanche hat es mir gezeigt. Na, dir brauche ich ja nicht zu erzählen, daß sie eine viel bessere Köchin war, als ich je sein könnte.«

»Nein — ich meine, wie kannst du so nahrhafte Dinge essen und wirst doch nicht zu dick als Fotomodell? Guck mich nur mal an . . .«

»Die ganze Woche über gibt's Magerkost, damit ich zwei fette Mahlzeiten haben kann.« Ich brachte die Pilze zum Schmoren und machte mich daran, die Eier aufzuschlagen und ohne Schale zu kochen. »Ich fürchte, mit fünfundzwanzig Jahren muß ich damit aufhören — es heißt, dann fängt man an zuzunehmen.«

»Blanche nicht.«

»Nein — aber andererseits werde ich auch niemals so gut wie Blanche aussehen. Sie war . . .« Ich wußte nicht, welche Worte am besten auf Blanche paßten. Die Linien ihres zarten, schlanken Körpers waren unzerstörbar gewesen. Sie war schön gewesen.

Wir aßen die Eier fast schweigend und mit Verstand. Dann holte ich den Brie-Käse, der genau den richtigen Reifegrad erreicht hatte. Dazu gehörte der frischgemahlene Blue-Mountains-Kaffee — eine Extravaganz, die ich von Blanche übernommen hatte. Ich brauchte Mut, deswegen schenkte ich auch noch zwei Kognaks ein. Mary runzelte zwar die Stirn, aber sie sagte nichts, sondern holte nur ihre Zigaretten heraus.

»Mary, kannst du dich an einen gewissen Mann heute nachmittag im Laden erinnern . . .?«

Meine Beschreibung war bestimmt nicht sehr gut, aber andererseits war er auch nicht leicht zu übersehen oder zu vergessen.

Ohne nachdenken zu müssen, nickte sie mit dem Kopf. »Der war da, natürlich! Er kaufte einen Brieföffner aus Elfenbein. Groß, phantastisch aussehend,

Ire . . . das konnte man am Akzent merken. Warum?«

Ich erzählte ihr von dem Culloden-Pokal und sah Unglauben und Bestürzung auf ihrem Gesicht zunehmen.

»Aber, mein Gott, Maura, dann muß er ja Tausende wert sein!«

»So viel?« fragte ich mit schwacher Stimme und fürchtete, sie könnte recht haben.

»Leicht! Man begreift oft gar nicht, wie versessen einige von diesen Sammlern sind. Und viele von ihnen sind sehr reich. Wenn es stimmt, daß es überhaupt nur drei solcher Kelche gibt und sie solchen historischen Erinnerungswert haben, dann kann es schon sein, daß manch einer von diesen alten Knaben ganz verrückt danach ist. O ja, der könnte ganz schön was einbringen! Ich begreife aber nicht, warum Blanche . . . Sie verstand ja eine Menge mehr von Glassachen, als ich je tun werde. Maura, du warst wirklich idiotisch, daß du es dem Inspektor nicht gesagt hast. Nach genau solcher Auskunft suchte er doch. Es muß ja einfach dieser Ire gewesen sein — alles paßt so gut zusammen. O nein, was für ein heimtückischer Mensch! Stell dir nur vor, den Nerv zu haben, in aller Ruhe einen Brieföffner bezahlen und dabei die ganze Zeit wahrscheinlich den Pokal in einer von seinen Trenchcoattaschen haben! Und ich fand ihn noch charmant! Er sagte mir, daß er ihn als Geschenk kaufe . . . Wo ist die Telefonnummer, die der Sergeant dir gab?«

Ich ging so weit, meine Hand auf das Telefon zu legen — und dann zog ich sie zurück. »Mary, ich glaube nicht, daß es seine Absicht gewesen ist, ihn zu stehlen.«

»Was ist das denn für ein Unsinn? Stehlen ist stehlen.«

»Ich glaube nicht, daß er gestohlen ist. Ich glaube, der Mann hat vor, ihn zurückzugeben oder mir zu sagen, wo er ist . . . oder sonst was«, fügte ich hilflos hinzu.

»Du kannst doch nicht im Ernst beabsichtigen, deswegen gar nichts zu unternehmen? Untätig hier sitzen und warten, bis er sich rührt. Ich glaube nicht, daß du weder ihn noch den Kelch je wiedersehen wirst. Stehlen ist stehlen«, wiederholte sie.

Ich spielte nervös mit dem Kognakglas, während ich nach passenden Worten suchte, um etwas klarzustellen, über das ich mir selbst keineswegs im klaren war.

»Aber sieh mal, wenn er ihn so dringend haben wollte, hätte er ihn ja für siebzig Guinees haben können — und hätte dabei noch einen riesigen Gewinn erzielt. Er brauchte mir doch nicht den Wert des Stückes zu sagen. Warum sollte er auch? Unter Händlern ist alles erlaubt, nicht wahr? Auch zwischen Händlern und Kunden. Du gehst auch nicht in einen Laden oder Auktionssaal und sagst dort, daß dieser oder jener Gegenstand viel mehr wert ist, als was dafür verlangt wird. Es wäre für ihn höchst einfach gewesen, den Pokal rechtmäßig von mir zu erwerben, verstehst du das denn nicht?«

»Aber er war nicht zu verkaufen. Und deshalb mußte er ihn stehlen.«

»Ich hatte einen Preis dafür genannt. Er wußte ja zuerst auch gar nicht, daß er nicht zu verkaufen war.«

»Du hättest ihn doch ganz bestimmt nicht verkauft. Nicht die Kristallsachen von Blanche!«

»Das wußte er nicht. Und im übrigen weiß ich es auch nicht. Eines Tages muß das Geschäft ja aufhören, nicht wahr, Mary? Ich meine, ich kann es nicht behalten, das ist doch selbstverständlich. Und wenn du nicht . . . Jeder Antiquitätenhändler in der ganzen King's Road muß wissen, daß das Geschäft sich auf die Dauer nicht halten kann. Er hätte das von jedem von ihnen hören können. Warum sollte ich nicht einfach Sachen verkaufen können, wenn mir passende Angebote gemacht werden? Doch ja, es ist sehr wohl möglich, daß ich Kristallsachen von Blanche verkauft hätte.«

Mary war völlig aus der Fassung gebracht. Ich erkannte es daran, wie sie, die gewöhnlich wählerisch und mäßig im Trinken war, sich noch einen kräftigen Schuß Kognak ins Glas goß. Vielleicht regte sie der Gedanke an das Ende des Geschäftes auf — vielleicht auch das Schuldbewußtsein, daß ihr etwas so Seltenes und Kostbares aus Blanches Besitz sozusagen unter den Händen weggenommen worden war. Die Flasche stieß laut klirrend gegen das Glas.

»Dann erkläre mir bitte, warum er es getan hat«, sagte sie laut. »Bitte, erkläre mir, warum nur!«

Ich nippte an meinem Kognak und sagte vorsichtig: »Ich glaube, er wollte mich wissen lassen, daß er es war, der ihn nahm. Ich weiß nicht warum. Das wird sich aufklären — sehr bald schon. Ich glaube, er wird es mir selbst erzählen.«

»Meinetwegen, er ist ein Verrückter. Trotzdem — warum ein so gut aussehender Mann etwas so Extremes tun mußte, nur damit ein Mädchen ihn nicht vergißt . . . na ja. Gut, das will ich noch hinnehmen. Jetzt aber, was willst du dabei tun?«

»Darüber nachdenken«, sagte ich. »Es besteht da irgendeine Verbindung zu Blanche . . . und es gibt natürlich auch eine Erklärung. Ich muß nur nachdenken. Es ist ja tatsächlich merkwürdig, wie wenig ich über Blanche und meinen Vater weiß. Ich war eben nicht besonders neugierig. Mit Blanches Glassammlung war es ja genau dasselbe. Warum haben *wir* sie nicht danach gefragt, Mary? Warum eigentlich nicht?«

Sie beachtete meine Frage nicht. »Und wenn dir keine Erklärung einfällt . . . was dann?«

»Montag werde ich auf die Polizei zurückkommen.«

»Montag wirst du schon halb in Spanien sein.«

»Das stimmt.« Ich hatte das vergessen. An die Reise und sogar die Notwendigkeit der Reise hatte ich gar nicht mehr gedacht. »Dann wirst du zur Polizei gehen. Sag ihnen, daß mir das über den Mann erst jetzt zum Bewußtsein gekommen wäre.«

»Der Inspektor wird das nicht glauben. Sie sind ja keine kompletten Dummköpfe, weißt du, auch wenn das mit dem Eisenbahnraubüberfall passieren konnte. Du könntest wegen Beweisunterschlagung in eine mißliche Lage kommen.«

»Er kann mich kaum ins Gefängnis werfen, wenn mein eigener Kelch gestohlen worden ist.«

Es sollte frivol klingen, aber sie verschluckte sich beim Trinken und sah mich ganz eigenartig an. Deshalb begann ich flink, das Geschirr zusammenzustellen, um es in die Küche zu tragen. Sie hatte es keineswegs eilig, mir zu folgen. Ich glaube, zum erstenmal war es ihr definitiv zum Bewußtsein gekommen, daß alles, was Blanches Eigentum gewesen war, nun mir gehörte. Blanches Leben war erloschen. Dieses kleine Erlebnis, das eins von hunderten war, erinnerte mich wieder schmerzlich an ihren Tod.

Kurz darauf kam Mary wieder zu mir – ihr Gesichtsausdruck war gefaßt und ihre Züge starr. Sie sah aus, als ob sie ein paar Tränen vergossen hätte. Als sie das Geschirrtuch nahm, um die Schüsseln abzutrocknen, sagte sie: »Du bist verrückt, weißt du das? Du bist ebenso verrückt wie dieser Mann – wer er auch sein mag. Es sind doch Hirngespinste, von ihm zu erwarten, daß er dir erzählen soll . . .«

»Ich weiß«, unterbrach ich. »Aber alles, was ich erbitte, ist ein Tag. Ein einziger Tag, um mich unter Umständen auf irgend etwas zu besinnen, das Blanche vielleicht einmal gesagt haben könnte – lediglich etwas, das mir einen Anhaltspunkt gibt, bevor wir die Polizei auf seine Spur bringen.«

Sie zuckte die Achseln und putzte verbissen die Gläser blank. »Maura, warum hast du mir nichts von dem Pokal erzählt, sobald du selbst davon hörtest? Nimm nur mal an, dieser Mann hat mit dem recht, was er davon sagte. Ich hätte ihn nicht aus den Augen gelassen. – Der Pokal ist wahrscheinlich viel wertvoller als alles, was wir jemals im Geschäft gehabt haben.«

Ich seufzte. »Was hätte ich tun sollen? Bis zu meiner Abreise blieb doch keine Zeit, ihn auf seine Echtheit hin zu prüfen. Es gab noch so viel zu besorgen. Ehrlich gesagt – ich wußte tatsächlich nicht, ob ich ihm glauben sollte oder nicht. Aber ich wollte nicht, daß du dir unnötige Gedanken machtest, darum erzählte ich es dir nicht. Immerhin – der Pokal ist . . . wie lange im Laden gewesen – Jahre? Wann hat Blanche ihn aufgetrieben?«

»Ich weiß es nicht«, sagte sie langsam. »Ich kann mich nicht einmal darauf besinnen, daß sie ein Wort darüber verloren hätte. Er könnte sogar schon da gewesen sein, bevor ich kam. Ich möchte wissen, wo sie ihn entdeckt hat . . . natürlich konnte sie nichts über seine Geschichte gewußt haben. Und trotzdem – sie war irgendwie eine Kennerin von Sheridan-Glas. Ich möchte wohl wissen . . .«

Die gleichen Zweifel, die mich befallen hatten, hatten sie gepackt. Sie war ungewöhnlich schweigsam, als wir mit dem Geschirr fertig wurden. Ihre praktische Natur und ihre Treue zu Blanche kämpften sichtlich mit dem eigenartigen Fluidum und den unfaßlichen Umständen, die den Culloden-Pokal umwoben. Sie hatte eine Natur, der Zweifel oder Fragen überhaupt nicht lagen. Der Gedanke, daß Blanche das Wissen um etwas derart Bedeutsames regelrecht bis in den Tod zurückgehalten haben könnte, bewegte sie tief. Sie war geistesabwesend, als wir die wenigen geschäftlichen Einzelheiten durchgingen, die ihre Aufmerksamkeit verlangten. Und ihr fragender Blick traf mich wiederum, als sie gute Nacht sagte und mir eine gute Reise und Erfolg bei den Dreharbeiten in Spanien wünschte. Ich ging mit ihr die Treppe hinunter bis zur Haustür an der Straße, die neben der Ladentür lag. Sie überquerte die King's Road und kam zur Bushaltestelle auf der anderen

Straßenseite. Ich wartete so lange an der Tür, bis sie im Bus war. Plötzlich kam mir wieder die Erinnerung an den Mann, der gestern vormittag über die Straße lief und sich auf die hintere Plattform schwang. Wahrscheinlich würden jene Begegnung und der flüchtige Blick von ihm im Restaurant die einzigen Male sein, daß ich ihn sah oder je von ihm hörte — und wahrscheinlich war ich tatsächlich so verrückt, wie Mary behauptete.

II

Das Telefon begann zu klingeln, während ich mich wieder nach oben begab. Als ich den Hörer aufnahm, schlug die Stimme an mein Ohr, die zu hören ich halbwegs erwartet hatte.

»Miß D'Arcy?«

»Ja.«

»Ich habe den Culloden-Kelch.«

»Ich weiß.«

»Ich bringe ihn wieder nach Irland.«

»Er gehört nicht Ihnen, daß Sie ihn irgendwohin bringen könnten.«

»Er gehört der Familie Sheridan.«

»Er gehörte meiner Mutter.«

»Ihre Mutter war eine Sheridan, Miß D'Arcy.«

Die Worte trafen mich und taten weh, als seien sie körperliche Schläge. Wie Mary Hughes wollte auch ich es einfach nicht wahrhaben, daß Blanche mir etwas von so großer Bedeutung tatsächlich hätte vorenthalten und einer Zufallslaune überlassen können. Ich hatte selbstverständlich und ohne nachzufragen ihre eigene Darstellung hingenommen, daß sie selbst oder mein Vater keinerlei Familienangehörige mehr in Irland hätten. Sie hatte gesagt, sie hätte Findlay geheißen, ehe sie Eugene D'Arcy heiratete — das wußte ich noch ganz genau.

Ich sagte deswegen zu dem Mann am Apparat: »Sie irren sich – oder Sie lügen.«

»Ich versichere Ihnen, daß es weder ein Irrtum noch eine Lüge ist. Aber es gibt auch keinen Grund für Sie, es mir zu glauben. Warum kommen Sie nicht selbst hin und finden die Wahrheit heraus? Die Sheridans sind da, Miß D'Arcy – alle, die von ihnen noch am Leben sind. Ich kann nicht behaupten, daß sie gerade auf Sie warten, aber ich sage allen Ernstes, daß sie Ihrer bedürfen, ob sie es nun wissen oder nicht. Und ich könnte mir sogar vorstellen, daß Sie sie möglicherweise auch brauchen – jetzt.«

Und dann hörte ich das Knacken des Hörers. Ich war fassungslos.

»Nein! – Warten Sie!« Ich ratterte mit der Gabel, und das Freizeichen antwortete mir. Da ließ ich den Hörer wieder auf die Gabel fallen. Ich stand noch regungslos und starrte das Telefon an, während ich mir klarzumachen versuchte, was er gemeint hatte – als es etwa eine Minute später wieder klingelte.

»Nun warten Sie mal einen Augenblick«, sagte ich schnell, weil ich wußte, wer es war. »Wie ist es mit . . .«

Er unterbrach mich. »Ich verabsäumte, Ihnen noch zu sagen, daß ich den Culloden-Pokal nicht gestohlen habe. Ich habe ihn fortgenommen – ja. Aber ich hinterließ einen Scheck in der Schreibtischschublade. Es ist zwar nicht so viel, wie der Culloden-Pokal bei einer Auktion gebracht hätte, aber es ist etwa so viel, wie auf meinem Bankkonto ist. Den Rest werde ich Ihnen zunächst schulden müssen.«

»Sie gehen ein furchtbares Risiko ein – Sie könnten sogar ins Gefängnis kommen.«

Seine Stimme klang sehr gleichgültig, als er antwortete: »Sicher – aber was bedeutet eine Gefahr mehr? Lasse ich es gerade jetzt nicht verteufelt darauf ankommen? Ich gehe mit dem Culloden-Pokal nach Irland zurück, obwohl ich geschworen hatte, Irland niemals wieder zu betreten, Miß D'Arcy. – Aber durch Sie und den Culloden-Pokal ist das anders geworden.«

»Warum? Warum denn nur?«

»Leben Sie wohl, Miß D'Arcy. Ich hoffe auf ein Wiedersehen – in Irland.« Und dann kam noch einmal das Geräusch des aufgelegten Hörers und das Freizeichen.

Dieses Mal blieb ich nicht beim Telefon stehen, sondern ging in den Laden hinunter. In der schmalen obersten Schublade lag ganz oben auf den Papieren wirklich der blaue Scheck. Ich erkannte die Bedeutung und vielleicht sogar den Kern der Sache, auf den der Mann angespielt hatte, als ich den Betrag sah, über den er den Scheck ausgestellt hatte – fünfzehnhundert Pfund. Es dauerte sehr lange, als ich dort an Blanches Schreibtisch unter dem Schränkchen mit dem Sheridan-Glas saß, ehe ich die gekritzelte Unterschrift entziffern konnte. Aber schließlich glückte es mir – Brendan Carroll.

III

Ich kochte mir noch einmal eine große Kanne Kaffee und brach eine neue Packung Zigaretten an. Dann trug ich beides zusammen mit der Hutschachtel zum Sofa vorm Kamin. Die Hutschachtel war der Familiensafe – wahrscheinlich nicht besser und auch nicht viel schlechter als jeder andere Platz, an dem man sonst seine Papiere aufbewahrt. Blanche hatte mir erzählt, daß sie Stahlkammern und Banksafes nicht mehr traue, seit sie Zeuge gewesen sei, wie bei dem großen Luftangriff 1942 eine Bank buchstäblich in die Luft geflogen war. Wir hatten auf jeden Fall eine große Schachtel von Lock & Co. dafür, und ich fragte mich zum erstenmal, als ich mir einen Becher Kaffee einschenkte, woher sie wohl stammen mochte. Ich war eben neun Jahre alt gewesen, als mein Vater bei einem Jeep-Zusammenstoß in Korea tödlich verunglückte. Nach dem, was Blanche von ihm erzählt hatte und wie ich mich erinnerte, war er kein unbedingter Lock & Co.-Anhänger gewesen. Er hatte eine Menge Freunde gehabt, die die Etagenwohnung über dem Geschäft bevölkerten — die meisten von ihnen waren Journalisten wie er selbst. Er hatte ziemlich zerknitterte Tweedanzüge getragen — und sie auch. Aus jener Zeit war seine Fähigkeit zu lachen und sein Talent, Ruhe und Güte auszustrahlen, für mich nicht fortzudenken. Ich hatte sein dichtes, rotbraunes Haar, seine sommersprossige Haut und die Lachfältchen um seine Augen nicht vergessen. Ich konnte mir auch — damals natürlich mit den Augen eines Kindes gesehen — Blanches Trostlosigkeit ins Gedächtnis zurückrufen, als er aus unserem Leben gegangen war. Mein Vater war ein vielgeliebter Mann gewesen. Ruhig nahm ich den Deckel von der Hutschachtel ab und fühlte mich irgendwie froh, daß er kein Lock & Co.-Freund gewesen war.

Die Hutschachtel mußte aus zwei Gründen heruntergeholt werden. Der erste und auf der Hand liegende war, daß ich meinen Paß für die Spanienreise herausnehmen mußte. Aber dazu hätte ich nicht die Kanne Kaffee und die Zigaretten gebraucht. Der zwingendere Grund war jetzt ein anderer: Ich wollte herausfinden, ob irgend etwas in der Schachtel war, das zur Klärung der Andeutungen beitrug, die Brendan Carroll mir über Blanche gemacht hatte.

Seit Blanches Tod war ich nur an der Hutschachtel gewesen, um die Sterbeurkunde, ihr schlichtes Testament und die nicht sehr hohe Versicherungspolice, deren Erbin ich gewesen war, hineinzulegen. In meinem tiefsten Innern war die Hutschachtel mit der Vorstellung von Entsetzen und seelischem Schock verknüpft, wie ich sie an dem Tage empfunden hatte, als ich von einer Modellsitzung zwei Stunden zu spät nach Hause kam und Blanche bewußtlos im Lehnstuhl in ihrem Zimmer fand — mit der offenen Hutschachtel am Boden neben sich. Das war damals, als ihr Leiden sich rapide verschlimmerte. Eine Krankenschwester kam dreimal am Tag, um ihr Spritzen zu geben, und uns beiden war klar, daß sie schon sehr bald in eine Klinik übersiedeln müßte. Alle beide schoben wir es immer wieder hinaus, während die Krankheit rasche und nicht unter Kontrolle zu haltende Fortschritte machte. In jener Nacht war sie ohnmächtig in die Klinik gebracht worden, und es waren zwei Wochen gefolgt, in denen sie nur selten und dann kurze Augenblicke bei Bewußtsein war. Selbst wenn es ihr Wunsch gewesen wäre, daß ich mich mit den Papieren in der Hutschachtel befassen sollte, hätte sie es ganz unmöglich aussprechen können. Die Schachtel war in aller Eile in den Schrank in ihrem Zimmer gepackt worden und dort geblieben — bis jetzt. Nur widerstrebend legte ich meine Hand auf die obersten Papiere und wußte, daß eventuelle Unterlagen über Blanches Familie nur hier und sonst nirgends sein könnten.

Das Ganze dauerte viel länger, als ich gedacht hatte, und die Kaffeekanne war schon fast leer. Geschäftspapiere lagen wahllos zwischen persönlichen Dingen — der Pachtvertrag des Geschäfts, die Police für eine Versicherung, die mein Vater abgeschlossen hatte, bevor er sein Aufgabengebiet in Korea übernahm, und schließlich seine Briefe an Blanche aus Korea. Sie waren herzzerreißend zu lesen, und ich sah nur einige von ihnen flüchtig an, weil ich mich als Eindringling in eine menschliche Beziehung und heiße Liebe fühlte, die in meines Vaters großer, ungeduldiger Handschrift auf dem vergilbten Papier überraschend wieder lebendig wurde. Natürlich hatten sie sich geliebt — sogar ein Kind hätte das erkannt —, ich hatte aber nicht gewußt, wie unendlich groß diese Liebe gewesen war.

Ich steckte die Briefe wieder in den Umschlag und hatte das Gefühl, eigentlich müßten sie vernichtet werden, weil ihre besondere Innigkeit eine höchst private Angelegenheit war. Aber ich wußte, daß es mir niemals möglich sein würde, diesen letzten und entscheidenden Beweis einer großen Leidenschaft auszulöschen.

Ich fand noch einige wenige Bilder von meinem Vater, die Blanche mir teilweise schon vor Jahren gezeigt hatte, und war wieder betroffen über meine eigene Ähnlichkeit mit ihm. Ein Bild zeigte die beiden auf den Stufen von Caxton Hall, er in der R.A.F.-Uniform. Blanche hatte mir erzählt, daß sie dort getraut worden waren, aber ich hatte dieses Foto niemals gesehen. Dann war da eine Aufnahme, die Gene D'Arcy draußen vor der Antiquitätenhandlung an dem Tage gemacht hatte, als sie eröffnet wurde: Blanche unter dem großen Firmenschild und als Ausstellungsstück nur ein einziger kleiner Schreibtisch im Fenster. Das mußte 1946 gewesen sein. Zum erstenmal in meinem Leben wunderte ich mich, daß die persönliche Vorgeschichte von beiden nicht vor dieser Zeitspanne in den vierziger Jahren und dann ganz plötzlich anzufangen schien. Es existierten keine Papiere, keine Fotografien aus der Kindheit und auch keine Bilder von Eltern und jungen Leuten, die ihre Geschwister sein könnten. Blanche hatte mir gesagt, daß sie alle beide keine Familienangehörigen mehr in Irland hätten. Vettern meines Vaters lebten in Boston, aber er sei ihnen persönlich nie begegnet, erklärte sie. Früher war es mir nicht merkwürdig vorgekommen, daß sie beide so arm an verwandtschaftlichen Beziehungen waren. Es waren immer so viele Freunde dagewesen, daß ich eine Familie nicht entbehrt hatte.

Schließlich fand ich noch den großen Umschlag, auf dem in Blanches Schrift LAWRENCE stand. Ohne den leisesten Skrupel, vielleicht ein Geheimnis zu entweihen, erbrach ich das Siegel. Der Zeitpunkt war gekommen, daß ich die Wahrheit erführe. Ich überflog den Inhalt und fand dort die Erklärung, warum die Geschichte von Blanche

che und Eugene D'Arcy in den frühen vierziger Jahren anscheinend aus dem Nichts anfing. Es war alles sehr klar und wahrscheinlich auch ziemlich alltäglich, wenn es sich nicht gerade um meine eigene Lebensgeschichte gehandelt hätte. Zunächst entdeckte ich die standesamtliche Heiratsurkunde von Blanche Sheridan und Lawrence Findlay aus Fermoyle aus dem Jahre 1939. Blanche konnte damals kaum neunzehn Jahre alt gewesen sein. Dann las ich ein Schriftstück über Zahlungsanweisungen des Militärsolds an Blanche in London. Das Ende davon war der Brief einer Dubliner Rechtsanwaltsfirma, in dem Blanche mitgeteilt wurde, daß Major Findlay nunmehr seine Mutter als nächste Verwandte benannt hätte und fernere Zahlungen an diese geleistet würden. Das letzte Dokument, das sich auf Lawrence Findlay bezog, war ein Telegramm aus Irland: LAWRENCE IST GEFALLEN. Es war mit GERALDINE FINDLAY unterschrieben.

Merkwürdigerweise lag in diesem selben Umschlag, als seien die beiden Ereignisse für Blanche untrennbar miteinander verknüpft, die Urkunde ihrer Eheschließung mit Eugene D'Arcy. Sie hatte etwa einen Monat nach der Ankunft von Geraldine Findlays Telegramm stattgefunden. Blanches Name war darauf als Findlay geborene Sheridan und ihr Stand als »Witwe« angegeben.

Ich hatte diese Urkunde früher niemals gesehen und wußte jetzt auch, warum. Das Heiratsdatum lag etwa ein Jahr nach meiner Geburt.

Ich saß mit den vielen Papieren um mich herum und überlegte, ob es wohl Blanches Wille gewesen wäre, daß sie mir jemals zu Gesicht kämen. Nun würde ich nie mehr erfahren können, ob sie an dem Tage, als sie in das letzte Stadium ihrer Krankheit hinüberwechselte und ich sie mit der offenen Hutschachtel fand, vorgehabt hatte, sie mir zu zeigen oder sie zu vernichten. Natürlich gab es diese Unterlagen auch noch woanders – in Caxton Hall und im Somerset House. Aber wäre es wahrscheinlich gewesen, daß ich solche Papiere jemals durchgesehen hätte, wenn nicht ein Ereignis wie Brendan Carrolls Telefonanruf der Grund dafür gewesen wäre? Wie viele Jahre hatte sie gezögert, mir die volle Wahrheit zu sagen? Und dann war es zu spät. Ich überlegte, warum sie ernsthaft daran zweifeln konnte, daß ich nicht froh wäre, lieber die Tochter meines Vaters zu sein als das eheliche und vielleicht routinemäßige Kind von jemandem, den ich nie gekannt hatte. Einzig von Belang war doch, geliebt worden zu sein. Bei Blanches Generation oder auch bei besonders gelagerten Familienverhältnissen spielte vielleicht das Geburtsdatum eines ehelichen Kindes eine viel größere Rolle als bei uns Jüngeren. Ich glaubte, einen guten Grund für ihr Schweigen in einem Brief zu finden, der etwa einen Monat nach meiner Geburt geschrieben war. Er trug den Briefkopf einer anderen Rechtsanwaltsfirma in Dublin, Swift & O'Neil, und war an Mrs. Lawrence Findlay adressiert.

> »Sehr geehrte gnädige Frau! Unsere Klientin Lady Maude Sheridan hat uns beauftragt, Ihnen mitzuteilen, daß sie Ihre Nachricht über die Geburt eines Kindes, von Ihnen und Eugene D'Arcy, erhalten hat. Ferner läßt sie wissen, daß jegliche weitere Mitteilung Ihrerseits ungelesen zurückgesandt wird.«

Die Kaffeekanne war ausgetrunken und alle Zigaretten aufgeraucht. Mir kam zum erstenmal seit Brendan Carrolls Anruf Blanches kleine Uhr auf dem Kaminsims zum Bewußtsein, die schlug. Es war drei Uhr, und in wenigen Stunden mußte ich abfahren. Deshalb legte ich die Papiere in die Hutschachtel zurück. Ich brauchte keine davon mitzunehmen. Alles, was sie besagten, hatte sich mir unauslöschlich eingeprägt. Ich stellte die Lock & Co.-Schachtel wieder in Blanches Schrank und machte mich dann ans Packen. Aber ich ließ zurück, was ich für Frankreich und Spanien vorbereitet hatte – die fröhlichen, farbenprächtigen Dinge, die dort getragen werden sollten, wo die Sonne immer scheint. Statt dessen legte ich die Kleidung in meine Tasche, die ich für ein regnerisches Frühjahr in Irland brauchen würde. Und als ich ins Auto gestiegen war, nahm ich nicht die Route gen Süden nach Lydd und zur Fähre nach Frankreich, sondern fuhr nordwärts nach Liverpool und zum Dampfer nach Dublin.

3. KAPITEL

I

Ich brachte den etwas mitgenommenen M.G. sanft zum Halten. Meine Hände sanken vom Lenkrad, und meine Schultern schmiegten sich bequem in die Rundungen des Schalensitzes. Das Verdeck war heruntergelassen. Ich saß versunken und lauschte dem Frieden der Landschaft und dem Fehlen von Lärm, das in sich selbst ein Geräusch ist. Dann fing ich an, das Klopfen meines eigenen Herzens zu hören – ein Pochen, das nicht mit der Stille in Einklang zu bringen war. Vor mir lag Cloncath, die Stadt der Sheridans. Es war einfach gewesen, sie zu finden: Lady Maude Sheridan war in dem Adreßbuch, das für ganz Irland gültig war, mit der Stadtadresse von Cloncath eingetragen. Und in Cloncath befand sich auch die Sheridan-Glashütte.

Es war Montag nachmittag. Der Mut zu meinem am Samstag morgen in London gefaßten Entschluß war hier in Irland, keine fünf Kilometer von Cloncath entfernt, von mir gewichen. Mein Blick fiel auf das Käsebrot und die Flasche Guinness auf dem Sitz neben mir, und mir wurde klar, daß ich die Dinge nicht eingekauft hatte, um ein Picknick einzuschieben, sondern weil ein Halten am Wegesrand ein Hinauszögern des Zeitpunktes bedeutete, an dem ich meinem ersten Impuls ein klares Ziel setzen mußte. Bis zu diesem Augenblick hatte die Fahrt selbst mich beschäftigt und abgelenkt. Ich hatte Freude an dem Gefühl meiner Unabhängigkeit gehabt, weil ich meine eigenen Wege ging und nicht nach Claudes Pfeife tanzen mußte. Jetzt hatte sich mein Elan erschöpft, und ich mußte zusehen, wie ich mit dem fertig wurde, was ich mir freiwillig aufgebürdet und was ich hinter mir gelassen hatte. Das Telegramm, das ich heute morgen aus Dublin abgeschickt hatte, würde Mary wahrscheinlich bestürzen, aber sie doch wenigstens darüber beruhigen, daß etwas bezüglich des Culloden-Pokals geschah. Das Telegramm an Claude würde ihn in nicht gelinde Wut versetzen. Natürlich war ich die Rolle in dem Peter-Latch-Film los, die Statistenrolle als Kleiderständer. Ich hatte Claudes Zorn doppelt verdient, denn ich ließ meine große Chance ungenutzt vorübergehen und wagte es außerdem noch, nicht zu gehorchen, wo doch alle Welt wußte, daß Claudes Fotomodelle immer das taten, was er von ihnen verlangte. Möglicherweise hatte ich Peter selbst einen kleinen Ärger bereitet, weil er nun jemand anders für die Rolle finden mußte, und ganz gewiß würde er nicht ein zweites Mal um meine Hilfe bitten. Ich hatte etwas Unverzeihliches getan, als ich dieser Welt von Agenten, Direktoren und Starproduzenten eine glatte Abfuhr erteilte. Und wofür? Für eine plötzliche Eingebung, die in den frühen Morgenstunden geboren und mit Kaffee, Zigaretten und Übermüdung hochgepäppelt war und durch die Entdeckung meiner eigenen Familie und die Worte eines Mannes, daß ich gebraucht würde, an Bedeutung gewann. Aber nun war ich beinahe am Ende meiner fragwürdigen Reise angekommen. Wenn ich mit Worten ausdrücken müßte, warum ich gekommen sei, ich hätte sie nicht finden können.

Einige Kilometer war die Landstraße einem Strom gefolgt, der in schnellem Lauf zwischen steilen Böschungen nach Cloncath und zum Meer floß. Wo ich den Wagen angehalten hatte, wurde die Straße etwas breiter, um in eine Steinbrücke überzugehen. Die Brücke führte zu großen eisernen Toren, die die Linie einer hohen Steinmauer durchbrachen. Diese verlief ungefähr einen bis zwei Kilometer längs des Flusses, zog sich an der Cloncathstraße noch weiter hin und verschwand dann. Neben dem Portal war ein Pförtnerhaus mit Gitterfenstern, dessen eine Wand durch die Parkmauer selbst gebildet wurde und dessen kleiner Garten ein einziges Meer von purpurfarbener und gelber Iris war. Vom Portal aus führte eine gerade und breite Allee zwischen zwei Reihen von Eichen hindurch, die mit dem ersten Frühlingsgrün ihre Knospen trieben. Die Allee wurde in der Ferne immer schmäler und löste sich schließlich in ein Nichts auf. Ein Haus war nicht zu sehen. Gepflegtes Vieh graste zu beiden Seiten auf den Weiden. Die Eichen schienen ebenso alt wie der Efeu, der an dem Häuschen rankte, emporkletterte und die Wände bedeckte. Es war ein Bild des Friedens und der Schönheit wie aus dem achtzehnten Jahrhundert, das nur durch die unschöne Zweckmäßigkeit der schweren hölzernen Gatter, die die Straßenseite des Flusses schützten, und die Schlangenlinie, die eine Kette und ein Vorlegeschloß bildeten, entstellt wurde. Die Brücke, deren Pfeiler verwitterte Aufsätze trugen, hatte der Kraft des Stromes bei einer Sturmflut nachgegeben und war eingestürzt – wohl erst vor kurzem, wie ich aus dem Fehlen von Gräsern und Moos auf den großen Steinblöcken schloß, die bei ihrem Einsturz ins Flußbett geschleudert worden waren. Jetzt wirbelte das klare Wasser dagegen und brach sich an ihnen. Ich nahm meinen Regenmantel und den Proviant aus dem Wagen, ging ein Stück flußabwärts und suchte einen Platz etwas abseits von dem tosenden Wasser und auch in einer gewissen Entfernung von den Fenstern des Pförtnerhauses. Ungefähr bei der nächsten Biegung war ein neuer hölzerner Steg über den Fluß geschlagen, auf dem sich schmutzige Fußstapfen und viele Fahrradspuren abzeichneten. Ich überquerte ihn und ging am anderen Ufer weiter flußabwärts. Die hohe Mauer folgte weiterhin der Krümmung des Flusses. Als der Strom breiter und die Ufer sanfter wurden, breitete ich meinen Regenmantel aus.

Es war vermutlich einer der Tausenden von Irlands berühmten Forellenbächen – klar, schnellfließend und tiefer, als ich gedacht hatte, mit vereinzelten verschwiegenen Buchten, die durch seine Windungen entstanden, und vom Ufer hervorspringenden braunen Felsblöcken. Er war überraschend kalt. Als ich meine Hände als Becher benutzte und trank, hatte ich jedoch noch nie ein so köstliches, würziges Wasser probiert, das wie Champagner prickelte. Danach hätte ich eigentlich das Guinnessbier nicht mehr gebraucht, aber ich trank es trotzdem, um mir Mut zu machen. Dann legte ich mich auf meinen Regenmantel zurück und zündete mir eine Zigarette an. Alles war friedvoll. Der Klang des Wassers auf den Steinen war sanft und beruhigend wie ein Murmeln, das keine Hast, sondern nur die Ewigkeit kennt. Zeit war ein Begriff, den ich für einen kurzen Augenblick von mir abgeschüttelt hatte – Zeit war der Hochbetrieb der vergangenen Woche, der Drang, meine Arbeiten zum Abschluß zu bringen, mit allem fertig zu werden und nach Frankreich abzufahren; Zeit war die Nacht ohne Schlaf über Blanches Papieren und die plötzliche, eilige Fahrt nach Liverpool, um die Fähre nach Dublin noch zu erreichen; Zeit war die Müdigkeit und Spannung, die nun allmählich von meinen Gliedern und meinem Geist abfiel. Ich fühlte mich in den Schlaf gewiegt und eingelullt in dem ausgewaschenen Flußbett, unter dem frühlingsgrünen Blätterdom über meinem Haupt und vor allem unter dem weichen irischen Himmel.

»Lotti . . .!«

Wahrscheinlich gehörte das erste Rufen in meinen Traum hinein, denn es kam mir vor, als hätte ich es zweimal gehört. »Lotti . . .!« Ich richtete mich auf, während ich mich mit einiger Schwierigkeit aus dem Schlaf riß. Es war ein Laut von entsetzlicher Heftigkeit und Qual gewesen, der aus der Richtung vom Ufer her nahe beim Steg gekommen war. Die Zweige hingen so tief herunter, daß ich einige Sekunden die Gestalt des Mannes nicht wahrnahm, dessen bräunlicher Tweedanzug sich nur undeutlich von dem bemoosten Felsen abhob. Als er langsam auf mich zukam, bemerkte ich jedoch zweierlei – daß er nicht mehr jung war und daß der Tweed das einzige an ihm war, was auf einen Landmann hindeutet. Er ging recht mühsam am Ufer entlang – nicht so sehr wegen des Stockes, auf den er sich stützte, fand ich, sondern weil er wohl mit Großstadtpflaster vertrauter war. Er war ein kleiner, untersetzter Mann, dessen Gesicht verkrampft war, weil er sich bemühte, seinen Halt nicht zu verlieren. Sein sehr dichtes, stahlgraues Haar, das eindrucksvoll frisiert, aber außergewöhnlich lang war, verlieh ihm eine besondere Note. Die Hand, die den Stock mit dem silbernen Knauf hielt, war dick und weiß. Zum erstenmal fiel mir jetzt ein, daß diese Seite des Flusses Privatbesitz sein könnte. Ich stand auf, um ihm eine Erklärung zu geben.

Aber er blieb in einer gewissen Entfernung stehen und gestikulierte unverständlich und unberechenbar mit einem Stock. Sein schwerer Körper schien zu schwanken, wobei er ein oder zwei Worte ausstieß, die ich nicht begriff. Dann ging er in gekrümmter Haltung, als ob er sich gestoßen oder verwundet hätte, bis dahin weiter, wo ein Felsvorsprung am Ufer ihm eine glatte Fläche zum Sitzen bot. Er ließ sich vorsichtig nieder und faltete seine Hände über dem oberen Ende des Spazierstocks. Sein Gesicht war grau, und ich konnte die Schweißperlen auf seiner Stirn und Oberlippe erkennen. Ich kam nahe heran. Einen Augenblick nur schloß er die Augen, wobei er den Stock mit hartem Griff umklammerte, als wolle er seine Beherrschung zurückgewinnen. Eine Art Todesqual drückte sich in dem Gesicht und der Haltung des Mannes aus.

»Darf ich . . . kann ich Ihnen helfen?«

Er schüttelte den Kopf, sagte aber nichts. Seine Augenlider waren noch gesenkt.

»Könnte ich Ihnen . . . etwas Wasser holen? Dahinten aus dem kleinen Haus vielleicht . . .«

Wieder schüttelte er den Kopf. »Nein . . . nein danke. Es tut nicht nötig.« Er schlug seine Augen auf, aber sein Ton war matt. Er holte mehrmals tief Luft, und allmählich begann der krampfhafte Griff um den Stock sich zu lockern und nachzulassen. Ich wartete und wäre gern zu dem Häuschen, an dem ich vorbeigekommen war, gelaufen – aber ich scheute mich, ihn allein zu lassen. So beugte ich mich über ihn. Er schien meine Beunruhigung zu spüren, denn er hob den Kopf, um mich anzusehen, und bemühte sich, den qualvollen Ausdruck auszulöschen, der auf seinem Gesicht zurückgeblieben war.

»Es tut mir leid«, sagte er. Als er den Spazierstock losließ, um das Taschentuch aus seiner Brusttasche zu nehmen, sah ich, daß seine Hand zitterte. »Es tut mir leid«, sagte er wieder. Er tupfte jetzt sein Gesicht ab, und ein wenig Farbe kehrte zurück.

»Sind Sie ganz sicher, daß ich nichts tun kann? Wenn es richtig ist, daß ich Sie nun allein lasse, könnte ich zu dem kleinen Haus gehen . . .«

Er schüttelte den Kopf. »Es ist niemand da. Und es ist keine Hilfe nötig.« Sein Englisch war ausgezeichnet, aber aus seinem Akzent schloß ich, daß er vom Kontinent stammte. »Sie sind sehr liebenswürdig . . . Es tut mir leid, daß ich Sie erschreckt habe. Sie schliefen . . . ja?«

»Das macht nichts.«

»Ich dachte . . . einen Moment dachte ich, Sie wären jemand anderes . . . Das Haar – einen Augenblick sah es aus . . . Natürlich ist das unmöglich. Wirklich töricht von mir.« Ein letzter Rest von Qual war noch immer in seinem Ton – eine enttäuschte Hoffnung. Ich empfand wirklich mit diesem schwer getroffenen kleinen Mann und wünschte sehnlichst, daß die Unbekannte, die er gerufen hatte, an meiner Stelle dagewesen wäre oder ich wenigstens ein Ersatz für sie hätte sein können. Es hatte eine so starke Sehnsucht in dem Ruf mitgeklungen, und eine große innere Not war in dem kurzen Hoffnungsausbruch freigeworden, die er nun unter diesem Mantel höflicher Widerrede verbarg. Ich wollte seine Schulter berühren und ihm sagen, er solle ausruhen, und ich würde ihm zum Trost bleiben, falls meine Anwesenheit ihm wohltäte. Aber auch ohne meine Worte schien er es zu wissen.

»Sie sind sehr gütig«, sagte er wieder – und dieses Mal geschah es nicht nur aus Höflichkeit.

»Dennoch tut es mir leid, daß meine Gegenwart Sie erschreckt hat. Ich hoffe, ich bin nicht unbefugt eingedrungen. Ich hatte nicht darüber nachgedacht, und es waren keine Schilder da, daß es Privatbesitz ist. Hätte ich auf der anderen Straßenseite bleiben sollen?«

Er schüttelte den Kopf und wies den Gedanken mit einer Handbewegung von sich. Wieder trocknete er sein Gesicht mit dem Taschentuch ab, und mit Erleichterung sah ich, daß seine Haltung dabei kräftiger und seine Bewegungen stetiger waren. »Alles steht Ihnen zur Verfügung. Wenn man wie ich Gast in einem Lande ist, hängt man keine Verbotsschilder auf. Der Strom ist zur Freude für jedermann da, und ich glaube nicht, daß Sie hergekommen sind, um mir Vieh zu stehlen. Bitte, beenden Sie Ihr Mittagsmahl.«

»Ich bin fertig.« Plötzlich kam mir ein Gedanke. »Sehen Sie, ich habe noch etwas Guinness in der Flasche. Wenn Sie nichts dagegen haben, daraus zu trinken . . .?«

Er zögerte kaum merklich, dann nickte er. »Ich danke Ihnen . . . gern.« Ich holte das Bier schnell und wischte den Hals der Flasche sorgfältig mit Kleenex ab, bevor ich sie ihm gab. Ich hatte das Gefühl, daß er wieder zögerte, ehe er sie zum Trinken ansetzte, aber dann war sie in wenigen Schlucken leer.

Er sagte nochmals: »Sie sind sehr gütig.« Ich fragte mich, warum er so bitter wenig erwartete. Er war noch sitzengeblieben, sah aber jetzt so aus, als hätte er sich von dem erlittenen Schock erholt. Ich wußte nicht, was ich tun sollte, und ging deshalb zu meinem Proviantgepäck und Regenmantel zurück und nahm beides an mich. Als ich ihm gegenüberstand, ergriff ich auch die leere Guinnessflasche. »Ich glaube, ich sollte nun lieber gehen — wenn es Ihnen besser geht. Noch einmal — es tut mir so leid . . .«

Zunächst glaubte ich, er ließe mich fort. Ich ging das Ufer entlang und hatte den Fußweg unterhalb der Mauer erreicht, als er wieder zu sprechen anfing. »Wohnen Sie hier in der Nähe?« Ganz bestimmt wußte er, daß das nicht der Fall war.

»Nein.« Ich sah mich um. Schien er nur so einsam und irgendwie verlassen, wie er da auf seinem Felsen saß? Wartete er, daß ich noch etwas sagen sollte? Plötzlich wurde mir klar, daß er in diesem Lande wirklich ein einsamer Mensch war, der ganz allein war mit seinen preisgekrönten Rindern, seinem schönen Park mit der breiten Allee und dem kettenbehangenen Tor. »Nein — ich mache gerade Urlaub und bin nur im Auto unterwegs. Ich wollte . . .« Ich fuhr fort, weil er anscheinend gern Näheres hören wollte. »Ich hatte vor, in Cloncath zu bleiben.«

»Sie kommen aus England — aus London?«

Ich nickte. Er sagte: »Sehr viel gibt es für Sie in Cloncath nicht. Gerade ein Hotel und ein paar Pensionen — und natürlich den Hafen und etwas Strand. Im Sommer gehen die Iren gern dorthin.«

»Wissen Sie, ich . . .« Warum fühlte ich mich zu dem seltsamen kleinen Mann nur hingezogen, fragte ich mich. Weil ihn mein unbefugtes Betreten nicht zu kümmern schien? Oder weil er so wenig Besitzerstolz zeigte, wo doch so viel Schönes ihm gehörte? Oder etwa, weil er meiner Hilfe bedurfte und sie auch von mir angenommen hatte? Er sah gnomenhaft aus, wie er mit seiner borstigen, grauen Mähne und dem braunen Anzug auf dem Felsblock hockte — ein starker Gnom. Ich fühlte, daß ich ihm mein Vertrauen schenken könnte. Deshalb kam ich in die Versuchung, meine Fragen lieber an ihn als an den Hotelier in Cloncath zu richten. Schließlich mußte er hier selbst einmal ein Fremder gewesen sein und würde noch wissen, wie unangenehm es war, in einer Kleinstadt Fragen stellen zu müssen, um sich zurechtzufinden. Natürlich war er kultivierter, als er aussah — und er war bestimmt auch klug, weil er reich war. Irgendwie begriff ich, daß er durch eigene Kraft zu seinem Reichtum gekommen war. Die straffe Energie, die für reiche Leute typisch ist, wenn sie hart arbeiten, beherrschte sein ganzes Leben. Da er Ausländer war, mußte er den Herrensitz gekauft und nicht geerbt haben. Ein kluger, reicher, starker kleiner Gnom. Er könnte ebenso auch voller Bosheit stekken, aber das traute ich ihm nicht zu. Obwohl ich nicht wissen konnte, wes Geistes Kind er war, wollte ich mein Glück bei ihm versuchen.

»Ich muß hier in der Gegend auch noch einen Besuch machen.«

Ich sah seine grauen Augen neugierig aufleuchten und war dankbar, daß er kein Engländer war, der sich bei aller Höflichkeit nur um seine eigenen Angelegenheiten kümmert. »So?« sagte er. Es klang wie eine offenherzige Aufforderung, ihm noch mehr darüber zu erzählen.

Ich versuchte, gleichgültig zu erscheinen. »Ja — bei den Sheridans. Lady Maude Sheridan. Kennen Sie sie?« Jetzt mußte ich warten, und ich fand, sehr lange. Dann nickte er ganz langsam.

»Ich ja. Aber Sie selbst kennen Lady Maude nicht, gnädiges Fräulein.« Er sagte das knapp und präzise, und ich wußte sofort, daß mein Gesicht wieder einmal alles verraten hatte, was ich dachte. Das hatte mich in der kühlen Welt von Claude und dem London, in dem wir beide wohnten, schon immer als Außenseiter gekennzeichnet. Mir kam auch zum Bewußtsein, daß dieser kleine Mann eine ganz große Menschenkenntnis hatte – viel tiefgründiger als ich selbst. Ich empfand keinerlei inneres Widerstreben, sondern gab mich in seine Hände.

»Nein, noch nicht. Ich dachte, ich würde von Cloncath aus telefonieren.«

Er schüttelte den Kopf. »Nicht gut. Ich möchte bezweifeln, daß sie Sie sehen will.«

»Warum denn nicht?«

Er zog eine Braue in die Höhe. »Sie ist ein bißchen verrückt, müssen Sie wissen. Verdreht, sagen die Iren. Harmlos, aber etwas verrückt. Sie geht auf keine Gesellschaft. Und niemand kommt mehr nach Meremount. Ich würde den Besuch nicht machen, wenn ich Sie wäre. Sie werden wahrscheinlich gar nicht empfangen werden. Es ist ein ganz merkwürdiger Hausstand.«

Ohne daß er es wissen konnte, schien er mir eine Rückzugsmöglichkeit aus der Situation, in die ich mich selbst begeben hatte, offenzuhalten. Es wäre ja so einfach gewesen, seinen Rat zu akzeptieren und nach Dublin zurückzugehen. Ich konnte alles als einen impulsiven Irrtum ansehen und zu vergessen versuchen. Warum war ich auch so töricht gewesen, gegen das Nichteinmischungsprinzip anzugehen, das Blanche mir mehr als zwanzig Jahre lang beigebracht hatte? Was berechtigte mich zu der Annahme, daß die Zeit die Härte mildern könnte, die in der abweisenden Antwort der Dubliner Rechtsanwälte an Blanche zum Ausdruck gekommen war? Wenn ich jetzt ginge, würde ich Mittwoch in Frankreich sein – unter Umständen war die Rolle in Peter Latchs Film ja noch frei. Später könnte es sogar eine amüsante Anekdote werden, die man am Eßtisch zum Besten gibt: wie ich nach Irland reiste, um meine verrückte Verwandtschaft zu besuchen und schließlich nichts daraus wurde. Aber Blanche war nie für derlei Scherze gewesen — auch nicht dafür, heitere Geschichten daraus zu machen. Und es gab ja immerhin auch noch den Culloden-Pokal.

Aber der Gesichtsausdruck des Gnomen war gar nicht so unbeteiligt, wie man hätte annehmen können. Er war besorgt, und er ließ mich seine Meinung klar und unmißverständlich wissen.

»Sehen Sie«, sagte er, »warum wollen Sie sich einer Unannehmlichkeit aussetzen? Sie ist eine verschrobene alte Dame. Sie kann — leicht reizbar sein.«

»Warum sollte es Unannehmlichkeiten geben?« Er erkannte, daß er vielleicht zu viel gesagt hatte. Ich genoß deshalb ein wenig sein inneres Unbehagen und fragte mich, ob er am Ende doch nicht so klug sei. »Es ist das Natürlichste von der Welt, nicht wahr? Die Sheridans sind eine Familienbeziehung.«

»Familie?« Sein Ton war voller Zweifel. »Es gibt da keine Familie.«

Ich beschloß, dem ein Ende zu machen. Wenn dies die übliche Kleinstadt war und Brendan Carroll den Mund nicht hielt, würde die halbe Einwohnerschaft sicher schon morgen von meiner Anwesenheit wissen. »Meine Mutter war eine Sheridan.«

»Ihre Mutter?« Er klopfte mit seinem Stock hart auf den Boden. »Wer ist Ihre Mutter?«

»Sie ist nun tot. Sie hieß Blanche D'Arcy.«

Einen Augenblick suchte er angestrengt in seinem Gedächtnis, dann sah ich, wie ihm die Erinnerung wiederkam. »Blanche . . .« wiederholte er mit einem raschen Wimpernzucken. »Ja, ich entsinne mich . . . ja, natürlich. Aber das liegt weit zurück. Lange, bevor ich kam.«

»Das glaube ich auch. Ich . . . ich weiß tatsächlich gar nichts darüber.«

»Sie wissen nichts?« Er schüttelte den Kopf. »Warum sind Sie denn gekommen?«

Ich machte eine hilflose Geste, denn ich fühlte mich gereizt und verwirrt. Inwieweit, so fragte ich mich, ging ihn dies alles überhaupt an, und warum war ich bereit gewesen, mich auf ihn zu verlassen? »Es gibt da etwas, das mir gehört – und das möchte ich wiederhaben.« Wie hätte ich ihm erklären können, daß ich nicht nur wegen des Culloden-Kelches hergekommen war? Es wäre sinnlos gewesen, denn ich konnte es nicht erklären.

»Dann«, sagte er, »halte ich es für besser, daß Sie mit mir nach Hause kommen, gnädiges Fräulein. Ich selbst werde mit Lady Maude in Verbindung treten.«

»Das wird nicht nötig sein, vielen Dank. Ich kann es in Cloncath vom Hotel aus erledigen.«

»Ich glaube . . .« Er fuchtelte mit dem Stock herum. »Nein, ich will ganz offen mit Ihnen reden. Ich bin sicher, daß es besser ist, wenn Ihre Ankunft nicht gerade durch das öffentliche Hoteltelefon angekündigt wird. Es wird schon genug Sensation in der Umgegend geben, selbst wenn es so scheint, Sie seien auf eine Einladung hin gekommen. Die alte Dame ist verrückt und schlecht beraten, aber sie hat genug Leid in ihrem Leben erfahren.« Er hielt inne, und sein Ton wurde ruhiger. »Der Himmel weiß, warum ich so sanft mit ihr bin, denn sie bemüht sich nicht etwa, sanft mit mir umzugehen – aber immerhin, warum das Unglück noch größer machen?« Er seufzte. »Wir wollen versuchen, sie so wenig wie möglich aufzuregen.«

»Wird denn meine Anwesenheit hier sie aufregen?« Ich fand, daß er doch reichlich übertrieb.

»Ich würde es für wahrscheinlich halten. Wenn mir die Geschichte richtig erzählt wurde und ich mich recht entsinne, war Blanche Lady Maudes Tochter. Ich bezweifle, daß hier in der Gegend viele Leute wissen, daß es noch eine Enkeltochter gibt.«

Plötzlich fühlte ich mich kalt und müde. Ich war auf dieser Reise sehr weit gekommen – weiter, als ich eigentlich kommen wollte. Aber ich hatte mir nicht klargemacht, wohin es führen würde. Ein Unbekannter namens Brendan Carroll – sein Name war immer noch das einzige, was ich von ihm wußte – hatte mir den Weg bis weit zurück in Blanches Vergangenheit gezeigt. Er hatte dazu den Culloden-Kelch sozusagen als Köder benutzt und sein Spiel mit der Verlassenheit, die er bei mir ahnte, getrieben.

»Enkeltochter.« Ich wiederholte das Wort etwas hilflos. Wie unangebracht es klang. Der Ausdruck war mir fremd und keineswegs vertraut. Ich kannte mich in dieser Rolle nicht. Aber natürlich verhielt es sich in Wirklichkeit so. Nur eine enge Mutter-Tochter-Bindung konnte mit einer so plötzlichen Heftigkeit zerstört werden, und nur gleiches Fleisch und Blut war zu solcher Grausamkeit und Unversöhnlichkeit fähig.

Das Gesicht des Gnomen verzog sich – vielleicht aus Mitleid oder vielleicht einfach aus befriedigter Neugier. Mir war es egal – ich hatte mich in seine Hände gegeben. Er wußte sofort, daß ich kapituliert hatte. »Sie sollten lieber tun, was ich Ihnen vorschlage, gnädiges Fräulein. Wir gehen zu mir nach Hause. Ist das Ihr Wagen, der dort geparkt ist?«

Ich nickte. Er stand vorsichtig auf. Dann gingen wir schweigend auf dem Fußweg unterhalb der Mauer zurück und über die schmale Brücke hinüber. Ich warf meinen Regenmantel auf den Rücksitz und wartete, während er seinen massigen Leib auf den Beifahrersitz zwängte. Er zeigte mir den Weg, den ich fahren sollte – zunächst wieder auf die Straße zurück, die ich gekommen war, dann bei einer Abzweigung von der Cloncath-Straße einbiegen, nochmals nach Osten abbiegen und die ganze Zeit längs der Parkmauer bleiben. Schließlich forderte er mich auf, langsamer zu fahren. Wir kamen zu zwei weiteren, dieses Mal geöffneten Portalen neben einem anderen Pförtnerhaus, wo der Gnom zwei kleinen

Kindern zuwinkte, die im Garten spielten. Dort nahm eine breite Eichenallee uns auf.

II

»Wie heißen Sie?« fragte der Gnom.

Ich sagte es ihm, und er nickte. »Ich bin Otto Praeger.« Es war das erstemal, daß wir während der Fahrt sprachen. Er neigte seinen Kopf mit einer unbeholfenen, ihm ungewohnten Bewegung nach hinten und sah zu den Bäumen hinauf, wie man es in einem offenen Wagen gern einmal tut.

»Ihre Vorfahren, Miß D'Arcy, haben diese Bäume gepflanzt. Sie bauten das Haus, in dem ich wohne – Schloß Tyrell. Vor etwas mehr als zehn Jahren habe ich es gekauft – das Schloß und was sonst noch von dem Besitz übrig war.« Er warf mir einen flüchtigen Blick von der Seite her zu. »Sie wundern sich, warum ich Sie mit solchen Sachen behellige, während Sie wichtigere Dinge im Kopf haben? Es soll Sie auf alles vorbereiten, was man Ihnen erzählen wird, wenn Sie Lady Maude besuchen – falls Sie sie besuchen sollten. Ohne Frage wird sie Ihnen dies alles und noch viel mehr erzählen. Ihr Spleen ist ihre Familie – das Fehlen von Verwandten und die Vergangenheit – sie belastet sich viel zu sehr damit. Sie ist besessen davon, wie alles früher einmal war. Sie lebt, glaube ich, nur noch für den Tag, an dem sie wieder die Besitzerin des Hauses ist, das sie mir verkauft hat, und sie dann dort wohnt, wo sie geboren ist. Nach menschlichem Ermessen wird das natürlich niemals eintreten.«

»Das ist also die Familie Sheridan . . .« Ich gab mir Mühe, die Zusammenhänge und Familienverhältnisse zu begreifen.

»Nicht die Sheridans. Lady Maude war eine Tyrell. Sie heiratete unter ihrem Stand, und während man es allgemein längst vergessen hat, wird sie das niemals fertigbringen. Charles Sheridan war ein Geschäftsmann – wahrscheinlich ist es ihr nie in den Sinn gekommen, daß er der Nachkomme eines berühmten Glasbläsers war. Ich frage mich manchmal, ob sie ihm jemals verziehen hat – er ist ja schon viele Jahre tot –, daß er sich dermaßen versteigen konnte, sie um ihre Hand zu bitten. Gewissermaßen natürlich auch sich selber, weil sie ihm ihr Ja-Wort geben mußte.«

Er hatte recht gehabt, mir von Anfang an den Mut zu nehmen – und Blanche hatte mit ihrer nun schon lange zurückliegenden Entscheidung recht gehabt, mich da herauszuhalten. »Und die restliche Familie?« fragte ich mühsam.

»Wie ich Ihnen schon sagte, niemand. Nicht ein Tyrell und nicht ein nahe verwandter Sheridan. Ein Sheridan leitet zwar die Glashütte, aber er ist der Sohn eines entfernten Vetters – er heißt Connor Sheridan.«

Ich hatte auf den anderen Namen gewartet, aber er war nicht gekommen. Deswegen fragte ich. »Kennen Sie jemanden, der Brendan Carroll heißt?«

Ich fühlte mehr, als daß ich es hörte, wie er ganz tief Luft holte. Der massige Mensch auf dem Sitz neben mir schien zu zittern.

»Ganz gewiß«, sagte er, und das war alles. Ich sah, wie die fleischige Hand den Stock umklammerte und wieder losließ. Er blickte nun nicht mehr in die Bäume über sich.

Schließlich hörte die Allee auf, sich in der Ferne zu verlieren. Ich konnte den Schimmer von stillem Wasser glitzern sehen. Wir überquerten noch eine Steinbrücke über den Fluß, der einen kleinen künstlichen See versorgte, zu dem sich ein prächtiger grüner Rasen und Azaleenrabatten herabzogen. Auf einer kleinen Anhöhe stand das Haus, ein langes steinernes Gebäude mit Zinnen, Türmchen und Türmen – ein nicht eben schönes, aber unbestritten eindrucksvolles und merkwürdiges Ergebnis vieler baufreudiger Generationen. Ganz am Ende stieß das Haus an einen viereckigen Turm, der hoch darüber hinausragte. Beide Gebäude gingen nicht direkt ineinander über. Der Festungsturm mochte aus jenen Tagen stammen, als noch Bogenschützen aus den Schlitzfenstern auf den Angreifer aufpaßten, der aus den dichten Nebeln von See her auftauchte.

Unwillkürlich ließ ich den Wagen langsamer fahren, während mein Blick auf das Schloß fiel.

»Sie haben es während der Aufstände in Brand gesteckt«, sagte Otto Praeger. »Die Familie konnte dort nicht länger wohnen, und es war auch kein Geld da, um es wieder in Ordnung zu bringen. So blieb es ohne Dach, bis ich es entdeckte — ein Unterschlupf für kleines Waldgetier, das in dem Gemäuer aufwuchs. Es wäre vielleicht weniger kostspielig gewesen«, fügte er hinzu, »die ganze Anlage zu schleifen und neu anzufangen. Aber in jener Zeit damals war ich nicht dazu aufgelegt, irgend etwas abzureißen. Bis 1945 hatte ich zu viel von der Zerstörung dieser Welt miterlebt.«

Ich fragte mich, was er persönlich bei Kriegsende verloren hatte, daß er so an diesem Bauwerk hing — und wo das wohl gewesen war. Abgesehen von dem alten Turm übte das Haus selbst merkwürdigerweise keine eigentliche Wirkung auf mich aus. Es bedeutete mir nicht viel mehr als eine alte Burg aus Ausschneidebögen, mit der man spielt und sich die Zeit vertreibt. Otto Praeger sagte zwar, meine Vorfahren hätten es erbaut, aber meine Erfahrung mit Vorfahren beschränkte sich auf Blanche. Eigentlich sollte ich es dabei belassen, dachte ich. Ich gehörte weder zu der Zeit noch zu der Generation, die Familien, Bauten oder ein besonderes Fleckchen Erde verehrungswürdig fand. Lady Maude sollte merken, daß ihre Vorahnungen nicht trügerisch gewesen waren und sie mit der Ablehnung ihres einzigen direkten Nachkommens in den ganzen vergangenen Jahren recht gehabt hatte. Denn wahrscheinlich morgen schon würde ich nach Spanien reisen.

Die Auffahrt führte ums Haus herum und endete auf der anderen Seite. Ich parkte das Auto auf dem kiesbedeckten Platz unter einer Terrasse. Der Stil dieses Teiles des Schlosses war viktorianische Neugotik mit sorgfältig gearbeiteten und reich verzierten spitzbogigen Fenstern und Türen. Man hatte den Versuch gemacht, dem Ganzen eine beschwingtere Note zu geben, indem man mit Stiefmütterchen bepflanzte Blumenkübel auf die Treppenflucht, die zur Eingangstür führte, gestellt hatte. Aber sie wurden durch die Wucht des Hauses erdrückt. Als wir ausstiegen, öffnete sich die Tür, und ein ziemlich junger Mann, der eine dunkelgraue Dienerjacke und eine reichlich schiefsitzende Fliege trug, lief die Stufen herunter.

»Ja, er ist es«, rief er über seine Schulter jemandem in der Halle zu, den man nicht sah.

»Hier herrschen«, sagte Otto Praeger mit sehr leiser Stimme, »chaotische Zustände, aber ich werde liebevoll betreut. Ich habe es natürlich auch anders versucht, mit einem englischen Butler und einer Wirtschafterin, aber innerhalb eines Monats brach der gesamte Haushalt zusammen. Deshalb wird es nun gemacht, wie diese es wollen, und wir kommen ganz gut miteinander aus.«

»Herr Praeger, Sir«, sagte der Mann, während er auf mich zueilte. »Gerade wollte ich Sie suchen lassen. Es ist nach halb zwei Uhr, und Sie haben noch keinen Lunch gehabt.«

»Das macht nichts. Dann sollten wir jetzt wohl lieber den Tee einnehmen, nicht wahr, O'Keefe?«

»Tee?« Bestürzung malte sich in O'Keefes Gesicht. »Um diese Zeit? Ich will mal sehen, was sie dazu sagen wird.«

»Ja bitte — sagen Sie ihr, daß ich hungrig bin.«

»Das will ich tun, gnädiger Herr. Und was soll ich mit dem Gepäck machen, Sir?«

»Gepäck?«

O'Keefe betrachtete sich angelegentlich die Taschen, die in dem Raum hinter den Sitzen verstaut waren. »Ach, das . . . schon gut, ich gebe Ihnen später Anweisungen.«

Ich wartete, bis O'Keefe uns vorausgegangen war, während er dem Wesen in der Halle wieder etwas zurief. »Er will gern Tee haben. Er hat Hunger. Sag das Mrs. Sullivan.«

»Sie hätten ihm sagen sollen, die Reisetaschen dort zu lassen, wo sie sind«, sagte ich. »Ich bleibe nicht. Das Hotel in Cloncath scheint die beste Lösung – wenigstens ist es neutraler Boden.«

»In Irland gibt es keinen neutralen Boden, Miß D'Arcy – das werden Sie noch lernen müssen. Wenn Lady Maude sich weigert, Sie zu empfangen, werden Sie natürlich die Nacht hier verbringen. Und niemand wird erfahren, daß wir das nicht schon die ganze Zeit vorgehabt hätten.«

»Was auch passiert«, sagte ich, »morgen reise ich.«

»Das wird sich herausstellen«, antwortete er. »Das muß sich erst noch herausstellen.«

III

»Ich habe Lady Maude einen kurzen Brief geschickt«, sagte Otto Praeger.

»Einen kurzen Brief? Hätte ein Telefonanruf nicht genügt?«

»Sie ist fast nie am Telefon zu sprechen, soviel ich weiß. Ich selbst habe niemals versucht, sie anzurufen. Und täte ich es jetzt, halb Cloncath würde es innerhalb einer Stunde wissen. Aber wir wollen Tee trinken und abwarten. Die Antwort wird bald hier sein. Es ist weiter keine Entfernung nach Meremount.«

Wir saßen in einem Raum mit Blick über den See, der vom alten Turm aus am äußersten Ende des Bauwerkes lag – ein stattlicher Raum, der Otto Praeger als Studierzimmer diente. Er ging von der Haupthalle ab, die überraschte, weil sie schlicht und modern war, während ich schwere viktorianische Wandtäfelung erwartet hatte. Dann fiel mir sein Bericht über die Mauern ohne Dach wieder ein, in denen ein junger Wald bereits langsam emporwuchs. Die Halle war in roher weißer Stuckarbeit und mit Holz ohne jegliches Schnitzwerk restauriert, so daß ihre Schlichtheit dazu beitrug, die Pracht einer Sammlung chinesischer Teppiche und Keramiken zu unterstreichen. Sie mündete in einer langen Galerie von ineinandergehenden Räumen, die zum See hin lagen und deren Wände voller Gemälde hingen. Ich wäre gern noch geblieben, aber Praeger hatte mich in sein Studierzimmer genötigt.

»Später«, sagte er. »Später werden Sie noch dorthin kommen. Ich will Ihnen später alles zeigen. Aber jetzt wollen wir Tee trinken.«

Ehe O'Keefe mit den verschiedenen Tabletts und Teekannen kam, erschien eine plumpe Frau in mittleren Jahren an der Tür. Ihre Kleidung wirkte fast wie eine unfreiwillige Karikatur einer irischen Bäuerinnentracht aus dikkem Tweed und mit derbem Schuhwerk. Sie hatte einen Block, einen Bleistift und ein Bündel mit Papieren bei sich.

Im selben Augenblick winkte Praeger ihr ab. »Später, Fräulein Schmidt, bitte. Hat O'Keefe Ihnen nicht gesagt, daß ich einen Gast habe? Und außerdem habe ich nicht zu Mittag gegessen.«

Die Frau nickte. »Ja, Herr Praeger. Und vergessen Sie Ihre Pillen nicht.«

Als sie die Tür hinter sich geschlossen hatte, stellte Praeger betrübt fest: »Die Jüngeren bieten einen erfreulicheren Anblick. Wenn man aber mit einer jungen Sekretärin reist, machen die Leute dumme Bemerkungen, und das schadet natürlich dem guten Ruf. Außerdem sind die Jungen nicht so tüchtig — und sie denken auch nie an die Pillen.«

»Reisen Sie viel, Herr Praeger?« Ich konnte mir gar nicht vorstellen, was die vielen Ausländer in Irland zu tun hätten.

Er zuckte mit den Wimpern, als hätte ich das wissen müssen. »Mein Büro ist in Frankfurt«, sagte er. »Ja — ich reise eine ganze Menge.«

»In Frankfurt? Aber Sie wohnen doch hier!«

»Ich bin immer einige Tage in der Woche hier.«

Mit ausgestreckten Händen wies ich auf das Haus. »Aber all dieses für so kurze Zeit . . .?«

Er machte es sich in einem Lehnsessel mir gegenüber bequem. »Ich habe Europa in Trümmern gesehen, Miß D'Arcy. Ich habe mir damals gelobt, daß ich mir, falls ich überleben sollte, einen Ort suchen würde, den der Krieg verschont hat.« Er hob die Schultern. »Als ich dies hier fand, trug auch ich Narben eines langen Krieges — aber es war ein ehrlicher und gerechter Kampf. Und eins dürfen Sie nicht vergessen: in jener Zeit gab es nicht viele Orte, wo man einen Deutschen aufnahm. Die Menschen hier waren anständig und freundlich, und wenn sie mich vielleicht auch nicht mochten, so behielten sie es für sich. Nur Lady Maude — sie als Aristokratin und Anglo-Irin — hielt es natürlich für ihre Pflicht, mich zu verachten, als sie mein Geld für ihr Haus nahm — oh, entschuldigen Sie bitte, das hätte ich nicht sagen sollen. Es kann nichts Langweiligeres für junge Menschen geben als einen alten Mann, der sich selbst bemitleidet. Und es ist ja auch Ihre Großmutter . . .«

»Es ist die Mutter meiner Mutter«, sagte ich. »Ob sie mir persönlich etwas bedeutet, wird sich herausstellen müssen.« Sein Gesichtsausdruck war voller Zweifel, und ich ließ der Entrüstung und Verzagtheit, die in mir wach wurden, freien Lauf. »Herr Praeger – mein Wagen steht draußen. Es steht mir frei zu gehen, wann ich will. Ich schulde Lady Maude nichts – ganz und gar nichts.«

O'Keefe kam mit den Sachen für den Tee herein, und deshalb machte Praeger nur eine einzige kurze Bemerkung. »Entschuldigen Sie – aber ganz so unkompliziert sind die Dinge nun nicht.«

Dann schenkte er mir voller Eifer ein und versuchte, mich zum Essen zu überreden. »Sie sind dünn«, sagte er. »Aber viele junge Mädchen sind heutzutage dünn, auch die deutschen Mädchen. Sie sehen alle aus, als wollten sie unbedingt Fotomodell werden.«

Ich ließ das auf sich beruhen. Ich wurde zusehends nervöser, als wir warteten, und wollte nichts essen. Mir war, als hätte ich ein Rennen zu machen, und das konnte nur mit leerem Magen sein.

Ich bereute das Bier am Flußufer – ich bereute beinahe alles, was ich seit Brendan Carrolls Telefonanruf getan hatte. Mrs. Sullivan hatte sichtlich beschlossen, Lunch und Tee zu einer Mahlzeit zusammenzufassen: es gab Platten mit geräuchertem Lachs, Kartoffelsalat, Schinken, Käse und natürlich das obligate silberne Teebrett mit winzigen belegten Häppchen und Kuchen. Otto Praeger hatte es inzwischen aufgegeben, mich zum Zulangen zu nötigen, und machte sich selbst über die Platten her. Er aß schweigend und mit Genuß. Ich rauchte eine Zigarette und trank meinen Tee – und als in diese Stille hinein das Telefon klingelte, fuhr ich zusammen und verschüttete dabei etwas Tee auf meine Untertasse.

»Ja, Fräulein Schmidt«, sagte Otto Praeger. »Ja, stellen Sie bitte durch. Ja, sie ist es. Ja . . . ja, ich werde ihr den Weg zeigen. Ich glaube, sie kann sich allein zurechtfinden. Auf Wiedersehen.«

Er wandte sich mir zu. »Das war Connor Sheridan. Ich hatte auch ihm eine Nachricht in die Glashütte geschickt. Er und Lady Maude erwarten Sie.«

Langsam stellte ich die Tasse hin. Meine Knie schienen ihren Dienst verweigern zu wollen, als ich mich erhob.

IV

Ich fand Meremount ohne Schwierigkeit und viel zu schnell. Fräulein Schmidts getippte Hinweise waren peinlich genau, aber ich benötigte sie gar nicht. Otto Praeger hatte mir gesagt, ich solle zum nördlichen Pförtnerhaus zurückkehren, wo ich den Wagen geparkt hatte, um zu Mittag zu essen, und auf der Concath-Straße bleiben. Das Portal von Meremount befand sich etwa anderthalb Kilometer weiter. Als ich es erblickte, vergaß ich aus reiner Freude am Schauen einen Augenblick meine Nervosität. Es war ein vollendetes Queen-Anne-Haus – vortrefflich in jeder Proportion, Linienführung und Einzelheit, so symmetrisch, so schlicht und so gefällig wie die Kinderzeichnung eines Hauses. Es war von dem Weideland des Gutes umgeben und hatte an beiden Seiten seiner sich sanft windenden Allee Obstgärten, wo Schafe das satte Grün abgrasten. Das Pförtnerhaus, neben dem Wäsche zum Trocknen hing, war ein kleines Bauernhaus aus derselben Epoche. Hier standen die eisernen Tore offen. Sie sahen aus, als wären sie in dieser Stellung eingerostet und würden sich nie wieder schließen. Ich konnte keinen eigentlichen Garten sehen – nur einen unebenen Rasen, der von einem Schafsgatter umzäunt war, und einige wenige ungepflegte Rhododendron unter den Fenstern, ein rundes Beet mit wildwachsenden Rosen, auf das das Unkraut übergegriffen hatte, und einige Topfgeranien ganz unten an der Treppe. Eine hohe Backsteinmauer, die sich unmittelbar an die vordere Fassade anschloß, unterbrach die Sicht zu den Nebengebäuden und verbarg vielleicht einen weiteren Garten; sie war von wucherndem Efeu und Glyzinien fast vollständig bedeckt. Nach der sorgfältig gepflegten Gediegenheit von Otto Praegers Schloß war Meremount beruhigend.

Die große Vordertür stand offen. Auf der Treppe und dem ungepflegten Kiesrondell unten vor dem Haus lagen verstreute Möbelstücke herum, die allem Anschein nach von einem beschädigten Lastauto abgeladen waren, das an der einen Seite stand. Es handelte sich um einen hübschen kleinen Schreibtisch, einen viktorianischen Waschtisch und Stühle, die nicht zusammengehörten – Ladenhüter, allerdings einige von ihnen sehr gut erhalten und alle wahllos irgendwohin gestellt, als seien sie vom Himmel gefallen. Ich konnte das Geräusch von lauten, aufgeregten Stimmen aus der Halle vernehmen. Eine von diesen Stimmen war dünn und klang nicht mehr jung, aber sie dominierte unbedingt und kommandierte.

»Nein – Sie Idiot! Dorthin! Tun Sie es dorthin!«

Ich ging auf die Treppe zu. Man konnte gemurmelte Einwendungen und die Stimmen von zwei Männern vernehmen, die sich gegenseitig Anweisungen gaben. Dann ertönte ein Schrei und das Geräusch von zersplitterndem Glas. Sofort folgten Gegenanschuldigungen seitens der hohen dünnen Stimme. »Und wie, Michael Sweeney, soll ich das ersetzen? Der Wandleuchter da war fast zweihundert Jahre alt. Soviel Ihnen bekannt ist, hat Ihr Ur-Ur-Urgroßvater ihn für Sheridan gemacht . . .«

»Pscht! – Regen Sie sich nicht auf, Lady Maude. Hängt nicht genau dasselbe Stück in unserem Eingang? Ganz gewiß benutzen wir das Ding niemals mehr, seit wir elektrisches Licht haben. Deshalb können Sie es also ruhig haben.«

Ich war oben an der Treppe angekommen. Eine dünne, grauhaarige alte Frau, die einen blaugrünen Tweedrock und passende Jacke trug, stand der offenen Tür halb zugewandt da. Mit dem Rücken zu mir und den Händen in beide Hüften gestemmt musterten zwei Männer das Gestell eines hohen Himmelbettes und das ringsum verstreute Kristall von dem Gehänge eines kleinen Wandleuchters. Sie hatten offensichtlich versucht, das Bett einen schmalen Durchgang entlang durch eine Möbelkollektion hindurchzumanövrieren, die umfangreicher als alles war, was selbst Blanche seinerzeit in ihrer Antiquitätenhandlung gehabt hatte. Es war die merkwürdigste Ansammlung von Gegenständen, die ich je gesehen hatte: gute und weniger gute Stücke, die ein Herrenhaus und ein Dutzend Tagelöhnerkaten hätten möblieren können: Stühle, Tische, Schreibtische, Sofas, Raritäten — der Schund und die Prunkstücke eines ganzen Lebens. All das stand da herum — allerdings ohne die Ordnung eines Auktionssaales —, als warte es darauf, noch irgendwo anders hinzukommen. Es ließ die Pracht der Halle und der schlanken Säulen, die ihre stattliche Weitläufigkeit aufgliederten, vollständig verblassen. Über den Berg von Möbeln hinweg konnte ich die zarte Verzierung von zwei Adam-Kaminsimsen erspähen — und gerade noch den Anfang eines herrlich geschnitzten Treppenaufgangs, der von der rechten Seite der Halle abging. Dicker Staub lag auf den Kaminsimsen, den Kronleuchtern und allen Möbeln. Eine Ausnahme bildeten lediglich die Stücke, die ganz in der Nähe der kleinen Seitenflügel aufgestellt waren und für die Menschen zur Verfügung standen, die dieses Warenlager bewohnen mußten.

Die alte Dame mußte meinen Schatten am Türeingang gespürt haben, denn sie wandte sich mir nun voll zu. Sie sagte jedoch nichts, sondern stand nur da und guckte, und ich fühlte bis in jedes einzelne Glied den gnadenlosen, prüfenden Blick der verblaßten blauen Augen. Eine schwache Bewegung der Lippen verriet als einziges eine gewisse Gemütsbewegung. Ich stand wie angewurzelt da und war unfähig, mich zu rühren oder zu sprechen.

Die beiden Männer wurden sich jetzt ihres starren, auf etwas hinter ihnen gerichteten Blickes bewußt. Sie wandten sich um. Irgendwie waren sie ganz ähnlich mit seltsamen Arbeitshosen, die in Gummistiefel gestopft waren, und grobgeschnittenen Jacken aus demselben Tweed, den die alte Dame trug, bekleidet. Ich vermutete, daß sie Landarbeiter waren, die man herangeholt hatte, um die Möbel vom Lastwagen fortschaffen zu helfen. Ihre Münder öffneten sich leicht, als sie meiner ansichtig wurden.

Wieder ertönte ihre Stimme — noch dünner, schriller und verkrampft: immerhin bestand eine gewisse innere Bewegung. »Schon gut, lassen Sie das jetzt. Lassen Sie das und gehen Sie, und bringen Sie die anderen Sachen herein, bevor ein Regenguß sie demoliert. Michael Sweeney, halten Sie keine Maulaffen feil. Sehen Sie nicht, daß meine Enkelin angekommen ist?«

Dann wandte sie sich zu mir. »So, nun komm mit. Ich habe dich erwartet.«

V

»Wie nimmst du den Tee?«

»Ohne Milch und Zucker, bitte.« Sie warf mir einen scharfen Blick zu, als sei ich sträflich affektiert, aber sie sagte nichts, als sie die dunkle, lauwarme Flüssigkeit in der Crown-Derby-Tasse herüberreichte. Sie zeigte nur auf die Teller auf dem kleinen Tisch zwischen uns. »Ein Butterbrot — einen Gerstenkuchen?« Ich scheute mich abzulehnen, deshalb mußte ich versuchen, an einem der steinharten Gerstenkuchen zu knabbern, auf dem die Butter nicht etwa gestrichen, sondern in einem übertrieben großen Klumpen draufgeklackst war. Die trockenen Krümel blieben mir im Halse stecken, und ich hustete.

Wieder der scharfe Blick. »Du bist doch nicht krank, nicht wahr? Du bist zu dünn . . .«

Ich schüttelte den Kopf und war zu keiner Antwort fähig. Während ich mit den Krümeln kämpfte, wandte sie ihren Blick nicht von mir, und ich konnte die ganze Kritik spüren, die in Worte zu fassen sie sich gar nicht erst bemühte. Wußte sie denn nicht, daß dies die Ära des kurzen Rockes und des glatten langen Haares war und daß ich weder einen besonders kurzen noch einen langen Rock trug, und beides war sauber und das Haar gut gekämmt? Mir war klar, daß ich trotzdem keine gute Note dafür bekam. Sie selbst trug ihr Haar in wunderbaren, hochgesteckten, silbergrauen Zöpfen über einem Gesicht mit einer durchscheinenden Haut, die von Hunderten von winzigen feinen Linien durchzogen war und Knochen überspannte, die mich an Blanches Knochen erinnerten. Sie hatte wunderschöne, aber ungepflegte Hände, und sie bewältigte die dicken Butterbrote und dann einen Gerstenkuchen, als seien es die Köstlichkeiten, die Otto Praeger vorgesetzt wurden. Sie mußte doch wohl gewußt haben, was ihrer harrte, denn sie bestrich alles dick mit Erdbeermarmelade aus einem schmierigen Glasgefäß.

Wir hatten im Salon, wie sie es bezeichnete, Platz genommen – einem großen, hohen Raum mit einer herrlich verzierten Decke und Wandtäfelung. Viel war von der Täfelung wegen der an den Wänden herumstehenden Möbel nicht sichtbar – den hohen Mahagoni-Bücherschränken ohne Bücher, die mit Silber und Porzellan vollgestopft waren, den Bibliothekstischen, die gegen die Bücherschränke geschoben waren, den großen Rokoko-Kommoden, den Seitentischen und den runden Klapptischen auf ihren zarten Dreibeinen. Wir saßen auf Chippendale-Stühlen mit verschlissenen Tapisseriebezügen der Sitze und Rückenlehnen in einem relativ übersichtlichen Raum vor dem gemeißelten Marmorkamin. Das übrige des Raumes konnte ich in dem goldgerahmten Spiegel darüber nur als schwaches Spiegelbild erkennen: die langen Vorhänge, deren Seidenstoff sich in Fetzen auflöste, wo die steifen Falten verliefen, und die vom Regen streifig gewordenen Verandatüren, die in einen Garten hinausführten, der unter einem Gestrüpp von wilden Rosen und Weinstöcken fast verschwand. Hier herrschte nicht das Durcheinander bunt zusammengewürfelter Möbel wie in der Halle. Jedes Stück war ganz besonders schön und so sorgfältig ausgewählt, als wäre dies wirklich einmal ein Gesellschaftsraum gewesen. Aber auch hier hatte sich in dieser Hinsicht alles überschlagen: es war jetzt eine traurige Rumpelkammer geworden, die mit Möbeln, die niemand benutzte, vollgestopft war. Während ich alles in mir aufnahm, wurde ich an das Geschäft in der King's Road erinnert – an die Jahre, als ich, fast ohne es zu merken, die grundlegenden Stilrichtungen der berühmten Kunsttischler in mir aufnahm: Chippendale, Sheraton, Heppelwhite und Adam. Ich hätte nicht jeden Stil und jede Epoche, die ich zu Gesicht bekam, mit Namen nennen können. Aber Blanche hatte das gekonnt, und nun war mir auch klar, wo sie es gelernt hatte.

Es hatte keine Begrüßung zwischen mir und Lady Maude gegeben. Nach den ersten Augenblicken in der Halle, deren Zeugen die beiden Männer, die sie fortgeschickt hatte, gewesen waren, hatte sie mich direkt hierher geführt.

»Setz dich«, hatte sie gesagt. »Ich will Bescheid sagen, daß wir zum Tee eine Person mehr sind.« Es klang gerade so, als ob einer oder ein Dutzend mehr nichts ausmachte. Und dann hatte sie mich bis zu dem Augenblick allein gelassen, als sie mit einer Frau zusammen zurückkehrte. Diese ging hinter ihr und hatte sich mit dem riesigen silbernen Teebrett, das mit dem georgianischen Tafelgerät und dem Crown-Derby gedeckt war, mühsam ihren Weg gebahnt. Sie war eine große, starkknochige Person in den Fünfzigern mit verblichenem roten Haar, das in einem tiefen Knoten zusammengehalten wurde, und trug eine Schürze, Bluse und Wollweste, die lose über einen sackartigen Rock aus dem nunmehr vertrauten Tweed herunterhingen. Ich hatte allerdings den Eindruck, daß das Silber und Porzellan alltägliche Gegenstände für sie waren. Sie machte sündhaft starken Tee in dieser Kanne und klapperte wahrscheinlich Tag für Tag mit diesem kostbaren Porzellan herum, stieß es an und hatte keine Ahnung, wie wertvoll es war. Sie hatte sich schwerfällig durch die Möbel bis zur Tür zurückgekämpft — mit vielen rückwärtigen Blicken auf mich.

»Noch mehr Tee?«

Mir war kalt, und der Raum war kalt — aber der Tee war zumindest noch ein klein bißchen warm. Die Tasse klirrte auf der Untertasse, als ich sie herüberreichte, und mir war gar nicht wohl dabei, denn ich hatte versucht, mir den Anschein innerer Ruhe zu geben.

»Ich weiß nicht, warum du gekommen bist«, sagte Lady Maude, als sie mir die Tasse zurückgab. »Wir sind in all diesen Jahren ganz ausgezeichnet ohne euch fertiggeworden.«

Sie schloß uns beide in diese Feststellung ein — Blanche und mich; nur für mich hätte sie niemals so heftigen Gefühlen Ausdruck verliehen. »Das habe ich mir gedacht«, sagte ich und ließ meinen Blick nicht ein zweites Mal über das Chaos in dem Raum schweifen.

»Hat sie dich geschickt?«

»Sie?«

»Deine Mutter.«

»Meine Mutter ist tot.«

»Ich weiß, daß sie tot ist.« Sie redete so, als sei Blanche vor zwanzig Jahren gestorben. »Die Anwälte haben mir die Nachricht geschickt. Aber ob sie dich hergeschickt hat, möchte ich wissen. Hat sie dir gesagt, du solltest versuchen, etwas wieder gutzumachen? Glaubte sie nach all den langen Jahren wirklich, sie könnte dich herschikken, damit du ihre Pflichten erfüllen sollst?«

Ich konnte es nicht länger ertragen. Mein höfliches Benehmen fiel wie ein Kartenhaus in sich zusammen. »Mich schicken? Niemand hat mich geschickt. Ich hatte niemals von Ihnen auch nur andeutungsweise gehört – bis letzten Samstag abend. Ich würde auch niemals von Ihnen gehört haben, wenn nicht . . .«

Sie ließ mich nicht ausreden. »Du willst also behaupten, daß Blanche mit dir niemals über ihre Familie gesprochen hat? Daß sie dir wirklich niemals von den Tyrells erzählt hat?«

»Sie hat mir auch nichts über die Sheridans erzählt.«

»Die Sheridans . . .« Die alte Frau winkte mit einer wegwerfenden Handbewegung ab. »Hat sie dir nicht gesagt, daß ihr Großvater Lord Fermoyle war?« Ich sah sie überrascht an, während sie sich in einem gewissen Übereifer, weil sie das nicht fassen konnte, weiter fortreißen ließ. »Dessen Großvater war der Fermoyle von Waterloo. Sein Onkel war der Erste Seelord . . . Das hat sie dir nicht erzählt?«

Ich schüttelte den Kopf und wollte ihr gar nicht erst erklären, daß jene Welt ebenso wie jene Namen tot war und daß Blanche einer von den Menschen war, der das schon frühzeitig erkannt hatte. Sie hatte mich nie mit solcher Vergangenheit belastet. Es wäre zwecklos gewesen, dieser alten Frau zu sagen, daß die augenblicklichen Herren der Welt die Otto Praegers waren – egal, als was er sich entpuppte. Vielleicht konnte sie merken, wie ich darüber dachte, denn ihre Züge verloren ihre momentane Lebhaftigkeit. Sie verhärteten sich, und ihre Lippen wurden schmal.

»Warum bist du denn also gekommen?« Weniger Entgegenkommen hätte kein Mensch in seine Stimme legen können.

Ja, warum war ich eigentlich gekommen? Unmöglich konnte ich von der inneren Eingebung, die mich hergeführt hatte, mit ihr sprechen, von der plötzlichen Erkenntnis und dem Gefühl, Klarheit finden zu müssen. Unmöglich konnte ich ihr in das kalte, gekränkte Antlitz sehen und sagen, ich sei hergekommen, um ein Stück von mir selbst zu entdecken. Innerlich ließ es mich jetzt beinahe kalt. Das Ganze war ein Fehler gewesen, wie jeder halbwegs intelligente Mensch schon im voraus gewußt hätte. Ich wollte Schluß damit machen und gehen. Immerhin hatte ich einen Entschuldigungsgrund, der mich vor mir selbst rechtfertigte und den ich jetzt auch vorbrachte.

»Ich bin gekommen, um ein Stück, das mein Eigentum ist, abzuholen. Ich glaube, daß Sie etwas darüber wissen könnten.«

»Eigentum? Hier gibt es kein Eigentum für dich! Wer in aller Welt hat dir das in den Kopf gesetzt? Ich schuldete Blanche nichts. Sie entschied sich, fortzugehen und alles zurückzulassen. Sie hat übrigens niemals etwas besessen, aber ich habe durch ihren Fortgang mehr als nur Eigentum verloren.«

Ich holte tief Atem. »Lady Maude, darf ich zu Ende reden? Ich bin gekommen, weil ein Mann namens Brendan Carroll etwas hat, das Blanche gehörte und jetzt mir. Ich bin aus keinem anderen Grund gekommen, als um das zu holen, und sonst gar nichts.«

Ich hätte nicht gedacht, daß ihr Gesicht noch härter werden könnte. »Brendan Carroll ist für mich gar nichts. Warum willst du mich mit seinen Angelegenheiten belästigen?«

»Brendan Carroll war es, der mir sagte, meine Mutter sei eine Sheridan. Und Brendan Carroll hat mir auch den Culloden-Kelch weggenommen. Er gab mir zu verstehen, daß ich ihn wiederbekommen könnte, wenn ich herkäme.«

Mit einer ausgesprochen ungeduldigen Handbewegung drückte sie ihren Wunsch aus, das Thema zu beenden. »Was hat Brendan Carroll damit zu tun? Und warum kommst du von Otto Praeger? Von allen Menschen ausgerechnet diese beiden! Warum kommst du nicht bescheiden und manierlich, wie es sich gehört? Am besten wärst du überhaupt nicht gekommen. Du hättest mich lieber in Frieden lassen sollen. Ich habe nicht darum gebeten, daß du kommst.«

»Natürlich weiß ich, daß niemand mich gebeten hat, herzukommen. Und ich werde auch sofort wieder gehen. Ich möchte lediglich den Kelch wiederhaben. Er gehört weder Brendan Carroll noch Ihnen — und auch nicht den Sheridans. Blanche hat ihn aufgetrieben, und jetzt gehört er mir. Ich möchte ihn gern wiederhaben.«

»Welcher Kelch?« rief Lady Maude aus. Plötzlich schien sie viel älter und machte wie viele alte Menschen einen verwirrten Eindruck. »Ich weiß überhaupt nicht, wovon du sprichst, und begreife all dies Gerede über die Sheridans und Brendan Carroll nicht. Was hat das mit mir zu tun? Du bist mein einziges Enkelkind — außer mir die einzige noch lebende Tyrell. Warum kommst du her — und warum redest du über Dinge, die mich wirklich nicht interessieren?«

Ich mußte mich vor Mitleid hüten und durfte nichts mit ihr zu tun haben. Was zwischen ihr und Blanche vorgefallen war, gehörte längst der Vergangenheit an. Es konnte keine Verbindung zwischen dieser alten Frau und mir geben. Ich rückte ganz vorsichtig auf meinem Stuhl nach vorn und wollte aufstehen.

»Dann muß ich Brendan Carroll finden«, sagte ich. »Ich hätte annehmen müssen, daß Sie über den Culloden-Kelch Bescheid wüßten. Es tut mir leid, daß ich Sie gestört habe.« Ich ergriff meine Handtasche und stand auf. »Ich bedanke mich für die Einladung zum Tee . . .« Es klang wenig glaubhaft. Denn eigentlich konnte ich zu Blanches Mutter so nicht sprechen — und doch tat ich es. Was sollte ich denn sonst sagen?

»Du gehst?« Sie wollte es nicht wahrhaben und fragte wie ein Kind.

»Ich möchte Ihnen nicht länger zur Last fallen . . .«

»Du kannst nicht fortgehen«, sagte sie ruhig und unumwunden. »Du bist ja eben erst zurückgekehrt.«

»Zurückgekehrt?« Jetzt war zweifellos ich verwirrt.

»Natürlich habe ich schon lange auf dich gewartet. Immer gewartet . . . Ich wollte wissen, ob es letzten Endes nicht doch ins Gewicht falle, eine Tyrell zu sein. Und jetzt bist du endlich gekommen und willst . . .«

»Aber ich wußte doch nicht . . .«

Sie fuhr unbeirrt fort: ». . . gleich wieder abreisen. Das ist natürlich ganz unmöglich. Ich hatte mich damit abgefunden, daß dieser Tag niemals käme. Aber nun ist es doch soweit, und wir müssen das Beste daraus machen.«

Ich wußte einfach nicht, was ich tun sollte. Sie war etwas verrückt, wie Otto Praeger mir gesagt hatte. Ich stand ziemlich ungemütlich unter ihrem durchbohrenden Blick vor ihr und überlegte, wie ich mich mit Charme und etwas Freundlichkeit losreißen könnte, als ein lautes Getöse einsetzte. Es hörte sich an, als sei jemand mit einem Haufen Möbel in der Halle kollidiert. Dann schlug eine Tür zu. Es war ein wüster Krach, der gut zu diesem ganzen Hausstand paßte. Eine Männerstimme rief: »Annie — wo sind sie denn, Annie?« Und eine leise Frauenstimme antwortete. Dann wurde die Salontür ungestüm geöffnet und knallte gegen einen zierlichen kleinen Beisetztisch aus Rosenholz.

»Oh, verdammt noch mal! — Ich bitte um Entschuldigung! Ich bin Connor Sheridan. Otto Praeger hatte mich schon in der Fabrik benachrichtigt, aber ich wurde dort festgehalten, als ich gerade gehen wollte. Sie sind . . .« Er mußte eine Sekunde nachdenken, ehe ihm mein Name einfiel, der ihm so gar nicht geläufig war. »Sie sind Maura D'Arcy.«

»Ja.« Es war tröstlich, daß er gekommen war, und gab mir ein Gefühl, als sei nun alles wieder ganz normal. Er redete wie jemand, der mit beiden Beinen im Leben stand und nicht zu Lady Maudes Schattendasein gehörte. Auch sein Alter trug dazu bei, mich in die Wirklichkeit zurückzurufen. Er war ungefähr zehn Jahre älter als ich, gehörte aber doch noch zu meiner Generation. Er würde verstehen, wie wenig mir dies alles bedeutete. Ich hoffte, jetzt die Culloden-Pokal-Affäre abschließen, die Gefühls- und Stimmungsmomente, die mich hergeführt hatten, vergessen und fortgehen zu können.

›Warum sieht er nur so finster aus – und weiß er es wohl?‹ überlegte ich. Lag das an mir, an Lady Maude oder ganz einfach an dem harmlosen Rosenholztisch? Er war meiner Meinung nach einer von denen, die man die ›schwarzen Iren‹ zu nennen pflegt. In überraschendem Gegensatz zu seiner blassen Haut standen sein schwarzes Haar und die geschwungenen schwarzen Augenbrauen. Die Entfernung war zu groß, als daß ich seine Augenfarbe hätte erkennen können. Die Augen lagen so tief in ihren Höhlen, daß sie lediglich den Eindruck hinterließen, dunkel zu sein.

»Also, Brendan hat . . .«, fing er an.

»Einen Augenblick, Connor.« Lady Maude war ihm ins Wort gefallen. Sie hatte sich auf ihrem Stuhl umgedreht und ihren entsetzlich starren Blick auf ihn geheftet. »In diesem Hause ist es üblich, gewisse Regeln des Anstandes nicht außer acht zu lassen, vergiß das bitte nicht – auch wenn du es anders gelernt haben solltest. Darf ich vorstellen: Connor Sheridan – meine Enkelin, Miß Maura D'Arcy.«

Als Antwort auf diese Vorstellung und Ausdruck seiner Meinung über solche überflüssigen Formalitäten schloß er die Tür hinter sich – was auf ein abermaliges Zuknallen hinauslief. »Guten Tag. Ich nehme an, Sie sind wegen des Culloden-Kelches gekommen?«

Sein ganzes Benehmen und die unverblümten Worte hinterließen bei mir durchaus den Eindruck, daß er alles tun werde, um mir den Pokal zu verschaffen und mich so schnell wie möglich wieder loszuwerden.

»Ich habe ihn also tatsächlich. Carroll hat ihn mir heute morgen gebracht. Seiner Meinung nach wäre es durchaus möglich, daß Sie ihn hierlassen. Aber ich habe ihm natürlich gesagt, daß wir ihn zurückgeben müssen. Ich weiß wirklich nicht, warum er das Gefühl hat, wir könnten ihn behalten wollen. Es war geradezu idiotisch, was er da angezettelt hat . . .«

»Brendan Carroll ist fort«, sagte Lady Maude. »Du hast mir doch gesagt, er sei fortgegangen.«

»Jawohl. Aber er ist zurückgekehrt.«

»Warum?«

»Das weiß der Himmel. So eine schwachköpfige Idee, den Pokal wieder zum Hause Sheridan zurückzubringen.«

»Pokal? Welchen Pokal?« fragte Lady Maude mit jämmerlicher Stimme. »Warum sprecht ihr alle immerzu von einem Pokal?«

»Der Culloden-Pokal, Lady Maude. Eine der beiden Nachbildungen des berühmten Culloden-Pokals ist gefunden worden. Brendan Carroll hat ihn in . . .« Zum erstenmal fehlten ihm die Worte.

»Meine Mutter hat ihn gefunden«, sagte ich. »In ihrer privaten Sammlung von Sheridan-Glas entdeckte ihn Brendan Carroll. Er beschloß dann, ihn hierher zurückzubringen . . .«

»Den Culloden-Pokal?« Sie schien das nicht glauben zu wollen. »Du meinst denjenigen, auf den mein Mann so großen Wert legte? Ich konnte mir nie die Geschichte merken, die dazugehört . . . zu allem und jedem gehörten Geschichten. Und ich hatte selbst genug mit dem, was mir durch den Kopf ging.«

»Ganz gewiß . . .« Connor konnte den bitteren Sarkasmus in seiner Stimme nicht unterdrücken. »Deshalb will ich Sie auch nicht weiter belästigen. Wir wollen einfach sagen, es ist ein wertvolles Stück mit einem geschichtlichen Hintergrund – und zwar ganz besonders für die Sheridans. Es hat Miß D'Arcys Mutter gehört und gehört nun ihr. Sie ist hergekommen, um ihn sich wieder zu holen. Ich habe den Pokal von der Fabrik mitgebracht. Er befindet sich jetzt in meinem Studierzimmer.« Er wandte sich direkt an mich. »Er ist absolut sicher verwahrt, darauf können Sie sich verlassen. Sie können ihn mitnehmen, wenn Sie abreisen . . .« Ich hatte das Gefühl, daß er den zweiten Culloden-Pokal brennend gern haben wollte — aber so sehr nun doch nicht, um mich deshalb zurückzuhalten.

»Selbstverständlich bekommt sie, was ihr gehört. Aber sie wird nicht abreisen, Connor.«

»Ach, ist das wirklich wahr? Dann werden wir also Besuch haben? Die verlorene Enkeltochter ist heimgekehrt — das klingt ja wie im Märchen.«

»Kein Märchen!« Die schönen welken Hände umspannten die geschnitzten Armlehnen ihres Stuhles. »Was schon längst hätte passieren sollen, ist nun Wirklichkeit geworden. Die Letzte meines Blutes ist wieder da. Die Sprache des Blutes läßt sich nicht verleugnen . . .«

Ich war entsetzt, weil sie das so selbstverständlich fand. »Ich muß abreisen, Lady Maude«, sagte ich rasch. »Ich muß nach London zurückgehen. Und außerdem muß ich nach Spanien reisen. Ich habe nämlich einen Beruf.«

Sie sah mich entgeistert an, und der Blick war wirklich schrecklich. »Ja, du hast einen Beruf — eine Aufgabe wollen wir es lieber nennen. Wie deine Mutter — wie eigentlich jeder heutzutage — willst du ihr auszuweichen versuchen. Aber du hast dir diese Aufgabe gesucht — und nicht etwa umgekehrt sie dich. Du bist gekommen, ohne daß ich dich darum gebeten habe. Du mußt nun hierbleiben, um zu vollenden, was du begonnen hast.«

Ich wußte nicht, worauf sie damit anspielte. Mein natürlicher Instinkt riet mir, vor der überspannten fixen Idee, die aus ihren Worten sprach, zu fliehen. Andererseits hielt mich aber ein selbstverständliches Gefühl innerer Würde und die Furcht zurück, sie könnte den Eindruck gewinnen, daß Blanches Tochter – die Tochter von Eugene D'Arcy – ein Feigling sei. Ich blickte zu Connor Sheridan hinüber und hoffte eigentlich, daß er irgendwelche Einwände machen würde, aber er sagte nichts. Trotzdem war dieser Mann nicht kalt. Ohne sein Dazutun strömte er eine große Kraft und starke Gemütsbewegung aus, und ich erkannte, daß er dem Lauf der Dinge niemals unbeteiligt zusehen würde. Er versuchte, den Gleichgültigen zu spielen, aber alles andere als Gleichgültigkeit steckte in ihm. Ich glaube, er wollte sehr, sehr gern, daß ich fortginge – aber er sagte nichts.

Hilflos sah ich nun wieder Lady Maude an und wurde aufs Neue von dem Bann ihres unbewegten Blickes gefangengenommen. Ich hatte mir eingeredet, daß ich allmählich meine Unabhängigkeit erlangte und mir niemals mehr befehlen lassen würde, und stand nun ganz im Gegenteil vor dieser schrecklichen Frau, die keine andere Waffe als die Macht einer fixen Idee hatte, und wurde gegen meinen Willen gezwungen. Eine Nacht, eine einzige Nacht nur würde ich bleiben, sagte ich zu mir selbst. Vielleicht war ich ihr das schuldig, aber mehr gewiß nicht. Da es nun einmal so weit gekommen war, schuldete ich vielleicht auch mir selbst diese zusätzlichen Stunden der Erholung. Morgen früh würde meiner Abreise nichts mehr im Wege stehen.

Connor brach zuerst das Schweigen. Die Feindseligkeit schien von ihm gewichen zu sein. »Würden Sie den Kelch gern sehen, Miß D'Arcy? Nur um sich zu vergewissern, daß er gut aufgehoben ist . . . mein Studierzimmer ist direkt gegenüber der Halle.« Behutsam öffnete er mir die Tür. Ich empfand undeutlich, daß ich in etwas hineingeraten war, das ich nicht begriff. Ich nickte – und das war sowohl für ihn als auch für Lady Maude ein beruhigendes Gefühl. Irgendwie hatten sie alle beide einen Sieg über mich errungen, nur konnte ich nicht sagen, wodurch.

Sie wußte, daß sie gesiegt hatte. In ihrer Art zu sprechen lag keine Unsicherheit mehr. »Ich werde dein Gepäck heraufholen lassen.«

Sie beendete die Unterredung, indem sie aufstand und vor mir den Raum verließ. Nicht die kleinste Erregung störte ihre majestätische Gangart. Sie verhielt sich so, als hätte sie mich seit zwanzig Jahren erwartet – und vielleicht hatte sie es auch. Ich folgte ihr, aber sie schenkte mir keine weitere Beachtung. Sie schien durch das Möbellabyrinth hindurchzuschweben und war fort.

Als ich neben Connor bei der Tür stand, erkannte ich die Farbe seiner Augen – es war die Farbe von dunkelgrauem Schlamm. Außerdem merkte ich, daß ich mich geirrt hatte, denn die Feindseligkeit war nicht gewichen, sondern nur verborgen und unter Kontrolle gehalten. Die grauen Augen schienen von einer unausgesprochenen, bis jetzt noch nicht gezielten Drohung erfüllt. Das war das erste Mal, daß ich in jenem Hause physische Angst ausstand.

4. KAPITEL

I

Connor führte mich quer durch die Halle in den Raum, den er das Studierzimmer nannte. Er war wie alle Räume in Meremount ein hoher und schöner Raum, dessen Fenster einen Ausblick auf die Allee boten. Natürlich waren zu viele Möbel darin — kein Raum in Meremount konnte diesem Schicksal entgehen —, aber es herrschte kein Durcheinander. An den Wänden standen Mahagoni-Bücherschränke, deren Borde voller Akten waren. Außerdem befanden sich hier zwei Bibliothekstische und ein großer, zweifrontiger, geschnitzter Schreibtisch, ein Sofa vor dem Kamin und zu viele Stühle, zu viele Vasen und im Grunde zu viel von allem — aber trotzdem hatte man den Eindruck einer gewissen Ordnung. Man konnte wenigstens die Zweckbestimmung dieses Raumes erkennen, sich frei darin bewegen und sich ausmalen, was Connor aus dem ganzen Haus gemacht hätte, wenn ihm nur freie Hand dazu gelassen wäre.

Zwischen zwei Lagen Holzwolle in einer Versandschachtel holte er den Culloden-Pokal hervor, staubte ihn sorgfältig mit einem reinen Taschentuch ab und stellte ihn mitten vor uns auf den Schreibtisch. Er betrachtete ihn einen Augenblick und sagte dann langsam: »Sehen Sie, da haben wir ihn — wundervoll, nicht wahr? Traurig natürlich auch. Ich hätte niemals gedacht, daß ich dieses Stück einmal zu Gesicht bekäme — den zweiten von den beiden. Darauf wollen wir einen Schluck nehmen.« Er langte nach unten und öffnete das unterste Fach des Schreibtisches. »Ich möchte wohl wissen, wo Ihre Mutter ihn aufgetrieben hat — und natürlich erst recht, wo er zweihundert Jahre lang gewesen ist. Ein Jammer, daß sie es Ihnen nicht erzählt hat.«

»Höchstwahrscheinlich wußte sie es selbst nicht. Sie hat ihn sicher auf einer Auktion oder irgendwo in einer Antiquitätenhandlung entdeckt. Hätte sie sich nach seiner Geschichte erkundigt, würde man ja gemerkt haben, was es für eine Bewandtnis mit ihm hat. Sie hätte sich nie leisten können, den Culloden-Pokal zu kaufen, wenn sein Besitzer gewußt hätte, was er wert ist.«

»Das glaube ich auch nicht. Immerhin schade.« Er holte mehrere Flaschen aus dem Fach hervor und betrachtete die Etiketts. »Sie sind vermutlich nur acht Jahre alten schottischen Whisky gewohnt, nicht wahr? Na, bei mir werden Sie sich mit dem guten alten John Jamieson abfinden müssen. Schaden kann er Ihnen nicht. Er gehört ja auch zum nationalen Erbgut.«

»Ich glaube schon, daß er mich nicht umwirft.«

Er schenkte den Whisky ein. »Kein Wasser? Bestimmt kein Eis, hab' ich recht? Eine Feuertaufe, wenn man so will.« Er schob mir ein Glas zu, das er ebenfalls mit seinem Taschentuch abgestaubt hatte, und nahm dann sein eigenes. »Also auf Ihr Wohl, Maura D'Arcy. Willkommen in dem Haus Ihrer Vorfahren — oder besser: in den Häusern, da Sie schon auf Schloß Tyrell gewesen sind.«

Ich verschluckte mich ein klein bißchen an dem Whisky, aber das ging gleich vorüber. »Sowohl Sie als auch ich, Connor Sheridan, wissen, daß man sich in unserer modernen Welt von Ahnenschlössern eigentlich gänzlich gelöst hat.«

»Dann legen Sie also keinen besonderen Wert auf Vorfahren, alte Familie und alles, wovon die alte Dame redet? Keine Helden von Waterloo und dergleichen? Sie hat Ihnen doch bestimmt von Fermoyle von Waterloo erzählt. Mir erzählt sie das jede Woche.«

Ich zuckte die Achseln. »Alles zu seiner Zeit, auch Helden. Dann sind sie schon ganz in Ordnung. Ich finde nur, heutzutage hat man von Männern, die man als Helden bewundern will, andere Begriffe.«

»Was stellen Sie sich denn unter einem Helden vor? Jemanden, der aus Protest gegen die Atombombe ins Gefängnis geht?«

»Sind Sie betrunken«, fragte ich, »oder einfach häßlich?«

Er setzte sich schwerfällig hin. Sein Gesicht, das einen spöttischen und feindseligen Ausdruck gehabt hatte, erschlaffte plötzlich, und eine große Resignation zeichnete sich darin ab. In diesem Augenblick schien er seltsam müde und leicht verwundbar, was so gar nicht zu einem derart starken Mann in seinem Alter paßte. »Betrunken? Nein. Ich bin selten betrunken. Und wenn ich mich schon mal betrinke, tue ich es absichtlich und in einer entsprechenden Umgebung – mit guten Freunden, die mir nichts Böses antun wollen. Oder, genauer gesagt, mit guten Kameraden, denn ich bin nicht davon überzeugt, daß ich einen echten Freund habe. Häßlich? Vermutlich ja. Ich glaube, ich bin in vieler Hinsicht häßlich. Es ist zum Beispiel häßlich, daß ich alter Egoist lieber hier allein ein oder zwei Glas Whisky trinke, als bei dieser überspannten alten Frau in dem unmöglichen Zimmer, das sie Salon nennt, zu sitzen und billigen Sherry zu nippen. Aber immerhin, da sie mich als gesellschaftlich tieferstehend ansieht – ehrlich gesagt, sieht sie fast alle Menschen als ihr gesellschaftlich unterlegen an –, werde ich nicht einmal dazu sehr oft aufgefordert.«

»Wenn es wirklich so schlimm ist, warum sind Sie dann noch immer hier? Wer sind Sie eigentlich?«

Jetzt zog er mich wieder auf. »Wollen Sie das wirklich so genau wissen? Es ist eine lange Geschichte für jemanden, der in diesem Haus nur eine einzige Nacht über sich ergehen lassen muß.«

Ich nahm einen kleinen Schluck. »Ganz wie Sie wollen. Wir sind doch beide Sheridans, nicht wahr? Ich begreife allmählich, daß es nicht übermäßig viele davon gibt.«

»Für Lady Maude immer noch zu wenige. Sie mußte, um mich aufzutreiben, den letzten Rest aus dem großen Familienbottich zusammenkratzen. Mein Vater war ein Vetter dritten Grades von ihrem Mann, Charles Sheridan. Ich möchte bezweifeln, daß sie sich überhaupt kennengelernt haben – mein Vater starb, als ich sehr jung war. Nach dem Tode von Charles führte Lady Maude die Glashütte mit dem Geschäftsführer, den sie hatte, weiter – oder führte sie auch nicht weiter, denn geschäftlich kam noch weniger dabei heraus als vorher. Sie können mir glauben, daß die irische Glasmanufaktur nie ein besonders hochentwickelter Industriezweig gewesen ist. Als der Geschäftsführer, der Fogarty hieß, vor einigen Jahren starb, war kaum noch etwas von der Firma Sheridan-Glas vorhanden. Die Sheridans waren großartige Glasbläser und meiner Meinung nach auch fabelhafte Kämpfernaturen gewesen. Aber Irland und die Zeitläufte waren gegen sie. Ich weiß nicht, wieviel Ihnen von der Geschichte des Heimatlandes Ihrer Mutter bekannt ist, aber ich kann Ihnen sagen, daß es bis vor ungefähr zehn Jahren ein echter Kampf war, überhaupt Geschäfte in Irland zu machen. Daß das Sheridan-Glas sich dabei mehr als zweihundert Jahre in Irland halten konnte – denn sogar Waterford-Glas ging ein, wissen Sie, und hat erst vor etwas mehr als zehn Jahren seine Produktion wieder aufgenommen –, spricht eine Menge zugunsten dieser Männer der Familie. Sie haben einfach nicht aufgegeben – das ist ihre eigentliche Geschichte.«

Langsam schwenkte er den Whisky in seinem Glas. Er hatte einen starken und kraftvollen Körper, der Widerstandskraft erkennen ließ, aber jetzt schienen seine breiten Schultern unter dem schweren Tweedjackett zusammenzusacken.

»Ich hoffe«, sagte er, »daß nicht ich der Sheridan bin, mit dem die Familiengeschichte aufhört.«

»Hört sie denn wahrscheinlich auf – jetzt?«

Er zuckte die Achseln. »Etwas muß geschehen, und zwar bald. Entweder muß die Fabrik eingehen, oder es muß neues Kapital investiert werden. Sie braucht eine grundlegende Neugestaltung – und das Geld für neue Ideen. Sie muß wieder aufgebaut werden. Die Glasfabrikation ist ein Kunstgewerbe, das sich seit Jahrhunderten fast gar nicht gewandelt hat, denn bei einem Kunsthandwerk ist ja nur ein gewisser Grad von Mechanisierung möglich. Und trotzdem braucht man Glashütten, in die es nicht hineinregnet – und auch Schmelzöfen halten nicht ewig. Die Leute werden alt, und es kommen keine Nachwuchskräfte zur Ausbildung. Sie kriegen in England höhere Löhne. Sheridan-Glas liegt im Sterben, und es wird schon bald eingehen. Alles ist veraltet.« Er hob seinen Kopf und bemühte sich sichtlich, die Depression, die ihn überkommen hatte, abzuschütteln. »Weiß der Himmel, in der Buchhaltung sitzen sie tatsächlich noch auf hohen Stühlen und haben niemals etwas von einer Rechenmaschine gehört.«

»Und was sind Sie – Buchhalter oder Glasbläser?«

»Weder – noch. Meine einzige Daseinsberechtigung besteht darin, daß ich Sheridan heiße. Lady Maude hält die Tradition noch hoch, sogar wenn es sich um die Tradition von Menschen minderer Sorte wie die Sheridans handelt. Ich hatte in meiner Jugend die Glashütte nicht ein einziges Mal besichtigt – natürlich wußte ich etwas darüber, aber für mich war das keine besonders wichtige Angelegenheit, und viel Interesse hatte ich auch nicht dafür. Dann nahm die Wiederinbetriebnahme von Waterford ihr den letzten Rest Ruhm und Ansehen, den sie noch hatte, denn Waterford ist ja der einzige Name, den die Leute bei irischem Glas kennen. Ich bin nur einen Katzensprung von Cloncath aus aufgewachsen – mein

Vater war Rechtsanwalt in Bray –, und ich hatte, wie gesagt, die Glashütte noch nie gesehen, bis die alte Dame mich vor vier Jahren geschnappt hat.«

»Wie?« Ich hatte Zigaretten aus meiner Handtasche herausgeholt und sie ihm gereicht. Nachdem er sein eigenes leeres Päckchen untersucht hatte, nahm er meine und nickte dann zum Dank. Er zündete sie an und begann wieder zu sprechen – voller Eifer und so, als hätte er seine Feindseligkeit mir gegenüber über dem einfachen Bedürfnis nach einem Zuhörer vergessen.

»Aus Mangel an Ehrgeiz und auch an Geld machte ich am Trinity-College nicht mehr weiter. Für mich gab es in Irland nichts als eine verwitwete Mutter, mit der ich nicht besonders gut auskam. Deshalb war ich also in Kanada, als Lady Maude mit mir in Verbindung trat. Ausgezogen natürlich, um mein Glück zu machen – und was war ich, als der Brief ankam? Stellvertretender Leiter einer mittelgroßen Eisenwarenhandlung in Calgary. Der Chef hatte vier heranwachsende Söhne, die altersmäßig gleich nach mir kamen. Außerdem war kein Vermögen da, das ich mir hätte erwerben können. Zuerst kam ein Brief von meiner Mutter, die snobistische Allüren hatte und von dem Besuch einer Tyrell keineswegs beeindruckt war. Und dann kam ein Brief von der alten Dame selbst, die mir schrieb, es sei meine Pflicht, zurückzukommen, um die Glashütte und das Gut in Gang zu halten. Ich wußte, daß ein Haken dabeisein mußte, weil sie sich so sehr lange Zeit gelassen hatte, nach einem Sheridan zu suchen, und ich wirklich überhaupt keine Voraussetzungen dafür mitbrachte. Das war in Calgary im tiefsten Winter und nach zwei Jahren in einem Eisenwarengeschäft. Nur so läßt es sich erklären, daß alles und jedes eine Verbesserung meiner Situation bedeuten mußte. Sie hatte das Geld für die Überfahrt geschickt – eine kluge alte Frau, die wußte, daß zugesandtes Fahrgeld in jedem Fall etwas Unwiderstehliches hat, wenn man unter Dreißig ist. Und

— na ja, ich glaube, ich hatte Heimweh. Sobald ich wieder hier war, fragte ich mich allerdings, wonach ich in dieser regennassen, hinterwäldlerischen Gegend wohl Heimweh gehabt haben könnte. Als ich dann in die Glashütte und nach Meremount kam, wurde mir schlagartig klar, daß jeder andere Ort auf der ganzen Welt besser für mich gewesen wäre, als dies hier. Ich hätte das Fahrgeld nehmen und soweit wie möglich von allem hier fortreisen sollen.«

Irgendwie klang die Schockwirkung, die er damals erlitten hatte, und die Enttäuschung des jungen Menschen, der über das plötzliche Ende eines leuchtenden Traumes älter und reifer geworden war, noch immer in seiner Stimme mit. Er bewegte sich in seinem Sessel, stand auf und trat ans Fenster. Für einen Augenblick war ich vergessen und aus seiner Welt ausgeschlossen, während er noch einmal das ganze Elend der schon so lange Zeit zurückliegenden enttäuschten Erwartungen durchzumachen schien.

»Die Glashütte«, sagte er, »war so heruntergewirtschaftet, daß man effektiv ihren Moder riechen konnte. Jeder Mitarbeiter schien ungefähr hundert Jahre alt. Ich wußte damals weder, was ich eigentlich arbeitete, noch, was man von mir erwartete. Lady Maude hatte mich nur eben eingeführt und ließ mich, so gut es ging, meine Erfahrungen machen — in dem völligen Vertrauen natürlich, daß ich als ein Sheridan alles rein instinktiv wissen müßte. An dem Tag meiner Ankunft war sie auf einer Auktion, und da begriff ich, woran ich war. Nun, Meremount sehen Sie selbst. Es ist ungemütlich und verdammt kalt. Außerdem ist es schmutzig und hat alle nur denkbaren Reparaturen dringend nötig. Meremount ist ein Alptraum und das Gut einfach zum Lachen: ein paar Kühe und Schafe und etwas schlecht bewässertes Land, dazu einige wenige vernachlässigte Obstbäume. Nicht ein Pfennig ist seit fünfzig Jahren hineingesteckt worden.

In Lady Maudes Augen ist das Gut lediglich Land, das Meremount umgibt; und Meremount seinerseits ist nur ein Lagerplatz für die Möbel, die die verrückte alte Frau zusammenträgt, um eines Tages, wenn sie es wieder zurückkriegt, Schloß Tyrell damit zu möblieren. Dafür lebt sie.«

Er wandte sich um und sah mich an. »Genau das will sie tun. Lediglich dafür ist der ganze wertlose Plunder da.«

»Das meiste ist alles andere als Plunder.«

»Warten Sie nur ab, bis Sie ein Dutzend blaue Flecke haben, weil Sie im Dunkeln dagegengestoßen sind, denn Sie werden noch merken, daß die meisten Lampen nicht funktionieren.«

Ich saß in meinem Sessel und durchdachte die Zusammenhänge: die Frau, die die ganzen Jahre allein gelebt hatte, die Mann und Kind und den gesamten Familienbesitz verloren hatte, und ihr schwacher Versuch mit einer heruntergewirtschafteten Glashütte und einem vernachlässigten Gut – die Frau, deren einzige Leidenschaft der Erwerb von Möbeln für ein Schloß war, in dem sie nie wohnen würde. Wie gut konnte ich mir alles vorstellen, den langsam zunehmenden Berg von Möbeln, unter dessen Gewicht sich die Fußböden senkten und der Ausmaße annahm, daß die Fenster verdunkelt wurden. Und im Laufe der Jahre wurde auch ihr Geist immer unklarer und verworrener. Allmählich begann ich zu begreifen, wie es zu ihren Zwangsvorstellungen hatte kommen können.

»Warum sind Sie eigentlich geblieben?« In der Stille wirkten meine Worte wie geflüstert.

Er kam zum Schreibtisch zurück, stützte seine Hände darauf und neigte sich mir zu.

»Was hätte ich tun sollen? Wohin sollte ich gehen? Und konnte sich einem Mann, der nichts besaß, etwas Besseres bieten? Sie versprach mir – nein, um dem alten Teufelsweib Gerechtigkeit widerfahren zu lassen, ein offizielles Versprechen hat sie mir nie gegeben. Sie ließ mich vorstehen und machte mich glauben, daß es außer mir keinen Erben gäbe. Sie hatte ihre Tochter verstoßen und enterbt — viele Leute hier in der Gegend sind der Meinung, daß Blanche während des Luftangriffs auf London 1942 getötet wurde. Außer mir war niemand mehr da. Deshalb blieb ich und schuftete mich halb zu Tode und hielt die Sheridan-Glasfabrik noch ein paar Jahre über Wasser — um das bißchen, das noch da war, zu retten, und weil ich noch eine gewisse Hoffnung in die Zukunft setzte.« Und er fügte hinzu: »Das ist nun alles anders geworden.«

»Was ist anders geworden?« Natürlich kannte ich die Antwort. Ich kannte sie, und das machte mich ganz elend.

»Sie — Sie haben schlagartig alles verändert. Sie hat mir niemals gesagt, daß da noch ein Kind wäre.«

»Ich ändere an der Sachlage überhaupt nichts. Ich reise morgen früh ab. Ich will nichts von dem haben, was hier ist.«

Er richtete sich auf. »Sie müssen mich für naiv halten. Sie wollen hier feststellen, was zu haben sich lohnt — und wollen Ihre Ansprüche anmelden. Und bei dieser verrückten Alten zählt die Tatsache, die Enkelin einer Tyrell zu sein, mehr als aller Schweiß, den ich für das Sheridan-Glas vergossen habe. Sie haben sie ja reden gehört: ›Die Letzte meines Blutes . . .‹ und all der Unsinn.«

»Aber ich bleibe nicht, das sage ich Ihnen doch immerzu. Morgen ist hier Schluß mit mir.«

»Ja, das sagen Sie immerzu.« Ein zwiespältiges Lächeln, das ganz und gar nicht humorvoll, sondern in seiner Resignation voll spöttischer Selbstironie war, erschien auf seinem Gesicht. »Lassen Sie nur, ich war schon immer ein Pechvogel. Immer zu spät oder immer zu früh. Sie sind gekommen — und nun ist alles anders geworden. Und wenn Sie auch fortgehen, wird sie damit rechnen, daß Sie wiederkommen. Und es existiert ein Testament. Niemand weiß, was die alte Teufelin in ihr Testament geschrieben hat. Sie könnte es aber ändern, weil Sie jetzt gekommen sind.«

»Sie wird es schon nicht ändern.«

»Vielleicht braucht es gar nicht geändert zu werden. Wahrscheinlich hat sie in ihrem verwirrten Geisteszustand immer geglaubt, daß Sie kommen würden. Vielleicht stehen Sie schon drin.«

»Jetzt reden Sie aber dummes Zeug. Morgen in aller Frühe werde ich abreisen. Daß ich dieses eine Mal herkam, kann ganz bestimmt nichts ausgemacht haben.«

Er nahm sein Whiskyglas in die Hand. »Ich hoffe, daß Sie morgen in aller Frühe wirklich abreisen. Um unser beider willen hoffe ich, daß Sie es tatsächlich tun. Jetzt wollen wir noch einen Whisky zusammen trinken und so tun, als ob Sie nicht gerade alles zerstört hätten, wofür ich in den letzten vier Jahren schwer gearbeitet habe. Ich weiß nicht einmal, was schlimmer ist: allein zu trinken, oder mit seinem Gegner zu trinken.«

Während wir uns gegenüber saßen und das starke Getränk schlürften, kämpfte sich eine blasse Abendsonne durch den Schmutz des Fensters und berührte den Culloden-Pokal in unglaublicher Zartheit. Ich dachte daran, was seit dem Augenblick alles passiert war, als Brendan Carroll zum erstenmal an mir vorbeilangte und Blanches großen Fund aus dem Schrank genommen hatte. Er hatte den Kelch an sein heimatliches Ziel gebracht. Aber er hatte gewollt, daß ich ihm nachreisen und dieses Tollhaus, dieses Haus der Hoffnungslosigkeit, kennenlernen sollte. Ich war nun hier, und niemand glaubte wirklich daran, daß ich am nächsten Morgen abreisen würde.

II

Das Abendessen wurde in einem Raum serviert, dessen runde vordere Nische mit ihren hohen Fenstern und dem Blick auf den vernachlässigten Garten ein Bild heiterer Schönheit hätte sein können, wenn das Auge nicht von allem andern darin abgelenkt worden wäre: vier Büfetts aus verschiedenen Epochen, ein zierliches Regency-Stück, das auf einem plumpen Eichenmöbel stand, eine Menge Stühle, was im ganzen Haus nicht unüblich schien, und die mit fleckigen Spiegeln und mit von Rauch und Alter geschwärzten Bildern vollgehängten Wände — ob sie gut oder schlecht waren, konnte ich nicht entscheiden. Wir aßen an einem Tisch, der ziemlich unmotiviert mitten im Raum aufgestellt war, und wurden von einer rothaarigen Frau bedient, die Annie hieß. Ihr Gesicht war vor Anstrengung und einer gewissen Verwirrung gerötet, als sie die angelaufenen Tabletts durch die Serviertür herein- und hinausschleppte. Connor zerlegte die zähe, viel zu lange geschmorte Lammkeule mit einiger Mühe, und Annie reichte die alten Kartoffeln und den wäßrigen Blumenkohl herum. Lady Maude speiste in vollkommener Ruhe und achtete nicht darauf, ob es den andern schmeckte — als ob das Essen in Meremount selbstverständlich tadellos sein müsse. Ihr scharfer Blick fiel jedoch auf das Etikett des Weins.

»Nuits St. Georges? Woher kommt denn der?«

»Ich bin nach Cloncath gefahren und habe ihn dort geholt. Ihr Weinkeller ist schon lange leer, Lady Maude.«

»Nicht vom . . .«

Connor füllte ihr Glas. »Nein, nicht vom Haushaltsgeld. Mein eigner Beitrag, um Miß D'Arcy eine Freude zu machen.«

»Junge Mädchen brauchen keine schweren Getränke.«

Mir blieb keine Zeit, um über Connors gastliche Geste überrascht zu sein. Er hatte sich sichtlich Mühe gegeben, das einzige, was in seiner Macht stand, um das Essen zu verschönern, zu tun. Als ich den ersten Schluck genommen hatte, sagte ich zu Lady Maude: »Ich bin dreiundzwanzig.«

Ihre Gabel klapperte laut gegen den Teller, als sie den Kopf plötzlich umwandte, um zu sehen, ob Annie noch an der unordentlichen Anrichte stand. Aber die Serviertür war zugemacht.

»Ich wußte nicht, daß es nötig ist, dich darauf aufmerksam zu machen, daß diese Art Leute von Skandal und Klatsch lebt.«

Connor stellte überrascht sein Glas auf den Tisch. »Was in aller Welt soll denn das heißen?«

»Lady Maude spielt darauf an«, sagte ich und sah dabei sie und nicht Connor an, »daß jeder, der genau nachrechnet, erfahren kann, wann ich geboren wurde: bevor meine Mutter und Eugene D'Arcy heirateten nämlich, und auch noch vor Major Findlays Tod.«

Er lehnte sich zurück. »Ich verstehe — ja, nun begreife ich das Ganze.« Seine dichten Augenbrauen wurden hochgezogen und senkten sich allmählich wieder. Auch er wandte sich beim Sprechen an Lady Maude. »Was sind Sie für eine böse, unversöhnliche alte Frau, um sich über so etwas Sorgen zu machen. Was ist denn bloß dabei, wenn die Letzte der Tyrells nicht ehelich geboren ist? Das kann es auch nur in diesem verdammten Lande und in Köpfen wie Ihrem, Lady Maude, geben, daß Kinder der Liebe Schande oder Kummer bedeuten. Deshalb also wurde nie von Ihrer Enkelin gesprochen, und deshalb kriegte man nie eine Antwort auf die Frage nach Blanche. All die langen Jahre haben Sie hier allein und einsam gelebt — was für ein Verlust! Was für ein unglaublicher Verlust!«

»Sei still, Connor Sheridan! Was weißt du schon davon, was ich in all den langen Jahren durchgemacht habe? Du hast sie nicht durchlebt — keiner von euch törichten, gedankenlosen jungen Geschöpfen mußte sie durchstehen. Wie willst du beurteilen können, welches Leid Blanche mir zugefügt hat? Meine Enkelkinder hätten hierher und zu mir gehört – geboren, wie sie hätten geboren werden sollen. Hier hätten sie aufwachsen und das lernen sollen, was sie gewollt hätten. Statt dessen habe ich . . .«

Connor unterbrach sie. »Ich glaube«, sagte er, »daß Maura eine Entschuldigung von Ihnen erwarten kann.«

»Hat sich denn ihre Mutter je bei mir entschuldigt?« Dann beendete sie kurzerhand das Thema. Ihr langer Arm in seinem verstaubten schwarzen Samt schoß hervor, und sie klingelte heftig. Als hätte sie auf der anderen Seite der Tapetentür gewartet, erschien sofort Annie, um die Teller abzuräumen, die noch halbvoll waren. Schweigend wurde uns ein Obstauflauf serviert, dessen Kruste, was die Härte anlangte, das genaue Gegenstück zu den Kuchen der nachmittäglichen Teestunde war. Annie machte sich noch am Büfett zu schaffen und polterte durch die Serviertür hin und her. Sie atmete schwer und versuchte, mit den Tellern möglichst wenig Lärm zu machen, was ihr aber keineswegs glückte. Mir schnürte sich die Kehle zusammen, und ich konnte nur mit Mühe schlucken. Ich saß zwischen zwei Feinden und war nicht einmal dankbar, daß einer von den beiden in diesem Fall für mich einzutreten geruhte. Er hatte es nur getan, um Lady Maude zu verhöhnen. Ich drückte zu fest auf die unnachgiebige Auflaufkruste, die vom Teller und in meinen Schoß hüpfte. Lady Maude sah mich an, als hätte sie von mir nichts anderes erwarten können.

Als ich mit meiner ungestärkten, grauweißen Serviette an dem Obstfleck herumrieb, kam mir mein Kleid nochmals zum Bewußtsein. Es war ein Mary-Quant-Dessin – eins von den langärmeligen Kleidern mit Kragen, die sehr gesetzt wirkten und damals die neueste Mode für die Jugend waren. Dazu trug ich weiße Strümpfe. Ich fand mich selbst dumm und albern, weil ich vorgehabt hatte, der alten Dame wenigstens äußerlich mit dem eigentümlich altmodischen Anblick meines Aufzuges gefallen zu können. Und ich verachtete mich, denn ich hatte eine halbe Stunde damit zugebracht, den fünf Zentimeter breiten Saum aufzutrennen und ihn flink ganz schmal neu umzunähen, damit das Kleid länger würde. Daß ich das getan hatte, erschien mir jetzt als Feigheit und Selbstverleugnung.

Das Scharren von Lady Maudes Stuhl machte meinen Gedanken und dem schrecklichen Schweigen ein Ende. Sie erhob sich. Ihr Körper in dem langen, altmodischen Kleid mit einem Kragen aus gelbgewordener Limerickspitze wirkte dünner und schmächtiger als vorher. Sie schien noch gebrechlicher und verhärmter, als das nachmittags der Fall war. Offensichtlich hatten die vergangenen Stunden und ihre Ereignisse ihren Tribut gefordert.

»Du kannst Annie sagen, daß ich keinen Kaffee haben möchte.«

Connor hielt ihr die Tür auf und schloß sie wieder, nachdem er ihren Fortgang durch die übervolle Halle beobachtet hatte. Ich konnte die beiden nicht sehr heftigen Zusammenstöße hören, die sie im Halbdunkel mit den vielen Möbeln hatte. Connor kam dann an seinen Platz zurück.

»Haben Sie das gesehen? Eigentlich wollte sie nicht bleiben. Aber dann zwang sie sich doch dazu, bis eine beachtliche Menge von dem schrecklichen Auflauf gegessen war, damit Annie nicht loslaufen und in der ganzen Gegend erzählen sollte, wir hätten gleich an Ihrem ersten Abend hier eine Mißhelligkeit bei Tisch gehabt. Sie werden noch merken, daß die Iren genau wie die Orientalen einen ausgesprochenen Sinn dafür haben, den Schein zu wahren. Und das Traurige daran ist, daß sie sich bei einem Dienstmädchen nicht so viel Einsicht vorstellen kann, aus Loyalität den Mund zu halten. Dabei verlangt sie von Annie Loyalität als deren Pflicht und Schuldigkeit und weiß es nicht im mindesten zu schätzen, was sie von dieser armen Frau alles hat.«

»Lady Maude sieht krank aus«, sagte ich.

»Sie sieht immer krank aus. Jetzt, wo sie in den Siebzigern ist, altert sie doch sehr, und sie ißt nichts. Das muß nicht unbedingt etwas besagen, denn die Beköstigung in diesem Haus kann wirklich einen Widerwillen gegen jegliche Nahrungsaufnahme bis ans Lebensende hervorrufen.«

»Warum bleiben Sie denn nur hier? Es muß doch noch andere Plätze geben, wo Sie leben könnten.«

Er zuckte die Achseln und holte die Flasche Wein und ein Käsebrett mit Cheddar und alten Biskuits auf den Tisch. »Weil es billig ist. Weil ich sie im Auge behalten und versuchen kann, den größten Unsinn zu verhindern, sofern ich nicht zu spät komme. Und weil sie schließlich ja auch recht alt und verrückt ist.«

Er sah mich scharf an, und wir wußten beide, was unausgesprochen geblieben war: weil er geglaubt hatte, daß auch dieses Haus einmal ihm gehören würde. Er schenkte nochmals Wein ein, und ich gewann den Eindruck, daß er diesen Gedanken gar nicht verheimlichen wollte.

Annie polterte wieder herein. »Stellen Sie die Sachen nur dahin, Annie. Lady Maude ist nach oben gegangen – sie möchte keinen Kaffee haben.«

»Dann will ich mir mal nicht die Mühe machen, ihn ihr raufzubringen. Ob das alles ist, was Sie nu' wünschen?«

»Ja – danke. Gute Nacht, Annie.«

»Gute Nacht, Mr. Connor. Gute Nacht, Miß Maura.«

»Gute Nacht, Annie.« Die Worte schienen noch in der Luft zu hängen, als auch die Tapetentür schließlich und ungern hinter dem Tweedrock zugeschlagen war. Ich genoß sie richtig, obgleich es ja nur Gemeinplätze waren: zum erstenmal wurden in dem Elternhaus meiner Mutter alltägliche Worte in einer alltäglichen Manier an mich gerichtet. Ich bemerkte, wie Connor in seine Tasche griff und Streichhölzer hervorholte. Langsam und milde begannen die Kerzen in den beiden Prismenarmleuchtern zu erstrahlen. Das Durcheinander des Raumes löste sich unmerklich in weichen Schatten auf. Es blieb nur die Höhe des Raumes, die Anmut seiner Proportionen und die langen, schlanken, halbdunklen Rechtecke an den Fenstern – und wir beide uns gegenüber, von Kerzenschimmer übergossen. Connors Hand zeigte auf die Kaffeekanne.

»Er ist nicht zu trinken«, sagte er, »aber Sie können ihn ja probieren.«

Er war ungenießbar. Deshalb füllte er mein Glas noch einmal, und ich nahm etwas Käse zum Wein und ließ die feuchten Biskuits auf dem Brett liegen. Eine große Stille umfing uns. Es war ein Augenblick heiterer Gelassenheit, wie ich ihn seit dem Betreten dieses Hauses noch nicht erlebt hatte. Ich streckte einen Finger aus und berührte vorsichtig die herabhängenden Prismen, wobei ich das melodische Klingen von Kristall gegen Kristall hervorrief.

»Sheridan?« fragte ich.

Er nickte. »Sie müssen ungefähr aus dem Jahr 1750 oder etwas später stammen – möglicherweise von der Hand des Meisters selbst. Das Herstellungsvolumen war in den ersten Jahren damals noch nicht sehr groß in Irland, deshalb war eine Menge Qualitätsarbeit das Werk von Thomas Sheridan persönlich.«

»Und dieses Haus? Er hat doch dieses Haus nicht gebaut, nicht wahr? Es stammt sicher aus der Zeit, bevor er nach Irland kam.«

»Dieses Haus gebaut? Zu keiner Zeit in der Geschichte Irlands wäre Sheridan-Glas reich genug gewesen, um dieses Haus zu erbauen. Es gehörte einer Dame namens Anne Grant, der altjüngferlichen Tochter eines englischen Großgrundbesitzers. Sie war unansehnlich und hager wie eine Bohnenstange — irgendwo hier im Haus hängt ein Bild von ihr — und neunundzwanzig Jahre alt. Obwohl sie eine reiche Erbin, wenn auch kleineren Stils, war, wollte niemand sie heiraten. Thomas Sheridans Sohn war zwanzig und ein vornehmer junger Mann. Er besaß dabei den praktisch-nüchternen Sinn der ganzen Familie, und die nicht eben hübsche kleine Miß Grant hatte durchaus nichts dagegen, daß er sie heiratete und ihr Geld in das Sheridan-Glas steckte und mit seiner Familie nach Meremount zog. Ich könnte mir denken, daß die Verbindung einer reichen englischen Erbin mit einem gewöhnlichen Glasbläser Mißfallen erregte. Aber wahrscheinlich war sie darüber hinaus, sich deshalb den Kopf zu zerbrechen — und er war wirklich sehr hübsch. Was dann das Sheridan-Glas gerettet hat, waren die Ländereien, die zu Meremount gehörten. Man hatte erst während der Unruhen Ende vorigen Jahrhunderts angefangen, sie zu verkaufen — wie ich annehmen möchte, nicht freiwillig.«

Er schnitt systematisch gleichmäßige, viereckige Käsestückchen zurecht. »Im Lauf der Jahre hatte England der irischen Industrie und Landwirtschaft alle möglichen Beschränkungen auferlegt: Steuern, Zolltarife und totales Ausfuhrverbot. Die Nachkommen von Thomas Sheridan hatten fast alle Sorten Glas, die es gibt, produziert, nur um die Schmelzöfen in Gang zu halten. Trotzdem war zeitweise nur ein einziger Ofen in Aktion, mit dem Vater Sheridan als Aufseher und seinen eigenen Söhnen als Belegschaft. Man kann das alles in den Kommissionsbüchern der Fabrik nachlesen. Junge Sheridans reisten in ganz Irland umher und versuchten, Aufträge für alles nur Denkbare, was Geld bringen könnte, zu bekommen: Flaschen und Kronglas für Fenster und genauso Leuchter für die Herrenhäuser der Engländer. Ihre Energie und Tatkraft war noch nicht aufgerieben wie bei den meisten Iren der damaligen Zeit — und sie hatten das Glück, daß sie nicht katholisch waren, obwohl sie ja die Sache der Jakobiten unterstützt hatten. Wären sie katholisch gewesen, hätte das Strafgesetz ihnen das Genick gebrochen. Aber sie hielten durch, und ihre eigene Energie rettete sie — und den Grund und Boden von Meremount. Sie blieben aber Glasproduzenten, auch wenn es kaum noch der Mühe wert war. Sheridan-Glas gibt es bis auf den heutigen Tag.«

Dieses Mal berührte Connor die Prismen. »Es muß nicht unbedingt alles so wie dies sein«, sagte er. »Es muß nicht alles handwerklich geblasen und geformt sein, und es soll auch nicht nur für die Reichen sein. Man kann Glas auch mit Hilfe von Fließbändern herstellen — Preßglas, das nicht teuer ist, für Hausfrauen, Fabriken und Krankenhäuser. Es steckt Geld im Glas. Heutzutage kommt die Welt nicht mehr ohne Glas aus: Reagenzgläser, Fernsehröhren und alle diese Dinge. Die Sheridan-Werke sollten eigentlich beides herstellen: die alte Qualitätsarbeit nach der alten Methode für die, die für die Tradition bezahlen können, und Preßglas für die, die es brauchen — und das tut schließlich jeder. Aber dazu ist Kapital erforderlich, und Kapital haben wir nicht. So gibt es also bis heute immer noch Sheridan-Glas — aber es muß bald etwas zu seiner Sanierung passieren, denn sonst geht es seinem sicheren Ende entgegen.«

Dann ließ er seine Hand mit einer schnellen Gebärde über alle Prismen gleiten, die bei dem heftigen Zusammenstoß schrill in dem milden Dämmerlicht läuteten, als wäre ein zorniger Wind über sie hinweggefegt. Ich fuhr zusammen. In diesem Augenblick erschien am Ende der Tafel plötzlich ein heller Schatten und schlich auf leisen Sohlen auf das Kerzenlicht zu. Es war die außergewöhnlichste Katze, die ich je zu Gesicht bekommen hatte, mit langen, ungeschickten Siambeinen und leuchtendblauen Augen, während das spitzige Gesicht, die Ohren, Pfoten und der Schwanz alle von einem rauchfarbenen Lavendelblau waren. Sie begrüßte Connor mit einem dünnen klagenden Stimmchen und wartete, als er ein Stückchen Käse abschnitt und es ihr auf seinen Fingern hinhielt.

»Hoffentlich haben Sie nichts gegen Katzen«, sagte er zu mir.

»O nein, gewiß nicht. Ist das Ihre Katze?« Das war ganz ausgeschlossen, dachte ich. Zwei so grundverschiedene Lebewesen konnten niemals zusammengehören — die Katzennatur paßte nicht zu seiner harten Männlichkeit.

»Sie heißt Saphira. Nein, es ist nicht meine Katze. Ich habe nicht viel für Katzen übrig.«

»Und trotzdem füttern Sie sie.«

»Das arme Teufelchen tut mir leid.«

Die Katze konnte auch Lady Maude nicht gehören, überlegte ich. Die alte Dame brauchte eine derartige Gesellschaft nicht. Katzen waren zu unabhängige Geschöpfe, als daß ihr selbstherrlicher Charakter sie ertragen hätte. Connor schnitt einen Streifen von dem Cheddar ab, und Saphira knabberte geschickt daran herum. Das leuchtende Blau und die geschmeidige Schönheit der Katze bildeten einen wirksamen Kontrast zu dem meiner Meinung nach Dunklen bei Connor — seinem Haar, seinen Augenbrauen und den Schatten seiner dunklen Wimpern. Langsam begann etwas zwischen uns aufzukeimen — damals, als wir bei Wein und Käse zusammensaßen und ich diesen neuen Zug an ihm entdeckte, der in seiner Haltung zur Katze, die er nicht besonders gern mochte, deutlich wurde. Es war nicht etwa ein freundliches Wohlwollen, denn er wünschte meine Anwesenheit ja gar nicht, aber seltsamerweise eine Art Vertrauen, weil er nichts vorzutäuschen versucht hatte. Ich konnte meine Fragen stellen, und er würde sie beantworten oder nicht, gerade wie es ihm paßte. Ich war überzeugt, daß er nicht lügen würde.

»Wer ist Otto Praeger?« fragte ich. »Warum mag Lady Maude ihn nicht leiden?«

»Otto Praeger?« Einen Augenblick schien er mit sich zu kämpfen, als versuche er, sich über etwas klar zu werden. »Ja, Sie sind ihm begegnet, nicht wahr? Das konnte auch nur ihm passieren, daß er Sie traf, ehe sonst überhaupt jemand etwas von Ihrer Anwesenheit wußte. Hier ist so viel passiert, daß ich völlig vergessen hatte, daß Sie sich schon begegnet sind. Er hatte es aber nicht vergessen. Mit typisch deutscher Gründlichkeit benachrichtigte er mich in der Fabrik darüber, daß Sie angekommen wären – Lady Maude natürlich auch. Wahrscheinlich traute er ihr nicht so ganz, wie sie sich aufführen würde. Und das war gar nicht so verkehrt gedacht, denn sie hätte sich ebensogut entscheiden können, Sie nicht zu empfangen. Die Überlegungen dieses Mannes sind nämlich gewöhnlich richtig. Er hat eine Menge Schweres durchgemacht . . .«

»Ich war stark von ihm beeindruckt. Wer ist er?«

»Vor dem Krieg gehörte ihm die Firma Praeger Optik – die Bergen-Kameras sind ein kleiner Zweig der Praeger Optik. Nach dem Krieg – ja, ich möchte wohl annehmen, daß er zu den Menschen gehört, an die man denkt, wenn das deutsche Wirtschaftswunder erwähnt wird. Nach dem Krieg hat er ein ganzes Weltreich in der Leichtindustrie aufgebaut: Plastik, einfache Gebrauchsgegenstände und solche Dinge. Er ist überall dabei, wo es sich um Absatzgebiete im Massenkonsum handelt.«

Ich fühlte mich enttäuscht. Otto Praeger hatte von Überleben gesprochen, und ich hatte mir irgendwie mehr von einem Helden in diesem starken kleinen Gnomen vorgestellt. »Und im Krieg?« fragte ich. »Was hat er während des Krieges getan? Visiere und Feldstecher produziert?« Der Gedanke, Schloß Tyrell könnte mit Geld aus solchen Sachen gekauft worden sein, war mir äußerst unsympathisch. »War er ein . . .«

»Ein Nazi? Nein. Und er hat ganz im Gegenteil auch nicht über die Nazis geschwiegen. Er sprach frei heraus, und deshalb haben sie ihm sein Geschäft weggenommen. Einer von Deutschlands Großindustriellen konnte nicht in aller Öffentlichkeit in Widerspruch zu Hitlers Politik stehen und dann noch dabeibleiben dürfen. Sie haben ihn in ein Konzentrationslager geschickt, obwohl er mächtige Freunde hatte, die sich – ebenso wie die Kirche – für ihn einsetzten. In diesem irischen Klima werden Sie Otto Praeger nie ohne lange Ärmel finden. Aber ich habe die Nummern selbst gesehen, die auf seinem Unterarm eintätowiert sind.«

»Er blieb immerhin am Leben.«

»Er blieb am Leben, kam zurück und kämpfte mit ihnen um den Rest, der von der Praeger Optik noch übriggeblieben war. Es war beinahe nichts – die Fabriken ausgebombt und das ausgebildete Personal fort. Aber er ist ein Mann, der viel Energie und Überzeugungskraft besitzt. Die Amerikaner waren äußerst daran interessiert, Deutschland als Pufferstaat gegen den Kommunismus wieder aufzubauen. Deshalb bekam er seine Darlehen, und das war alles, was er brauchte. Der Mann ist natürlich ein Finanzgenie. Er weiß, wo er seine Kraft einsetzen muß. Und er versteht es, zu leihen. Überlebt zu haben, das ist das Eine; das Leben dann auch lebenswert zu gestalten, das ist eine zweite Sache.«

Ich dachte an Praeger und die grünen, friedlichen Felder in einem vom Krieg verschonten Land, nach dem er sich gesehnt hatte. Ich dachte an den einsamen Mann in dem weitläufigen Haus mit den Türmen.

»Lady Maude selbst hat ihm doch Schloß Tyrell verkauft, nicht wahr? Kann sie ihn deshalb nicht leiden?«

»Sie wird wohl nie jemanden leiden mögen, dem sie hat verkaufen müssen. Praeger zahlte ihr eine gute und großzügige Summe für eine unbewohnte Ruine und etwas Weideland. Als aber die Schulden und Zinsen bezahlt waren, war fast nichts mehr übrig. Wer hat nicht alles schuld, daß Schloß Tyrell abgebrannt ist und Otto Praeger ihr einen so niedrigen Preis gezahlt hat! Aber Tatsache ist, daß es so hat kommen müssen, was auch immer passiert wäre. Mit ihrem Vater fing der Niedergang nicht an, er ließ die Dinge nur einfach laufen. Seit Generationen waren die Tyrells samt und sonders etwas schwach im Kopf – sie besaßen alle traditionellen Adelsprädikate wie Pferde, Frauen und Spiele. Aber als die irischen republikanischen Freiheitskämpfer während des Aufstandes hier alles in Brand setzten, wurde der alte Knabe verrückt. Maudes einziger Bruder kam damals in den Flammen um. Nur deshalb heiratete Maude den armen Charles Sheridan, weil er bereit war, sie beide zu nehmen: sie selbst und den verrückten Vater. Zu jener Zeit hatte sie, wie es heißt, schon ein Dutzend wesentlich besserer Freier als unter ihrer Würde abgewiesen. Nach dem Brand, als der ganze traurige finanzielle Ruin der Tyrells offenkundig wurde, hieß es dann nur noch: Einem geschenkten Gaul sieht man nicht ins Maul. Und so kam es, daß Charles Sheridan das Pech hatte, erhört zu werden. Dazu kam natürlich, daß das Land der Sheridans an das der Tyrells grenzte – und sie hat immer damit gerechnet, wieder dorthin zu ziehen.«

»Warum hat man es denn in Brand gesetzt?«

Er zuckte die Achseln. »Warum gibt es in Irland überhaupt Brandstiftungen? Um ein Exempel zu statuieren. Die Tyrells waren Großgrundbesitzer – das genügte. Außerdem waren sie Opportunisten. Sie kämpften für Elisabeth, und als die Eroberung Irlands ihren Abschluß fand, erhielten sie zur Belohnung den Grundbesitz – das Land und den Adelstitel. Als Cromwell in Irland fertig war, besaßen die Tyrells die Hälfte des Landes – was meinen Sie wohl, warum es Grafschaft Tyrell heißt?«

Mein Mund öffnete sich vor Staunen. »Das habe ich mir tatsächlich nicht vorgestellt.«

»Dann denken Sie darüber nach und vergessen es nicht – und seien Sie bitte nicht überrascht, daß der Name Tyrell hier in dieser Gegend bis auf den heutigen Tag nicht gerade beliebt ist. Deswegen haben sie auch Maudes Bruder umgebracht – ob zufällig oder nicht, mag dahingestellt bleiben. Man wird Ihnen zwar sagen, Sie sollen die Bauern zählen, die tot in den Gruben von Tyrell liegen, nachdem sie von ihrem Grund und Boden verjagt und die Dächer von ihren Bauernhäusern gerissen waren. Fragen Sie, was die Tyrells während der großen Hungersnot im vorigen Jahrhundert für ihre Landsleute taten – nichts! Und seien Sie nicht überrascht, wenn Otto Praeger beliebter ist, als man bei einem Deutschen annehmen sollte. Es stimmt zwar, daß er Geld unter die Leute bringt, und das wird immer gern gesehen. Er hat eine Plastikfabrik bei Wexford aufgebaut, wo viele Arbeiter beschäftigt werden. Das ist ein guter Grund, um populär zu sein. Aber man muß immer daran denken, daß Irland lange Zeit gegenüber Englands Feinden gastfreundlich war.«

Ich hatte als Gegengewicht gegen die gleichgültige Welt von Claudes London eine ganz andere Welt gesucht und fand nun diesen Pfuhl von Gewalttätigkeit, Wahnsinn und unversöhnlichem Haß. Natürlich gehörte ich auch nicht her. Ich klammerte mich in Gedanken an Otto Praeger, dessen Leben leichter zu begreifen war und trotz aller Schrecken und Mühsal alltäglicher schien als dies alles.

Ich fragte: »Wer ist Lotti?«

Sein Kopf fuhr zurück. »Was wissen Sie über Lotti?« Ich war mir nicht sicher, ob Zorn oder Leid in seiner Stimme überwog. Warum klang es wie ein Widerhall des Schmerzes in Otto Praegers Stimme, als er diesen Namen rief?

»Nichts. Ich weiß gar nichts über Lotti. Lediglich den Namen. Otto Praeger rief mich so an – Lotti!«

»Wann — wann war das?«

»Heute nachmittag. Ich hatte an einem Flußufer am Weg, der nach Cloncath führt, zu Mittag gegessen — wo die Brücke eingestürzt ist. Ich ging auf der anderen Seite der Mauer ein Stück am Ufer entlang. Dann legte ich mich kurze Zeit hin und schlief ein. Er weckte mich damit auf, als er den Namen rief — Lotti!«

Es dauerte lange, bis er antwortete. Ich fragte mich, ob er es überhaupt tun würde. Mir fiel auf, wie seine Hände die Tischkante umklammerten, als wolle er aufstehen. »Lotti . . . ja, verstehen kann ich es. Das Haar — sie trug es so wie Sie — glatt und lang, obgleich Ihres dunkler ist. Sie war der helle, nordisch-blonde Typ.«

»Ist sie tot?«

»Ja, sie ist tot. Sie wurde bei genau der Brücke im November vergangenen Jahres getötet. Lotti war Otto Praegers Tochter.«

Er trank noch den Rest Wein aus und stand dann langsam auf. Seine Bewegungen waren schwerfällig. »Lotti war meine Frau«, sagte er.

Ich blieb sitzen und beobachtete, wie er sich entfernte. Er wich aus dem Kerzenschimmer zurück, bis die Dunkelheit ihn aufgenommen hatte, öffnete die Tür und schloß sie leise wieder. Nun lauschte ich dem gedämpften Schritt, als er sich durch die Halle bewegte. Von weitem hörte ich das Schließen der schweren Haustür. Eine Minute später ertönte das Geräusch eines Motors, das Knirschen von lockerem Kies unter Autoreifen und das unregelmäßige Anstoßen in der ausgefahrenen Spur der Auffahrt. Er fuhr nicht schnell — es war keine plötzliche Flucht. Es war nicht viel anders, als wie er das Eßzimmer verlassen hatte: besonnen, geduldig und schwermütig, als sei es schwer errungen, den Tod seiner jungen Frau hinzunehmen, und als fürchte er, alles zunichte zu machen, wenn er sich gegen sein Schicksal aufbäumte. Hätte ich doch nie von Lotti Praeger gehört, hätte nie meine

Fragen gestellt und wäre morgens schon wieder abgereist, ohne daß ich Zeuge dieses dumpfen Schmerzes hätte sein müssen!

Ich blies einen Satz Kerzen aus und ergriff den anderen Armleuchter. Die Katze hockte noch immer reglos auf dem Tisch, ohne mich aus den Augen zu lassen. Jetzt wurde mir klar, daß es Lottis Katze gewesen sein mußte. Und dasselbe Mitleid, dessen Connor sich nicht geschämt hatte, regte sich auch in mir. »Komm schon mit«, flüsterte ich. Ich wußte nicht, warum ich flüsterte. Die Katze reckte und streckte sich und stieß den gleichen leisen kleinen Schrei aus, mit dem sie auch Connor begrüßt hatte. Sie sprang vom Tisch herunter, und ich fühlte, wie sie an meinen Beinen entlangstrich. Sie war schon an der Tür, als ich sie öffnete, und blieb auch bei mir, als ich mir in der Halle einen Weg durch das Labyrinth von Möbeln bahnte und die herrliche, breite, geschnitzte Treppe hinaufstieg. Dann lief sie vor mir her und kam immer wieder zurück. Dabei wand sie sich mit kätzlicher Behendigkeit durch die kleineren Gegenstände hindurch, die auf jeder Stufe und dem Treppenabsatz in großen Mengen herumstanden: Laternen, chinesische Vasen, Wärmepfannen, Feuerböcke und Fußbänke. Ein großes Fenster über dem Treppenabsatz gewährte den Blick auf eine schlanke Halbmondsilhouette und einen schwachen Lichtschimmer, der auf die dunklen Umrisse der Truhen und zusammengelegten Teppiche und Wandbehänge fiel. Ich schirmte das Kerzenlicht ab und neigte mich bis dicht ans Fenster, um nach einem weiteren Licht in der finsteren Landschaft Ausschau zu halten – aber es gab keins. Kein Wind bewegte die Bäume, kein Hund bellte. Mir war, als sei außer mir keine Menschenseele mehr auf der ganzen Welt am Leben. Für das warme, abermalige An-mir-längs-Streichen der Katze war ich merkwürdig dankbar. Ich ging die Treppe weiter hinauf, bis ich in mein Zimmer kam.

Jemand – wahrscheinlich Annie – hatte mein Bett abgedeckt und zwei Wärmflaschen mit handgestrickten Bezügen zwischen die Laken gelegt. Die ausgefransten Damastvorhänge waren gegen die Dunkelheit und die Leere der Nacht zugezogen. Ein kleiner elektrischer Heizofen versuchte, den großen, weiten Raum zu erwärmen. Am Bett war eine Lampe angezündet. Auf einem großen georgianischen silbernen Tablett stand eine ausgesucht schöne Dresdener Tasse und Untertasse und eine schadhafte undichte Thermosflasche mit heißer Schokolade. Ich blies die Kerzen aus, deren beißender Rauch sich nur langsam verflüchtigte.

In einem der drei Schreibtische fand ich vom Alter fleckig gewordenes Briefpapier mit dem Aufdruck: Meremount, Grafschaft Tyrell, Irland. Ich überlegte mir, welchen Eindruck das wohl auf Lloyd Justin machen würde, wenn er den Umschlag öffnete – vielleicht in einem sonnenhellen kalifornischen Patio, wie sie in Filmen und Illustrierten gelegentlich zu sehen sind. Die Katze saß neben mir, während ich schrieb. Als die Schokolade, die ich in die Untertasse gegossen hatte, abgekühlt war, leckte sie sie possierlich auf. Sie blieb auch bei mir, als ich die Bögen mit endgültigen Abschiedsworten langsam vollschrieb – das Ende des kalifornischen Traumes. Ich konnte mir vielleicht noch nicht volle Klarheit darüber verschaffen, was die Stunden dieses Tages mir bedeutet hatten oder warum ich nun ganz sicher war, während ich es vorher nicht sein konnte. Aber ich hatte einen ersten Eindruck von dem aus Leidenschaft, Zähigkeit und Stärke, aber auch aus innerer Schwäche zusammengesetzten Erbgut, das ich sowohl von den Tyrells als auch von den Sheridans hatte, gewonnen. Und ich begriff, warum die verführerische Bequemlichkeit eines Lebens in der Sonne mit einem Mann wie Lloyd Justin nicht sein durfte. Ich hatte zwar damals nichts und niemanden, den ich an Lloyds Stelle hätte setzen können. Aber ich wollte mein

Glück versuchen. Denn plötzlich erkannte ich, daß alle Sicherheiten nicht sicherer als der abenteuerlichste Sprung in eine unbekannte Zukunft waren. Natürlich sagte ich das Lloyd nicht. Ich formulierte meine Worte so einfühlend wie möglich, als ich ihm schrieb, daß ich nicht kommen würde.

5. KAPITEL

I

Ich wurde durch Stimmen aufgeweckt – eine hohe, alte Stimme, die jetzt schrill und übermäßig laut herübertönte, und die leisen, tieferen Töne eines Mannes, der sprach. Worte konnte ich nicht unterscheiden. Der Wortschwall glich einem zornigen Stakkato, das abwechselnd lauter und leiser wurde. Aber unter der Daunendecke und mit den an mich gepreßten Wärmflaschen war mir wohlig warm. Der Tag war ja ungewöhnlich lang und verwickelt gewesen, und deshalb wehrte ich mich auch nicht, als der Schlaf mich wieder übermannte. Die Katze kringelte sich an meinem Fußende zusammen – es war mir wirklich so egal, warum die beiden sich gegenseitig anschrien.

So kam es, daß ich ihn nicht hörte, als er mein Zimmer betrat. Ein Schrei erstarb auf meinen Lippen, als ich seine Hand spürte.

»Maura! Wachen Sie auf! Um Gottes willen, wachen Sie auf!« Das Licht der Nachtschranklampe fiel direkt auf mein Gesicht. Connor schüttelte mich. »Maura . . . Maura!« Die Tür hinter ihm stand weit offen, und in der Halle waren alle Lampen erleuchtet.

Mit aller Gewalt schüttelte ich den Schlaf ab. »Was ist denn los? Was bedeutet das . . .?«

»Es handelt sich um Lady Maude – sie hat einen Anfall. Herzattacke oder Schlaganfall. Ich weiß es nicht. Sie ist bewußtlos. Wissen Sie, was man in solchem Fall tut?«

»Keine Ahnung.« Ich suchte nach meinem Morgenrock und den Pantoffeln. »Haben Sie einen Arzt angerufen?«

»Deswegen wollte ich gerade heruntergehen. Würden

Sie bitte bei ihr bleiben — vielleicht können Sie irgend etwas für sie tun.«

Ich lief hinter ihm her, als er in die Halle ging. »Was ist mit Annie?«

»Die ist völlig unbrauchbar«, sagte er. »Sie würde nur hysterische Anfälle kriegen. Hier . . .« Er schob mich auf eine offene Tür an der meinem Zimmer gegenüberliegenden Seite der Galerie zu, kam aber nicht mit mir in den Raum hinein. »Soll ich Kognak heraufholen?«

»Rufen Sie den Doktor an«, sagte ich heftig, aber leise. »Scharfe Getränke sind übrigens das Schlimmste, was man in solchem Fall überhaupt geben kann. Beeilen Sie sich!«

Die alte Frau lag ausgestreckt auf ihrem Bett — ein Berg Kissen stützte ihre eine Seite, als hätte Connor sie hochgehoben und so hingelegt. Sie war in einen verblichenen, purpurroten Schlafrock gehüllt und hatte das silberne Haar zu einem dicken Zopf geflochten. In ihrem bewußtlosen Zustand wirkte sie erschreckend eingefallen, eine farblose Haut überspannte ihr knochiges Gesicht, und die Lippen waren bläulich verfärbt. Meine laienhaften Finger konnten lediglich ein ganz schwaches Pulsflattern feststellen, und die Atmung war so oberflächlich, daß ich nicht einmal beurteilen konnte, ob sie überhaupt noch da war. Ich konnte buchstäblich fühlen, wie sie mir entglitt, während die Sekunden verstrichen. In einem verzweiflungsvollen Augenblick zog ich ihr schließlich die Kissen unter dem Kopf weg, den ich auf die Seite drehte, damit die Zunge nicht zurückglitt, und beugte mich über sie und legte meine Lippen auf ihre. Vorher hatten wir uns noch nie berührt, und nun waren wir durch diese höchst intime Verzweiflungstat zusammengeschmiedet. In den, wie ich dachte, vielleicht letzten Augenblicken ihres Lebens blies ich den Atem gleichmäßig aus meiner in ihre Lunge. Ich setzte danach meine Lippen ab, um die Luft entweichen zu lassen, und machte mich dann immer wieder an die Arbeit. Dabei atmete ich ihren Geruch nach Alter und Verfall ein und fühlte mich bei jedem Atemzug selbst sterbenselend.

Plötzlich merkte und hörte ich, wie ihr eigener Atem wiederkam, der zunächst noch schwach ging, aber allmählich kräftiger wurde. Sie schlug die feingeäderten Augenlider auf – es war ein Augenblick des Erkennens. Ich war mir nicht im klaren, ob ich einen Sieg davongetragen hatte, sie hätte sich von allein vielleicht ja auch wieder erholt. Aber sie begriff, daß eine Schlacht für sie geschlagen worden war und wir durch die Bande dieses Kampfes und auch der des Blutes jetzt zusammengehörten. Sehr langsam richtete ich mich auf.

Von der Tür her ertönte ein langgezogener Klageruf. Annie stand dort, als fürchtete sie sich näherzukommen. Sie trug einen Morgenrock, den sie vorn zusammenhielt.

»Heilige Mutter Gottes, nun ist sie also tot. Hat er sie schließlich doch umgebracht?«

II

Der Arzt füllte bedächtig drei Teelöffel Zucker in den Tee, den Annie gemacht und in Connors Studierzimmer gebracht hatte. »Es war eine Warnung«, sagte er, als er umrührte. »Aber Maude Sheridan hat noch nie auf Warnungen geachtet. Nach dem leichten Anfall, den Sie vor zwei Jahren hatte – wissen Sie noch, Connor? – erklärte ich ihr, daß weitere folgen könnten, und was sie tun müßte, um sie nach Möglichkeit zu vermeiden. Sie antwortete mir, daß sie zu ihrer Zeit und auf ihre eigene Manier sterben würde – als ob sie dabei etwas mitzureden hätte. Aber das ist typisch für die Tyrells.« Er gab ein spöttisches und liebevolles Schnaufen von sich. »Ach ja! Ich wollte, ich könnte sie ins Krankenhaus schaffen, aber sie hat sich rundweg geweigert, sich aufnehmen zu lassen. Es müßten eigentlich Untersuchungen durchgeführt werden, um Klarheit über die Art ihres Herzfehlers zu gewinnen. Na, wir müssen eben hier alles tun, was in unserer Macht steht. Sie braucht vollkommene Ruhe. Darauf muß ich bestehen. Und sie muß eine Pflegerin haben. Wenn ich nur jemanden bekommen könnte, der bei ihr bleibt!«

Er ließ sich das dicke Brot mit der auf Annies höchst eigene Art draufgeklatschten Butter schmecken. »Wie hat es denn angefangen?« fragte er. »War sie allein? Hat sie gerufen?«

Ich wartete ab, was Connor sagen würde. Er steckte seine Hände in die Taschen und wandte sich vom Fenster ab, wo er in die Dunkelheit geschaut hatte, als erwarte er mit der nahenden Morgendämmerung die Silhouetten der mächtigen Bäume gegen den Himmel und das erste Vogelgezwitscher.

»Ich war gerade nach Hause gekommen«, sagte er. »Ich ging an ihrer Tür vorbei, und da hörte ich sie laut aufschreien. Sie war nicht im Bett. Als ich bei ihr ankam, war sie bereits zusammengebrochen.«

Es war eine aalglatte Lüge. Er hatte mich aus dem Schlaf gerüttelt, deshalb konnte er nicht annehmen, daß ich wach gewesen war, als sie sich stritten, und ihre erregten Stimmen gehört hatte. Außerdem konnte er sich auf Lady Maudes Stolz verlassen: niemals hätte sie einem Außenstehenden, auch nicht ihrem Arzt gegenüber, Zwist und Hader in der Familie zugegeben. Ich fragte mich, ob er wohl oft auf diese elegante Art und Weise log und warum er überhaupt log. Und ich verstand nicht, warum Annie gesagt hatte: »Hat er sie schließlich doch umgebracht?«

Der Arzt nickte mit dem Kopf. »Na ja, das ist ja alles sehr verständlich. Wenn es schon passieren mußte, dann natürlich zu diesem Zeitpunkt.«

»Wie meinen Sie das?« fragte ich.

»Ich meine Sie, Miß D'Arcy – Sie. Maude Sheridan hat

so lange ohne engere Familie gelebt, und wie aus heiterem Himmel standen Sie plötzlich vor ihr. Um es gelinde auszudrücken: es muß ein Schock für sie gewesen sein.«

Wie konnte er wissen, daß ich völlig überraschend kam? Woher hatte er nur gehört, daß mein Besuch nicht geplant war? Allerdings hatte Otto Praeger mir ja schon gesagt, daß es so und nicht anders kommen würde. Die Menschen auf einem Dorf wie diesem brachten viel mehr in Erfahrung, als ich für möglich gehalten hätte. Das mußte ich mir merken.

Er aß sein Butterbrot, das er zusammengeklappt hatte, weiter und schrieb, wenn er abgebissen hatte, zwischendurch ärztliche Verordnungen und spezielle Dinge fürs Krankenzimmer auf, die besorgt werden sollten. »Annie kann zunächst bei ihr bleiben«, sagte er. »Aber natürlich muß sie abgelöst werden. Ich werde eine geeignete Person finden müssen, die sie baden kann und so weiter.« Er sah von seinem Rezeptblock auf und mich an. »Sie bleiben selbstverständlich hier. Sie könnten eine Hilfe bedeuten. Sie muß nach einem bestimmten Diätschema leben, und Sie müssen aufpassen, daß sie das auch wirklich bekommt.«

Ich sagte gar nichts. Connors Augen ruhten gespannt auf mir, als ich zustimmend nickte. Das brauchte mich zu nichts zu verpflichten. Ich konnte ja jederzeit abreisen, wenn ich das wirklich wollte. Genau das sagte ich mir.

Das erste Morgenlicht brach hell hervor, als wir mit dem Arzt zur Haustür gingen. Es hatte etwas geregnet, und der Morgen war kalt. »Gegen elf Uhr komme ich wieder«, sagte der Arzt, während er seinen Hut aufsetzte. Als er die Treppe hinuntergehen wollte, hielt er plötzlich inne und wandte sich mir zu.

»Es ist gut, daß Sie gekommen sind — auch wenn es sehr spät ist. Ich kannte damals Mrs. . . . — Ihre Mutter.« Fast hätte er »Mrs. Findlay« gesagt.

Ich beobachtete, wie er und Connor zum Wagen hinuntergingen und Connor ihm die Tür öffnete und seine Tasche verstaute. Er war der einzige, der mich in diesem Haus wenigstens halbwegs willkommen geheißen hatte und der so von Blanche sprach, als ob es sich um einen Menschen aus Fleisch und Blut handelte. Und ich konnte mich nicht einmal darauf besinnen, wie er hieß.

Connor kam langsam die Treppe herauf. Er sah ganz aufgelöst und zu Tode erschöpft aus. »Na ja, das war das«, bemerkte er. Er sagte es nicht gleichgültig oder gefühllos, sondern so, als sei er viel zu müde, um überhaupt noch eine Reaktion zu empfinden. Dann fuhr er fort: »Ich habe einen gräßlichen Hunger. Glauben Sie, daß es hier im Haus etwas Genießbares gibt?«

»Wir könnten ja einmal nachsehen.« Ich wußte nicht genau, wie ich das auffassen sollte — als eine freundliche Geste, als die Erkenntnis, daß ich nun eine Zeitlang bleiben würde, oder einfach als das Bedürfnis eines Mannes nach Nahrung und einem Menschen, mit dem er reden konnte, um die Anspannung abzuschütteln. Ich war im Begriff, nach hinten ins Eßzimmer zu gehen.

»Einen Augenblick, bitte. Ich will noch den Kognak holen, den Lady Maude nicht nötig hatte. Wenn sie ihn nicht gebrauchen konnte, ich kann es. Und Sie, denke ich, könnten es auch.« Er kam aus seinem Studierzimmer zurück und schwenkte die Flasche in seiner Hand. »Halbvoll«, sagte er, »und fünf Sterne.« Auf seinem Weg durchs Eßzimmer holte er aus einer Anrichte zwei Gläser. Ich nahm das Brett mit dem Käse und Salzgebäck, das noch darauflag, mit. Rundherum waren Mäusespuren zu erkennen. Connor stieß die Tapetentür mit seiner Schulter auf und hielt sie offen, während ich hindurchging. »Der Schalter ist da rechts von Ihnen, können Sie ihn anknipsen?«

Es war ein merkwürdiges Bild, das sich uns nun bot. Der Raum, der auf der einen Seite der Tür sicher einmal einem Butler als große Pantry und auf der anderen vielleicht als Vorratskammer gedient hatte, war aufgerissen worden und ließ die nackten Backsteinwände und herabhängende elektrische Anschlüsse erkennen. Auf dem leeren Platz in der Mitte stand eine Anzahl großer Lattenkisten mit Namen von Herstellerfirmen: ein Kühlschrank, ein Kochherd und eine Geschirrspülmaschine. Ein Spültisch mit zwei Becken aus rostfreiem Stahl war auf die Seite gekippt und der Fußboden mit verstreuten Kupferrohren bedeckt.

»Was soll . . .?«

»Was einmal hatte sein sollen«, sagte Connor mit einem Achselzucken, »und niemals sein wird. Hier entlang, bitte.«

Er stieß noch eine Tür auf und dirigierte mich wieder zum Lichtschalter. Wir befanden uns in der Küche. Sie war genau so, wie ich sie mir vorgestellt hatte: riesengroß und mit Fliesenfußboden dazu, grausig altmodisch bis auf den überraschend neuen Gasherd und einen Warmwasserspeicher über einem beschädigten Ausguß und Abtropfbrett, die wahrscheinlich noch vor der Jahrhundertwende eingebaut waren. Außerdem gab es noch einen Kohleherd, der brannte und dies hier zum gemütlichsten Raum machte, in dem ich bis jetzt in Meremount gewesen war. Eine steile Treppe führte an der hinteren Wand nach oben, hohe Anrichten aus Holz waren mit Porzellangeschirr vollgestellt, und eine einsame Lampe über dem Ausguß tauchte die Ecken in schwarze Schatten. Connor setzte Gläser und Flasche auf den großen, freien Tisch. »Die Eßsachen werden draußen in der Spülküche aufbewahrt — ›natürliches Kühlhalten‹ nennt Lady Maude das. Das ist dann auch der Picknickplatz für die Mäuse. Ich schlage Ihnen vor, sich einen kurzen Kräftigen zu Gemüte zu führen, damit Sie Mut bekommen, ehe wir unser Glück probieren.«

Er reichte mir ein herrlich geschliffenes Kognakglas

hin, das ein Drittel voll war. Das Licht, das die Facetten des Glases reflektierten, fing sich in der satten Bernsteinfarbe des Getränks. Meine Hände umschlossen es dankbar. »Es sieht schon gut aus, aber es schmeckt noch besser«, sagte ich.

Er nahm noch einen Kognak. »Für die nächste Zeit wird es wohl auch das einzige sein, was hier gut ist, fürchte ich.« Er ließ sein Glas sinken. »Es ist doch wirklich unmöglich, nicht wahr?«

»Was . . .?«

»Alles hier. Diese ganze verflixte Situation – die kranke alte Dame, dieses schreckliche Haus und daß Sie hier auf diese Art und Weise festgehalten werden.« Mit einer umfassenden und hoffnungslosen Gebärde drückte er alles aus, was ihn belastete. »Es ist nicht anständig, von Ihnen zu erwarten, daß Sie bleiben und sogar noch damit fertig zu werden versuchen. Das ist nun wirklich nicht Ihre Aufgabe – und ist es ja auch niemals gewesen. Aber immerhin . . .« Er nahm noch einen Schluck und machte durchaus nicht den Eindruck, als wolle er den angefangenen Satz zu Ende führen.

»Immerhin was?«

»Nichts. Ich will nicht versuchen, Sie zu überreden. Wir werden eine zusätzliche Hilfe nehmen – wenn man nur genug bezahlt, kommt auch immer jemand. Und diesmal brauchen wir sie nun ganz bestimmt. Dr. Donnelly wird schon eine Pflegerin finden. Irgendeine wird es seinetwegen tun, wenn auch nicht gerade für Lady Maude. Jim ist ein Prachtmensch. Das schaffen wir schon.«

Versuchte er, mich auf bequeme Art loszuwerden? Und wollte er mich merken lassen, daß ich allem hier entrinnen könnte, ohne daß mich ein Vorwurf träfe? Erst gestern abend hatte er mir in seinem Arbeitszimmer gesagt, er hoffe in unserem beiderseitigen Interesse, daß ich ginge. Er war offen und unverblümt gewesen, und ich hatte ihn für aufrichtig gehalten. Da hatte ich ihm noch vertraut, aber das tat ich nun nicht mehr. Ich schwankte zwischen seiner abwechselnd freundschaftlichen und feindseligen Haltung hin und her, zwischen seiner entwaffnenden Ehrlichkeit und dann auch wieder den geschmeidigen Lügen. Gewaltsam mußte ich mich von seiner männlichen Anziehungskraft und irgendwie lethargischen Traurigkeit losreißen, die mich zwingen wollten, ihm zu helfen und seine Last zu erleichtern. Andererseits sagte er auch, daß er mir keinen Vorwurf machen würde, falls ich diese Aufgabe ablehnte. Wenn das Heuchelei war, wäre es eine verteufelt gute schauspielerische Leistung. Deshalb verzichtete ich auch von vornherein auf die Torheit, Zuneigung oder Hingezogenheit zu empfinden, wo es mir an Vertrauen fehlte.

»Das wird sich herausstellen«, war alles, was ich sagte.

Die Spülküche entsprach genau dem, was die eigentliche Küche schon im voraus vermuten ließ: sie war feucht, und die Holzborde, auf denen nur wenige Schüsseln und Steinguttöpfe mit Lebensmitteln herumstanden, waren aus dem Leim gegangen. Die Abwaschbecken wurden allem Anschein nach nicht mehr benutzt. Ich entdeckte noch ganze Reihen von schweren Eisen- und Kupfertöpfen, die auf den hohen Regalen zusammengestellt und vermutlich in den letzten zwanzig Jahren nicht gebraucht worden waren. Griffbereit waren verschiedene billige Aluminium- und Emaillesachen, alle beschädigt und angestoßen.

»Annie tut ihr Bestes, um ihr alles recht zu machen«, sagte Connor, als hätte er meine Gedanken erraten. »Aber sie ist nie als Köchin angelernt worden. Sie ist hier irgendwo so mit hereingerutscht, wenn die anderen Mädchen nicht bleiben wollten. Wir versuchten, von Cloncath und Fermoyle wenigstens für das Reinmachen Hilfskräfte zu bekommen, aber sie bleiben nie lange. Meremount hat keinen guten Ruf. Natürlich will Lady Maude nicht wahrhaben, was auf sie zukommt und in welchem Zustand sich hier im Haus alles befindet. Für sie ist Meremount immer nur ein Provisorium gewesen. Ihr ist alles egal. Und über kurz oder lang empfindet jeder, der ins Haus kommt, ebenso – keiner gibt sich noch ernstliche Mühe.«

Ich besah mir, was auf den Borden stand: dunkler, trockner Schinken, Eier, Brot, Butter, Sahne und Würste. Die Lammkeule von gestern abend steckte da in ihrem hart gewordenen Fett. Ihr Anblick rief mir das fast gar nicht berührte Essen wieder ins Gedächtnis zurück, und plötzlich protestierte mein Magen vernehmlich.

»Schnell!« sagte ich. »Wir wollen ein paar Eier und Wurst braten, ehe ich vor Hunger zu schwach dazu bin, die Pfanne zu heben. Übrigens – diese dünnen Pfannen taugen nicht viel. Reichen Sie mir doch bitte von denen da oben einige herunter – ja, diese Größe.«

»Die ist ja völlig verstaubt«, sagte er überrascht, holte sie aber trotzdem herunter. »Niemand benutzt sie jemals.«

»Um so schlimmer. Sie lassen sich saubermachen – und die dort auch, die kupferne.« Ich weidete mich an dem Anblick der stattlichen Reihe. »Für einen Küchenchef ist das hier ja ein wahrer Schatz an Kupferpfannen. Meine Mutter wäre selig gewesen . . .« Ich brauchte den Satz nicht zu beenden.

Wir trugen, was ich ausgesucht hatte, in die Küche und breiteten es auf dem Tisch aus. Connor zog seinen Rock aus. »Ich werde die Pfannen reinigen«, sagte er. Ich nickte und machte mich daran, Schneebesen, Schüsseln und Wiegemesser zu suchen. Nach und nach fand sich alles – das meiste allerdings sah aus, als sei es sehr lange nicht gebraucht worden. Ich begriff allmählich, was sich hier jahrelang abgespielt hatte, als eine einzelne alte Frau betreut wurde, der es gleichgültig war, was sie aß – als in diesem Haus mit dem ständig enger werdenden Lebenskreis gekocht werden sollte und kein Zeichen von Anerkennung oder Zufriedenheit von der anderen Seite der Tapetentür dem Personal half, gegen den abbröckelnden Küchenbetrieb anzukämpfen. Der Speisezettel war zu konstant den gleichen paar Gerichten zusammengeschrumpft, die sich ewig und lieblos wiederholten. Die einfache, gute und nahrhafte Kost war weidlich mißhandelt worden und glich geschmacklich einer glatten Bankrotterklärung.

Ich blickte zu Connor hinüber, der die Pfannen mit einem zerschlissenen, grauen Geschirrtuch abtrocknete. »Gibt es hier einen Küchengarten mit ein bißchen Petersilie?«

»Ich will einmal nachsehen. Draußen war früher immer ein herrlicher Kräutergarten, aber er ist . . .« Er machte eine müde Bewegung. »Er ist verkommen wie alles in Meremount.«

Als er wiederkam und Regentropfen am Jackett und im Haar hatte, hielt er ein Bund mit verschiedenen Kräutern in der Hand, die er aufs Geratewohl mit einem Küchenmesser abgeschnitten hatte. Sie waren wild gewuchert, strunkig und in Samen geschossen: Petersilie, Minze, Rosmarin und Thymian. Er überreichte sie mir wie ein Blumenbukett. »Ich weiß nicht, wie sie durchgekommen sind, aber immerhin haben wir nun etwas.« Er wirkte rührend besorgt, ob ich mit seinem Sortiment auch zufrieden wäre.

Sie rochen nach Regen und feuchter Erde und wie das Land im Frühjahr. Ich hielt sie mir unter die Nase und dachte daran, wie Blanche den Geruch von Kräutern geliebt hatte: die Schalotten und Knoblauch, mit denen ihre Gerichte gewürzt wurden; Petersilie, Thymian und Schnittlauch, die in Blumentöpfen auf dem Fensterbrett der Etagenwohnung über dem Verkehrsgetriebe von King's Road wuchsen und nicht nach Erde und einem regenfeuchten Morgen dufteten wie diese hier und trotzdem etwas an sich hatten, an dem Blanche hing – vielleicht ja in Erinnerung an diese entschwundene Szenerie.

»Wissen Sie, Maura«, sagte er, »Sie sind ein Mädchen voller Überraschungen.«

Ich wandte mich von den Kräutern ab und sah auf. »Wie meinen Sie das?«

»Ein Widerspruch in sich. So modern wie Ihre kurzen Röcke und doch voller Schnörkel und Verzierungen, die so altmodisch wie diese Kräuter und die Kupferkessel sind.«

Ich legte das Sträußchen hin. »Wollen Sie den Toast machen? Ich bin fast so weit, daß ich die Eier braten kann.«

Er hatte einen gefährlichen Charme und wirkte, oberflächlich betrachtet, so unbefangen, daß man denken konnte, er sei sich dessen gar nicht bewußt. Aber er ließ ihn so geschickt spielen, daß er sicher etwas damit bezweckte. Ich würde mir immer vor Augen halten müssen, daß er mit Otto Praegers Tochter verheiratet gewesen war. Und die Tochter eines solchen Mannes konnte nie und nimmer ein Einfaltspinsel sein und wäre ihm auch niemals verfallen, bloß weil er gut aussah. Connor Sheridan verwirrte und faszinierte mich – und ich würde noch herausfinden, was Annies Worte zu bedeuten hatten. Immer wieder hörte ich jene Frage: »Hat er sie schließlich doch umgebracht?«

Kognak morgens um fünf Uhr tut seine Wirkung. Irische Sahne ist fett und irische Eier sind nahrhaft, ebenso wie irische Bratwürste aus wirklichem Fleisch gemacht werden. Connor schob seinen Stuhl zurück, reckte sich und seufzte wohlig und zufrieden. »Ich glaube nicht, daß ich früher Rühreier je so echt genossen habe – oder steckt eine besondere Zauberkraft in Ihren Händen?«

»Nennen wir es einfach Zauberei und belassen es dabei«, antwortete ich schläfrig. Selbst der Kaffee hatte nicht gar so schlecht geschmeckt, wenn man den Zustand der Kaffeekanne und das fragliche Alter ihres Bodensatzes bedachte. Oder vielleicht war es auch der Kognak – mein Mißtrauen ihm gegenüber hatte ich fallengelassen, verdrängt und eine Überprüfung der Sache auf einen späteren Zeitpunkt verschoben, wenn mein Verstand geschärfter sein würde. Ich hatte ihm von mir erzählt – wahllos, von jedem etwas, vom

Modellstehen und Claude, von King's Road, von Blanches Kochkünsten und wahrscheinlich törichterweise sogar auch von Lloyd Justin. Was man bei Kognak und Rührei in der frühesten Morgenstunde sagt, ist möglicherweise immer zu viel. Aber ich schaffte es doch, über den Brief, den ich in den lange zurückliegenden Stunden vorm Schlafengehen geschrieben hatte, Stillschweigen zu bewahren.

»Glauben Sie denn, daß Kalifornien Ihnen gefallen würde? Die ewige Sonne und die vielen Schwimmbassins und der Dunst?« Er sagte es nur halb im Scherz. Ich durfte nicht vergessen, daß er einmal dem Zauber erlegen war, mit allem in Europa, was antiquiert und überholt war, zu brechen. Es war nicht das gewesen, was er sich erhofft hatte, aber er kannte ja tatsächlich den Zug in die Ferne und das bohrende Unbehagen, das einen manchmal überkommt.

»Ich habe nicht gesagt, daß ich gehe.«

»Sie haben auch nicht gesagt, daß Sie ihn lieben.«

»Lieben? — Nein, das habe ich doch nicht gesagt?«

»Ach so — Sie sind also scharf auf eine Unterhaltung über die Liebe?«

Annie war die hintere Treppe heruntergekommen und machte auf halbem Weg halt. Ihr langes, derbes Gewand und das wüste, abstehende rote Haar machten aus ihr so etwas wie einen in Unordnung geratenen richterlichen Engel, der uns in die Wirklichkeit zurückholte, der wir für kurze Zeit entkommen waren, und an die alte Frau oben und die Feindseligkeit und das ganze Unglück der vergangenen Nacht erinnerte. Ihre Augen überflogen den Tisch mit den kostbaren Sheridan-Gläsern, dem Kognak und das kaputte Küchengeschirr. Mir war sofort klar, was sie dahinter vermuten mußte — daß ich nicht richtig angezogen und Connor ein Mann mit starkem und ungewöhnlichem Charme war.

»Na ja«, sagte sie. »Mr. Connor ist natürlich genau der

Richtige, um das zu besprechen. Er wird jetzt wohl so was wie ein Altmeister darin sein, nicht wahr, Mr. Connor?«

Der Morgen fiel trübe zu uns herein, grau und regenschwer. Ich erhob mich. »Ich werde das Geschirr spülen, bevor ich nach oben gehe, Annie.«

6. KAPITEL

I

Den ganzen Tag über regnete es – ein trostloser Nieselregen, der nichts Stürmisches oder Ungestümes an sich hatte. Und den ganzen Tag über hörte ich ihm zu, hörte hin, wenn ein gelegentlicher Windstoß leicht gegen die Fensterscheiben platschte, und hörte auf das traurige stete Tropfen von der Dachrinne. Es war das einzig Konstante an diesem Tag. Eine ungewöhnliche Erregung hatte das Haus ergriffen, das von verschiedenen Stimmen widerhallte – Stimmen, die sich bemühten, leise zu bleiben, aber immer wieder in aufgeregte Befehle und Gegenbefehle umschlugen. Es war das Durcheinander eines nach langer Stille in Bewegung geratenen und bevölkerten Hauses.

Zuerst kam Annies Kusine zweiten Grades, Bridget, aus Cloncath. »Sie bleibt hier und soll ein bißchen mithelfen, Mr. Connor. Ihre Beine sind jung, und sie kann Tabletts tragen und nachsehen, wenn die Pflegerin klingelt.« Bridget war ein dralles junges Ding mit roten Wangen und einem zarten Teint, bar jeglichen Make-ups. Rotes Haar gehörte nun einmal zur Familie.

Und dann erschien die Pflegerin. »Ich bin Mrs. O'Shea, und ich tue dies überhaupt nur für Dr. Donnelly. Jeder weiß ja, was es heißt, für die alte Dame zu arbeiten.«

»Sie ist krank, Mrs. O'Shea«, antwortete ich so sanft, wie ich konnte. »Sie kann nicht viel anderes tun, als was man ihr sagt.«

»Als ob ich nicht schon viele gehabt hätte, die krank waren und trotzdem nur das essen und trinken wollten, was sie sich selbst so vorstellten. Und war zu Tode erschöpft wegen der vielen Mühe, die sie mir machten. Aber immerhin, sie ist Patientin — und nicht viele von ihnen haben bisher Molly O'Shea kleingekriegt.« Sie redete pausenlos, als wir nach oben gingen und Michael Sweeney ihre Tasche trug, wobei er seine Ohren weit aufmachte, um ihre Bemerkungen und meine Antworten zu hören.

»Heilige Mutter Gottes, sehen Sie sich nur all den Krimskrams hier an! Und alles alte Sachen, mit denen man nicht begraben werden möchte. Genug, um ein ganzes Hotel zu möblieren, sagen sie immer in der Stadt . . .«

»Tscha, oder ein Schloß«, fuhr Michael dazwischen. »Und das meiste davon ist viel zu groß für ein kleines Bauernhaus, Molly O'Shea.« Er brachte das mit einem köstlich prahlerischen Stolz heraus, als müsse er verteidigen, was er bis zu diesem Augenblick im gleichen Licht wie die Pflegerin gesehen hatte. Vorher waren es für ihn gleichgültige Sachen gewesen, die er und Jim Duffy, der andere Landarbeiter, nach Lady Maudes Lust und Laune im Haus herumschieben mußten, um Platz für mehr zu schaffen. Jetzt war es etwas, das der Familie gehörte — plötzlich war es sogar seine Familie. Auch bei ihm verspürte ich die Furcht, die alle im Hause angerührt hatte, als die Nachricht von der Erkrankung der alten Dame bekannt wurde — die Furcht und das schmerzliche Erkennen, daß das Ende einer Ära gekommen sei. Was sie zum gegenwärtigen Zeitpunkt hatten, gefiel ihnen nicht, aber der Gedanke an eine Veränderung gefiel ihnen noch viel weniger.

Mrs. O'Shea sah sich in ihrem Zimmer mit unverhohlener Verachtung um. »Weiß Gott, nie hätte ich gedacht, daß ich den Tag erleben müßte, an dem ich in einem Auktionssaal schlafen würde.« Ihre geübten Hände, die das Zufassen gewohnt waren, berührten die verstaubte Spitzenspraydecke, die sich langsam in Fetzen auflöste. »Ich hätte übrigens auch nie geglaubt, daß ich auf einem Bett, das einer Tyrell gehört, etwas sehen würde, was Molly O'Shea schon vor hundert Jahren weggeschmissen hätte. Na schön . . . jetzt will ich aber meine Patientin sehen.«

Sie hielt sich jedoch noch in dem großen, altmodischen Badezimmer auf, das früher wohl ein Ankleideraum gewesen war und zwischen ihrem eigenen und Lady Maudes Zimmer lag. »Gut – das ist dicht bei, obgleich ich es nicht als besonders komfortabel bezeichnen möchte. Immerhin gibt es hier ein Feuer, das ist ja schon etwas.« Die Gasheizung war neu. Dieser Zuwachs mußte eine ziemlich hektische Angelegenheit gewesen sein, denn die Löcher, die in die Wandverkleidung gerissen waren, um das Gasrohr hindurchzuführen, waren noch unverarbeitet.

Mrs. O'Shea berührte meinen Arm mit einer Geste neugierigen Mitgefühls, die mir mißfiel. »Ich hörte, daß Ihre unglückliche Mutter gestorben ist – Gott schenke ihrer Seele den Frieden. Natürlich hatte niemand von uns damit gerechnet, je wieder von ihr zu hören – es hieß ja, sie sei schon seit Jahren tot. Von Lady Maude hätte das selbstverständlich niemand erfahren. Die ist so verschwiegen, daß nicht einmal der Name des Mannes bekannt war . . . Hauptsache, daß Sie nun da sind. Und es ist ja auch großartig für die alte Dame, daß sie jetzt ihr eigen Fleisch und Blut um sich hat. Aber ich möchte wetten, daß es ein entsetzlicher Schock für Mr. Sheridan war, wo er doch sehr damit rechnete . . .«

Ich machte dem Gerede ein Ende, indem ich die Tür zu Lady Maudes Zimmer öffnete. Connor war da, um Mrs. O'Shea zu begrüßen – Annie hatte ihn aus dem Büro holen lassen. Als wir eintraten – Mrs. O'Shea imponierend in ihrer gestärkten Tracht mit dem breiten Gürtel –, hatte Lady Maude gerade abwehrend ihre kraftlose Hand erhoben. Sie sagte etwas, und Connor beugte sich über sie, um sie zu verstehen.

»Vollkommen überflüssig.« Das Flüstern war im ganzen Raum zu hören. Mrs. O'Shea wurde krebsrot, und ihre Brust wölbte sich vor.

»Das wird Dr. Donnelly entscheiden. Und nur zum Vergnügen bin ich nicht hier.« Sie sah sich aggressiv um und unterband damit jegliche Widerrede. »Hören Sie bitte zu, Mr. Sheridan, es wird hier jetzt einige Veränderungen geben. Würden Sie wohl Michael Sweeney noch mal herholen und am besten gleich auch Jim Duffy kommen lassen.«

»Welche Art von Veränderungen, Mrs. O'Shea?«

»Diese Möbel, Mr. Sheridan, diese Möbel! Ich kann in einem solchen Raum keine Krankenpflege durchführen. Wenn – wovor uns Gott bewahren möge – irgendein Notfall eintreten sollte, könnte ein Arzt sich in diesem Zimmer nicht rühren. Sollten wir zum Beispiel eine Sauerstoffflasche brauchen . . .«

Trotz des neuerlichen Protestes seitens der Gestalt im Bett geschah, was Mrs. O'Shea wünschte. In diesem Augenblick hatte sie Macht, das wußte sie und genoß es. Aber ich konnte mich des Gedankens nicht erwehren, daß sie die Macht weniger ausgekostet hätte, wenn die Patientin nicht Lady Maude gewesen wäre. Wie die alte, grauhäutige Frau da in ihrem Bett lag, bot sie den Anblick vollständiger Erschöpfung. Die Lider flatterten über ihren geschlossenen Augen, als Michael und Jim kamen und forttrugen, was Mrs. O'Shea anordnete. Mein Gefühl sagte mir, ich müßte meine Hand ausstrecken und ihre ergreifen, um die Qual zu lindern, die sie beim Entschwinden ihrer geliebten Sachen litt. Aber ich wußte, daß eine derartige Handlung mir fürchterlich verübelt worden wäre. Nur ganz kurz hatten wir während ihres nächtlichen Ringens unsere Kräfte in einem gemeinsamen Kampf zusammengetan und waren vereint gewesen. Aber es war mir vollkommen klar, daß ich auf diesen Augenblick niemals anspielen dürfte. Niemand sollte Lady Maude Sheridan je bedauern – sie verlangte Respekt, kein Mitleid. Als sich an den Wänden lichte Stellen zeigten, ertönte wieder das ergrimmte Geflüster vom Bett her.

»So, das genügt!«

»Lady Maude, dieses Zimmer ist meiner Obhut anvertraut«, sagte Mrs. O'Shea.

»Genug!«

Die Gewöhnung an Respekt und Gehorsam verliert sich nicht so leicht. Die Männer setzten den Tisch, den sie gerade hochhoben, wieder ab, nahmen ihre Mützen und gingen. Mrs. O'Shea drehte sich um und machte sich mit dem Inhalt ihrer Medikamententasche zu schaffen, um ihre Niederlage zu kaschieren. Ihr Kopf unter der gestärkten Haube nickte Bridget, die kleinere Gegenstände hinausgetragen hatte, ruckartig zu. »Du kannst jetzt gehen, Bridget. Und sei pünktlich um halb zwölf zurück, damit ich dann meinen Lunch einnehmen kann.« Ihre Stimme überschlug sich vor Zorn. Ich wurde zusammen mit Bridget entlassen. Es war eigentlich nicht richtig, Lady Maude mit Mrs. O'Sheas Groll allein zu lassen. Aber ich konnte wohl annehmen, daß die alte Dame sogar in ihrem geschwächten Zustand ihre Position in einem etwaigen Willensstreit behaupten würde.

Draußen wartete Annie. »Mr. Connor läßt Ihnen sagen, daß er für einige Stunden in die Fabrik gegangen ist. Falls Sie irgend etwas benötigen, möchten Sie ihn doch bitte anrufen, sagte er.«

Was hätte ich anderes erwarten können? Er hatte mich mit allem allein gelassen, als wollte er sagen: »Ich habe Ihnen erklärt, Sie brauchten nicht zu bleiben. Da Sie trotzdem geblieben sind, glauben Sie nur nicht, daß es einfach sein wird.«

»Danke«, sagte ich kurz und wandte mich Michael und Jim zu. Sie standen höchst interessiert neben den Möbeln, die sie aus Lady Maudes Zimmer herausgetragen hatten, und warteten auf Instruktionen. Und sie genossen ihre Anwesenheit im Hause sichtlich, denn sie wollten gern sehen, ob ich die Situation meistern oder über das straucheln würde, was ich mir aufgesackt hatte. Was für verheerende Menschen sind doch die Iren, dachte ich, äußerlich interessiert und teilnehmend, aber im Grunde ziemlich grausam.

»Wir müssen also in einem dieser anderen Räume Platz finden, um diese Dinge unterzubringen. Sie wird sie wiederhaben wollen, sobald es ihr gutgeht . . .«

Ich ging schnell den Gang herunter, aber ich hätte lieber auf Annie warten und meine raschen Entscheidungen von ihr treffen lassen sollen. Das tat ich jedoch nicht. Ich gab Anweisungen und entwickelte dabei eine etwas zweifelhafte Autorität.

»Wie wäre es zum Beispiel hier?« Meine Wahl fiel nahezu blindlings auf ein Zimmer neben dem, das Mrs. O'Shea bewohnen sollte. Ich riß die Tür mit gespielter Zuversicht auf und war auf die üblichen Berge von Möbeln gefaßt, auf das gewohnte Bild von Vernachlässigung und Unordnung und den Modergeruch eines abgeschlossenen Raumes. Was ich tatsächlich sah, gab mir einen derartigen Schock, daß ich den Türgriff losließ; die Tür knallte gegen die Innenwand.

Es war dunkel, weil die Vorhänge dicht zugezogen waren. Das erste, was mir zum Bewußtsein kam, war ein Hyazinthen-Parfüm, dessen schwerer Duft den Raum erfüllte. Ich konnte in der Dunkelheit außer vielen glänzenden Spiegelflächen und dem blassen Schimmer von Seidenvorhängen und Teppich nur wenig erkennen. Aber die Version war schon vorbei: Annie hatte an mir vorbeigelangt und die Tür geschlossen.

»Wir finden auch noch einen anderen Platz, Miß Maura. Ich glaube, Mr. Connor würde nicht besonders glücklich sein, wenn diese Räume in Unordnung geraten. Es sind immerhin Mrs. Sheridans Zimmer — und niemand sonst hat zu diesen Räumen Zutritt.«

Ich war bestürzt. Es gab aber auch zu viel Neues, an das man denken mußte. »Mrs. Sheridan?« echote ich törichterweise.

»Miß Lotti — Mr. Connors Frau.«

Der Tag nahm seinen Lauf. Der Ansturm der Geschehnisse und die vielen Kleinigkeiten, die alle bedacht sein wollten, ließen mir keine Zeit zum Nachdenken. Als die Möbel schließlich am Ende des Schlafzimmertraktes untergebracht waren und wir die Treppe herabstiegen, kam ein Anruf von Otto Praeger. Das Telefon stand in Connors Studierzimmer.

»Hier spricht Otto Praeger, Miß D'Arcy.« Präzise, exakt – ein Geschäftsmann und keine Spur von einem Gnomen.

»Ja bitte, Herr Praeger?«

»Es hat mir sehr leid getan, von Lady Maudes Anfall zu hören.«

Tat es ihm wirklich leid, oder war es einem von einem bestimmten Alter an immer unangenehm, von den Attakken seiner Mitmenschen zu erfahren?

»Der Arzt meinte, es sei noch glimpflich abgegangen. Aber sie braucht Ruhe. Es ist schwer, sie dazu zu bringen. Sie weigert sich, ins Krankenhaus zu gehen, aber wir haben glücklicherweise eine Pflegerin bekommen . . .«

»Ach so. Dann bleiben Sie also da. Ich dachte mir gleich, daß Sie bleiben.«

»Ich bleibe nur kurz. Eigentlich wollte ich es nicht.«

»Was man tun will und dann wirklich tut, stimmt selten überein. Jetzt muß ich Sie aber noch fragen, ob ich irgend etwas für Sie tun kann.«

Ich faßte es nicht so auf, wie ich bei andern eine solche Redensart vielleicht hingenommen hätte: als rhetorische Frage oder Abschluß eines konventionellen Telefongesprächs. Einen Augenblick hielt ich den Hörer in der Hand und überlegte, was Otto Praeger tun könnte. Ich dachte an den chaotischen Zustand des Hauses, die Armut dort, die starrköpfige Ablehnung einer alten Frau gegen jegliche Veränderung und den völlig veralteten Ablauf der Dinge, was praktisch einem Verzicht auf jegliche Bequemlichkeit gleichkam. Dann fiel mir ein, daß seine Tochter ja hier gelebt hatte – seine Tochter Lotti, die es trotz ihres Geldes und ihrer Jugend nicht geschafft hatte, sich gegen Lady Maude durchzusetzen. Und ich dachte auch an Schloß Tyrell, dessen ganzer Betrieb so ausschließlich auf einen einzelnen Mann eingestellt war. Alles ging dort reibungslos vor sich, war sauber und funktionierte – auch wenn es eine Leistungsfähigkeit mit leicht irischem Einschlag war, die auf Zuneigung beruhte und mit Befehlen unmöglich zu erzielen gewesen wäre. Mir fiel das einzige ein, was Otto Praeger jetzt gleich tun könnte.

»Ja, ich weiß etwas.«

»Oh, das ist schön. Was denn?«

»Es klingt nun wirklich komisch, aber wir brauchen etwas zu essen. Die Lebensmittel sind hier – na ja, nicht gut. Und wir müssen jetzt ja auch noch mehrere Menschen durchfüttern. Ich werde den Küchenbetrieb besser organisieren und dann bin ich ihm auch gewachsen. Aber gerade zu Anfang würde es eine wirkliche Hilfe sein.«

»Ja, das kann ich verstehen. Ich weiß über das Essen in Meremount und über die Küche Bescheid und begreife vollkommen. Ich werde das Nötige veranlassen. Haben Sie sonst noch etwas?«

»Nur eins liegt mir noch am Herzen.«

»Und das wäre?«

»Wenn ich Zeit habe und sich hier alles etwas beruhigt hat, würde ich Sie sehr gern besuchen.«

»Ach so – ja, natürlich . . . Sie wollen gern Schloß Tyrell besehen?«

»Schloß Tyrell bedeutet mir nicht sehr viel, Herr Praeger – bis jetzt konnte es das ja auch gar nicht. Ich würde nur eben gern kommen, um Sie zu besuchen.« Es war mir selbst nicht ganz klar, warum ich ihn plötzlich so gern sehen wollte. Vielleicht suchte ich bei ihm mit seinem gesunden Menschenverstand einen Schutz vor diesem innerlich so unruhigen Haus.

Das Zögern dauerte nur den Bruchteil einer Sekunde.

»Es würde mir das allergrößte Vergnügen bereiten, Miß D'Arcy. O ja, kommen Sie bitte. Sollte ich in Frankfurt sein, wenn Sie mich besuchen, kommen Sie einfach einen Tag später; ich bin dann bestimmt zurück.«

Ich verließ Connors Studierzimmer in dem Gefühl, mir eine Hintertür offengehalten zu haben. Mir war besser. Ich war sogar in der Lage, Annies Protestgejammer gelassen hinzunehmen.

»Diese Frechheit von gewissen Leuten! Molly O'Shea, mit Verlaub, verlangt zwei Hammelkoteletten zum Lunch. Nicht ganz kroß gebraten, sagt sie. Was soll ich denn bloß machen – mit rein gar nichts im Haus. Heute war der Tag, wo ich Bestellungen aufgebe. Aber bei all diesem Trubel . . .« Auch wenn es zornig klang, war es im Grunde doch nur Sorge, die aus ihren Worten sprach. Der trostlose Alltag dieses Hauses war zusammengebrochen – und sie konnte nicht mit dem Neuen fertigwerden.

»Also, Mrs. O'Shea wird sich mit einem Omelett zufriedengeben müssen, meinen Sie nicht auch? Keine Sorge, Annie. Das mache ich schon selbst. Wir würfeln etwas Schinken . . .«

Ich beobachtete ihr Gesicht genau. Dies war der kritische Augenblick. Wenn sie mir die Küche überließ, wären die Chancen zum Überleben groß. Wenn sie aber so weitermachte und mir keinen Zutritt gestattete, könnte ich genausogut gleich einpacken und sofort gehen, auch wenn ich hier sonst noch recht nützlich gewesen wäre.

Sie unterwarf sich. Mit einem breiten Lächeln, das ihre gelben künstlichen Zähne freilegte, zeigte sie Vertrauen und Erleichterung. »Jetzt sind Sie diejenige, welche . . . Miß Maura. Wer hätte das gedacht – was Sie nicht alles können!«

Ich nahm mir ihren Regenmantel vom Haken in der Spülküche und ging in den Garten hinaus. Als ich sie wegen Kräuter befragt hatte, hatte sie mich einen Augenblick bestürzt angesehen und mich dann wissen lassen, daß ich ein paar Lavendelbüsche und einige alte Pflanzen ganz hinten am anderen Ende finden würde. Es war ein sehr alter Garten – wahrscheinlich sogar älter als das jetzige Wohnhaus. Die hohen Mauern, die mit dichten Glyziniendolden bedeckt waren, sahen auf wunderhübsche, verschlungene Steinpfade und einen Baum herab, der fast unter dem Gewicht eines verästelten Geißblattes zusammenbrach. In der Nähe des Hauses waren kürzlich Arbeiten ausgeführt worden: die Beete waren von Unkraut befreit und umgegraben und die Wege von Schmutz und Kies gesäubert worden. Aber trotz der fortgeschrittenen Jahreszeit waren keine jungen Gemüse gesetzt, statt dessen sprießte junges Grün. In etwas größerer Entfernung vom Haus war alles wieder völlig vernachlässigt, die Wege waren vor lauter Dreck und Unkraut kaum noch zu erkennen, und um das üppige fruchtbare Wachstum der Pflanzen schien sich niemand zu kümmern. Am äußersten Ende, wo nachmittags die Sonne noch schien und eine alte Steinbank die Dame des Hauses zum Verweilen eingeladen haben mochte, fand ich die Kräuter. Es war wirklich traurig, wie vernachlässigt sie waren – nicht beschnitten, in Saat geschossen und sich gegenseitig erstickend. Mir fielen die Lavendelblüten auf, die noch vom Vorjahr stehengeblieben waren, und das enorme Wachstum der Geranien. Es berührte mich eigenartig, als ich außer Petersilie und dem Thymian vom Fensterbrett über King's Road noch mehr wiedererkannte: Borretsch, Rosmarin, süßen Majoran, Bohnenkraut und Salbei. Blanche hatte einmal von einer Auktion eine Reihe von Kunstdrucken aus dem achtzehnten Jahrhundert mitgebracht, die lauter Kräuter darstellten, und sie über der Treppe aufgehängt, die von der äußeren Haustür zur oberen Etage führte. Ein Teil meines Lesenlernens waren diese Namen gewesen, die ich immer wieder herunterleierte, während meine Finger die Linien von Blütenstengel, Blatt und Blume nachzeichneten. Jetzt sah ich sie zum erstenmal als Lebewesen in der

Natur und noch dazu in demselben Garten, in dem wahrscheinlich auch Blanche ihre Namen gelernt hatte.

II

Wir hatten unsern letzten Schinken für Mrs. O'Sheas Omelett genommen, deshalb machte ich für Annie und mich eins mit den Kräutern, wovon Annie allerdings gar nicht begeistert war. Versuchsweise nahm sie etwas vom Rand, stocherte in der weicheren Mitte herum und machte sich dann an ein Käsebrot. Ihr Glaube an mich war sichtlich erschüttert. Wir aßen am Küchentisch. Die ganze Zeit über ebbte ihr Redeschwall nicht ab, denn sie hatte nur so selten einen Zuhörer. Ich enttäuschte sie nicht.

»Lady Maude kennt bestimmt nicht den Unterschied zwischen einem Kohlkopf und einer Mohrrübe«, sagte Annie etwas überheblich, als ich sie nach der Neubepflanzung des Gemüsegartens befragte: »Das hat ja alles Mrs. Sheridan gemacht. Sie hatte sich so'n paar Gärtner-Oberbonzen aus Dublin kommen lassen. Das ganze Gelände – Küchengarten und auch der große Garten – mußte gründlich beackert werden, damit alles so aussah, wie es früher immer ausgesehen hatte. Is' ja nur meine private Meinung, wissen Sie, daß das alles ein bißchen übertrieben war. Früher pflanzten die Leute da was hin, wo sie wollten, ohne daß man es ihnen erst lange erklären mußte. Aber nun hatten sie diese alten Stiche und Karten, und es sollte ja wohl wie ein Ausstellungsgelände werden. Mit dem Küchengarten fingen sie an – alles war fertig saubergemacht und sollte jetzt im Frühjahr bepflanzt werden. Sie kamen aber nicht weiter als bis da hinten, wo der Streifen mit dem Lavendel is'. Dann hatte Mrs. Sheridan ... den Unfall. Und das war das Ende. Alle hörten einfach auf und gingen weg. Alles wurde eingestellt. Das war 'ne traurige Geschichte, das kann ich Ihnen sagen.«

»Ja«, sagte ich. Mir war freilich nicht ganz klar, ob sie

Lotti Sheridans Tod oder die Einstellung der Arbeiten meinte. Wir waren inzwischen so weit, daß wir das Geschirr spülten. Annie machte, während sie das Abwaschtuch hochhielt, eine Pause und stieß einen echt übertriebenen Seufzer aus.

»Und großartige Dinge sollten hier passieren, Miß Maura, das kann ich Ihnen erzählen. Es wimmelte bloß so von Fachleuten, die alle Mrs. Sheridan sagten, was gemacht werden müßte. Wir sollten Zentralheizung haben, stellen Sie sich das nur vor! Und Wasserleitung und überall Badezimmer und neue Vorhänge und Tapeten — und die Täfelungen alle runter und neu gemacht und alle Fußböden überholt.« Es klang wie eine Litanei, die sie sich schon viele Male vorgebetet hatte. »Eine moderne Küche — eine amerikanische Küche. Mrs. Sheridan wollte einen Küchenchef aus London oder sonst woher holen, der sollte mir helfen. Aber klar — bei all den neumodischen Dingen, die hier gemacht werden sollten, hätte halb Cloncath uns ja die Türen eingerannt, um für mich zu arbeiten.«

Sie zeigte auf den neuen Gasherd und den Warmwasserspeicher über dem Ausguß. »Weiter sind wir nun nicht gekommen. Mrs. Sheridan ließ nicht locker, weil der Kohlenherd zum Kochen zu mühsam wäre, und hat diesen nur so für'n Übergang reingesetzt — den und die Gasöfen oben in den Badezimmern. Was war das für ein heilloser Wirbel, das vergess' ich nicht so leicht. Mrs. Sheridan ließ ihn als Überraschung in Lady Maudes Badezimmer setzen. Die war damals gerade auf einer Auktion, als sie das machten — und dazu in einer Windeseile, weil Mrs. Sheridan doch wohl ihre Zweifel hatte, ob Lady Maude sich auch wirklich darüber freuen würde. Na, als Lady Maude die Löcher sah, die da für die Rohre in die Wand gehauen waren, da war der Teufel los, das kann ich Ihnen sagen. Und sie hat den Boiler auch nicht ein einziges Mal benutzt, obwohl Mrs. Sheridan eine ganze Batterie von Gasflaschen für eine Unsumme Geld von Gott weiß woher hat kommen lassen. Die Tanks sind nun unten im Keller, und ich bin wirklich sparsam mit dem Gas, denn wenn's alle ist, gibt's nichts mehr.«

»Lady Maude mochte wohl keine Neuerungen?«

»Na ja, Lady Maude war so 'n bißchen schwerfällig, wenn sie zu all diesen Plänen ja sagen sollte, denn sie wollte den Gang der Dinge nicht gestört haben – und die Leute aus Dublin konnte sie nicht ausstehen. Nach dem Tag, an dem sie die Gastherme hinter ihrem Rücken eingebaut hatten, ging sie überhaupt nicht mehr weg vor lauter Angst, was noch alles ohne ihr Wissen passieren könnte. Aber schließlich und endlich hätte sie sich doch bekehren lassen – da gibt's ja nun keinen Zweifel. Mrs. Sheridan hatte es raus, alles zu erreichen, was sie wollte. Und sie hing sehr an dem Haus.«

»Tatsächlich?«

»Stolz war sie drauf. Einmal hat sie mir ein Bild davon in so 'nem alten Buch über irische Häuser gezeigt, das sie in Dublin aufgetrieben hatte. Darin steht wirklich, daß Meremount etwas Besonderes ist, obgleich man das nicht denken sollte, wenn man es so sieht – heute doch nicht mehr. Aber sie wollte das alles überholen und ein Ausstellungsstück daraus machen. Und die Illustrierten sollten kommen und es fotografieren. Natürlich hätte sie eines Tages auch Schloß Tyrell geerbt, aber sie mochte Meremount lieber. Es war ihr Hobby, könnte man sagen. Und wie war sie glücklich dabei – wenn sie so von einer Sache zur andern flatterte wie ein wunderschöner Vogel. Echt verrückt war sie nach allem Irischen. Und für die Glashütte hatte sie natürlich ganz große Pläne, aber einige Ideen waren auch ihre höchsteigene Sache – zum Beispiel eine Weberei in Cloncath. Irischer Tweed und so was, und besondere Spitzenarbeiten. Und natürlich war sie verrückt nach Pferden, deshalb mußte sie auch einen Rennstall haben. All die Entwürfe und was dazugehört sind noch oben in den Zimmern, die sie und Mr. Connor bewohnten. Er läßt sie von niemandem auch nur anrühren. Alle ihre Sachen sind da auch noch, ihre Kleider und Pelze und Dinge, die man sich nicht träumen läßt. Als sie ihre eigenen Zimmer einrichtete, konnte Lady Maude nichts machen, müssen Sie wissen. Aus einem Ankleidezimmer machte sie das Badezimmer, und so was hab' ich mein Lebtag noch nicht gesehen gehabt – lauter Spiegel und was so dazugehört. Wie im Kino. Na ja, das ist nun vorbei – und sie ist ja auch nicht mehr, die arme gnädige Frau. Alle die schönen Pläne zunichte! Wir sind nun wieder so dran in Meremount wie schon früher immer.«

Sie glättete mit ihren großen, rauhen Händen ihre Schürze und machte dabei den Eindruck, als trauere sie einer Fata Morgana nach, die viel zu schnell wieder verschwunden war.

»Sie war sicher – Mrs. Sheridan war sicher hübsch?« Was ging es mich an, wie Lotti Sheridan ausgesehen hatte, fragte ich mich. Connor hätte ich diese Frage niemals stellen können.

Annie hob ihren Kopf. »Bezaubernd war sie. Sie hatte ein Gesicht, das man immerzu ansehen mußte. Sie hatte riesige Augen und Haar von ungefähr der Farbe eines Stoppelfeldes nach der Heumahd. Alles war wundervoll, was sie tat. Ich kann Ihnen sagen, Mr. Connor war verrückt nach ihr! Sie kannten sich nur ein paar Wochen, ehe sie heirateten – dann lebte sie acht Monate hier, und damit war alles zu Ende.«

»Dann vermißt ihr alle sie wohl sehr . . .«

»Sie vermissen? Allerdings tun wir das sehr. Aber Sie werden nie hören, daß ihr Name zwischen Mr. Connor und Lady Maude erwähnt wird. Seit sie nicht mehr ist, verbringt er eine Menge Zeit in seinem Studierzimmer, er sitzt nur da und starrt vor sich hin. Er besucht auch nie Mrs. Sheridans Vater. Er kann es nicht ertragen, über sie zu sprechen. Aber das ist nun nicht so, als hätte sie nie existiert – wenn Sie wissen, was ich meine. In Meremount war ja alles anders geworden, als sie hier lebte, und seitdem fehlen uns eben ihre Gedanken und Pläne. Jetzt wird kein Geld in die Glasbläserei gesteckt, und nichts von dem, was sie vorhatte, wird in die Tat umgesetzt. Jeden Tag geht alles eine Idee langsamer. Es ist schwer zu sagen, wie es war – und wie es hätte werden sollen. Aber nun passiert nichts mehr.«

Sie breitete das nasse Geschirrtuch über eine Stuhllehne. »Das einzige seit Mrs. Sheridans Heimgang, was in Meremount passiert ist, sind Sie. Und wer weiß überhaupt, was daraus noch werden soll?« Das Letzte sagte sie sehr leise – als wären ihre ganz persönlichen Gedanken nicht unbedingt für meine Ohren bestimmt, obgleich sie mir natürlich nicht mehr fremd sein konnten.

III

Am frühen Nachmittag kam der leichte offene Jagdwagen von Schloß Tyrell, den O'Keefe fuhr. Er begrüßte mich, als gehörte ich seit eh und je zum Inventar von Meremount, während er Michael gegenüber gern den Eindruck erwekken wollte, er wisse über meine Ankunft wesentlich mehr, als er beim besten Willen wissen konnte.

»Und wie geht es Ihnen denn heute, Miß D'Arcy? Er war wirklich in großer Sorge um Sie. Natürlich ist es ja auch fürchterlich, was Lady Maude passieren mußte. Wer hätte das nur gedacht – und wo Sie gerade erst angekommen sind! – Und nun, bitte, Vorsicht mit diesen Schüsseln!« Die letzten Worte waren an Michael gerichtet, der das in seinen Angeln knirschende Tor zum Gemüsegarten aufgestellt hatte, um den großen Wagen rückwärts bis dicht zur Küchentür vorfahren zu lassen. »Du solltest doch wohl besser hinterm Pflug stehen, Michael Sweeney, mit deinen Riesenpranken.«

Gemeinsam brachten wir die Lebensmittel herein und legten sie auf die Regale in der Vorratsküche. Irgendwie machte der ganze Reichtum den scheußlichen, traurigen Raum noch abstoßender. Was gab es aber auch alles: einen ganzen Räucherlachs, Geflügel- und Obstpasteten, mageren, saftigen Schinken, vier Wurstsorten, geräucherte Forelle, ein fertiges Roastbeef und körbeweise Obst, körbeweise Gemüse, außerdem Obstkuchen und Salzgebäck. Eine ganze Kiste mit Delikatessen in Dosen kam noch dazu – Kaviar und Artischockenböden, Sardinen aus Portugal und geräucherte Austern, Palmenmark, Ingwer in Gläsern und Anchovis. Ich verlor den Überblick und begriff, daß ich einen Fehler gemacht hatte.

O'Keefe genoß die vielen Wege vom Wagen zur Küche und zurück, die er zusammen mit Michael zurücklegte. Außerdem aber empfand ich seine freundliche, aber nicht wegzuleugnende Gönnermiene. »So – das ist nun alles. Ich glaube, jetzt werden Sie in Meremount nicht verhungern, Miß D'Arcy.«

Aber erstmal mußte Annie kommen, die es dann statt meiner in Worte faßte. Sie stand und starrte auf die vollgepackten Borde, als O'Keefe fort war, und rang dabei die Hände. »O Gott, diese Schande! Wenn man nur schon daran denkt, was die Leute in Cloncath sagen werden, sobald die Geschichte 'rumkommt. Und Kevin O'Keefe sorgt dafür, da können Sie Gift drauf nehmen.«

»Aber Annie, was heißt hier Schande! Oft schickt man etwas zu essen, um zu helfen, wenn jemand im Haus krank ist und jeder doch weiß, daß es so viel Extraarbeit gibt und keiner Zeit zum Kochen hat.«

»Darum dreht es sich nicht, Miß Maura. Gucken Sie mal her: Eier und Butter und Speck – sogar Brot. Alles Dinge, die in jedem anständigen Haus immer vorrätig sind, mag kommen, was da will. Klar, jetzt geht's rum wie ein Lauffeuer, daß wir hier in Meremount bettelarm sind. Und ich würde es nicht einmal O'Keefe zur Last legen, wenn durch ihn die Geschichte in Umlauf kommt, nur weil er es im Wirtshaus erzählt. Daß er Brot nach Meremount gebracht hat! O Gott! Und das kann ich Ihnen sagen, von heute an gehe ich sonntags nur noch in die Frühmesse, um das Augenzwinkern und verständnisinnige Kopfnicken nicht erleben zu müssen.«

Ich konnte ihr die Schande nachempfinden. Es war zwar ausgesprochen dumm und ohne Sinn und Verstand, aber das waren meine Gefühle. Zum erstenmal identifizierte ich mich mit Meremount.

Immerhin hatten wir Räucherlachsschnitten und Obstkuchen, als der Pfarrer gegen fünf Uhr hereinschaute, um sich nach Lady Maude zu erkundigen. Reverend Stanton war ein höchst durchschnittlicher junger Mann, der aß, was man ihm vorsetzte, als ob er es nötig hätte.

»Lady Maude wird mich natürlich nicht sehen wollen«, sagte er. »Sie ist kein religiöser Mensch.« Und als er diesen Teil seiner Pflichten erledigt hatte, redete er pausenlos, als hätte er außerdem noch Hunger auf Zuhörer. Er erzählte mir, daß er unverheiratet und gerade hier angekommen sei, nachdem er vier Jahre in einer armen Gemeinde in Connemara Seelsorger gewesen war. Er hatte dort die meiste Zeit damit verbracht, sich der körperlichen Leiden der Katholiken anzunehmen, weil es kaum Protestanten gab, und die wenigen, die zu seiner Gemeinde gehörten, keine seelischen Nöte hatten.

»Vor dem Staatsvertrag«, sagte er, »wäre es undenkbar gewesen, daß man jemandem wie mir . . .« — eine einzige Geste genügte, um seine große Jugend, seine ganze Primitivität und seine Schwatzhaftigkeit zu durchschauen — »das Kirchspiel von Tyrell gegeben hätte. Aber heutzutage ist ja alles anders. Die protestantische Kirche von Südirland verfällt zusehends.« Es klang verdrossen. »Sehen Sie, ich habe eine riesige Kirche, die in den Tagen, als der Protestantismus im Kommen war, erbaut wurde. Es kostet einen Haufen Geld, sie zu unterhalten. Und die Zahl meiner treuen Gemeindeglieder beläuft sich auf nicht mehr als vierzig — und davon kommen manche bloß Weihnachten und Ostern. Und man kann es ihnen nicht immer übelnehmen. Die Orgelbälge sind kaputt, es leckt durchs Dach, und die Kirche ist elendig kalt. Und alle meine Schafe sind uralt . . .« Er sagte es in einer Art Seelenpein und aß dabei die ganze Zeit, als ob die vielen guten Dinge sich plötzlich verflüchtigen könnten. »Sonntag für Sonntag stehe ich auf der Kanzel und frage mich, ob sie überhaupt ein Wort von dem, was ich sage, begreifen oder begreifen wollen. Ich rede über den Hunger in der Welt, über Enteignung und Mitbestimmung, über die Atombombe — aber das alles interessiert sie überhaupt nicht. Viele von ihnen sind Engländer, die aus finanziellen Gründen in dem billigen Irland leben und deren größte Sorge es ist, ob eine Inflation ihre Ersparnisse oder Pensionen soweit abwertet, daß das Existenzminimum nicht mehr gewährleistet ist, bis sie sterben. Glauben Sie mir, Miß D'Arcy, das ist entmutigend. Ob Sie am Sonntag kommen werden? Manchmal wirkt ein junges Gesicht Wunder — und Sie sind eine Tyrell. Der Name zählt hier immer noch, sozusagen als Überbleibsel aus der guten alten Zeit. Und wenn die Leute nur aus Neugierde kämen . . .« Er angelte sich noch einen Kuchen, ehe ich ihm den Teller anbieten konnte. »Aber das ist doch alles nicht gut, nicht wahr? Als Student hätte ich bestimmt nicht geahnt, daß ich eines Tages jemanden drängen würde, zur Kirche zu gehen, weil es unter Umständen für die anderen Kirchgänger etwas ausmachen könnte. Religion ist eine reine Formsache geworden, und meine Predigten halte ich für mich selbst. Aber wollen Sie Sonntag kommen?«

»Ich glaube nicht, daß ich Sonntag noch hier bin. Lady Maude ist nicht schwerkrank; und eine Pflegerin ist ja auch da. Ich sehe eigentlich keinen Grund, warum ich bleiben sollte.«

In seinen Zügen spiegelte sich Bestürzung. »Sie können so bald nicht abreisen«, sagte er. »Sie werden gebraucht. Für die Pflege natürlich nicht, das meine ich auch nicht.«

Ich zuckte die Achseln. Weil er jung und ehrlich und am Verzweifeln war, sagte ich offen meine Meinung. »Ich werde für wirklich gar nichts gebraucht. Meine Mutter ging hier vor mehr als dreiundzwanzig Jahren fort und kehrte nicht zurück. Jetzt, wo ich das ganze Anwesen und Lady Maude kenne, weiß ich auch, warum. Sie war damals verheiratet, Mr. Stanton, als sie meinem Vater in London begegnete. Und seit jener Zeit hat Lady Maude so getan, als wäre sie tot. Wahrscheinlich wissen Sie das?«

»Ja, das weiß ich. Im allgemeinen ist das Gedächtnis für solche Dinge gut, und außerdem genießen es die Iren, eine spannende Geschichte immer wieder auszukramen. Und daß Sie hier plötzlich aufkreuzten, wo doch niemand von Ihrer Existenz wußte, macht alles noch spannender, das müssen Sie verstehen. Es rundet sich alles so schön ab. Aber Sie werden in Ihrem eigenen Interesse hier gebraucht, ist Ihnen das nicht klar?«

»Nein, gar nicht. Ich habe Lady Maude durch mein Erscheinen erschreckt, und Dr. Donnelly hat so ungefähr gesagt, daß ich schuld an ihrer Herzattacke bin. Im übrigen habe ich überhaupt nichts geändert – außer daß ich vielleicht alles ein bißchen komplizierter gemacht habe.«

»Aber begreifen Sie doch . . .« Seine Tasse klapperte laut auf der Untertasse. »Dieses Haus braucht jemanden, der jung und unverbraucht – und schön ist. Jemanden, der auch noch begeisterungsfähig ist und nicht alle Hoffnungen aufgegeben hat.«

»Aber Mrs. Sheridan war bestimmt jung und . . .?« Ich konnte nicht zu Ende sprechen, denn sein Gesicht hatte den Ausdruck echter Abscheu angenommen. Es war überraschend, daß er sich nicht in der Gewalt hatte. Er stellte die Tasse hin und erhob sich.

»Ich kannte Mrs. Sheridan nicht näher. Ich muß jetzt gehen.«

»Mich kennen Sie doch auch nicht.«

»Ich kenne den Unterschied«, sagte er. »Kommen Sie

gern, wenn Sie mich brauchen. Und das ist nicht nur so dahergeredet. Weiß der Himmel, heutzutage brauchen nur ganz wenig Leute einen Geistlichen.«

Er nahm die paar übriggebliebenen Sandwiches vom Teller und vertilgte sie hörbar und verdrossen, während wir uns durch die vielen Möbel in der Halle hindurchschlängelten, bis wir draußen zu seinem klapperigen Auto kamen.

IV

Nachdem Mr. Stanton fort war, ging ich hinauf, um Mrs. O'Shea in Lady Maudes Zimmer abzulösen. Den ganzen Tag hatte ich gewußt, daß ich um halb fünf den Dienst übernehmen sollte, während Mrs. O'Shea ihre Tee- und Ruhepause hatte, und mich davor geängstigt. Als ich die Tür öffnete, stellte ich mir zum soundsovielten Male heute die Frage, warum ich mich dieser alten Frau eigentlich wie eine Büßerin näherte. Die einzige Antwort, die ich darauf fand, war, daß ich einer unpersönlichen, leidenschaftslosen und kalten Welt hatte entfliehen wollen. Aber mußte denn diese Lage das Äußerste von mir fordern? Verlangte es, daß ich der Sündenbock für Blanche war? Darauf hatte ich keine Antwort.

Es kam noch schlimmer, als ich gefürchtet hatte. Kaum hatte sich die Tür hinter Mrs. O'Shea geschlossen, als Lady Maude sich wütend im Bett umdrehte – viel zu schnell für eine kranke Frau -, so daß der Stuhl, auf dem ich saß, genau in ihrem Blickfeld lag.

»Wie konntest du das zulassen? Es ist ein Skandal!«

»Wie bitte, Lady Maude?« Aber ich wußte, was sie meinte.

»Otto Praeger – und ausgerechnet hierher Lebensmittel schicken! Wie kann er sich unterstehen! Da sieht man es, einen einzigen Tag werde ich hier im Bett festgehalten, und sofort bricht alles um mich herum auseinander. Nie hätte er sich zu solcher Frechheit erdreistet, wenn ich an der Tür gewesen wäre, um ihm Bescheid zu geben.«

»Sie irren. Er fragte, ob er helfen könnte, und ich sagte, er könnte. Ich erwähnte, daß hier so viele Leute zusätzlich sind — und Mrs. O'Shea mag bestimmt gern essen, wissen Sie — und außerdem Besucher kämen. Und deshalb bat ich ihn, ob er etwas herüberschicken würde. Ich hatte allerdings nicht mit so viel gerechnet — einen Schinken vielleicht und etwas Obst. Herr Praeger ist sehr großzügig.«

»Der Mann ist ein Schuft! Er ist nicht anders als alle Ausländer, die in dies Land gekommen sind und stehlen, was ihnen nicht gehört. Jahrelang hat Praeger auf eine Gelegenheit wie diese gewartet. Und wenn man denkt, daß ausgerechnet du ihn dazu aufgefordert hast!« Ihre Stimme wurde gefährlich laut. Ich erkannte darin die gleichen schrillen Töne der vergangenen Nacht wieder, als Connor hier in diesem Zimmer mit ihr gewesen war und nicht ich. Ich bekam Angst.

»Bitte, Lady Maude! Wenn Sie sich so aufregen, könnten Sie . . .«

Sie wandte ihr Gesicht zur Seite, als könne sie meinen Anblick nicht ertragen. »Warum tust du so, als wärest du besorgt? Dafür ist es nun zu spät. Meine Tochter hätte sich Sorgen machen müssen. Sie müßte hier sein, um ihr Erbe zu erhalten und wieder aufzubauen . . .«

»Sie hat es ja versucht.« Ich unterbrach sie und wußte gleichzeitig, daß es ein völlig sinnloses Unterfangen war, mit ihr darüber zu argumentieren. Aber der Brief kam mir nicht aus dem Sinn, den Blanche jegliche weitere Fühlungnahme untersagt hatte. »Sie wissen genau, daß sie es nach meiner Geburt versucht hat . . .«

»Ja, als es zu spät war! Als das Malheur passiert war. Da mußte es ihr klar sein, daß sie niemals hierher zurückkehren konnte. Sie hat mich im Stich gelassen. Sie hat mich mit Dummköpfen und Lügnern und Betrügern allein gelassen. Ich habe einen jämmerlichen Kerl geheiratet, der mir nie etwas bedeutet hat. Mein einziges Kind hat mich im Stich gelassen und verraten. Mein Erbe wurde mir gestohlen — jawohl, buchstäblich gestohlen! Oder glaubst du, ich wüßte nicht, was damals los war? Otto Praeger steckte hinter all den Leuten, die nicht länger warten wollten wegen lächerlicher Geldbeträge, die man ihnen schuldete. Auf diese Weise bekam er Tyrell fast für ein Ei und ein Butterbrot. Und er weigerte sich auch noch, die Teppiche, Bilder und das Silber herauszurücken — alle unsere herrlichen Sachen, die er in den Kellerräumen fand.«

»Tyrell ging in Flammen auf«, sagte ich. »Nach den vielen Jahren konnte gar nichts mehr da sein.«

»Lauter Lügen und Verrat!« schrie sie, als ob ich gar nichts gesagt hätte. Sie phantasiert, wollte ich mir einreden. Ihr Geist, der schon von den finsteren Mächten einer tragischen Vergangenheit umschattet war, steigerte noch das eingebildete Unrecht. Aber wie hätte man ihr Einhalt gebieten können? Der Schwall ihrer hastigen, enervierenden und beißenden Worte ging über mich hinweg.

»Und er war noch nicht einmal zufrieden, als er Tyrell hatte. Nein, er schickte auch noch seine Tochter, die sollte mir Meremount wegnehmen. Sie hat Connor verführt — diesen Dummkopf, aus dem ich erst etwas machen mußte, weil er von nichts herkam. Und plötzlich war sie mittendrin in meinem Haushalt. Sie nahm ihn mir einfach weg, nahm hier etwas, nahm da etwas, und schließlich stieß sie mich einfach zur Seite . . .«

»Sie war aber doch die Gebende«, sagte ich schnell, wobei diese Verteidigung mehr Connor galt als seiner Frau. »Sie können doch nicht behaupten, daß sie für das, was sie hier alles aufstellte, nicht auch bezahlt hat. Und das Geld, das sie in die Glasfabrik stecken wollte . . .? Was war denn damit?«

»Lauter Lügen. Leere Versprechungen. Das hatte ich vorher schon einmal gehört. Blanche sagte etwas Ähnliches, um zu vertuschen, wie verdorben und treulos sie war. Ich hatte für sie die beste Partie von ganz Irland arrangiert – die Findlays hatten Geld, und zwar gutes englisches Geld, und das wollten sie in der Glashütte investieren. Und was war das Ende vom Lied? Böswilliges Verlassen, Ehebruch und ein Riesenskandal, jawohl. Hätte Blanche sich benommen, wie man es von ihr erwartete – wäre sie die Tochter gewesen, auf die ich ein Recht gehabt hätte, und die Gattin, auf die die Findlays nicht zu Unrecht hätten hoffen dürfen, dann hätte das Glück und Wohlstand für die Glashütte bedeutet. Es wäre Geld im Überfluß dagewesen – und Tyrell hätten wir nie verloren! Aber in ihrem Egoismus wollte sie ja mit dem Kopf durch die Wand. Sie war lebenshungrig und triebhaft, und ausgerechnet ich mußte natürlich darunter leiden. Und dann kam diese andere und mit ihr wieder dieselben Versprechungen. Und wieder wurde nichts daraus. Und schließlich bist du nun gekommen – aber zu spät. Jetzt nur noch, um mich zu quälen. Ist es da ein Wunder, daß ich keinen Frieden finde? Alles ist zu Ende.«

Sie sprach nun so leise, daß man nur noch ein schwaches Gemurmel vernehmen konnte. Ich sah, wie ihre Hände die Bettdecke krampfhaft umklammerten. Anscheinend hatte sie meine Anwesenheit vergessen – oder war ihr alles egal? Ich war völlig unwichtig. Wahrscheinlich hatte sie auch vergessen, warum wir dieses Gespräch überhaupt angefangen hatten. Das ihr angetane Unrecht, über dem sie jahraus, jahrein gebrütet hatte, beherrschte sie völlig, und weder ich noch sonst jemand hätte da etwas richtigstellen können. Das war eben ihre Wirklichkeit und ihr Leben. Ich saß neben ihr und beobachtete sie, wie sie so dünn und voller Ablehnung im Bett lag – und dabei überkam mich selbst ein leises Schütteln. Ich preßte meine Hände zusammen und wußte genau, daß mir jetzt eine Zigarette gutgetan hätte. So zogen sich die Minuten endlos hin. Sie sprach nicht mehr. Ganz allmählich sackte die starre Gestalt in sich zusammen und fiel in die Kissen zurück, die Worte, die nur noch ein Murmeln gewesen waren, hatten aufgehört, und endlich fanden auch die Hände Ruhe. Man mochte es glauben oder nicht: Sie war eingeschlafen. Sie war doch älter, als man zunächst dachte. Ich näherte mich ihrem Gesicht, ihr Atem kam regelmäßig und frei.

Als ich zu meinem Sessel zurückging, sah ich, daß der Regen aufgehört hatte. Es würde einen schönen Sonnenuntergang geben.

Bridget klopfte an die Tür. Welche Erleichterung! Ich legte meinen Finger an die Lippen, und sie kam dicht heran und flüsterte mir etwas zu. »Da ist ein Herr am Telefon, der Sie sprechen will, Miß Maura. Annie sagt, ich soll so lange bei Lady Maude wachen.«

Ich nickte und erhob mich. Als ich gehen wollte, flüsterte sie wieder, und ihre Augen waren vor lauter Neugier und Aufregung ganz glänzend. »Es ist Mr. Carroll, der Sie sprechen will.«

V

Den ganzen Tag hatte ich schon darauf gewartet, daß er entweder käme oder anriefe. Und so langsam hatte ich geglaubt, daß er wieder einmal verschwunden wäre — wie es ja im Weißen Hirsch bereits der Fall gewesen war. Ich war tatsächlich böse auf ihn, und außerdem fühlte ich mich nach dem letzten Intermezzo mit Lady Maude elend. Dabei wollte ich ihn doch so wahnsinnig gern wiedersehen.

Ich nahm den Hörer. Meine Handflächen waren feucht, und meine ganze Hoffnung war, daß mein Ton kühl blieb. »Ja, bitte?«

Die Stimme, die mir antwortete, war mir nicht unbekannt — die Sirenentöne, die mich in diesen Morast gelockt hatten. »Mein Gott«, sagte er, »anscheinend habe ich

Ihnen da etwas Tolles eingebrockt, was wir beide nicht voraussehen konnten. Wie geht es denn?«

»Dreimal dürfen Sie raten! Ich bin völlig durcheinander und weiß nicht mehr, wo oben und wo unten ist. Warum haben Sie mich um Himmels willen nicht gelassen, wo ich war?« Es war wesentlich einfacher, ihm Vorwürfe zu machen, als zu erklären, warum ich diesen ganzen Rummel nicht längst aufgegeben hatte.

»Ach, natürlich – ich hab' ja höchst unerwünschterweise meine Nase überall hineingesteckt.« Er zog mich auf, aber irgendwie tat es ihm auch leid. Er war in seinen irischen Akzent gefallen und sagte spöttisch: »Ich werde Ihre Verzeihung erflehen müssen. Wo kann ich Sie aufsuchen?«

»Warum denn das?« Warum sollte ich es ihm leicht machen?

Er seufzte. »Es geht doch nichts über gute, alte, englische Offenheit, stimmt's? Ihre Frage mag berechtigt sein, aber ich weiß zufällig keine Antwort darauf. Soll ich mich deswegen entschuldigen? Oder soll ich Sie lieber über gewisse Dinge aufklären? Am besten würde ich Ihnen wahrscheinlich ganz offen und ehrlich sagen, daß ich Sie einfach nur gern besuchen möchte. Genügt Ihnen eine von diesen Antworten? Oder muß ich wirklich ganz logisch und englisch sein?«

»Zum Teufel!« Ich war müde und unsicher und zu Streitereien mit ihm gar nicht fähig. »Wo können wir uns treffen? Hier nicht, sonst meinetwegen überall.«

»Außer Meremount ist auch mir alles recht. Da bin ich nämlich gar nicht gern gesehen. Und die Gastwirtschaften im Umkreis von etwa dreißig Kilometern sollten wir auch lieber meiden – ich bin da überall kein völlig unbekanntes Wesen. Und natürlich weiß ganz Cloncath, daß Blanche Sheridans Tochter plötzlich aufgetaucht ist.«

»Wo also?«

»Hier bei mir – in meiner schlichten Hütte. Sie haben doch nichts dagegen?«

Diese Frage überhörte ich. »Wie komme ich dorthin?«

»Das ist nicht besonders schwierig. Aber Sie müssen den großen Umweg machen. Auf Schloß Tyrell sind Sie ja, wie ich hörte, schon gewesen — Sie wissen also, wie man dorthin kommt. Also, Sie fahren nicht über die Brücke, die zum Schloß führt, sondern die Allee immer geradeaus auf der anderen Seite vom See. Nur immer geradeaus. Dann kommt man zum nördlichen Pförtnerhaus. Und da genau wohne ich. Aber die Pforte ist geschlossen. Denn da ist ein Fluß und der Rest einer . . .«

». . . einer Brücke«, fiel ich ein.

»Woher wissen Sie das?«

Eine leichte Kälte kroch in mir hoch — eine Vorahnung, daß die Erklärungen, nach denen ich verlangt hatte, ganz anders lauten könnten, als ich es mir vorgestellt hatte. Ruhig sagte ich: »Ja, da bin ich schon einmal gewesen« und legte den Hörer auf.

In Schloß Tyrell waren die Lichter trotz der eben erst hereingebrochenen Dämmerung schon angezündet, als ich am jenseitigen Seeufer vorbeifuhr — so viele Lichter für nur einen einzigen Menschen. Mir kam der Gedanke, ob die schwarzen Nächte im Konzentrationslager wohl dazu beigetragen hatten, daß die Dunkelheit nun so einfach verdrängt wurde — oder war es die gleiche Extravaganz wie bei den überreichlichen Lebensmitteln? Ich dachte daran, daß ich ihn nicht antelefoniert hatte, um mich für die Eßsachen, die er nach Meremount geschickt hatte, zu bedanken. Wie hätte ich ihm denn auch sagen sollen, daß es einfach zu viel war?

Beim Pförtnerhaus wurde ich durch freundliches Licht und eine offene Haustür willkommen geheißen. Plötzlich fiel mir alles wieder ein, als ich die große Erscheinung in der Türfüllung erkannte. Er richtete sich auf, als er die Scheinwerfer meines Wagens sah, die ihr Licht über das

Haus ergossen. Noch ehe der Wagen ganz hielt, faßte er schon die Tür an.

»Wie freue ich mich, daß Sie gekommen sind.« Nun lag kein Spott mehr in seinen Worten, sondern seine Stimme war ganz natürlich und einfühlend. Er sah mir direkt ins Gesicht, als ich aus dem Wagen stieg. »Leicht war diese Zeit für Sie ja nicht«, sagte er, »das sehe ich.«

Ich hätte weder diesen klaren Blick für die Situation noch seine Teilnahme erwartet. »Sehe ich denn so viel älter aus?« Es war nur ein schwacher Versuch, alles abzuschütteln.

Er sah mich ernsthaft an. »Ja, das tun Sie – Sie sehen älter aus. Kommen Sie doch bitte herein.«

In der Eingangstür hielt ich an – Brendan stand hinter mir. Ich glaube, nach diesem Anblick und dieser Stimmung hatte ich mich unbewußt gesehnt, seit ich in Meremount angekommen war. Zunächst einmal war es warm. Ein lustiges Feuer brannte in dem weißgestrichenen Backsteinkamin, dessen Ausstrahlung und Heiterkeit sofort auf mich übergriff und mich wohltuend umfing. Das Haus war winzig klein. Es stammte aus dem achtzehnten Jahrhundert, bei seinem Bau waren harmonische Proportionen wohl wichtiger als die Bequemlichkeit des Bewohners und seiner Familie gewesen. Dieser Fehler war nun behoben, weil man die Innenwände beseitigt hatte. Was blieb, war nur noch der Kamin mit dem Backsteinrauchfang und der schmale, weiße, teppichlose Treppenaufgang ins obere Stockwerk. Von der Tür aus konnte ich über den Kaminsims hinweg die neue Kücheneinrichtung an der rückwärtigen Wand sehen. Möbel gab es kaum: zwei Sessel, ein Sofa, eine Wand mit Einbauregalen für Bücher, ein Radio und einen Plattenspieler. Ein großer orangefarbener Teppich schmückte den Fußboden und goldene Tweedvorhänge die winzigen, bleigefaßten Fenster. Der Raum war schlicht und leer – und eine unglaubliche Erholung im Gegensatz zu Meremount.

»Das ist ja unwahrscheinlich«, sagte ich.

»Es ist natürlich nur bescheiden und winzig. Durchaus nicht passend für eine Tyrell, überhaupt nicht.«

»Nun fängt das schon wieder an! Haben Sie mich bloß hergebeten, um sich über mich lustig zu machen?«

»Bestimmt nicht.« Er schloß die Tür. »Das ist nur meine Schüchternheit, Miß D'Arcy. Die überkommt mich beim Sprechen, und dann merke ich, wie ich verdammt viel rede, was ich eigentlich nie sagen wollte.«

»Schüchtern! Sie wissen wohl nicht, was das heißt.«

»Da haben Sie recht«, gab er zu. Er nahm meinen Regenmantel und legte ihn über die Sofalehne. »Wie kommt es denn, daß Lady Maude Sie keinen Tyrell-Tweed tragen läßt?«

»Was für einen Tweed?«

»Das müssen Sie doch gemerkt haben. Das ist der bläuliche Tweed, den jeder hier in der Gegend von Meremount trägt. In früherer Zeit trugen die sämtlichen Bediensteten der Tyrells ihn – es hieß, es sei eine Art Alltagslivree. Es wird behauptet, die Weberei im Norden des Landes hätte Riesenaufträge dafür gehabt, ehe Schloß Tyrell abbrannte. Und dann konnten die Tyrells nicht zahlen, aber die Weberei wurde den Stoff auch nicht los, weil niemand Dienstbotentweed haben wollte. Deswegen gibt es noch ganze Ballen davon in den Dachstuben von Meremount, und Lady Maude verteilt das als milde Gaben an Annie und die Landarbeiter. Ich glaube nicht, daß sie was dagegen haben, denn es schont ihr eignes Zeug. Aber nicht einer von ihnen würde damit zur Stadt gehen – um nichts in der Welt. Was wollen Sie trinken?«

»Haben Sie irischen Whisky?«

»Gewiß doch. Aber wer hat Ihnen den zu trinken beigebracht?«

»Niemand anders als Connor. Lady Maude bestimmt nicht!«

»Ach so, Connor. Daß er in dem Haus so was von Zeit

zu Zeit braucht, kann ich verstehen. Nehmen Sie Eis dazu? Sie sehen, ich kann Ihnen alle Annehmlichkeiten des Lebens bieten.«

»Ja, bitte. Wie sind Sie denn an dieses kleine Haus geraten?«

Er brachte die Getränke aus der Küche, wo er sie fertig gemacht hatte. »Sie meinen wohl, wie ich es angestellt habe, daß Otto Praeger es mir gab? Es ist ja klar, daß er das Geld nicht brauchte. Ich habe es gemietet, denn verkaufen wollte er nicht. Zufällig war es frei, und ich mußte irgendwo wohnen. Die Familie, die vorher drin war, ist in die neuen Gutswohnungen, die er gebaut hat, umgezogen. Die Leute hatten sieben Kinder, und naturgemäß sah es wie ein elegantes Elendsquartier aus. Sie haben natürlich schon gemerkt, daß Otto Praeger einen Spleen hat, sobald es sich um die Iren handelt — weil sie ihn hier aufgenommen haben und so. Deshalb ist er auch sehr dahinter her, daß seinen Gutsarbeitern aller möglicher übertriebener Kram zugeschustert wird. Er ist so was, wie ein wohlwollender Despot, könnte man sagen, aber bis jetzt ja noch harmlos. Natürlich steckt hinter seinen Verrücktheiten auch System. Sie gehen eben nicht von ihm weg, um woanders zu arbeiten, weil sie da keine hübschen Landhäuschen kriegen und keinen Bus haben, der sie sonntags zur Messe bringt, keine Weihnachtsfeiern und im August keinen Betriebsausflug mit Picknick, Wettspielen und was sonst so zum Feudalwesen dazugehört. Das liegt ihm sehr und macht ihm natürlich auch alles Spaß. Er nennt die Leute seine Familie. Es bereitet ihm Vergnügen, sein Geld für seine angebliche Familie auszugeben — aber immerhin braucht er sich mit den schreienden Gören ja auch keine Minute länger abzugeben, als er will.«

Er ergriff sein Glas. »Prösterchen — und willkommen im Land Ihrer Vorfahren.«

»Und dabei überlege ich gerade verzweifelt, wie ich aus dem Land meiner Vorfahren wieder herauskomme.«

»Sie haben recht«, sagte er. »Es war wirklich ein höchst merkwürdiger Empfang. Ich wußte nicht, wie die alte Dame es aufnimmt, aber daß es sie beinahe völlig umwerfen würde, habe ich natürlich nicht erwartet.«

»Sie wußte ja, daß es mich gab. Deswegen hätte es auch nicht gleich ein Schock sein müssen.«

Jetzt wurde er nachdenklich. »Offiziell existieren Sie nämlich bisher in dieser Gegend keineswegs. Natürlich waren Gerüchte im Umlauf, aber niemand wußte etwas Genaueres. Blanche Sheridan oder Blanche Findlay ging hier fort, um sich irgendwo in England zum freiwilligen Kriegseinsatz zu melden, als ihr Mann sich nach Übersee begeben hatte. Damals machte es den Eindruck, als bestehe ein geheimes Einverständnis zwischen Lady Maude und Mrs. Findlay, alles, was mit ihr zusammenhing, totzuschweigen. Beide verweigerten jegliche Auskunft über sie. Man sollte es nicht für so schwerhalten, über jemanden etwas in Erfahrung zu bringen, denn London ist ja keine Entfernung. Aber es war Krieg, und die Leute hier blieben schön brav zu Hause. Es ist möglich, daß in Dublin Freunde Ihrer Mutter die ganze Geschichte kannten, aber sie sprachen nicht darüber, wenn sie Bescheid wußten. Man munkelte von einem Mann, mit dem sie sich eingelassen hatte, und erzählte sich, daß sie niemals hierher zurückkäme. Und dann, als ihr Mann tot war, hörte niemand mehr etwas von ihr. Das sind wenigstens die Gerüchte, die hier so kursieren. Niemand kannte auch den Namen des betreffenden Mannes oder wußte, ob sie ihn geheiratet hat. Wenn also schon mal jemand nach London kam und seine Neugier befriedigen wollte — wo hätte er den Hebel ansetzen sollen?«

»Wie haben Sie das denn angestellt?«

»Daß ich nicht herumgeschnüffelt habe, können Sie mir glauben. Es war ganz furchtbar einfach. Ich fragte Annie.«

»Annie? Wieso Annie? Wußte die denn Bescheid und hat es Ihnen gesagt?«

»Sie wußte — weil sie so viel über Lady Maude weiß, wie man überhaupt nur wissen kann. Sie hat mir alles erzählt, weil sie wahrscheinlich begriff, was ich versuchen wollte. Auch sie hat ihre ganze Hoffnung darauf gesetzt ... Sie kannte also den Namen des Mannes und wußte auch, daß ein Kind existierte. Und dann war ja alles ganz leicht. Ich schlug bloß im Londoner Telefonbuch nach. Wesentlich schwieriger war es, das Geschäft zu betreten. Ich wußte einfach nicht, was ich tun sollte.«

»Deshalb mußten Sie also eine Vase zerbrechen und den Culloden-Pokal stehlen?«

Er streckte sich bequem auf dem Sofa aus und lachte vergnügt beim Gedanken an die Episode im Laden. Die Erinnerung trog mich nicht: Dieser blonde junge Mann, der mich an dem Vormittag damals in Blanches Geschäft so tief beeindruckt hatte, sah wirklich phantastisch gut aus. Aber jetzt wirkte er nicht mehr wie ein Schauspieler. Er trug ein altes Wollhemd und Flanellhosen mit ganz schmutzigen Aufschlägen und einem Farbklecks auf dem einen Knie. In diesem vom Kaminfeuer erleuchteten, warmen Raum schien er mir vollkommen, in sich selbst ruhend, voller Harmonie und so gar nicht darauf bedacht, ein halbes Dutzend andere Männer zu imitieren. Wie selten konnte man das sonst von einem jungen Mann sagen — oder wenigstens von denen, die ich kannte. Er war ganz er selbst, das war köstlich beruhigend.

»Sie wollen mir das doch nicht bis an mein Lebensende vorhalten, nein? Ich habe es Ihnen ja auch bezahlt — beides. Und habe ich Sie nicht in den Schoß Ihrer Familie zurückgebracht?«

Ich seufzte. »Hätten Sie mich doch nur gelassen, wo ich war. Warum, um alles in der Welt, mußten Sie das machen?«

Der unbeschwerte Ausdruck verschwand plötzlich aus seinem Gesicht. Seine Schultern schienen vornüber zu fallen, und die lange Gestalt sackte in sich selbst zusammen.

»Man könnte es etwa so formulieren: Ich war der Meinung, bei den Sheridans eine Schuld abtragen zu müssen — was für eine Schuld, möchte ich lieber nicht näher erläutern. Es war nichts, was man mit Geld bezahlen kann. Den Culloden-Pokal wieder herzuschaffen, wäre nur ein ganz kleines Zeichen gewesen. Aber Sie hierher zurückzubringen, hätte alles bedeuten können. Etwas Besseres fiel mir nicht ein. Wenn ich nun gänzlich versagt habe — das heißt, wenn ich Ihnen einen Berg Sorgen aufgebuckelt und Ihrer Familie nichts Gutes damit erwiesen habe —, dann tut es mir sehr leid. Ich entschuldige mich bei Ihren Angehörigen und bei Ihnen. Sollten Sie persönlich allerdings doch noch die Kraft finden, eine kurze Weile in Geduld auszuhalten, und es ertragen können, noch eine Zeitlang in Meremount zu bleiben, um Lady Maude die Möglichkeit zu geben, sich an Sie zu gewöhnen — dann, glaube ich, könnte wenigstens ein kleiner Teil dessen verwirklicht werden, was ich mir so sehr erhofft habe.«

»Für die alte Dame wäre es vielleicht gut, aber was ist mit mir?«

»Ja . . . Sie sind nun mal hier, nicht wahr? Alles geschieht für die andern und nichts für Sie.«

»Connor glaubt das nicht. Connor denkt, ich sei gekommen . . . na ja, so ungefähr in der letzten Minute und nur in der Absicht, alles erben zu können, wofür er wie ein Pferd gearbeitet hat.«

Brendan pfiff leise und voller Bestürzung durch die Zähne. »Glaubt er das tatsächlich? Ich bin idiotisch, daß ich daran nicht gedacht habe. Das ist natürlich Blödsinn. Jeder weiß doch, daß Lady Maude ihm alles zukommen lassen wollte. Nur deswegen konnte sie ihn hauptsächlich mit dieser ziemlich undankbaren Arbeit reizen.«

»War sie so undankbar?«

»Bis das Geld von Praeger kam, würde ich sagen: ja, sie war undankbar. Die Glasfabrik mußte dringend modernisiert werden, und dafür war kein Kapital da. Lady Maude hätte niemals zugestimmt, daß auch nur die kleinste Kleinigkeit fortgegeben würde, um Geld zu beschaffen. Jahrelang hat Connor praktisch offene Türen eingerannt. Dann heiratete er Lotti Praeger, und alles wurde anders. Die ganze Familientradition der Sheridans sollte wiederaufleben, und eine Menge Neues kam außerdem noch dazu. Er trug den Namen Sheridan und hatte nun das Geld für eine neue Fabrik und die ganze Anlage. Ein Ausbildungsprogramm war für die Lehrlinge geplant und eine schrittweise Fortbildung für die gelernten Arbeiter, wenn sie fertig waren. Man braucht fünf Jahre, um einen Mann in der Glasbläserei, Glasschleiferei und beim Glasschneiden vernünftig auszubilden. Connor hätte das alles geschafft. Er ist ein Mann, der genau weiß, was er will, und sich von seinen Plänen auch nicht abbringen läßt. Er versteht sich aufs Festhalten. Nur das Geld von Praeger — das konnte er nicht halten. Als Lotti nicht mehr war, war auch kein Geld mehr da.«

»Wieso? Er war ihr Mann. Bestanden denn da nicht gewisse Rechtsansprüche . . .?«

»Es stellte sich heraus, daß Lotti persönlich gar nichts besaß. Wer weiß, warum? Vielleicht war das die Art des Papas, sich ihrer weiteren Aufmerksamkeiten zu vergewissern. Oder Praeger hatte diese Regelung getroffen, damit ein X-Beliebiger, den sie heiratete, sich nicht automatisch Rechtsansprüche anmaßen könnte. Ausgegeben hat sie eine Menge Geld, aber es war immer Papas Geld. Und so war es auch der Papa und nicht Lotti, der das neue Kapital für die Glasfabrik bereitstellen wollte. Lotti beschäftigte sich nur spielerisch mit der für ihre eigenen Bedürfnisse ausgesetzten Summe — dem Geld für die Renovierung von Meremount, der Lady Maude niemals zugestimmt hatte, für den Rennstall und die Weberei, die sie in Cloncath aufziehen wollte. Wahrscheinlich hätte sie alles allein finanzieren können, oder der Herr Papa hatte ihr zusätzliche Mittel versprochen. Aber Sie sehen, nichts war greifbar. Alles waren nur Pläne. Bargeld war überhaupt nicht da. Als sie starb, war nichts da — aber auch für niemanden.«

Immer besser verstand ich Art und Ausmaß der Verzweiflung, die Meremount befallen hatte — der erweckten und zerstörten Hoffnungen. Es wäre unnatürlich gewesen, wenn Connor den Zukunftsplänen, die seine blonde Liebe mit ins Grab genommen hatte, nicht nachgetrauert hätte.

Brendan schien meine Gedanken zu erraten, denn er nickte mir zu, als bestätigte er sie. »Das Andenken an sie ist geblieben, sonst nichts. Für die Leute hier war sie wie ein strahlender Komet, der blitzartig aufleuchtete und verschwand. Kaum hatten sie sie kennengelernt, da war sie schon nicht mehr. Nur ein gewisser Nachglanz ist geblieben. Die Leute sprechen noch über sie — wie wunderhübsch sie war, und wie herrlich die Kleider waren, die sie trug, und der Wagen, den sie fuhr — und alle ihre Pläne. Weiß der Himmel, ob sie die Hälfte davon verwirklicht hätte. Aber man hält sie für ihr Verdienst, und das allein zählt. Sie war lebenssprühend und hochintelligent und wesentlich undurchsichtiger und schlauer, als man hier ahnt.«

»Warum kannte man sie denn kaum? Wohnte sie nicht hier?«

Seine Brauen zogen sich zusammen. »Ja wußten Sie das denn nicht? Lotti kam nur ein einziges Mal mit ihrem Vater her, um sich hier alles anzusehen, gleich nachdem er sich vor mehr als zehn Jahren angekauft hatte. Ich glaube, sie ging damals noch in der Schweiz zur Schule. Als sie dann vor etwa fünf Jahren wiederkam, war sie bei einer deutschen Filmgesellschaft, die einen schrecklichen Film mit Schloß Tyrell als Kulisse drehte. Damals war ich nicht hier. Erst letztes Jahr tauchte sie wieder auf — wie sie sagte, nur für die Ferien und zur Erholung. Ein paar Wochen später war sie mit Connor verheiratet. Die ganze Grafschaft regte sich darüber auf, das kann ich Ihnen sagen. Als die Aufregung sich gelegt hatte, herrschte aber allgemeine Freude. Denn man hatte sich überlegt, daß nun all das schöne Geld von Praeger hier in der heimatlichen Grafschaft Tyrell bleiben würde. Lotti war seit langem die populärste Braut.«

»Warum hat sie denn aber Connor geheiratet?«

Er lächelte. »Sie wollen doch nicht leugnen, daß es so etwas wie Liebe gibt? Warum hätte sie das nicht umwerfen sollen?«

»Connor woanders – ja. Aber Connor in Meremount und unter der Last der Glasfabrik und des Gutsbetriebes . . . das weiß ich nicht.«

»Unterschätzen Sie Connor nicht. Oha, der hat's in sich! Und wer kann überhaupt in solchen Dingen das Warum ergründen? Aber Sie meinen sicher etwas anderes. Daß er trotz seines Charmes und seines brillanten Aussehens immerhin nur ein kleiner Provinzler aus Irland ist und für ein Mädchen vom Schlage Lotti Praegers . . .«

»Haben Sie Mädchen wie Lotti Praeger gekannt?«

Jetzt lachte er lauthals. »Sie meinen, ich sei auch ein kleiner irischer Provinzler, nicht wahr? Na, so ganz wohl doch nicht. Ich habe die entscheidenden Jahre auf dem Kontinent verbracht – Murano, Kosta, Elgberg. Ja, einige Mädchen habe ich kennengelernt, von denen Sie vielleicht sagen würden, sie seien wie Lotti Praeger. Nicht so reich allerdings wie Lotti – und alle waren wohl auch nicht so hübsch wie Lotti. Aber mit allen Wassern gewaschen wie sie – Mädchen, denen nichts fremd war.« Er sah in sein Glas und lächelte dabei. »Immerhin haben sie mir einiges beigebracht.«

»Mochten Sie das gern – die blonden Mädchen und all das Neue?«

»O ja, das war schon schön. Und außerdem war ich auch innerlich ein freier Mensch geworden. Ich begegnete nicht mehr auf Schritt und Tritt dem kleinen Bren Carroll, der in seines Bruders Gummistiefeln die Dorfstraße entlang zur Schule trottete. Für einen Iren ist es nicht leicht, die Bande des Herkömmlichen zu sprengen – das geht langsam. Vielleicht beruht Otto Praegers große Vorliebe für dieses Land darauf.«

»Ja, aber warum sind Sie denn wiedergekommen?«

»Ich brauche noch einen Whisky, bevor ich Ihnen das auseinandersetzen kann.« Er langte sich mein Glas. Während er die Getränke einschenkte, genoß ich in meinem Sessel in aller Seelenruhe und heiterer Gelassenheit den Raum, das helle Feuer und die innere Wärme, die ich dem Whisky verdankte. Brendan hatte die Vorhänge vor die Fenster gezogen, als er zum Nachfüllen der Gläser herüberging. Nun erinnerte nichts mehr an die Außenwelt und die Schwierigkeiten, zu denen ich ja doch zurückkehren mußte.

Er gab mir mein Glas in die Hand. »Ich war doch ein Teil der ganzen herrlichen Zukunft, die jeder dem Sheridan-Glas prophezeite. Nur deswegen kam ich zurück. Ich wurde zurückgeholt. Damals war ich in Dänemark in der Eide-Fabrik als Designer. Eines Tages kreuzte Connor Sheridan auf und stellte mir praktisch alles in Aussicht – eine leuchtende Zukunft, das Geld von Praeger und alles. Er hatte seine Ankunft nicht einmal schriftlich angemeldet – deshalb sagte ich vorhin, daß Connor es versteht, den Dingen, die ihm am Herzen liegen, rücksichtslos nachzugehen. Eines Abends war er einfach da. Er wartete vor der Fabrik und führte mich zum Essen aus – es gab viel und guten Wein, und schließlich konnte ich es kaum abwarten, meiner Firma zu kündigen.«

Er schlug sich mit der flachen Hand auf den Oberschenkel. »Alles klang so verdammt gut. Der altehrwürdige Name Sheridan, aber sie wollten Neuland erschließen. Sie wollten weiterhin Thomas Sheridans alte Muster führen, weil sie kontinuierliche Verkäufer sind, aber eben auch Neues bringen – moderne Entwürfe, mit denen sie einen neuen Markt erschließen wollten. Mir sollten alle Möglichkeiten geboten werden, die ich brauchte, um die Sache selbständig zu führen – ich sollte jede Unterstützung dafür haben. Connor wollte überall da, wo es möglich war, Ausstellungen machen, damit der Name Sheridan weiterhin in Erscheinung träte. Ich sollte der erste, der Chef-Designer sein.«

»Wie hat er Sie denn finden können?«

»Meine Mutter lebt immer noch nur wenige Kilometer von hier entfernt, und meine fünf Brüder und beiden Schwestern wohnen über die ganze Gegend verstreut. Ich hatte es ihnen gegenüber keineswegs verheimlicht, wie es mir in der großen Welt ergangen war – und das kam natürlich herum. Mein Vater war ein einfacher Landarbeiter. Er hatte ein paar Morgen Land, eine Kuh und Hühner, damit wir alle satt wurden. Er war ein prächtiger Mensch, aber ich hatte keine Lust, mich mein Leben lang so abzurackern wie er. Deswegen ging ich als Lehrling zu Sheridans in die Glasbläserei. Damals kam jedoch Waterford als große Firma mit vielen Auslandsaufträgen hoch. Deshalb wechselte ich über, um meine Ausbildung abzuschließen. Ich kam von zu Hause fort, das stimmt schon, aber ich hatte nun wenigstens ein eigenes Bett. Schließlich wurde es mir über, immer und ewig dieselben Muster zu schneiden und zu schleifen und immer die gleichen Formen zu blasen. Bei Waterford ist nämlich alles handgeblasen, auch das gewöhnliche Haushaltsglas – aber es wird in Formen geblasen. Das ist natürlich großartig, aber es befriedigt nicht, wenn man seine eigenen Ideen hat und selbst etwas schaffen möchte. Ich sparte mir folglich etwas Geld und ging nach Venedig. Und da sah ich nun, was ich in Waterford nicht gelernt hatte und auch nie lernen würde. Es war katastrophal, wenn ich so wie sie zu formen versuchte. Aber natürlich war ich kein Italiener und mein Urgroßvater auch kein Glasbläser aus Murano. Wirklich, für mich bestand da keine Chance. Aber ich blieb trotzdem noch in Venedig und erhielt auch Gelegenheitsarbeiten. Und ich ging, sooft es meine Zeit erlaubte, in die Glasbläsereien und guckte zu. Und da habe ich gelernt, so viel ich konnte. Anschließend hatte ich in Schweden ein paar Stellen, und dann kam das Angebot von Eide in Dänemark. Sie wissen sicher, daß die Skandinavier gern Englisch lernen, und irgend jemand fragte mich immer, ob ich Oxford-Englisch spräche. So ganz zufrieden waren sie nicht, wenn ich sagte, daß meine Sprache die von George Bernard Shaw wäre. Aber andererseits haben sie mir auch eine Menge beigebracht, und sie waren immer rührend gastfrei. Ich habe die Zeit da sehr genossen und dachte damals auch, daß ich nie in meine Heimat zurückkommen würde.

Und dann tauchte Connor auf. Er wußte natürlich alles über mich. Er hatte ein paar Ausstellungsstücke ausfindig gemacht, die von mir stammten, und er kannte auch das, was Eide herausbrachte – und das sollte also die Basis für einen neuen Start für Sheridan-Glas sein. Er sagte, daß Waterford ja schon den Weltmarkt für das traditionelle irische Glas aus dem achtzehnten Jahrhundert fest in der Hand habe. Unsere Chance bestände deshalb darin, etwas ganz Neues anzubieten – aber unter Zuhilfenahme des alten Namens. Ich sollte für alles mit voll verantwortlich sein – wer hätte unter solchen Bedingungen nicht ja gesagt! Ich sollte der Gutachter für die neuen Entwürfe sein, und ich sollte auch freie Hand haben, anzustellen, wen ich brauchte, und neue Designer vom Kontinent zu holen. Na ja, ich stammte eben aus der Gegend, deshalb würden die Leute von mir Anordnungen hinnehmen, während sie das von einem englisch sprechenden Schweden nicht getan hätten. Direktorposten, Gewinnanteile, das ganze Drum und Dran – es lohnte sich schon, nach Irland zurückzukehren.

Ich werde den Abend, an dem Connor mich zum erstenmal aufgesucht hatte, nie vergessen. Ich fuhr nach Kopenhagen herein, um mit ihm und Lotti zu Abend zu essen. Das war im letzten Frühjahr. Es war kalt, ein verspäteter Schneesturm trieb sein Unwesen. Als das Unwetter aufhörte, waren die Sterne faustgroß und sprangen einem aus dem Wolkenhimmel förmlich entgegen. Ich weiß noch, daß ich etwas höchst Romantisches über die Sterne sagte und wie großartig es sein müßte, Glas zu machen, das wie die Sterne lebte. Als ich eine Handvoll Schnee nahm, standen wir alle drum herum wie Kinder unter einer Straßenlaterne und betrachteten die typischen Regenbogenfarben. Das vergesse ich nie. Und wir redeten und redeten! Diese Nacht war grandios. Wir wollten den Namen Sheridan wieder berühmt machen. Ich würde der größte Glaskünstler auf der ganzen Welt sein. Alles stand mir plastisch vor Augen: Glaspaläste, Kathedralen aus Glas – die ganze Welt voller Licht und voller Glanz. Nicht nur der Champagner hatte mich trunken gemacht, sondern auch alle diese faszinierenden Ideen in ihrer ganzen Schönheit. Und wir drei, wir waren damals auch schön. Ich kann mich noch entsinnen, daß Lotti einen Leopardenmantel trug und Stiefel, die dazu paßten. Bis dahin war ich echtem Leopardenfell noch nie so nah gekommen. Der Pelz war blaß wie ihr Haar. Wenn ich in jener Nacht der größte Künstler der Welt war, dann war Lotti gewißlich das schönste Mädchen auf Erden.«

»Und Sie verliebten sich in sie?« fragte ich.

Er schloß die Lider über seinen leidenschaftlichen blauen Augen, als er mich ansah. »Das kann man wohl sehen, nicht wahr? Und ich glaube, daß es in dieser ersten Nacht geschah. Vielleicht kann man daraus sehen, daß ich nicht annähernd so viel über schöne Mädchen weiß, wie ich vorgab. Denn damals ahnte ich noch nicht, was mir bevorstand.«

Er ergriff sein Glas und leerte es auf einen Zug – es ist eine Huldigung für den damaligen Abend, dachte ich.

Mein eigenes Glas trank ich langsamer aus. Es dauerte zehn Minuten oder mehr, und während dieser Zeit sprach Brendan kein Wort. Wahrscheinlich hatte er meine Anwesenheit vergessen, aber ich fühlte mich überhaupt nicht vernachlässigt. Er hatte mir zu seinem geliebten Traum ja schon Zutritt gewährt – wie konnte ich noch ausgeschlossen sein, wo ich nun einmal dabeigewesen war.

Still stellte ich mein Glas fort und ergriff meinen Regenmantel.

»Ich glaube, ich muß nun gehen.«

Er wandte sich schnell um und sah mich wie einen Geist aus einer anderen Welt an. Er zuckte plötzlich mit den Wimpern und fragte: »Gehen? Warum?«

»Ich fürchte, ich werde erwartet . . .«

»Niemand hat ein Recht, Sie zu erwarten. Bis jetzt ging es ja auch ganz gut ohne Sie.«

»In London haben Sie mir etwas anderes gesagt. Sie haben so viel gesagt, als ob ich jemanden brauche, der etwas von mir erwartet.«

»So haben Sie das verstanden? Oder haben Sie es nur so aufgefaßt, weil Sie es so hören wollten? Na ja, gerade in diesem Moment wird man Sie ja wohl nicht brauchen. Bleiben Sie – dann wird es auch etwas zu essen geben. Lieber würde ich Sie ja ganz groß ausführen, aber in dieser Beziehung hat Cloncath nicht viel zu bieten. Und woanders wäre heute zu weit – nach dem Tag, den Sie hinter sich haben. Mögen Sie bleiben?«

Ich fühlte mich schwach und passiv, und deshalb nickte ich. »Drüben weiß man ja, daß ich bei Ihnen bin.«

»Ich dachte mir schon, daß Annie Bescheid wüßte. Ich hatte zwar meinen Namen nicht richtig genannt, aber sie hat auch nicht danach gefragt.«

»Was ist denn bloß so Schlimmes daran, Brendan Carroll zu sein? Wenn ich Ihren Namen nenne – bei Connor, Lady Maude und sogar bei Otto Praeger –, werden alle stocksteif. Was haben Sie ihnen eigentlich getan?«

Er nahm die Frage nicht so tragisch. »Vielleicht habe ich ihnen gar nichts getan. Sie mußten natürlich wissen, daß ich nicht mehr lange dableiben konnte, denn es war ja keinem von uns entgangen, daß nun kein Geld mehr da war, um die Sheridan-Werke wieder hochzubringen. Ich habe mein Jahr brav ausgehalten und versucht, den eingearbeiteten Kräften beizubringen, was ich konnte – und ich hoffe nur, daß sie soweit gut durchkommen. Aber natürlich ist es ausgeschlossen, jetzt noch an ein Programm zu denken, wie man eine moderne Glasbranche aufbaut – dazu fehlen alle Möglichkeiten und auch die Fachkräfte. Sheridan muß hinter Waterford hinterherhinken, wie es früher ja auch nicht anders war. Mehr steckt nicht drin. Und dafür brauchen sie mich nicht mehr, denn sie können es sich nicht leisten, mich zu halten – und ich kann es mir nicht leisten, wenn es nichts Lohnendes zu tun gibt.«

Der Gedanke, der mich schon bewegt hatte, als Connor zum erstenmal über Kapitalmangel bei Sheridan gesprochen hatte, befiel mich wieder. »Und Otto Praeger wäre nicht der gegebene Hintermann für Sheridan-Glas? Immerhin fing er ja auch mit optischen Dingen an – und er wollte dort auch Geld über Lotti investieren, nicht wahr?«

Brendan hob wieder die Schultern und fühlte sich wohl zum erstenmal wirklich ungemütlich. »Wer weiß das. Vielleicht hat er darüber auch kalte Füße gekriegt. Vielleicht hatte es für ihn auch nur wegen Lotti Interesse. Das geht nur ihn an – und Connor. Mich Gott sei Dank nicht. Wollen wir jetzt nicht mal nachsehen, was da zu essen ist?«

Er stand auf und ging in die Küche, als hätte er gern das Thema abgeschlossen. Ich ging hinterher. »Dann bleiben Sie jetzt gar nicht hier? Sie sind also gar nicht endgültig zurückgekehrt?« Der Gedanke, daß er nicht hier sein könnte, solange ich in Meremount war, machte mich merkwürdig unruhig. Es kam mir vor, als sei mir ein letzter Ausweg plötzlich versperrt.

»Nein – ich dachte zwar, es sei endgültig, als ich nach London ging. Aber dann kam diese idiotische Idee, daß ich dem Sheridan-Glas und der Familie einen letzten Dienst erweisen könnte. Ich war der Meinung, wenn Blanche

Sheridan sich überreden ließe, nach Irland zu kommen, um ihre Mutter zu besuchen — na ja, Blanche Sheridan war tot, und nur Sie waren noch da. Ich sah einfach keinen Weg, wie man Sie dazu bringen könnte, sich für eine bankrotte alte Glasfabrik und eine fast ebenso heruntergewirtschaftete alte Dame zu interessieren. Deshalb war der Culloden-Pokal meine Rettung. Ich mußte dem ganzen eine seriöse Note geben — sonst hätten Sie ja nie Ihr Augenmerk darauf gerichtet. Ich kam nur hierher zurück, um den Pokal heil abzuliefern — vielleicht auch noch, um Ihnen ein wenig beizustehen, falls Sie sich zum Kommen entschließen sollten. Natürlich fühlte ich mich für Sie verantwortlich. Aber bitte, wollen wir nicht mit dem ganzen Gerede aufhören und uns endlich um das Essen kümmern?«

Er hatte den kleinen Kühlschrank geöffnet und hockte sich davor, um den Inhalt in Augenschein zu nehmen. »Das leichteste, was da ist, sind die Eier.«

»Keine Eier«, sagte ich schnell.

»Auch gut — Würste aus bestem irischen Schwein. Und Seezunge, heute frisch aus dem Hafen von Cloncath. Und Garnelen von der Bucht bei Dublin. Sie wissen sicher, daß die Flüsse und Seen von Irland und das Meer hier die besten Fische liefern, die Sie je gegessen haben. Für die Iren ist Fisch ein Bußgericht, das sie nur freitags essen. Neue Kartoffeln sind auch noch da. Kirschen aus dem Rhonetal, wie der Gemüsemann schwört. Und auch noch Camembert . . .«

Ich lächelte ihm zu. »Sie sind wohlassortiert. Haben Sie vielleicht auch Weißwein?«

»Ja.«

»Dann kann es pochierte Seezunge geben. Und wenn Sie die Garnelen zurechtmachen wollen, können wir die ja auch noch essen.«

»Ist es vielleicht möglich, daß Sie Köchin sind?«

»Das bin ich in der Tat«, antwortete ich und wechselte

in seine Sprechweise mit den Affirmativen über, die so charakteristisch für das Gälische ist.

»Und wer hätte das gedacht, wenn man Sie so ansieht«, sagte er und konnte natürlich nicht wissen, daß er die Worte wiederholte, die Annie gebraucht hatte. »Es ist mir ein reines Vergnügen, Ihnen meine Küche zu überlassen. Und das tue ich bei weitem nicht bei jedem weiblichen Wesen. Es war tatsächlich eins von den wesentlichsten Dingen, die ich im Ausland gelernt habe, daß die besten Köche immer Männer sind. Und als ich merkte, was man aus Nahrungsmitteln alles machen kann, ärgerte ich mich noch nachträglich beim Gedanken an die vielen guten Zutaten zu Hause, von denen eigentlich niemand so recht Notiz nahm und die immer in derselben altgewohnten Manier auf den Tisch kamen. Die Zubereitung von Spaghettisauce hat mir ein italienischer Glasbläser beigebracht, der acht Kinder hatte. In Stockholm brachte ich einen Gastronomen so weit, mir Zutritt in seine Küche zu gewähren. Ich durfte zugucken, wie da gekocht wurde. Es war sein Dank dafür, daß ich ihm lauter kleine Glastiere geblasen hatte, die den Fisch, das Wildbret und das Fleisch darstellten, die er in seinem Restaurant servierte. Es gibt im Schwedischen sogar eine handelsübliche Bezeichnung dafür. Er stellte sie aus, und allmählich gewöhnten sich die Stockholmer an, sein Restaurant die Glasmenagerie zu nennen. Solange ich in der Küche aß, konnte ich, wenn ich wollte, alle Mahlzeiten umsonst haben. Na, und da habe ich immerhin gelernt, daß ich schlechtes Essen nicht als Selbstverständlichkeit hinnehmen oder auf jemanden warten müßte, der mir etwas Gutes kochte. Das konnte ich nun allein. Aber glauben Sie nur nicht, daß ich ein Wort darüber verlor, als ich nach Irland zurückkam, denn jedem, der mich fachmännisch übers Kochen reden gehört hätte, wären ernstliche Zweifel an meiner Männlichkeit gekommen.«

»Aber bestimmt nicht, wenn eine Frau Ihre Zuhörerin

war«, antwortete ich und beschäftigte mich mit den Flaschen seines kleinen Weinvorrates.

Er hielt, was er versprochen hatte. Er überließ mir die Küche und tat nur, um was ich ihn bat. Im übrigen lehnte er sich mit seinem Glas in der Hand gegen die Kaminwand und sah mir belustigt und durchaus einverstanden zu. Er zündete noch ein Feuer im Küchenkamin an, und wir aßen an einem Tisch, der davor stand. Es gab lauter Köstlichkeiten: Rheinwein und Kirschen zum Nachtisch und Grand Marnier zum Kaffee, den er höchstpersönlich machte. Als wir mit dem Essen fertig waren, dehnte und reckte er sich wohlig, lehnte sich in seinem Stuhl weit zurück und goß sich, als ich die angebotene Flasche dankend abgelehnt hatte, noch einen Kognak ein.

»Man soll das wirklich so richtig genießen«, sagte er. »In ein paar Wochen gibt's kein Geld mehr für Grand Marnier und Kirschen aus dem Rhonetal. Kein Geld und noch viel weniger Zeit, um an solchen Dingen Freude zu haben.«

»Und warum?« Ich wurde schläfrig. Die Hitze, die der Kamin ausstrahlte, und der Likör taten ihre Wirkung. Es war ein sehr langer und äußerst bemerkenswerter Tag gewesen, der mit einer regnerischen Morgendämmerung, mit Eiern und Kognak und mit einem anderen Mann begonnen hatte.

»Ich will zusammen mit einem Engländer, den ich in Schweden kennengelernt habe, eine neue Glasfabrik gründen. Er heißt Tim Henderson und ist in allem, was mit Glas zu tun hat, ein echter Künstler – fast so gut wie ich.« Dabei lächelte er spitzbübisch. »Diesesmal machen wir es ohne Praegers Geld, wir wollen mit einem ganz kleinen Kapital anfangen, das nur wir beide investieren. Zunächst wollen wir nur einen einzigen Schmelzofen in der Glashütte haben, die wir in Bristol in einem alten Lagerhaus einrichten, das seiner Familie gehört. Wir wollen alles ganz allein machen – abgesehen von ein paar Jungen, die lernen wollen. Eine Montagerampe möchten wir nicht haben, und reich werden wir nie werden. Nach Lage der Dinge werden wir ein paar Jahre wahrscheinlich sogar verdammt arm sein.«

»Und Sie wollen in einem Dachkämmerchen über der Glasbläserei wohnen?« Ich zog ihn auf.

»Sie müssen aber noch allerhand über die Glasfabrikation lernen, scheint Ihnen das nicht auch so? Niemand wohnt über einer Glashütte – es sei denn, er möchte gern im Bett geröstet werden. Im Winter ist es zwar warm, aber höchst gefährlich.«

»Warum sollte ich wohl etwas über die Herstellung von Glas lernen? Bisher ging es ja auch ganz gut so.«

»Tatsächlich – warum wohl? Und Sie sind eine Sheridan! Der alte Herr wird sich im Grabe umdrehen. Connor zeigt Ihnen wahrscheinlich die Fabrik, und es lohnt sich wirklich, daß Sie sich das ansehen. Sie sollten es allein schon wegen der Leute tun, die da arbeiten. Für einige von den Älteren würde es doch eine Menge bedeuten, den letzten direkten Nachkommen von Thomas Sheridan in der Fabrik zu begrüßen. Connor wird Ihnen alle technischen Einzelheiten erklären: den Hitzegrad der Schmelzöfen, den Prozentgehalt von Natriumkarbonat, Kalk und Kieselsäure. Er wird Ihnen die Werkzeuge der Glasarbeiter zeigen, und Sie werden den Arbeitsgang der verschiedenen Gruppen beobachten können. Sie müssen nämlich wissen, daß unter jedem Chefglasbläser bestimmte Teams arbeiten. Die Meister werden zwar Aufseher genannt, sie sind aber hochspezialisierte Künstler. Sie werden so viel hören, daß sich Ihnen alles im Kopf dreht . . .«

»Mir dreht sich jetzt schon alles.«

Er überging meine Bemerkung. »Connor ist glänzend darin. Er hat alles von der Pike auf gelernt. Sheridan-Glas ist mit ihm gut beraten. Und sollte er je wieder eine Geldquelle auftun können, dann würde er ganz genau wissen, wie das Geld anzulegen ist. Aber Connor ist ein reiner Verstandesmensch. Er hat zwar Köpfchen, aber weder handwerkliches Geschick noch Phantasie.«

»Phantasie?« Stand er unter Alkohol oder war er nur müde, fragte ich mich. Der Klang seiner Stimme war unendlich weich, und diese Zartheit erinnerte mich an damals. Die einzige Beleuchtung im Raum war das Kaminfeuer, das mit seiner Glut unruhige Schatten an die Wände malte.

»Man muß sich das einmal vorstellen«, sagte er. »Plinius berichtet von einigen Kaufleuten ein paar tausend Jahre vor Christi Geburt, die ihre Zelte an den Ufern des Belus aufschlugen. Sie stellten ihre heißen Kochtöpfe auf Natronstücke, die sie bei sich hatten, und bemerkten am nächsten Morgen, daß durch die Hitze der Tontöpfe der Sand mit dem Soda verschmolzen war und so zu Glas wurde. Das ist zwar eine hübsche Geschichte, aber ich glaube, ihr Abendessen muß mehr als gar gewesen sein, wenn die Töpfe wirklich die erforderliche Hitze hatten. So machen Menschen Glas. Außerdem gibt es noch Glas, das in der Natur vorkommt, schwarzer Obsidian, und davon gibt es ganze Berge. Die alten Stämme in Mexiko haben sich damit rasiert und den Göttern ihre Opfer mit Messern aus solchem Glas dargebracht. Aber die Ägypter machten das erste Glas, soviel wir aus der Überlieferung wissen. Sie hatten alles, was man zur Herstellung von Glas braucht: Sand, Soda und Brennholz von Akazienhainen — außerdem reiche Leute, die solchen Luxus bezahlen konnten. Anfangs machten sie ihre Schalen und Flaschen etwa so: sie schmolzen Kieselerde und kohlensaures Natron und gossen das Ganze in eine entsprechende Form aus Ton oder Lehm, die weggeworfen wurde, wenn die abgekühlte Fusion hart geworden war. Was übrig blieb, war ein hohles Gefäß aus undurchsichtigem Glas. Auf diese Weise machten sie lange weiter. Und dann kam jemand auf die Idee, daß die Schmelzflüssigkeit am Ende einer hohlen Eisenstange aufgefangen und durch Blasen eine Luftblase erzeugt werden könnte. Und schließlich kam man so weit, daß man auch in Formen blasen konnte, so daß sich dieselben Formen immer wieder machen ließen. Das ergab dann eine Art von Massenproduktion, wodurch Glas relativ billig wurde. Die geschmolzene Blase erhitzten sie erneut, sobald sie abkühlte und sich erhärtete, und merkten, daß sie auf diese Weise in einem bearbeitungsfähigen Zustand blieb und man fast alles damit anfangen konnte, was man wollte: ziehen, pressen, gießen, schneiden, ritzen. Sehen Sie . . .«

Er langte neben sich und ergriff sein leeres Weinglas. »Wenn man dieses Glas einmal ganz außer der Reihe, das heißt alles mit der Hand, machen wollte, geht das folgendermaßen vor sich: Zunächst muß man die Zutaten erhitzen. Das wäre Kieselsäure, Natriumkarbonat und Kalk oder auch Natriumkarbonat und Blei, je nach der Glasart, die man haben will. Zu dieser Schmelzmasse fügt man Splitter und Scherben aus dem gleichen Glas und von der gleichen Farbe, die man schon hatte, hinzu. Das ist das sogenannte Bruchglas, das dazu beiträgt, den Schmelzbeginn zu beschleunigen. Ist die Masse weißglühend, machen wir uns an die Arbeit — ich, der Glastechniker und unsere Leute. Wir arbeiten rund um einen temperaturgeregelten Glasschmelzofen, der hier ›Glorientiegel‹ genannt wird — das ist so der Glashüttenhumor, der sich ähnlich das Leben nach dem Tode vorstellt. Der Glasmachermeister beginnt den ganzen Prozeß, indem er geschmolzenes Glas auf seine Glasmacherpfeife nimmt und das Külbel, die erste Form, herausbläst. Er kann es in die Länge ziehen, wenn er das Blasrohr schwenkt, muß aber die rotierende Bewegung die ganze Zeit beibehalten, damit sich die Form nicht verändert. Jetzt wird der Glasposten an den Meister weitergereicht, der an seiner Werkbank mit den großen flachen Armstützen sitzt, die es ihm ermöglichen, das Rotieren der Pfeife mit einer Hand fortzusetzen, während die andere das Formen des Glases mit einer Zange oder Schere und die Größenmessung mit einem Zirkel übernimmt. Das Stück wandert so oft in den Glorientiegel zurück, wie nötig ist, um es weich und verarbeitungsfähig zu erhalten. Sind Stiel und Fuß geformt, wird das Külbel in eine eiserne Form geblasen und zu einem Zylinder ausgeschwenkt. Dieser wird nach Entfernung der beiden Endkalotten der Länge nach aufgesprengt. Die Pfeife ist also losgebrochen, und nun haben wir das Mundstück, den späteren oberen Glasrand, frei. Und wieder geht's in den Glorientiegel zurück. Wenn weitergearbeitet werden kann, trete ich nunmehr in Aktion. Ich lasse das Glas rotieren und strecke und forme es dabei, schneide mit der Schere bis zur gewünschten Höhe, messe die Größe, glätte und verziere es. Man muß darauf achten, daß es ununterbrochen rotiert. Hörte ich nämlich damit auf, würde die Schwerkraft ihre Wirkung tun. Die ganze Kunst der Glasbläser besteht darin, richtig zu erkennen, wo und wie das Glas sich verziehen könnte. Und hat man es erst entdeckt, geht das meiste so schnell, daß das Auge kaum folgen kann. Wenn das Glas Henkel haben soll, bringt der Glasmacher mir lange Glasfasern, die geschnitten und aufgesetzt werden. Durch die Hitze des Glorientiegels verschmelzen dann die Teile miteinander. Wenn der Prozeß abgeschlossen ist, wird das Glas mit einer Zange gehalten, und ich gebe ihm einen gezielten kleinen Schlag, damit es von dem unteren Ansatzstück losbricht. Alle handgeblasenen Glassachen haben deshalb diese Aushöhlung unterm Fuß. Dann kommt es in den Kühlofen mit Entspannungstemperaturen, damit es sehr langsam abkühlt, sonst würde es zu spröde, denn die Außenflächen kühlen ja schneller als das Innere ab. Wenn es kalt ist, wird es glattgeschliffen, und dann kann ich es bemalen, emaillieren, gravieren, schleifen und alles das zur Verschönerung tun, was Geschick und Geschmack mir erlauben. Und wenn ich ein Rebell bin, füge ich den symbolhaften Henkeln mit der verschlungenen Distel und Rose noch eine Gravur von Bonnie Prince Charlie hinzu. Und das ist dann der Culloden-Pokal.«

Ich starrte auf das Weinglas, das er noch in der Hand hielt. Mir kam es vor, als hätte er es geschaffen – geblasen, gedreht, gestreckt, geschliffen und poliert –, als hätte er die Henkel angesetzt, die er aus den dünn ausgezogenen Fasern seiner Schmelzmasse geformt hatte, und als hätte er es graviert und signiert. Ich sah den Pokal deutlich vor Augen, als er ihn an jenem Tag in Blanches Geschäft festgehalten hatte ... Er setzte das Glas wieder auf den Tisch zwischen uns, es war nun nichts anderes mehr, als was es immer gewesen war: ein schlichtes, billiges, serienmäßig hergestelltes Weinglas.

»Stellen Sie sich nur einmal die Welt ohne Glas vor«, sagte er. »Keine Fensterscheiben – wenn man Licht hereinließ, mußte man gleichzeitig das Wetter hereinlassen. Keine Brillen, und ein Genie hätte mit schwindender Sehkraft zu kämpfen. Kein Fernrohr für Galilei. Keine Reagenzgläser für Pasteur und keine Glühbirnen für Edison. Die Welt wäre anders, als wir sie kennen. So viel bedeutet Glas für uns.«

Ich blickte ihn ganz verwirrt an. Seine Stimme und seine Handbewegungen übten einen faszinierenden Zauber auf mich aus.

»Über diese Dinge«, sagte er, »haben wir in jener Nacht in Kopenhagen gesprochen – lauter phantastisches und törichtes Zeug. Die Welt des Glases. Wir müssen damals sehr jugendlich gewirkt haben. Aber es ist doch kein Wunder, nicht wahr, daß die Erinnerung daran mich noch lange hinterher berauschte?«

Er half mir in meinen Regenmantel, und wir gingen hinaus. Der Abend war friedlich und still. Es regnete nicht mehr, sondern tröpfelte nur noch von den Bäumen, und das Geräusch des vom Regen angeschwollenen Flusses erschien mir lauter als gestern. War es denn wirklich erst gestern gewesen, daß ich an seinem Ufer gesessen hatte? Der Himmel wurde heller, als die Wolken aufrissen. Ich schlüpfte in meinen M. G. und ließ den Wagen an. Da nahm Brendan meine Hand, die auf dem Schalthebel lag, und hielt mich zurück.

»Dies ist die Stelle, wo sie verunglückt ist – hier bei der Brücke.«

»Ja, ich weiß.«

»Es regnete.« Seine Worte brachen plötzlich und schnell aus ihm heraus, als fühle er einen inneren Zwang, mich jetzt, nachdem er mir über den Anfang und den Abend in Kopenhagen berichtet hatte, auch alles bis zum Schluß wissen zu lassen. »Es hatte vier Tage lang geregnet, und der Fluß war über seine Ufer getreten. Diese Brücke ist sehr alt und muß morscher gewesen sein, als wir alle ahnten. Der Gegendruck des reißenden Wassers war zu stark für sie. Alles geschah dann ganz plötzlich – der grauenhafteste Krach, und dann wieder das tosende Wasser. Ich hörte, wie sie wegbrach, und ich rannte hinaus, um nachzusehen, was passiert war. Ich tat, was ich konnte. Ich machte das Tor zu und stellte meinen Wagen genau dahin, wo Sie jetzt stehen, und schaltete die Scheinwerfer ein, damit sie durch das Tor und über die Landstraße leuchteten, um alle zu warnen, die vielleicht nach Schloß Tyrell fahren wollten – ungefähr so . . .« Er langte an mir vorbei und tastete nach den Schaltern am Armaturenbrett. Unbarmherzig zerteilte das grelle Scheinwerferlicht die Dunkelheit, erreichte das andere Ufer und ließ die wirren Steinmassen im Flußbett, die holperige Kante, wo die Spannweite der Brücke plötzlich aufhörte, und die massigen Holzbarrieren auf der Landstraße erkennen. Gischtstrudel umspülten die herabgestürzten Steinbrocken.

»Als ich das getan hatte, ging ich ins Haus und telefonierte Meremount und Schloß Tyrell an. Aber für Meremount kam mein Anruf zu spät.

Es regnete sehr stark, und sie fuhr immer viel zu

schnell. Sie muß wohl die Scheinwerfer gesehen haben, aber wahrscheinlich blendeten sie sie. Ich war drinnen im Haus, als ich das scharfe Bremsen und das Krachen hörte, als der Wagen gegen den Rest des Brückengeländers prallte. Sie fuhr einen weißen Mercedes-Sportwagen — er war ohne Schwierigkeiten da unten zwischen den Steinen zu erkennen. Aber in jener Nacht war das Wasser viel höher als heute. Der Wagen stand halb unter Wasser und war umgekippt. Ich kletterte herunter . . . Die Autotür war aufgesprungen, und die Gewalt des Wassers hatte sie fortgetragen. Fast hätte es mich auch erwischt . . .

Es dauerte Stunden, bis wir sie fanden — weiter stromabwärts. Ihr armes, schönes Gesicht war gräßlich zerschnitten — vom Glas der Windschutzscheibe und vom Aufschlagen auf die Steine und Uferkiesel. Natürlich hatte das Wasser alles Blut abgewaschen. Aber sie war beim ersten Aufprall nicht tot. Auf dem Totenschein stand Tod durch Ertrinken als Todesursache.«

Er wollte, daß ich die Frage stellte, und er wollte, daß ich alles erführe. Deshalb lehnte er sich gegen die Tür, ganz nahe bei mir, und wartete auf die Frage.

»Warum riefen Sie in Meremount an? Wußten Sie denn, daß sie nach Schloß Tyrell wollte?«

»Sie wollte gar nicht nach Tyrell — ich erwartete sie hier. Sie wollte hierher kommen — zu mir.«

»Hierher . . .« Ich fühlte mich elend und müde. Jetzt verstand ich den hoffnungslosen Zorn in Connors Schmerz. Sein und Lottis Ende hatte ihm außer der Todesnachricht die Gewißheit gebracht, daß sie ihm untreu war.

»Ich mußte nach Kopenhagen, wo ich versuchen wollte, für Sheridan ein paar erfahrene Glasbläser anzustellen. Lotti sagte mir klipp und klar, daß sie mitginge — ich glaube, für sie war es nichts weiter als ein Spaziergang. Einige Tage Kopenhagen, einige Tage London. Und Connor hätte sie bestimmt gesagt, sie sei die ganze Zeit in London gewesen. An jenem Abend also wollten wir zusammen fliegen. So hatte ich es mir mit Lotti zwar nicht vorgestellt – ich wollte alles von ihr, nicht nur die Brosamen vom Tische des Herrn. Aber mehr wurde mir nicht angeboten, und deshalb griff ich zu – die meisten Männer hätten wohl nicht anders gehandelt.

Nach dem Telefonanruf wußten beide, Connor und Praeger, daß ich Lotti hier erwartete. Und sie wußten auch, warum. Aber bei der gerichtlichen Untersuchung logen wir alle – Connor, Otto Praeger und ich. Connor und Praeger sagten beide, daß sie nach Tyrell hätte gehen wollen, um ihren Vater zu besuchen, ehe sie später am Abend das Flugzeug nach London nahm. Der direkte Weg von Meremount nach Tyrell geht ja hier am Haus vorbei. Und ich – ich sagte, daß ich gerade noch Zeit gehabt hätte, die Leute auf Schloß Tyrell zu warnen. Daß ich auch Meremount angerufen hatte, sagte ich nicht. Und Annie – die sagte überhaupt nichts. Niemand stellte ihr Fragen, und so sagte sie auch nichts. Es gab ja niemanden, der etwas anderes behaupten oder beweisen konnte. Und das wollte hier ja auch keiner. Aber Connor, Praeger und ich sind nun durch die Lügen miteinander verbunden, die wir aussprachen, um Lotti, die Sheridans und Praeger vor einem Skandal zu bewahren. Es hätte wirklich niemandem auch nur im geringsten gedient, wenn wir die Wahrheit gesagt hätten.«

»Aber haben Sie mir nicht erzählt . . .«

»Ich mußte. Ich scheine Sie zu einer Art Sündenbock gemacht zu haben, der nun die Folgen der Geschehnisse ausbaden muß, zu denen leider auch ich mein gut Teil beigetragen habe. Wenn ich sagte, ich habe eine Schuld gutzumachen, so meinte ich das in vollem Ernst. Vielleicht habe ich gehofft, daß ich ihnen durch Sie etwas wiedergeben könnte. Aber ich habe Sie hierher verschleppt und dadurch die Dinge wahrscheinlich noch schlimmer gemacht, als sie ohnehin schon waren. Und obendrein sitzen Sie nun auch noch mit drin in der Tinte. Deswegen müssen

Sie die Zusammenhänge kennen.« Und er fügte hinzu: »Verzeihen Sie mir, bitte.«

VI

Nur ein einziges Fenster war in Meremount erleuchtet, als der M. G. von der Chaussee in die mit Kies und Unkraut bedeckte Auffahrt zum Herrenhaus einbog. Das Licht fiel aus dem Raum neben der Halle, der Connors Studierzimmer war. Ich löschte die Scheinwerfer. Bevor ich noch die Treppe hinaufsteigen konnte, wurde die Haustür schon geöffnet. Connor stand da, als hätte er geraume Zeit gewartet.

»Die Haustür eines jeden Landhauses in Irland wird abends fest verriegelt, und jede Küchentür wird nur zugeklinkt«, sagte er, als ich näherkam. »Ich dachte, ich könnte Ihnen die Mühe ersparen, das erst selbst herauszufinden.«

»Es tut mir leid, wenn ich Sie habe warten lassen.« Ich ging an ihm vorbei in die vollgepackte und dunkle Halle. Das einzige Licht kam aus der offenen Studierzimmertür. Ich wollte weitergehen und mich auf die Treppe zu bewegen, als er mich am Ellbogen festhielt und einzutreten bat.

Er sagte: »Sie haben mich nicht warten lassen. Ich wollte noch gar nicht schlafen gehen. Sie kommen genau zur rechten Zeit. Ich mache gerade Rest mit dem Kognak.«

Als ich anhielt, sah ich den Schreibtisch, die Kognakflasche, zwei Gläser und das vor das lustig brennende Kaminfeuer gezogene Sofa. Aber Brendans Bild war übermächtig in mir, und die Worte, die er gesprochen hatte, klangen noch nach. Ich konnte Connor doch nicht ins Gesicht sehen und dabei verheimlichen, was ich erfahren hatte — jetzt konnte ich es noch nicht. Und ebensowenig konnte ich die Erinnerung an den heute früh gemeinsam getrunkenen Kognak ertragen, als wir uns so rückhaltlos unterhalten hatten.

»Ich möchte lieber nicht, vielen Dank.«

Der Druck an meinem Arm wurde stärker. »Sie sind heute abend anscheinend nicht sehr gesellig, stimmt's?«

»Es ist schon spät, Connor. Ich bin müde. Der Tag fing sehr früh an, wissen Sie noch?«

»Unser Tag«, verbesserte er mich.

Er bat mich jetzt nicht mehr einzutreten, sondern gab mir einen echten Schubs. In der Tür zum Studierzimmer drehte er mich um und zwang mich, ihn anzusehen. »Unser Tag, Maura. Er fing so scheußlich an, wie es scheußlicher nicht auszudenken ist – mit dem Anfall der alten Dame. Aber hinterher kamen einige der schönsten Stunden, die ich je in diesem Hause verlebt habe. Wir aßen zusammen, und wir erzählten uns was, und ich genoß das alles sehr. Es war das Natürlichste von der Welt, finden Sie nicht auch, das Zusammensein mit einem schönen Mädchen zu genießen? Und ist es so verwunderlich, wenn man mehr davon haben möchte? Aber ich nehme an, daß für Mädchen Ihres Schlages die Zeit schnell weitergeht, hab' ich recht, Maura? Ich war den ganzen Nachmittag nicht hier, deshalb sind Sie dem nächsten männlichen Wesen, das greifbar war, entgegengeeilt. Jetzt sind Sie müde, was soviel heißt, daß ich auf Ihre Gesellschaft nicht mehr hoffen darf. Brendan hat Ihre ganze Kraft verbraucht, ja?«

Meine Wangen brannten, das fühlte ich. »Ich weiß nicht, was Sie damit sagen wollen. Ich mußte mit Brendan sprechen – hätte ich dafür Ihre Erlaubnis einholen müssen? Immerhin ist Brendan dafür verantwortlich, daß ich hier bin. Selbstverständlich . . .«

»Selbstverständlich!« Er unterbrach mich. »Selbstverständlich . . . ja! Für Brendan ist alles selbstverständlich: Frauen, Kinder, Hunde, Geld und, weiß der Himmel, sogar etwas Berühmtheit. Das ist er, der Sohn eines Landarbeiters, der aus dem Dreck kommt. Aber er ist Fortunas Liebling. Nichts kann ihm etwas anhaben, er ist eiskalt . . .«

»Er ist nicht eiskalt. Er ist . . .« Wie konnte ich Connor

erklären, wie Brendan war. Für Connor war Brendan nur eins ... Ich persönlich war mir über Brendan in einem Punkt ganz sicher: Daß Lotti Praeger seinen Lebensweg gekreuzt hatte, hatte ihn keineswegs kalt gelassen. Aber das konnte ich Connor niemals sagen.

»Und immer«, fuhr Connor fort, »finden sich Frauen, die ihn verteidigen und ihm beistehen.«

Während ich wie angewurzelt vor ihm stand, lehnte er seinen Kopf hintenüber an die Tür und reckte seinen Hals, als wolle er seiner Müdigkeit Herr werden. Und wieder empfand ich, welch gefährliche Anziehungskraft er auf Frauen ausübte, wenn Mitleid und Gefühl im Spiel waren. Er hielt mich nun nicht mehr fest, aber trotzdem blieb ich, als sei ich seinem Zauber und einem inneren Zwang erlegen.

»Das klingt, als ob ich neidisch oder eifersüchtig wäre, nicht wahr? Ja, das bin ich auch. Brendan ist jetzt frei – er ist frei und kann gehen. Er ist frei von den Sheridans und von Irland. Bei Gott, ich wollte, ich wäre es auch.«

Plötzlich griff er mit einer instinktiven und wie blinden Geste wieder nach mir. Er faßte meine Schultern und zog mich unsanft an sich. Ganz fest wurde ich gehalten und mein Gesicht gegen seinen Pullover gepreßt. Die Kraft seiner Umarmung war unheimlich. Mir war, als müsse ich die schwere Bürde seiner Qualen und seines Kummers auf mich nehmen. Ich versuchte zwar, Widerstand zu leisten, aber das war völlig sinnlos. Ich merkte, wie ich allmählich unter der Last zusammenbrechen würde, die jeder einzelne hier mir aufpacken wollte.

»Soll er denn wirklich alles haben? Sagen Sie die Wahrheit, sind Sie Brendans wegen hergekommen? War er der Grund? Nicht der Pokal und nicht die Sheridans? Besitzt er auch Sie?«

Er erwartete keine Antwort darauf. Seine Hand schob sich unter mein Kinn, und er brachte mein Gesicht dicht an seines. Der Druck seiner Lippen auf meinen war qualvoll, er schmerzte und brannte so, als würde ich von der Glut seiner Einsamkeit, seiner Sehnsucht und Traurigkeit versengt und müßte ihm nun als Werkzeug für seine Rache an Brendan dienen. Ich rang nach Atem, um Freiheit konnte ich schon gar nicht mehr kämpfen.

Wieder kam er meinen Lippen näher, und nun sprach er es auch aus: »Warum sollte ich Sie nicht küssen? Er hat es doch auch getan.« Seine Hand streichelte über meinen Rücken, und das Auf und Ab war zärtlich und fordernd zugleich.

»Warum sollte ich nicht begehren, was einzig Anmut und Schönheit in diesem Totenhause besitzt? Sie sind . . .«

Es gelang mir, mein Gesicht eine Kleinigkeit von seinem abzuwenden. Ein einziges Wort brachte ich nur heraus. »Lotti . . .«

Er gebärdete sich wie ein Wilder, als hätte das eine Wort ihn geschlagen und zerkratzt. Er stieß mich mit solcher Heftigkeit von sich, daß mein Kopf zurückflog und gegen die Tür schlug. Ich fuhr vor Schmerz zusammen und wußte, daß er mir absichtlich wehgetan hatte. Er wollte einfach, daß ich mit ihm leiden und die Gewalt seiner eigenen Gefühle nachempfinden sollte.

»Himmel noch mal!« sagte er. »Lotti ist tot – und Sie leben. Und ich lebe auch – ich auch!«

Er ließ mich los, und das geschah so plötzlich, daß ich fast mein Gleichgewicht verloren hätte. Wahrscheinlich wollte er, daß ich hinfallen sollte, denn dann wäre ich ihm hilflos und ohne Entschuldigung ausgeliefert gewesen. Nun aber sah er mich nicht einmal mehr an, sondern drehte sich um und ging zu seinem Schreibtisch. Er hatte mir den Rücken zugewandt und stand vornübergebeugt und mit aufgestützten Händen da. Er wartete. Ich sollte gehen. Er entließ mich – und zwar so meisterhaft gekonnt, wie es mir kein zweites Mal im Leben passieren würde.

Auf der Treppe stieß ich mich zweimal an kleineren Gegenständen, die mir im Wege standen. Das einzige Licht kam durch die noch immer nicht geschlossene Tür des Studierzimmers. Auf dem Treppenabsatz wandte ich mich um. Sein regloser Schatten fiel über den Boden der Halle. Ich umklammerte kurz das Treppengeländer. Mir war noch schwindlig, und ich fragte mich, ob ich ihm später vielleicht einmal erzählen würde, daß ich ihm um Haaresbreite widerstandslos in die Arme gefallen wäre — als er sich voller Verzweiflung und Zorn auf seinen Schreibtisch stützte. Ich war so entsetzlich hin und her gerissen und schwankte in meinen Gefühlen zu Connor.

Lottis Katze wartete an meiner Zimmertür. Als ich sie öffnete, lief sie schnell hinein und sprang gleich auf das Bett, wo sie es sich auf der seidenen Steppdecke gemütlich machte. Ich kauerte mich neben sie hin, vergrub mein Gesicht in den Kissen und fühlte das Hämmern in meinem Kopf so deutlich, als käme es direkt von Connor. Daß ich übermüdet war und alles so entsetzlich trostlos erschien, machte das Ganze nur noch schlimmer. Aber die Katze war lieb und kätzlich und kreidete mir mein Elend nicht an. Sie nahm mich hin, so wie ich war, und fand es schön, daß ich jung und eine Frau war, die sie an ihre tote Herrin erinnerte. Sie schmiegte sich zärtlich an mich, und ihr Schnurren verriet, wie glücklich sie war, daß ihre Einsamkeit ein Ende hatte. Sicher wäre es Connor nicht anders ergangen.

7. KAPITEL

I

Es ist halb elf, Miß Maura«, hörte ich sagen. Ich schlug meine Augen auf, und mein Blick fiel auf Mrs. O'Sheas rundliche, steife Gestalt, die mit einer Tasse Tee neben meinem Bett stand. »Ich habe Annie gesagt, daß sie länger schliefen. Aber ich dachte auch, daß Sie nicht den ganzen Tag verpassen wollen, wo doch die Sonne durchgekommen ist.«

Ich setzte mich hoch und nahm ihr etwas unsicher den Tee ab. »Das ist wirklich nett von Ihnen, Mrs. O'Shea. Ich hätte ja längst aufgestanden sein müssen.« Meine Lider waren noch schwer, auch wenn die Lichtfülle vom Fenster, dessen Vorhänge sie zurückgezogen hatte, bestätigte, was sie über das Wetter gesagt hatte. Es war ein Frühlingstag – und nun war er schon halb vorbei. Ich nahm einen langen Schluck des heißen und starken Tees.

»Aber selbstverständlich ist es ebensogut, etwas Ruhe zu haben, zumal für Sie – nach dem endlos langen Tag gestern und dabei immer auf den Beinen.« Über den späten Abend sagte sie nichts. Aber ich war trotzdem der Meinung, daß sie gehört haben müßte, wie ich nach Hause kam und auf der Treppe stolperte. Wahrscheinlich wußte sie auch, daß Connor auf mich gewartet hatte.

Sie stand am Fußende meines Bettes und zögerte, und ich wußte genau, daß sie noch irgend etwas auf dem Herzen hatte. Eine Beschwerde konnte es nicht gut sein, damit wäre sie schon längst herausgekommen.

»Weiß Gott, für mich ist es kein schöner Frühlingstag«, fing sie an und zog dabei ihre Mundwinkel herab. »Erst heute früh kriegte ich die Nachricht, daß Großonkel Pat nun doch gestorben ist – wo es doch eigentlich in den letzten zehn Jahren schon soweit war. Gott sei seiner Seele gnädig. Die Beerdigung ist am Freitag. Und es wird eine ganz große Feier, weil ja Onkel Pat darauf gespart hat, damit auch jeder ein oder zwei Gläschen auf sein Wohl in der andern Welt heben kann. Riesig sympathisch war mein Großonkel Pat. Freitag nachmittag also, und ich muß ganz nach Wexford fahren, und wenn ich bei allem mitmache, was dann noch kommt, dann muß ich über Nacht bleiben. Aber was machen wir nur mit Lady Maude – wo ich doch wirklich nur hier bin, um Dr. Donnelly einen Gefallen zu tun . . .«

Ich war zwar noch nicht ganz wach, aber ich begriff, was man von mir wollte und wie selbstverständlich es war, daß ich noch dabliebe. Niemand hatte ja meinen Abreisetermin festgesetzt, das war die allgemeine Meinung. »Natürlich, Mrs. O'Shea, ich könnte bei ihr bleiben – wenn Sie mir nur zeigen, was ich tun muß.«

Ihre Züge wurden heiter. »Nichts, und das ist die reine Wahrheit. Ich bin der felsenfesten Überzeugung, daß die alte Dame Kräfte wie ein Pferd hat und manch einen von uns überleben wird. Aber Dr. Donnelly will ja nicht, daß sie diese erste Woche allein schläft. Was zu tun wäre, ist bloß, in meinem Zimmer schlafen und die Türen offen lassen, damit man hört, ob sie etwas braucht. Aber natürlich würde ich nie zulassen, daß man sagt, Molly O'Shea ist weggegangen und hat ihre Patientin einfach einem Dienstboten überlassen.« Sie gönnte mir ein vertrauliches Lächeln, das besagen sollte, wir beide wüßten ja, wie es mit Hauspersonal bestellt sei. Dann ging sie, damit ich »meinen Tee ungestört zu Ende trinken könnte und ganz wach würde«, was so klang, als brauchte ich für beides ihre Genehmigung.

Aber ehe ich mit dem Tee fertig war, kam die von Annie geschickte Bridget und fragte, ob sie mir mein Badewasser einlassen solle. »Annie meint, ob Sie in Lady Maudes Badezimmer baden wollen, weil man da heizen kann.« Ich war nicht ganz davon überzeugt, daß ein Bad in unmittelbarer Nähe von Lady Maude eine reine Freude sei. Deshalb lehnte ich dankend ab und blieb den üblichen Gepflogenheiten treu. Es war kalt, und mir schauderte in dem ungeheizten Badezimmer auf meiner Seite der Halle. Mir fiel auf, daß keinerlei Versuch gemacht worden war, mir Lottis Badezimmer anzubieten. Als ich wieder herüberkam, war Annie schon mit dem Frühstückstablett da – mit Wurst, Schinken und Toast, alles nur ganz wenig angebrannt. »Ich dachte mir schon, Sie würden es langsam angehen lassen«, sagte sie und fummelte an meiner Kleidung herum, während ich aß. »Früher hab' ich ja auch immer was für Mrs. Sheridan getan – natürlich hatte sie versucht, zwei Kammerzofen aus Paris zu kriegen, aber keine von beiden blieb auch nur eine Minute. Sie konnten ja nicht einmal ein einziges Wort Englisch sprechen – waren das dumme Dinger.«

Ich fand von allen Seiten viel zuviel Beachtung, und das machte mich nervös. Sollte ich eigentlich anstelle von Connor nach ihrer Meinung das neue Regiment führen? Begriffen sie, daß das Alte wankte und ein neuer Abschnitt begann? Wenn sie das glauben sollten, so befanden sie sich aber in einem gründlichen Irrtum. Davon war ich überzeugt, als ich Lady Maude meine Morgenvisite abstattete. Ich stand am Fußende ihres großen Himmelbettes und war verlegen wie ein Kind, während sie kräftig und fast wohl aussah. Ihre Stimme war fest, als sie sprach. »Morgen bleibe ich nicht mehr im Bett.«

Ich bemerkte, daß einiges von dem, was Molly O'Shea herausbeordert hatte, wieder im Zimmer stand. Irgendwie machte mir dieser kleine Sieg einen riesigen Spaß. Es war ja auch ein Zeichen, daß Lady Maude wieder zu Kräften kam – und ich bald erlöst sein würde.

Außer meiner Frage nach ihrer Gesundheit hatte ich ihr nichts zu sagen. In meiner Verzweiflung bot ich ihr an, die

Morgenzeitung vorzulesen, aber auf diesen Vorschlag ging sie keineswegs ein. »Ich habe aufgehört, mich für die Tagesereignisse zu interessieren, als Winston Churchill in den Ruhestand trat. Als er starb, bedeutete das das Ende einer Epoche. Mir ist es gleich, was nun noch passiert.«

Ich holte tief Luft und ließ mich über das schöne Wetter aus.

»Du mußt in die Sonne hinausgehen«, sagte sie. »Du bist blaß, Londoner Großstadtblässe.« Sie tat so, als sei meine Blässe eine Krankheit. »Reitest du – Gott ja, wir haben ja heute keine Pferde mehr.«

»Ich reite nicht«, sagte ich.

»Jede junge Dame sollte reiten lernen«, antwortete sie sehr ernst. Ich war allem Anschein nach schlecht erzogen.

Es war ja irgendwie beruhigend, von ihr eine Moralpredigt zu hören, aber ich wollte ihre Geduld auch nicht zu sehr auf die Probe stellen. Sie hatte zwar meine Anwesenheit im Hause als Gegebenheit hingenommen und verlangte nun sogar danach, aber mit ihrem seelischen Gleichgewicht mußte ich noch zartfühlender umgehen. Ich war ihr einziges Enkelkind, aber ich war auch Blanches Tochter. Das mußte sie mir verzeihen, und soweit war sie noch nicht. Ich meinerseits war mir noch gar nicht klar darüber, ob ich hier in Meremount auf diesen etwas zweifelhaften Vorzug ihrer Vergebung warten wollte.

Ich ging nach unten und machte das Mittagessen. Es gab panierte Karbonaden und frischen Spargel, den Michael Sweeneys Vetter gezogen und für Lady Maude geschickt hatte. Sie aß jedoch kaum davon. Wegen der ihr verordneten Diät durfte ich keine Sauce hollandaise mit hinaufschicken. Annie umspielte mich beim Kochen. Ich wurde dafür auch durch einen Anflug von Bewunderung belohnt, die ihr Gesicht erhellte, als sie das Ergebnis sah

– und durch ein ehrfürchtiges Schweigen, als sie es verspeiste. Mrs. O'Shea geruhte gnädig, mit am Küchentisch zu essen. »Natürlich hat Molly O'Shea niemals auf der Wahrung ihrer Würde bestanden, wenn es nicht nötig tat.«

Als alles abgewaschen war, verließ ich das Haus in Richtung Küchengarten. Der Anblick der leeren, saubergemachten Beete war niederdrückend. Das Unkraut fing schon wieder zu wuchern an – bald würde man gar nicht mehr merken, daß überhaupt etwas getan worden war. Vielleicht wäre es sogar für alle Teile besser, wenn das schnell passierte. Plötzlich war die Katze auf der Backsteinmauer vor mir aufgetaucht. Ihr langer, blauchangierender Schwanz war steil in die Höhe gerichtet, und sie stieß einen klagenden Laut aus, als sie an mir vorbei in den vernachlässigten Gemüsegarten hinübersprang. Ich saß einen Augenblick auf der Steinbank in der Sonne und rauchte eine Zigarette, während sie in dem hohen Lavendel mit sich selbst Versteck spielte. Ich stellte mir Blanche als junges Mädchen hier zwischen den Kräutern vor – wie sie sie zerrieb, daran roch, probierte und die verschiedenen feinen Nuancen, die erst beim Abschmecken herauskamen, entdeckte. Wie mochte wohl mein Großvater gewesen sein, Lady Maudes verachteter Ehemann? Sicherlich hatte er Blanche allerlei beigebracht – zum Beispiel über Glas und über Kräuter. Von wem hatte sie die Freude am Kochen? Es war ja auch möglich, daß mein eigner Vater ihr auf diesem Gebiet Anregungen gegeben hatte. Ich hatte ein verrostetes Gartengerät, das unter die Bank geworfen war, gefunden und spielte damit, während ich rauchte. Als nächstes hockte ich vor einem Büschel Lavendel, immer noch mit der Zigarette im Mund, und bearbeitete den Boden – zuerst nur versuchsweise, dann aber mutiger, als das Zutrauen und die Freude daran wuchsen. Saphira wurde durch meinen Tatendrang ganz aufgeregt. Sie sauste herum, fiel über die Forke her und benahm sich wie verrückt, als hätte sie eine Ewigkeit keine solche Kurzweil mehr gehabt. Das muß eine geraume Zeit so weitergegangen sein. Die Sonne schien warm auf meinen Rükken, und der Geruch der feuchten Erde stieg mir eigentümlich zu Kopf. Ich machte dann eine Pause und fragte mich überrascht, wieso ich in Lotti Sheridans Garten arbeitete und mit ihrer Katze spielte. Es war nicht mein Garten, und er würde mir auch nie gehören.

Die Katze schrie mir jämmerlich nach, als ich das Gartengerät unter die Bank warf und zum Haus zurückging, um meine Autoschlüssel zu holen.

II

Otto Praeger war zu Hause. Er mußte wohl meine Stimme in der Halle gehört haben, als ich O'Keefes umständliche Fragen nach Lady Maude beantwortete, denn er kam aus seinem Geschäftszimmer heraus und ging dabei so rasch, wie seine Gehbehinderung und der Stock nur zuließen.

»Es ist schön, daß Sie gekommen sind! Und wie gut, daß ich hier bin. Diese Woche gehe ich übrigens nicht nach Frankfurt. Ein kleiner Urlaub, weil ich nächste Woche in New York bin. Kommen Sie bitte, treten Sie ein. Haben Sie gegessen?«

»Ja, danke. Ich bin gekommen, um Ihnen zu danken . . .«

»Ach wo, das war doch gar nichts.« Er nahm meinen Arm. »Gegen die Lebensmittelmengen hier kommt sowieso niemand an. Fräulein Schmidt und ich – wir sind beide schon zu dick. Aber trotzdem hat man hier alle die Lebensmittel, ob man sie braucht oder nicht. Unerfindlich ist das Vermächtnis von Hunger und Krieg, Miß D'Arcy. Aber nun kommen Sie bitte, ich will Ihnen alles zeigen.«

Es fiel mir damals auf, daß Otto Praeger fast schüchtern und gewissermaßen befangen war, wenn er mit außergeschäftlichen Dingen zu tun hatte. Dieses Mal hatte ich ihn um nichts zu bitten, er konnte in meinem Interesse nichts in die Wege leiten und mir auch sonst nichts Gutes tun oder helfen — und nun wußte er nicht, was er anstatt dessen anfangen sollte. Er machte mit mir einen Rundgang durch die endlosen Räume, die zum See hinausgingen und alle durch gewaltige Doppeltüren verbunden waren, und zwar in einem Tempo, das für ihn mit seiner Behinderung ein wahrer Galopp gewesen sein mußte. Man sah überall die konventionellen Möbel eines wohlhabenden Herrenhauses: Chintzsofas und schwere Sessel auf Perserteppichen und mitunter auch einer herrlichen Aubusson-Brücke. Das moderne Parkett — ich durfte ja nicht vergessen, daß alles völlig ausgebrannt gewesen war — war blankgebohnert und die Fenster von den üblichen, herkömmlichen Vorhängen aus Brokat, schlichter Seide oder Samt eingerahmt. Das Ganze wirkte schwer und urdeutsch. Im Gegensatz dazu waren die den Fenstern gegenüberliegenden Wände und die Kaminwand in jedem Zimmer entsetzlich kahl. Auf glattem, weißem Untergrund ohne Putz oder Täfelung hingen dort in ausländisch anmutender, aber unbestreitbarer Pracht Otto Praegers Gemälde.

»Verstehen Sie etwas von Malerei?« fragte er mich. »Häufig weiß die Jugend eine Menge davon, und wir Alten machen uns mit unseren Erklärungen nur lächerlich.«

»Ich kenne einige Namen und einige wenige von den typischen Bildern — das ist alles. Bitte erzählen Sie mir alles, was Sie für wichtig halten. Wahrscheinlich habe ich davon noch nichts gehört.«

Aber er sagte fast gar nichts. Bloß hin und wieder deutete er mit seinem Stock auf ein Bild, an dem wir gerade vorbeigingen. »Léger . . . Monet . . . Rouault. Sie können doch auch wiederkommen und sich dann ganz allein Zeit lassen, um alles in Ruhe anzusehen, wenn es Sie interessiert . . . de Kooning . . . Pollock . . . Kandinsky . . . Miró.« Er wollte mich anscheinend auf keinen Fall mit seiner Begeisterung anstecken. Deshalb fragte ich mich, ob er glauben könnte, ich langweile mich. Oder hatte Lotti ihn so überängstlich gemacht, er dürfe ja niemanden mit dem belästigen, was ihm so sehr am Herzen lag? Während wir durch diese langen, stillen Räume schritten, fiel mir wieder auf, wie entsetzlich einsam er wirkte — keine Gäste, keine Kinder, keine Enkel und niemand, mit dem er mittags und abends bei den Mahlzeiten zusammen war und reden konnte, sofern er nicht mit dem robusten Fräulein Schmidt aß. Vielleicht stand ihm der Sinn nicht nach Gesellschaft. Oder behaftete das Zusammengepferchtsein im Konzentrationslager einen für immer mit der Sehnsucht nach Abstand und Alleinsein? Denn reiche Leute konnten doch über genug Gäste für ihre eigene Unterhaltung und Zerstreuung verfügen, und der viele Platz in diesem großen Hause bot dafür ja ohne Belastungen irgendwelcher Art hinreichend Gelegenheit. Es würde immer Menschen geben, die etwas von den Reichen wollten und gern mit Herumscharwenzeln dafür bezahlten. Oder wollte Otto Praeger nur deswegen keine tonangebende Rolle spielen, um die Kosten dafür nicht tragen zu müssen?

»Und dieses hier«, sagte er, »ist nun das wahre Herz von Tyrell.« Wir hatten das Ende der langen Gemäldegalerie erreicht und waren bei einer neuen, aber massiven Eichentür angekommen, die in einen Rundbogen eingepaßt war. »Es wird von niemandem mehr benutzt — und mir ist es bisher nicht geglückt, hier drinnen eine befriedigende Temperatur zu erzielen. Und Sie sollen auch sehen, warum.«

Durch die Tür gelangte man in einen weiten, fast quadratischen, hallenartigen Raum aus Mauerwerk mit drei riesigen Kaminen und einer breiten Steintreppe ohne Geländer, die in höherliegende, schon vor langer Zeit eingestürzte Geschosse geführt haben mochte. In dem neuen Dach mit der Balkendecke waren in regelmäßigen Abständen Bleifenster eingesetzt. Den Lichtstrahl, der auf uns herabfiel, schätzte ich auf dreißig Meter Länge. Fackelartige elektrische Wandarme leuchteten an den Mauern auf, als Praeger den Schalter anknipste. Nur wenige Möbelstücke standen umher – Eichentische und -bänke, zwei geschnitzte Lehnstühle und Lederhocker. An den Wänden hingen Tapisserien und altertümliche Waffen. Praeger wies auf die engen Eingänge zu zwei Wendeltreppen inmitten der dicken Mauern, die bei der Brustwehr mündeten. Weder die Hitze in den Kupferleitungen am Fußboden noch die wärmende Nachmittagssonne, deren Lichtstrahl durch die Schießscharten fiel, die nicht breiter waren, als für den Arm eines Bogenschützen erforderlich, vermochten auch nur annähernd den hohen, düsteren Raum zu erwärmen. Mich fröstelte. Trotz der Renovierung roch es nach Moder.

»Das ist der Turm von O'Ruairc«, sagte Praeger. »Er ist uralt – so alt, daß man gar nicht so weit zurückdenken kann. Viel älter als die Tyrells, denen er unter Königin Elisabeth I. rechtsgültig als Schenkung zufiel. Von den Zinnen aus beobachteten die Fähnriche die Leuchtfeuer von Cloncath, die ihnen den Einfall der Wikinger im voraus ankündigen sollten – und später dann der Engländer. Kommen Sie«, fügte er hinzu, »es ist kalt hier. Ich glaube, Sie werden eines Tages wiederkommen und auf die Zinnen steigen und den Besitz der Lords von Tyrell in Augenschein nehmen. Ich persönlich konnte das leider nie tun.«

Wir gingen beide zur Tür, die er sorgfältig hinter sich schloß. »Niemand benutzt den Turm?« fragte ich. Ich war eigentlich eher deprimiert als erregt von dieser Besichtigung. »Aber Sie haben ihn restauriert und unterhalten ihn.«

Er zuckte die Achseln. »Warum nicht? Es soll eines der ältesten Bauwerke Irlands sein. Soll ich ihn verkommen lassen?«

»Aber wenn niemand ihn sieht . . .«

». . . was hat er dann für einen Sinn?« beendete er meinen Satz. »Wissen Sie, darauf wird man warten müssen. Man muß warten, bis ich tot bin. Dann können die Wagen vorfahren, und die Besucher zahlen zwei Shilling Eintrittsgeld. Dann wird der Turm von O'Ruairc wieder der Pflege des irischen Volkes anheimfallen, und das Schloß und die Gemälde sollen mein Geschenk an die Iren sein. Viele Jahrhunderte hindurch haben Ausländer Irland geplündert. Es wird Zeit, daß man ihnen auch einmal etwas wiedergibt. Trotzdem – manchmal überlege ich mir, was sie wohl mit den Bildern machen werden. Aber nun kommen Sie mit – wir wollen Tee trinken.«

Nachdem Praeger geklingelt und den Tee bestellt hatte, führte er mich in ein kleines Kabinett, das von der Haupthalle abging und kaum größer als ein riesiger Schrank war. Das Fenster war verhängt, und er mußte in den Schaukästen der Ausstellungsschränke an den Wänden Licht anmachen, um die Glassammlung zu zeigen. »Ein altes Hobby von mir«, sagte er. »Meine Vorfahren waren vor vielen Generationen Glasbläser – deshalb interessierte ich mich besonders für Optik, als ich meinen Lebensweg begann. Allerdings ging die Glassammlung aus unserem Familienbesitz während des Krieges verloren. Einige von diesen Stücken hier – die nicht so kostbaren Dinge – waren die ersten kleinen Schätze, deren Ankauf ich mir erlaubte, wenn ich Geld übrig hatte, das nicht unbedingt für etwas Nützliches ausgegeben werden mußte.« Er ging schwerfällig durch den kleinen Raum. Ein wohlgefälliges Lächeln war auf seinen Zügen zu erkennen, das nicht einmal seine fabelhaften Gemälde ihm hatten entlocken können. »Sehen Sie bitte einmal her –«, sagte er und zeigte auf einen Halsschmuck, »eins meiner Lieblingsstücke – ägyptisch, wahrscheinlich älter als fünfzehnhundert vor Christus. Und dieses hier – Alexandrien. Diese Kamee-Schale stammt aus Rom, erstes Jahrhundert. Und hier: venetianisches Glas. Aber natürlich ist das kein Vergleich zu Thomas Sheridans Sammlung von venetianischem Glas. Soweit mir bekannt ist, gibt es keine zweite Sammlung, die an seine heranreichen könnte. Aber die haben Sie ja schon gesehen . . .«

»Nein, noch nicht. Wird sie drüben im Haus aufbewahrt?«

»Ach, das hatte ich vergessen. Lotti hat sich ein kleines Museum mit der Sheridan-Glassammlung in der Fabrik eingerichtet. Das werden Sie noch besehen müssen. Doch nun kommen Sie, ich höre O'Keefe mit dem Tee.«

Er knipste das Licht aus und schloß die Tür. »Außerdem gibt es noch viele wertvolle Dinge in Meremount. Das werden Sie gesehen haben.«

»Ich falle dauernd über Möbel«, antwortete ich. »Es sind so entsetzlich viele davon da, daß kein Platz zum Zurücktreten und Anschauen bleibt.«

»Aber Sie müssen hingucken. Das ist die Sache wirklich wert. Ach, was gäbe das für einen Absatz bei Christie! Es sind Dinge dabei, deren Existenz selbst Lady Maude vergessen hat – Lotti hat mir so etwas immer erzählt. Sie war gerade kein Experte, aber sie hatte genug gesehen, um Bescheid zu wissen.«

»Woher ist denn das alles gekommen?«

»Man hat mir erzählt, daß Lady Maude schon sehr bald nach ihrer Heirat anfing, auf Auktionen zu gehen. Das war damals, als Schloß Tyrell und sein ganzer Inhalt in Flammen aufgegangen war. Sie dürfen nicht vergessen, daß Maude Tyrell die besten Verbindungen in Irland zu Leuten hatte, deren Häuser voll der schönsten Dinge waren. Die Zeiten waren schlecht, und die Abwanderung begann. Der Zeit der Unruhen und Aufstände folgten dann die flauen Jahre. Manchmal verkauften die Leute privat ihre allerschönsten Gegenstände – um das Geld dafür zu bekommen und auch aus Angst, daß man ihren Besitz auch niederbrennen könnte. Sie kannte ja schon die besten Dinge in vielen dieser Häuser und konnte schon vor der Auktion ihren Preis machen . . .«

»O ja, und sie mußte viel Geld dafür bezahlen«, sagte O'Keefe, der sich mit dem sicheren Instinkt des Dieners einmischte, welcher seines Herrn Schwäche kennt. Irland war Praegers Schwäche – Irland und alle Geschichten, die sich darauf bezogen. »Sie selbst hat ja den armen Mr. Sheridan viele Male in Schulden gestürzt, wenn sie wieder einmal eine Ladung von diesem Kram gekauft hatte, für den sie weder Verwendung noch Platz hatten. Auch damals schon, als der arme Mann noch lebte. Nach seinem Tode ging es nach derselben Melodie immer lustig so weiter. Und was die Anwälte sind, die mußten dann das Geld aus der Glasfabrik herausziehen, um alles zu bezahlen. Viel Geld war ja nie da, aber was da war, das hat sie ausgegeben – mehr noch.«

»Das ist ihr Spleen«, sagte Praeger mit überraschender Sanftmut. »Jeder von uns hat seinen kleinen Fimmel.«

»Ja, und das ist die reine Wahrheit, Sir«, bestätigte O'Keefe. »Bei einigen sind es die Pferde, bei anderen das Trinken. Aber die Tyrells waren schon immer auf ihre ganz besondere Weise verrückt.« Er nickte uns aufmunternd zu, daß wir anfangen sollten zu essen, und ging hinaus.

»Wenn man das so bedenkt«, sagte Praeger mit einem nachdenklichen Unterton. »Fast fünfzig Jahre hat sie ungefähr Zeit gehabt, um Möbel, Bilder und Porzellan zu kaufen – in Zeiten wohlgemerkt, in denen die Preise zwangsläufig niedrig waren. Sie ist wie einer, der sein Geld nach dem Bankkrach von 1929 in Aktien anlegte. Unter den Bildern an den Wänden sind einige wenige von kleinen Meistern gemalt, aber sie nimmt davon nicht einmal Notiz – eins oder zwei sind weit mehr als zweitrangig. Es passieren seltsame Dinge, wenn eine Familie, die den Wert ihres Besitzes nicht kennt, auf ländlichen Auktionen verkauft. Lady Maude hat zweifellos einen geschulten Blick für Möbel, aber bezüglich des Handelswertes ist sie entsetzlich unwissend. Natürlich, sie hat ja auch nie an einen Weiterverkauf gedacht, warum sollte es sie interessieren, was das alles wert ist?«

Ich berichtete ihm über die Antiquitätenhandlung in der King's Road und über Blanches Geschick im Einkauf. »Wie oft«, sagte er, »muß sie an die vielen Dinge gedacht haben, die in Meremount auf Lager sind . . .«

Ich sprach weiter – über Blanche, das Geschäft, unser gemeinsames Leben und die persönlichen Verwicklungen, in die ich nach ihrem Tode verstrickt war. Schließlich erzählte ich ihm auch von ihrer eigenen kleinen Sammlung von Sheridan-Glas und wie Brendan den Culloden-Pokal mitgenommen hatte.

Er machte bei der Geschichte von dem Pokal große Augen, aber über Brendan wollte er nicht sprechen. »Glas hat Sie auf verschlungenen Pfaden hierher geführt«, sagte er weich.

Der Tee war in einem der Räume mit der Aussicht auf den See serviert. Heute schenkte ich ein, während er ungehindert über die große Platte mit belegten Broten herfallen konnte. Sollte man die Sonne über dem See und das Meer von Azaleen unter den Fenstern betrachten oder sich lieber den farbenfrohen Bemühungen eines großen Hans Hofmann an der Wand zuwenden? Das war eine schwere Entscheidung. »Ich rate zum Sonnenschein«, antwortete Praeger, als ich es ihm gesagt hatte. »In Irland muß man die Sonne ausnutzen, so selten, wie sie sich zeigt. Es gibt viele Tage, an denen man lieber nicht aus dem Fenster sieht. Und das sind dann die Tage für die Bilder.« Er bot mir immer wieder den Butterkuchen und das kleine Gebäck an, und ich gab mir redlich Mühe, zuzulangen, um ihm eine Freude zu machen. Er war gerade bei seiner zweiten Tasse Tee, als er sagte: »Wie ich sehe, müssen Sie in Meremount schwer arbeiten.« Sein Blick ruhte auf meinen Händen. Beim Ausguß in der Küche, wo ich meine Hände gewaschen hatte, hatte keine Bürste gelegen, deswegen war noch Gartenerde unter meinen Fingernägeln.

Ich lächelte. »Ich hatte gehofft, Sie würden es nicht merken. Aber natürlich ist es etwas viel verlangt, mit eingezogenen Nägeln zu essen.« So kam es, daß ich ihm vom Kräutergarten erzählte, von den Stichen über der Treppe in der King's Road, von Blanches Kochkünsten und schließlich dem ersten Abendessen in Meremount.

»So ist das also.« Er nickte. »Natürlich wird sich seit Lottis Tod nichts gebessert haben . . . Ich darf wohl annehmen, daß Sie inzwischen über Lotti Bescheid wissen. Neulich brachte ich es einfach nicht fertig, davon zu sprechen. Es gibt solche Augenblicke . . .«

»O ja«, stimmte ich ihm zu. »Es tut mir so entsetzlich leid.«

»Es ist wohl der Lauf der Welt.« Sein kaum angedeutetes Achselzucken drückte gewiß keine Gleichgültigkeit aus, sondern sollte mir sagen, er könne von mir nicht erwarten, daß ich seinen Schmerz mit ihm trüge und seinen Kummer zu meinem machte. Er war anders als die jungen Männer Connor und Brendan. Er verlangte nicht von mir, seine Bürde auf mich zu nehmen. Sollte er sie je besessen haben, jetzt schien sie ihm verlorengegangen — die menschliche Fähigkeit, um etwas zu bitten oder gar Mitgefühl zu verlangen. Das war eine gefährliche Rücksichtnahme. Ich war zu der Auffassung gekommen, daß auch nur wenig bekommt, wer nur um wenig bittet.

»Ich konnte sie noch aus Deutschland herausbringen, wissen Sie, ehe ich verhaftet wurde.« Er setzte es als selbstverständlich voraus, daß man mir inzwischen seine eigene Geschichte erzählt hatte. »Es ist mir damals entsetzlich schwer geworden, mein einziges Kind fortzuschikken — getarnt als das Kind einer Schweizerin, die in die Schweiz zurückkehrte. Sie hat den ganzen Krieg über dort gelebt. Jene Jahre waren für mich auch leichter im Gedanken daran, daß sie in Sicherheit und für sie gesorgt war und sie überleben würde, auch wenn mir das nicht vergönnt sein sollte. Trotz allem überlebte ich — um sie wiederzusehen, denke ich oft. Als ich sie dann wirklich sah, war sie erwachsen, und ich hatte zu ihrer Erziehung und Formung nichts beitragen können. Ich mußte damals schwer arbeiten, um etwas Geld zu verdienen – Töchter in Schweizer Pensionaten sind teuer. Und da lag mein Fehler. Besser wäre es gewesen, ich hätte sie in ein zusammengebrochenes Deutschland zurückgebracht – selbst auf die Gefahr hin, daß sie Hunger und Kälte hätte aushalten müssen. Ich hätte sie einfach nur bei mir haben sollen, und sie hätte wissen müssen, daß ich sie bei mir haben wollte. Aber ich war zu sehr damit beschäftigt, wiederzuerlangen, was ich verloren hatte. Und ich machte den ganz großen Fehler, daß ich glaubte, Geld könnte für nicht geopferte Zeit entschädigen. Inzwischen war sie zwölf Jahre alt geworden, und ich hatte sie verloren. Als ich sowohl Geld als auch Zeit hatte, war sie nicht mehr für mich da. Sie gehörte mir nicht – aber schließlich hatte sie das nie getan. Und so kam es . . . Lotti war nur kurze Zeit hier in Tyrell und dann in Meremount, und dann habe ich sie wieder verloren. Jetzt, da sie für immer fort ist, ist es ja kaum anders als früher.« Das konnte ich ihm nicht glauben. Ich dachte an den herzzerreißenden Ruf, mit dem er mich am Flußufer geweckt hatte.

Er machte eine müde Bewegung. »Quälen Sie sich nicht, Miß D'Arcy. Der Einfluß, den Eltern haben, ist bestenfalls dürftig. Es ist richtiger, wenn man sich nicht selbst betrügt. Was ich von Lotti hatte, war einzig und allein die Hoffnung auf ein gutes Verhältnis in der Zukunft – wenn sie älter geworden und ich dann noch am Leben gewesen wäre. In der Gegenwart war da noch kaum etwas.«

»Aber ich könnte mir doch denken . . . Lotti mit Connor verheiratet und Meremount hier so nahe bei Ihnen . . .?«

»Ach wo!« Es war wie ein Befehl, als er auf die Teekanne zeigte. Plötzlich war der nachsichtige Gnom meiner Vorstellungswelt verschwunden, und ich erkannte statt dessen die ganze Autorität des nüchternen Geschäftsmannes. Schnell schenkte ich ihm wieder ein.

»Lotti wäre nie in Meremount geblieben.«

»Aber Connor . . .?«

»Sie hätte auch nicht zu Connor und der Ehe gestanden. Lotti war dafür völlig ungeeignet. Sie wollte ihren Spaß und ihre Liebesgeschichten haben . . . Ich habe immer wieder bemerkt, daß Frauen Connor sehr anziehend finden. Aber sehen Sie, Miß D'Arcy, Connor spielt, wie man heute sagt, mit offenen Karten. Es gibt trotz seines Charmes kaum ein Geheimnis bei ihm. Er sieht gut aus und ist sehr männlich. Er hat eben das gewisse Etwas, das steht außer Frage. Sobald aber Lotti gemerkt hatte, daß sie keinerlei Anstrengungen zu machen brauchte, um ihn für sich zu behalten, und ihre Ehe frei von Irrungen und Wirrungen sein würde, fing sie an, sich zu langweilen. Das wäre natürlich schlimmer geworden und schließlich das Ende der Ehe gewesen.«

»Aber warum hat sie denn überhaupt damit angefangen? Wußte sie das alles denn nicht?«

»Sie hatte sich geirrt. Sie kam zu einem Zeitpunkt hier an, als sie, man könnte sagen, mißvergnügt und unbefriedigt war. Wer vermag zu beurteilen, was der flüchtige Einblick in das einfache Leben ihr angetan hatte und welche Phantasiegespinste sie drum herum wob. Vielleicht hat sie es hier ja auch irrtümlicherweise für den ländlichen Tummelplatz reicher Leute angesehen, und Connor und Meremount sollten ihr Spielzeug sein. Wie soll man sonst die verrückten Renovierungspläne für das Haus verstehen? Warum die Weberei und der Rennstall? Und warum unterzog sie sich diesen offenkundigen Anstrengungen der Reklamemacherei für das neue Sheridan-Glas in den teuersten Zeitschriften von Europa? Nur, um sagen zu können: ›Ich bin eine Sheridan!‹ Nach Otto Praegers auf Massenproduktion ausgerichtetem Handelsgeist faszinierte sie wahrscheinlich der Gedanke an Glasbläserei und handgearbeitetes Kristall. Sie wollte spielen, und ihr Spielzeug waren das Gut, die Pferde und die Glashütte. Sie wollte einfach nur spielen, solange sie nicht das tun konnte, was ihr zur Gewohnheit geworden war: Ziellos in Europa herumzureisen und dabeisein, wo am meisten los war. Vielleicht war Meremount im August das richtige Betätigungsfeld für sie, wenn Leute ihres Schlages nichts Besseres zu tun wissen.«

»Aber Connor . . .«, sagte ich wieder und kam mir bei seinen unverblümten Worten ganz hilflos vor.

»Ja, das stimmt, Miß D'Arcy. Sie haben vollkommen recht. Connor als Ehemann war kein Spielzeug. Er wußte nicht, was diese Playboys und Playgirls alles anstellten — ihm war das ganz egal. Eine Sache im Leben lag ihm echt am Herzen, und das war die Sheridan-Glashütte. Vielleicht war es auch dieses Ungewohnte, was Lotti bei ihm so anzog. Es spricht von Verantwortungsgefühl, so heißt es wohl, ernsthaft an die Dinge heranzugehen. Ich bin ernsthaft, aber ich bin auch ein Deutscher. Ich habe von Lotti niemals den nötigen Ernst erwartet. Sie war ein Kriegskind und nirgends verwurzelt. Damals herrschten ja chaotische Zustände. Aber Connor gelang es, sie mit Ausnahme der kleinen Einkaufsbummel acht Monate lang hier in Meremount festzuhalten. Und das war länger, als ich erwartet hatte.«

»Waren Sie nicht mit der Heirat einverstanden?«

»Ich war hundertprozentig dagegen. Es war mir völlig klar, daß es nicht gutgehen konnte. Ich wollte diese sinnlose Vergeudung von Kraft und Gefühl nicht mit ansehen, die ja kommen mußte, ehe alles schließlich zu Ende ging. Für Lotti war es lediglich ein Spiel, obgleich sie das niemals zugegeben hätte. Connor nahm alles verteufelt ernst. Ich konnte nicht einsehen, warum die beiden sich so quälen sollten — denn es mußte ja so kommen, wie es kam. In der Tat . . .«, er griff, ohne hinzusehen, nach einem Brötchen und ließ die halbe Erdbeermarmelade, die er sich mit einem Löffel genommen hatte, herunterkleckern, »der Abschluß war unerwartet endgültig.«

Wir setzten das Gespräch über Lotti nicht fort, als wir die Teemahlzeit beendeten, wir sprachen eigentlich überhaupt nicht mehr. Als Otto Praeger mich ans Auto brachte, sagte er jedoch unvermittelt: »Darf ich ein Stück mitfahren? Ich bin heute noch gar nicht spazieren gewesen.«

»Selbstverständlich.«

Er zwängte seine Leibesfülle auf den Sitz neben mir. Fast hätte ich lächeln mögen, wie ich ihn in dem kleinen, abgenutzten Wagen so ernst, gewichtig und unbestritten bedeutend sitzen sah. Aber sein Gesichtsausdruck verbot es mir. Sein Mund arbeitete ganz seltsam, und seine Finger umklammerten abwechselnd den Knauf seines Stokkes mit festem Griff und lockerten ihn wieder.

Als wir über die Brücke vor dem Schloß fuhren, deutete er mit seinem kurzen Zeigefinger die Richtung an und sagte: »Zum nördlichen Pförtnerhaus, wenn Sie so liebenswürdig sein würden – und Zeit haben.«

Ich war so überrascht, daß ich den Wagen beinahe gebremst hätte, hatte mich dann aber wieder in der Gewalt, und ich schwieg. Warum sollte Otto Praeger schließlich nicht zum Haus beim Nordeingang gehen? Dort war ich ihm ja auch zum erstenmal begegnet. Aber daß er immer wieder an den Ort zurückkehrte, wo seine Tochter den gewaltsamen Tod gefunden hatte, schien mir doch ein etwas makabrer Zug bei einem so besonders nüchternen Menschen zu sein. Er hatte meine Reaktion wohl stärker empfunden, als ich dachte, und fühlte wahrscheinlich, daß ich seinen Wunsch für unpassend halten konnte. »Wenn ich bei meinem Spaziergang am Südportal vorbeikomme, verlangen die Leute sozusagen von mir, daß ich den Rückweg über die Siedlung der Landarbeiter mache. Sie sind beleidigt, wenn ich das nicht tue. Und heute habe ich weder Lust noch Kraft, mich mit ihren Kindern abzugeben. Sie wollen, daß ich vergnügt bin; aber es gibt Tage, da mir weiß Gott anders zumute ist.«

Die späte Nachmittagssonne schien durch das junge Grün der Bäume, die die breite Zufahrtsstraße umsäumten, und warf lustige Schatten auf den Weg vor uns. Sie sprenkelte auch Praegers Gesicht mit rührend fröhlichen Tupfen. Ich fuhr nun langsamer, so daß wir durch das grüne Gewölbe aus bogenförmigem Geäst zu schweben schienen. Trotzdem kam das Ende der Allee viel zu schnell, als wir das nördliche Pförtnerhaus erblickten und das Nordportal uns den Weg versperrte. Ich trat sacht auf die Bremse, und der Wagen hielt. Aber Otto Praeger machte keine Anstalten, auszusteigen. Deshalb langte ich zum Zündschlüssel und stellte den Motor ab. Das Rauschen des Flusses war plötzlich ganz laut.

»Brendan hat mir über sich und Lotti erzählt«, sagte ich. »Ich weiß, was in der Todesnacht passiert ist.« Ich mußte es ihm sagen. Praeger hatte mich an Dingen teilnehmen lassen, in die er meiner Meinung nach niemandem sonst Einblick gewährt hatte. Er hatte sich einen Ruck gegeben und mir Lottis anderes Gesicht gezeigt. Wie sollte ich ihm da verschweigen, daß ich über die übrigen Gegebenheiten auch Bescheid wußte?

»Ach so . . .« Es kam gedehnt heraus, und er ließ sich Zeit, ehe er weitersprach. »Kennen Sie Brendan Carroll gut?«

»Nein — eigentlich kaum. Und wahrscheinlich doch, möchte ich sagen. Überraschend gut.« Das war die volle Wahrheit. Er hatte mir das meiste, vielleicht sogar alles, über sich offenbart. Ich wußte, was Brendan am Herzen lag. Das war mehr, als ich von irgendeinem anderen Mann mit Gewißheit behaupten konnte. »Er machte sich Sorgen um Lotti, müssen Sie wissen. Und er hat sich die ganze Zeit entsetzlich gequält, daß er der Grund für das war, was Ihnen allen — Connor, Ihnen und der Sheridan-Glashütte — durch die Ereignisse jener Nacht zugestoßen ist. Er hatte die Vorstellung, daß meine Anwesenheit hier Lottis Fehlen auf irgendeine Weise wiedergutmachen könnte. Das ist natürlich unmöglich, aber er hat es immerhin versucht — es hat ihm entsetzlich zugesetzt.«

Praeger nickte ernst. »Ich zweifle nicht daran, daß es ihn belastet. Aber er spielt in dieser Sache eine viel unbedeutendere Rolle, als er meint.«

»Wie ist das zu verstehen?«

»Ich möchte es so formulieren, daß Brendan Carroll nur rein zufällig in die Geschehnisse um Lottis Tod verwickelt wurde. Daß sie zusammen nach Kopenhagen wollten, wäre für Lotti lediglich eine kleine Episode gewesen, während ich mir denken könnte, daß es für Brendan von großer Tragweite war. Möglicherweise hätte es für Lotti nicht einmal eine Fortsetzung der Affäre gegeben. Hingegen neige ich zu der Auffassung, daß die Vorkommnisse für Brendan den Anfang einer dauerhaften, vielleicht sogar gesetzlichen Verbindung bedeuteten. Lotti hatte keinerlei derartige Gedanken, das kann ich beschwören. Sie befand sich in einem ihrer Durchgangsstadien. Meremount und Irland langweilten sie zu Tode, es hatte eine ganze Woche lang geregnet, und es gab überhaupt keine Ablenkung für sie. Warum sollte sie nicht sagen, daß sie ein paar Tage nach London ginge, um Einkäufe zu machen — und warum sollte sie Brendan nicht sagen, daß sie mit ihm nach Kopenhagen flöge? Brendan wurde von ihr genauso als Spielzeug behandelt wie alle anderen Dinge auch, die sie hier aufgegriffen hatte und zu gegebener Zeit auch wieder fallenließ, wenn sie ihrer überdrüssig wurde.«

»Warum erzählen Sie mir ausgerechnet dies über Lotti?« entfuhr es mir. »Das ist — verabscheuungswürdig. Ich hätte es nicht zu erfahren brauchen.«

Er wandte sich um und sah mich mit einem unerbittlichen Gesichtsausdruck durchbohrend an. »Lotti ist tot. Und Sie sind sehr leibhaftig da und außerdem jetzt noch in die Gesamtsituation hinein verwickelt, die sie zurückgelassen hat. Ich habe den Tod nur zu gut kennengelernt, darum schätze ich das Leben und weiß, daß die Toten den Lebenden dienen müssen. Ich will nicht, daß Sie sich ein falsches Bild von Lotti machen. Und ich will nicht, daß sie in Ihrer Vorstellung das ist, was die Leute hier in der Gegend glauben: die goldhaarige Prinzessin, ein mildtätiger Engel. Es machte Lotti zwar eine Zeitlang Spaß, diese Rolle zu spielen. Aber das hätte nie angehalten.

Außerdem wünsche ich nicht«, fuhr er fort, »daß es heißt, Brendan habe Sie aus einem Schuldgefühl heraus hergeholt. Connor und Brendan haben beide nicht restlos begriffen, was hinter Lotti steckte, obwohl sie eines Tages dahintergekommen wären. Ich will damit bestimmt nicht sagen, daß sie keine Frauenkenntnis besitzen, das wäre Unsinn. Aber keiner von beiden hat das Ausmaß ihres Egoismus, ihren Drang, sich zu amüsieren, und die Oberflächlichkeit ihrer Allüren durchschaut.« Eine müde Geste begleitete seine Worte. »Weiß Gott, die Schuld liegt nicht allein bei ihr – einen großen Teil davon muß ich auf mich nehmen, weil ich sie so aufwachsen ließ. Es herrschten chaotische Zustände, als sie das Licht der Welt erblickte. Es gab keinerlei Werte, die Chance zu überleben war alles. Nichts war heilig. Man überlebte, oder man ging unter. Im Grunde war alles egal. Lotti hat sich damals auch keine ernsten Gedanken gemacht – und später hat sie es nie mehr gelernt.

Connor oder Brendan wären ihr, was die pure Selbstsucht betrifft, niemals gewachsen gewesen. In diesem Fall war Lotti die Verführerin.«

»Ich kann das alles wirklich nicht glauben«, sagte ich langsam. »Warum hat sie denn Connor überhaupt geheiratet? So, wie Sie mir Lotti beschreiben« – jetzt verstand ich Brendans Schilderung viel besser –, »hätte sie einfach ein Verhältnis mit Connor angefangen und Schluß damit gemacht, wenn es ihr gepaßt hätte.«

»Aber natürlich. Zu jeder anderen Zeit, ja. Aber niemand ahnte, daß Lotti damals, als sie nach Tyrell kam, einen schweren seelischen Schock erlitten hatte. Warum, glauben Sie, wäre die junge Frau sonst zu ihrem langweiligen alten Vater geflogen und in sein trostloses irisches Refugium zurückgekehrt? Sie war gerade in eine dieser internationalen Liebschaften verwickelt gewesen, die Hauptgesprächsthema in weniger harmlosen Ländern als Irland sind. Es war für sie unglücklich ausgegangen. Sie kam aus einer anderen Gesellschaftsschicht – ich will seinen Namen nicht nennen, denn Sie würden ihn kennen –, und der Mann war außerdem unendlich viel erfahrener, grausamer und sogar noch egoistischer als Lotti. Sie hatte in ihm ihren Meister gefunden, mehr noch als das – und ihre eigene Welt saß im Hintergrund und lachte sie aus. Connor war Balsam für ihren verletzten Stolz. Ihr Stolz aber forderte damals eine Heirat, die Heirat mit einem betont männlichen, leidenschaftlichen Ehepartner. Als die Bilder von den beiden in den Zeitschriften veröffentlicht wurden – und Lotti paßte auf, daß sie hineinkamen –, konnte ihre Clique sehen, daß sie keinen Schwächling aufgetan hatte, keinen Homosexuellen und auch keinen Salonlöwen, die in diesen Kreisen verkehren und mit blanker Münze zu haben sind. Lotti Praeger hatte einen Mann, einen wirklichen Mann, der sie für kurze Zeit sogar auch befriedigte. Aber es näherte sich bereits seinem Ende – ich kannte die ersten Anzeichen. Brendan Carroll gehörte dazu –, ein Mittel und Weg, ihre Langeweile zu vertreiben. Ich habe sogar gesehen, wie sie ihre kleinen, reizenden Verführungskünste bei Reverend Stanton versuchte . . .«

»Hm.« Nun fiel mir ein, daß Patrick Stantons Gesicht einen höchst widerwilligen Ausdruck angenommen hatte, als von Lotti die Rede war. Er hatte, was ich damals noch nicht verstand, betont, daß das Haus dringend Jugend und Begeisterungsfähigkeit brauchte. Das Wort Unschuld hatte er vermieden, aber er wollte nichts anderes damit ausdrücken. »Sie brauchen mir das alles nicht zu erzählen. Sie hätten es gar nicht tun dürfen! Ich will es nicht wissen!«

»Sie müssen es wissen.« Plötzlich brach sich bei allem schwerfälligen Ernst eine gewisse Leidenschaft Bahn. Er umfaßte mein Handgelenk, und der Griff war ungestümer und kräftiger, als ich der dicken Hand zugetraut hätte. »Sie sollen aber alles wissen. Jetzt stehen Sie zwischen diesen beiden jungen Männern – so wie damals Lotti. Brendans wegen sind Sie nach Irland gekommen. Bleiben tun Sie vielleicht Connors wegen. Was Sie von nun an tun und wie Sie sich entscheiden müssen –, bitte, lassen Sie sich in keiner Weise von der Rolle, die Lotti in beider Leben spielte, beeinflussen. Was mit Lotti war, ist nun alles vorüber. Keiner von beiden könnte sie heute noch lieben, weil sie sie erkannt haben. Vergessen Sie das nicht.«

Langsam und schwerfällig richtete er sich auf und stieg aus dem Wagen. »Ich verlasse Sie jetzt. Sie kommen doch wieder zu mir, nicht wahr? Ich werde Sie jetzt hoffentlich nicht aus den Augen verlieren?«

Den ganzen Weg, den ich auf der geraden Allee herunterfuhr, beobachtete ich ihn im Rückspiegel – den gütigen Gnomen, den erfolgreichen Geschäftsmann und den gramgebeugten Vater, der es nicht verantworten konnte, daß die Lüge aufrechterhalten blieb. Mein Blick folgte ihm so lange, bis schließlich die Bäume seine kleine, entschwindende Gestalt zu umfangen schienen.

III

Das Abendessen nahm ich zusammen mit Annie und Mrs. O'Shea in der Küche ein. »Mr. Connor hat angerufen und gesagt, daß er nicht kommt«, berichtete Annie. Ich war froh, daß er nicht da war. Es war keineswegs mein Wunsch, eine lange Mahlzeit mit ihm allein im Eßzimmer zu sitzen, weil der unangenehme Zusammenstoß vom späten Abend gestern ja noch nicht aus der Welt geschafft war. Wir suchten uns alle drei ganz nach Wunsch von den fertigen Sachen aus, die Otto Praeger herübergeschickt hatte. »Wie auf einer Party«, sagte Annie. Das war das Stichwort für Mrs. O'Shea, die nun anfing, höchst vergnügte Pläne für die Beerdigung ihres Großonkels Pat am Freitag zu schmieden. So konnte ich meinen eigenen Gedanken nachgehen und brauchte hin und wieder nur zu nicken, daß sie merkte, wie interessiert ich zuhörte. Ich dachte daran, daß ich Sonnabend abreisen würde, wenn die Beerdigung vorüber war und es Lady Maude besser ging. Denn dann war meine Aufgabe hier erfüllt. In diesem Augenblick klingelte das Telefon.

»Ich gehe hin, Annie – ich bin ja mit meinem Abendessen fertig.«

»Sie sind ja 'n Engel, Miß Maura.«

Ich mußte laufen, um noch in Connors Studierzimmer zu kommen, bevor das Läuten aufhörte. »Ein Ferngespräch für Miß Maura D'Arcy aus London.«

»Am Telefon.«

»Sprechen Sie bitte.« Claudes Stimme schlug an mein Ohr, beinahe ehe das Telefonfräulein sich ausschalten konnte. »Maura? Mein Gott, hab' ich Sie endlich ausfindig gemacht! Hören Sie mal, Sie kleines Biest, so geht das ja nun wirklich nicht.«

»Was geht nicht?« Meine Antwort kam automatisch. Ich wollte ein klein wenig Zeit gewinnen. Wie hatte er mich nur gefunden, überlegte ich mir. Wahrscheinlich hatte Mary Hughes ihm einen Wink gegeben und von Sheridan-Glas gesprochen. Ein Anruf in der Sheridan-Glashütte mußte wohl genügt haben, um ihm die nötige Auskunft über mich zu verschaffen. Claudes halber Erfolg lag darin, daß er nicht locker ließ.

»Na, hören Sie mal!« Seine Erwiderung klang bissig. Mir sank das Herz. Gerade dieser Ton schien alles, was mir unbefriedigend und sogar falsch an meinem Leben in London vorgekommen war, auszudrücken. »Sie wissen ganz genau, was Sie getan haben. Sie sind aus einem Vertrag ausgestiegen. Sie haben es verabsäumt, sich zur Arbeit einzufinden. Ich bin wütend über Sie — und Peter Latch würde ebenso wütend über Sie sein, wenn Sie für ihn wichtig genug zum Aufregen wären. Ich lasse mich so nicht behandeln, Maura . . .«

Der Redeschwall nahm kein Ende. Seine Stimme klang schrill und ging fast in einen hohen, spitzen Schrei echter oder gespielter Wut über. Ich stellte mir Claudes weißes und rundes Gesicht vor, dem die schwere Schildpattbrille mehr Autorität verlieh, als wirklich vorhanden war. Jetzt erlaubte er sich noch diesen Wutanfall, aber in Zukunft würde er mich seinen Groll dadurch merken lassen, daß er mich einschüchterte und Dinge tun ließ, die ich gar nicht tun wollte, und mir Stellen vermittelte, die mir nicht lagen. Claude konnte mit seinen Gefühlen sehr sparsam umgehen und gut Geld dabei herausschlagen. Mir wurde klarer denn je, in welche Sklaverei mich mein Vertrag mit einem Mann wie Claude gebracht hatte. Früher hatte es mir nichts ausgemacht, daß er mich anschrie oder anbrüllte und ich kein Recht hatte, abzulehnen, wenn er eine Arbeit von mir verlangte. Ich war mehr, als ich es bemerkt hatte, zu einem Werkzeug Claudes geworden. Plötzlich war ich froh, daß ich den Schritt in die Unabhängigkeit gemacht hatte, als ich herkam, auch wenn die Rückschläge mir noch lange zu schaffen machen würden.

»Ich habe Ihnen ein Telegramm geschickt, Claude.« Ich gab mir Mühe, gelassen zu sprechen, um nicht auch der Hysterie zu verfallen, die nun einmal zu Claudes Geschäftsleben dazugehörte. »Und immerhin habe ich von der neuen Arbeit ja erst am Freitag gehört. Aber Sie wußten schon Montag früh, daß ich die Rolle in dem Film nicht übernehmen konnte. Nebenbei ist es keine so wichtige Rolle, daß Peter Latch nicht ein Dutzend Mädchen finden könnte, die alle völlig genügen würden.« Ich fand sogar noch den Mut zu den Worten: »Schüchtern Sie mich nicht ein, Claude. Dazu bin ich ganz und gar nicht in der Stimmung.«

Sein Ton wurde nun seidenweich. »Liebling, ich schüchtere Sie doch nicht ein. Ich will Ihnen doch nur klarmachen, daß Sie die große Chance verpaßt haben könnten. Aber mit meinem Anruf will ich Ihnen nun sagen, daß es immer noch nicht zu spät ist. Das zweite Mädchen auf Peter Latchs Liste ist in New York, deshalb suchen seine Agenten noch nach Ihnen. Sie können morgen früh die Maschine nach Dublin nehmen und morgen abend in Madrid sein. Tun Sie es, Maura, dann will ich für dieses Mal Ihr Benehmen auch noch vergessen.«

»Es tut mir wirklich leid, Claude, aber ich kann nicht. Ich habe hier Pflichten.« Wie eigenartig, mich selbst das sagen zu hören. Ich hatte Pflichten, die es vor drei Tagen noch nicht gab.

Abermals vernahm ich den Wutschrei. »Was für Pflichten? Pflichten haben Sie nur mir gegenüber. Was zum Kuckuck tun Sie überhaupt in Irland? In Irland gibt es doch weiß Gott rein gar nichts.«

»Für mich ja, Claude.« Ich war selbst überrascht, daß ich so ruhig sein konnte. »Ich werde Sie anrufen, wenn ich wieder zurück bin. Ich bin dann bereit zu arbeiten.«

Zum erstenmal in unserer beruflichen Verbindung beendete *ich* das Gespräch.

Ich wollte mich nicht der hartnäckigen Neugier von Mrs. O'Shea und Annie aussetzen und ging deshalb die Treppe hinauf. Meremount im Zwielicht war besonders düster. Die Stufen knarrten unter meinen Füßen. Ich dachte an die spanische Sonne, der ich den Rücken gewandt hatte, und den Sonnenschein von Kalifornien, den ich endgültig ausgeschlagen hatte. Mir war durchaus nicht klar, ob mein kurz entschlossener und eigensinniger Freiheitsdrang das aufwiegen könnte, was ich mir dafür aufgebürdet hatte: dieses große, düstere und übervolle Haus hier, das viel zu still in der Dämmerung war und trotzdem das Stöhnen und Knarren von Generationen vernehmen ließ; eine alte Frau, mit der ich erst so spät in Berührung gekommen war, daß wir uns gegenseitig wohl kaum etwas nützen könnten; Connor und Brendan, die mich zwischen sich hin und her zerrten, als hätte ich Lottis Platz eingenommen. Und heute nachmittag nun hatte ich mir auch noch einige qualvolle Erinnerungen und Selbstanschuldigungen von Otto Praeger aufgeladen. Meine Unabhängigkeit und freiwillige Einmischung schienen mir teuer zu stehen zu kommen.

Unstet und irgendwie unglücklich ging ich dort, wo die große Haupttreppe in der ersten Etage endete, den Flur entlang und kam zu einer etwas kleineren Geländertreppe, die in die oberen Stockwerke führte. Ich war froh, als ich Saphiras verschwommene Umrisse erkannte, die plötzlich zwischen den Möbeln aufgetaucht war und jetzt vor mir die Treppe hinaufging – offenbar mit dem gleichen waghalsigen Gefühl, das mich beseelte. Sie gab einen leisen, aufmunternden Ton von sich, und ich vernahm auch das typische leise Geräusch ihrer Krallen auf dem blanken Fußboden. Hier oben war ich noch nicht gewesen. Es war staubig – Annie würde hier wohl nicht allzuoft reinemachen, wahrscheinlich nur ein- oder zweimal im Jahr. Es war das Geschoß mit den Dachfenstern, mit den Schulräumen und Kinderzimmern, wo die Gouvernanten und das Personal untergebracht worden waren, als es noch Gouvernanten und Personal gab. Der lange Korridor hatte keinen Läufer und war schmäler als der eine Etage tiefer. Trotzdem hallte mein Schritt nicht wider, denn die Möbel waren hier noch viel dichter gestellt als in den unteren Stockwerken. Ich hielt vorsichtig Umschau und war mir wohl bewußt, daß die Dämmerung hereinbrach und die Mäuse umherjagten, weil sie Saphiras Nahen spürten. Dann öffnete ich eine unbekannte Tür nach der anderen und sah immer noch mehr Möbel. Der Raum, in dem Annie schlief, lag der Treppe am nächsten und hatte einen Blick über den Garten. Er war auch vollgestellt, aber doch so, daß man sehen konnte, sie wohnte da: Spitzendeckchen auf einer ganzen Reihe von Toiletten- und Schreibtischen, Kommunionsbilder von Kindern mit Schleiern, alte Bruderschaftsbilder, ein grell kolorierter Druck von Christus als dem guten Hirten über dem Bett und ein Kruzifix mit einem Palmwedel dahinter. Am Fußende von Annies Bett war ein Feldbett aufgeschlagen, wahrscheinlich für Bridget. Trotzdem die vielen unbenutzten Räume zur Verfügung standen, schliefen Annie und Bridget hier zusammen. Sicher war Bridget noch nicht an die nächtlichen Geräusche von Meremount gewöhnt. Ich schloß die Tür schnell wieder. Daneben war ein Badezimmer mit einer riesigen Badewanne auf Klauenfüßen und fast ganz ohne Emaillefarbe, mit durchgetretenem Linoleum, fadenscheinigen Handtüchern, einem im Giebelkerker eingebauten WC und tatsächlich einem neuen Gasofen. Da war Lotti also großzügig gewesen und hatte an Annies Bequemlichkeit gedacht. Ich ging weiter — lauter verlassene, vollgestopfte Räume, einer wie der andere mit gegen die Wand gestellten Bildern, Spiegeln, Truhen und Kommoden. Hin und wieder hielt ich an, um die eingelegte Arbeit bei einem der Möbelstücke zu bewundern. Eine Sesselgarnitur fiel mir auf, die ganz bestimmt Chippendale sein mußte und auf deren Sitzfläche sich Mäuse eingenistet hatten. Dann kam ich zu dem Raum, wo die Ballen mit Tyrell-Tweed gestapelt waren — das heißt, das meiste davon war den Motten überlassen. In diesem Gemach wurde auch das Porzellan aufbewahrt, ganze Eßservice von Spode und Wedgwood, deren wundervolles Rot und Blau sogar noch durch den Staub hindurch leuchtete. Ein anderes rosenrotes Service kam mir bekannt vor. Behutsam drehte ich einen Teller um und sah das Sèvres-Zeichen. Ich fragte mich, für was für Banketts von vierzig Personen Lady Maude diese Kostbarkeit wohl reserviert hatte. Hatte sie die ganze Pracht als Kind und junge Frau auf Schloß Tyrell noch erlebt, ehe die Wolken sich am wilhelminischen Himmel zusammenzogen und draußen im Ausland der

Krieg und hier in Irland der Aufstand losbrach? Erwartete sie wirklich, daß diese Zeiten wiederkämen? Das Glanzstück ihrer gehorteten Schätze war ein China-Service. Es mochten an die dreihundert Stück sein, die da am Boden lagen. Da es schon dunkel wurde, ging ich mit einem Teller ans Fenster, um ihn mir genauer anzusehen. Es war ein tabakfarbenes Muster von großer Pracht und Tiefe. Ich war mir meiner Unwissenheit wohl bewußt — Blanche hätte sofort sagen können, um was es sich handelte —, aber ich erinnerte mich an einzelne chinesische Porzellanteller aus dem achtzehnten Jahrhundert, die Blanche hin und wieder im Geschäft gehabt hatte. Welche Freude hatten sie ihr gemacht, und wie kostbar waren sie! Ganz sachte stellte ich den Teller wieder auf seinen Platz oben auf dem Stapel und paßte auf, wohin ich meinen Fuß setzte. Ich hielt es für wahrscheinlich, daß das Service unheimlich wertvoll war. Als ich mich schon fast im Dunkel nach unten tastete und Saphira vor mir hersprang, kamen mir Otto Praegers Worte schmerzlich ins Gedächtnis. »Was für einen reißenden Absatz würde das alles bei Christie finden!«

Auf dem Korridor im ersten Stock war nur ein einziges Licht zu sehen. Ich fühlte mich davon wie eine Motte angezogen, und Saphira war sogar noch vor mir da. Bevor ich bei der offenen Tür ankam, hörte ich Flüstern — Annies Stimme etwas devot und Mrs. O'Sheas geringschätzig, aber doch auch beeindruckt. Ich wußte, daß ich lieber nicht hineingehen und mich mit den Dingen abgeben sollte, die mich nichts angingen — aber ich konnte nicht anders.

» . . . wie im Kino«, sagte Annie.

Mrs. O'Shea nahm das nicht mit der gewohnten Gelassenheit hin. »Na ja, sie hat sich nichts entgehen lassen, das will ich zugeben. Aber warum sollte sie auch — mit all dem Geld?«

Blau war Lottis Farbe gewesen, dachte ich, als ich in der

Tür stand. Wahrscheinlich war es auch die Farbe ihrer Augen. Der Teppich, mit dem der riesige Raum ausgelegt war, hatte den silberblauen Schimmer eines Sees bei Sonnenaufgang. Sessel und Chaiselongue hatten hellblaue Samtbezüge, während die Samtvorhänge, die die Fenster umrahmten, von einem kräftigeren Blau waren. Die Gardinen, die die Aussicht auf den wildwuchernden Garten versperrten, waren ein Hauch von spinnwebdünner Seide in Eisblau, und das große Bett hatte einen blauen Samthimmel. Große, geschnörkelte Anfangsbuchstaben auf den Bettdecken verrieten den Namen der Besitzerin dieser ganzen pastellfarbenen Pracht: L. S. Die blaugelbe Katze war mit einem eleganten Satz aufs Bett gesprungen, hatte es sich in den Kissen gemütlich gemacht und fühlte sich wohlig und behaglich.

Einige von Lady Maudes erlesensten Stücken trugen dazu bei, diesen Raum zu möblieren: ein bildschöner, kleiner, eingelegter Toilettentisch mit einem Spiegel in einem vergoldeten Silberrahmen, ein Sekretär mit handbemalten Fächern, eine Ludwig XIV.-Kommode und eine hohe, blau-weiße chinesische Prunusvase. Wo man Bilder hätte vermuten können, hingen Spiegel, kunstvoll gerahmte und vergoldete Spiegel. Das Spiegelglas, das vor Alter fleckig und dunkel hätte sein müssen, war durch neues ersetzt, so daß die Spiegelbilder klar und scharf waren. Wieso die beiden Frauen mich nicht in einem der Spiegel erblickten, begriff ich nicht — aber der Flur lag im Dunkeln, und sie waren in ihr Gespräch vertieft.

»Wenn Sie sie hier gesehen hätten — in ihrem blauseidenen Morgenrock und mit den federleichten Pantöffelchen und dem goldenen Haar . . .«

»Als ob ich sie nicht ganz genau gekannt hätte!« erwiderte Mrs. O'Shea ziemlich scharf. »Wie oft hab' ich sie in Cloncath gesehen.«

Annie ließ nicht locker. »Aber hier — wenn Sie sie hier hätten sehen können in ihren Nachtgewändern und all den Spitzensachen. Deswegen sind hier auch die vielen Heizkörper.« Sie zeigte auf einen der fünf großen elektrischen Heizöfen, die im Zimmer standen und seiner Eleganz erheblichen Abbruch taten. »Das stimmt, sie trug ja eigentlich fast gar nichts. Manchmal wurde ich für sie rot, wenn Mr. Connor im Zimmer war. Aber Nacktsein ist ja heutzutage die große Mode. Und wie hat er sie vergöttert! Wissen Sie, in dem Bett da . . .« Sie brach plötzlich ab und wurde sogar hinten am Hals knallrot.

Annie setzt den Mythos von Lotti und Connor immer noch fort, dachte ich – und zuerst, als Lotti noch keine Langeweile verspürte, mußte ja wohl auch alles ehrlich und echt gewesen sein. Annie machte jene Zeit wieder lebendig und lebte selbst noch ganz darin, so wie sie auch im Glauben an die vielen schönen Versprechungen lebte. Brendans Telefonanruf wegen der eingestürzten Brücke, der das Rendezvous der beiden preisgab und seine Schatten vorauswarf, hatte sie vergessen. Sie sprach nur von guten Tagen und hielt auf diese Weise den Mythos aufrecht.

Ich trat einige Schritte näher, damit die beiden auf meine Anwesenheit aufmerksam würden. Da ging Annie jedoch schnell zu dem weißen Einbauschrank, der eine ganze Seite des Raumes einnahm. »Sehen Sie sich doch nur dies hier einmal an . . .« Sie begann, die Türen aufzustellen, damit man die lange Kleiderleiste mit der aufgehängten Garderobe sehen konnte. »Und was gab das für einen Krach mit Lady Maude wegen der Einbauten, weil sie sagte, die Täfelung würde ruiniert. Aber da war schon die Hälfte fertig . . .«

Mrs. O'Sheas Finger fuhren voller Eifer und Habgier an den Kleiderbügeln entlang. Ab und zu holte sie ein Kleid heraus und hängte es dann wieder zu den anderen. »Und hier«, sagte Annie und öffnete noch eine Schrankhälfte, »sind die Schubfächer für die Unterwäsche und was noch dazu gehört, Wollsachen und Schals, und die Borde für die

Handtaschen. Bitte, fühlen Sie sich das mal an, Mrs. O'Shea! Das ist Vicuña, wie sie sagte. Und dies hier ist Antilope. Und diese Massen von Handschuhen – schubladenweise. Manches liebe Mal hab' ich mir eine Stunde Zeit genommen, um alles aufzuheben, zusammenzulegen und wegzuordnen, was sie herumliegen ließ. Weiß Gott, sie war unordentlich! Aber es war wirklich eine reine Freude, hinter ihr aufzuräumen und sich mit ihren Anziehsachen zu befassen. Sie können mir glauben, daß hier damals alles völlig anders war.«

»Und dies hier sind nun meine Lieblinge.« Sie kam zum letzten Teil des Schrankes. »Es ist allein schon eine wahre Wonne, sie zu berühren: vier Pelzmäntel und fünf Pelzjakken. Und fragen Sie mich bloß nicht, wie sie alle heißen, denn manche von den Namen hatte ich früher noch nie gehört. Gucken Sie . . . nein, heilige Mutter Gottes!«

Ich dachte, nun würde ich den Ozelot, den Brendan erwähnt hatte, zu sehen bekommen. Statt dessen war da gar nichts. Nichts als leere Bügel, die hin und her schaukelten, als Annies Finger danach griffen, um womöglich zurückzuholen, was verschwunden war.

»Heilige Jungfrau – wo sind die Sachen? Sie sind doch nicht gestohlen, das kann nicht möglich sein. Und ich ahne nichts davon . . . Vor Wochen hab' ich hier zuletzt reingeguckt.«

»Vielleicht verkauft«, meinte Mrs. O'Shea trocken.

»Verkauft? Wer sollte . . .« Annie drehte sich auf dem Absatz um. Der Ausdruck von Angst und Sorge, der sich in ihren Zügen widerspiegelte, ließ nun auch Bestürzung erkennen. Sie sah mich an, aber dann schnell an mir vorbei.

»Glauben Sie . . . Mr. Connor!«

»Haben Sie nun alles gezeigt, Annie?« Auch ich wandte mich um. Er war ehrlich bemüht, sich in der Gewalt zu haben und seinen Ärger zu bekämpfen, als er diese kühle Frage stellte. Ich hatte den Eindruck, daß er uns alle hier herauswerfen, den offenen Schrank schließen, seinen Zorn laut herausbrüllen und uns obendrein noch die Tür vor der Nase zuknallen wollte. Annie war ganz offensichtlich zurückgeschreckt. Und es dauerte eine gewisse Zeit, bis sie ihre Sprache wiederfand.

»Ich mußte mal nachgucken, ob da auch keine Motten sind, Mr. Connor. Wissen Sie, das muß man hin und wieder tun. Und da kam Mrs. O'Shea sozusagen darüber zu . . .«

»Und Miß Maura?« Diese Frage wurde mir direkt gestellt.

»Mich hatte niemand eingeladen«, sagte ich. »Ich sah nur zu.«

»Keiner von Ihnen war eingeladen, wenn Sie das sagen wollten. Schon gut, Annie – Schluß damit!« fügte er schnell hinzu, als sie noch weitere Versicherungen abgeben wollte. »Sprechen wir nicht mehr darüber. Nein – lassen Sie das! Ich werde die Schränke abschließen.«

»Aber die Pelze, Mr. Connor? Die vielen herrlichen Pelze!«

» . . . gehen Sie gar nichts an«, schloß er unmenschlich kalt. »Und wenn Sie nun bitte alle verschwinden würden . . .«

Mrs. O'Shea rauschte zunächst an mir, dann an Connor vorbei und drückte ihre ganze Verachtung in einem hörbaren Schnaufen aus. Annie zögerte zunächst eine Sekunde, dann lief sie beinahe, um sie einzuholen, als hätte sie Angst, allein an Connor vorbeizugehen. Mrs. O'Sheas Worte drangen klar und unmißverständlich zu uns herüber.

»Natürlich verkauft. Es gibt Menschen, die keine Ehrfurcht vor den Toten haben. Sie denken nur an Geld . . .«

Nun war ich an der Reihe. Ich schämte mich, daß ich überhaupt anwesend war, aber es gelang mir, die Augen nicht niederzuschlagen, als ich in Connors Nähe kam. Er fuhr mit seiner Hand auf mich los und faßte nach meinem

Arm. Sein Griff war hart und tat weh, aber ich hatte nicht die Kraft, ihm zu widerstehen.

»Entschuldigen Sie«, sagte ich. »Ich hätte nicht hier sein sollen.«

Er lockerte seinen Griff etwas. Vielleicht fühlte er sich jetzt sicherer, daß ich ihm nicht davonlaufen würde – so sicher wie gestern abend, als er mich geküßt hatte. Er zog mich in das Zimmer zurück, damit Annie und Mrs. O'Shea uns nicht sehen konnten, falls sie noch auf dem Korridor standen.

»Ich bin froh, daß Sie das hier gesehen haben«, sagte er. »Dies alles ist Lotti, so wie sie war. Dieser Raum verkörperte ihr ganzes Wesen, das selbstsüchtig, eitel und voll von Eigenliebe war. Sie liebte ihr eigenes Abbild.« Mein Blick schweifte noch einmal durch das Zimmer, weil er es sichtlich so wollte, und blieb schließlich und unvermeidlich an dem riesigen, verführerischen Seidenbett hängen. »Ja, auch das«, sagte er. Sein Griff wurde hart. »Lotti war großartig im Bett – aber unersättlich. Und nur ihre eigene Befriedigung zählte. Was Liebe wirklich bedeutet, wußte sie nicht.«

Ich mußte sprechen. »Ich will das nicht hören. Es geht mich überhaupt nichts an.«

»Vielleicht doch«, sagte er und stieß mich dabei zart an. »Vielleicht doch, weil es mich anging. Haben Sie denn von den anderen nichts über Lotti gehört – von Brendan und von Praeger?«

Ich öffnete den Mund, aber er hinderte mich am Sprechen. »Glauben Sie nicht, daß ich nicht Bescheid wüßte, was man sich erzählt«, sagte er. »Ich habe von Ihrem Nachmittag bei Praeger gehört und der kurzen Fahrt zur Brücke. Und da hätten Sie nicht von Lotti gesprochen? Das haben Sie – oder nicht?« Er verlangte eine Antwort und unterstrich das durch ein erneutes Schütteln. »Und Brendan hat Ihnen natürlich alles und jedes über Lottis letzten Abend berichtet, und deshalb konnten Sie mir nichts anderes sagen, als Sie nach Hause kamen. Schön — jetzt wissen Sie, wie Lotti war. Was hätte ich denn tun sollen? Ihr ewig nachtrauern? Das war sie bestimmt nicht wert. Brendan und Praeger wissen das — und Sie wissen es nun auch. Sie wissen alles über Lotti.«

Ich stieß ihn zurück. »Kann denn niemand hier mich begreifen? Ich will nichts über Lotti wissen.«

»Natürlich wollen Sie — sonst wären Sie heute abend nicht hier in ihrem Zimmer gewesen. Und außerdem will ich, daß Sie über Lotti Bescheid wissen, damit das Thema ein für allemal erledigt ist. Ich will, daß Sie Lottis Existenz dann vergessen. Es gibt nichts Geheimnisvolles um sie. Alles, was es noch von ihr gibt, finden Sie in diesem Zimmer hier. Es ist verdammt wenig.«

Noch einmal wanderte mein Blick über die seidene Pracht. Unsere Spiegelbilder sahen uns an — aber Lotti war auch dabei, selbst wenn die Spiegel kein deutliches Bild von ihr geben konnten: Lotti als Siegerin in dem großen Bett, Lotti vor ihrem Toilettentisch, wie sie ihr blondes Haar kämmte, Lotti lachend und in den verschiedensten Posen und voller spielerischer Einfälle und Spott. Connor konnte sich noch immer nicht von ihr losmachen — Connor, der sagte, daß die ganzen Erinnerungen ihn einen Dreck angingen, und dessen Augen vor Liebe, Haß und Sehnsucht glänzten.

»Aber Sie können sie wohl doch nicht vergessen? Ihre Lotti läßt sich nur schwer vergessen.«

Da ließ er mich wortlos gehen.

8. KAPITEL

I

Durch das ganze Treppenhaus hörte ich Connors nicht gerade leise und sehr zornige Stimme. Da ich Annie und Bridget in der Küche zurückgelassen hatte und an Mrs. O'Shea vorbeigekommen war, als sie zum Frühstück ging, wußte ich, daß Connors Zorn sich nicht gegen eine dieser drei richtete. Es konnte sich also nur um Lady Maude handeln. Ich fing an zu laufen. Auf halber Treppe hörte ich sie sprechen – viel zu laut und eigentümlich gequält. Die unschöne Erinnerung an jene Nacht, als die gleichen Stimmen mich geweckt hatten und Lady Maude dann seitlich ausgestreckt auf ihrem Bett lag, nachdem der Streit aufgehört hatte, überwand alle meine Bedenken: ich mußte eingreifen. Jetzt konnte ich nicht mehr sagen, es ginge mich nichts an. Konventionelle Höflichkeit war längst nicht mehr angebracht. Deutlich verstand ich nun seine Worte.

»... was für Rechte ich habe! Sämtliche Rechte habe ich mir hier erworben ... im Schweiße meines Angesichts ...«

Ich klopfte nicht erst an, sondern riß die Tür auf. Sofort verstummten die Stimmen.

Connor stand am Fußende des Bettes. In seiner Haltung spiegelte sich die unterdrückte Wut wider, die mir nun schon mehr als vertraut war. Sie begleitete ihn anscheinend auf Schritt und Tritt.

»Bitte?« Er hatte sich umgewandt. Seine Hautfarbe war leichenblaß. Das Schwarz seiner Augen, Augenbrauen und Haare bildete einen erschreckenden Kontrast dazu.

Ich schloß bewußt langsam die Tür und tat so bestimmt

und rücksichtsvoll, damit sie Zeit hatten, sich zu fangen. »So geht es wirklich nicht«, sagte ich. Trotzdem ich leise sprach, zitterte meine Stimme leicht. Erst jetzt wurde mir klar, daß ich wirklich Angst hatte. »So fing es auch das letzte Mal an — sich gegenseitig so anzuschreien . . .«

»Als ob es dich etwas angeht, Maura. Das ist meine ureigenste Angelegenheit . . .« Nur schwer konnte ich die Frauenstimme wiedererkennen, die ich vor einer Minute noch so zornig vernommen hatte. Die Worte wurden halb im Flüsterton hervorgestoßen, während die Kräfte sie plötzlich verließen. Ich konnte mich des Gefühls nicht erwehren, daß sie ganz automatisch sprach, weil sie das Befehlen gewohnt war, und ihre Worte nicht ihrer inneren Einstellung entsprachen. Sie wollte die so oft praktizierte herrische Geste mit der Hand ausführen, aber sie brachte nur ein schwaches Winken zustande. Ich trat näher an das Bett heran. Ihr Gesicht war grau und verzerrt. Wieviel wohler hatte sie ausgesehen, als ich sie vor einigen Stunden besucht hatte. Das Blatt hatte sich plötzlich gewandt.

»Es muß mich etwas angehen«, antwortete ich. »Ich kann nicht untätig danebenstehen und zusehen, wie genau dasselbe noch einmal passiert. Solange ich hier bin — mit Ihrer Zustimmung oder auch gegen Ihren Willen — müssen Sie mit mir rechnen. Ich fühle mich verantwortlich.« Während meiner Worte hatte sich ein eigentümlicher Wandel im Gesicht der alten Dame vollzogen. Der Spott war versiegt, die Züge wurden ganz weich. Ein vorübergehendes Lidflattern der geschlossenen Augen ging voraus, und dann schien der Kopf in den Kissen Ruhe zu finden. Als sie die plötzlich ganz großgewordenen Augen wieder aufschlug, schleuderte sie Connor einen siegesgewissen Blick zu. Er sollte merken, daß sie nun einen Verbündeten hatte — obwohl ich in der Rolle denkbar unglaubwürdig erscheinen mußte und sie auch nicht den geringsten Eindruck machte, daß sie einen nötig hatte.

Ihm war es nicht entgangen, daß sich hier plötzlich und

unerwartet eine neue Front gebildet hatte. Nun hatte er zwei Gegner anstatt einem. Er wich nur einen einzigen Schritt vom Bett zurück, aber allein diese Tatsache machte mir wieder Mut.

»Lady Maude hat recht, es geht Sie nichts an. Das hier ist eine reine Familienangelegenheit.«

Aber in diesem Augenblick konnte er keinen Keil zwischen uns treiben und das neugeschlossene Bündnis zerstören. Vom Bett her kam ein Flüstern, aber seine Wirkung war stärker als jeder empörte Aufschrei. »... meine Enkelin!«

Sekundenlang maßen sie sich mit den Blicken — Lady Maude und Connor —, und dann wandte Connor sich ab. Er zuckte die Achseln. »Wie Sie wünschen ...« Ich beobachtete ihn, wie er zum Fenster ging und nach draußen ins Leere starrte. Er wäre am liebsten gegangen und hätte die alte Dame ihren Siegesgefühlen überlassen — aber, um mir das Feld zu räumen, würde er niemals gehen. Lange währte das Schweigen, es war sehr still in dem Raum. Ich wußte nicht, was ich tun sollte. Fortgehen wollte ich nicht, weil Connor sonst die Auseinandersetzung, die durch mich unterbrochen worden war, höchstwahrscheinlich fortgesetzt hätte. Aber wohl war mir bei dieser plötzlichen Intimität mit Lady Maude auch nicht. Ich hatte mich zu ihrem Bundesgenossen gemacht, weil ich mußte — und nicht, weil ich es wollte. Als ich sah, daß Mrs. O'Shea die Dubliner Morgenzeitung auf einem Stuhl liegengelassen hatte, holte ich sie mir und gab Connor somit zu verstehen, daß ich zu bleiben beabsichtigte.

Da klopfte Annie an die Tür, und damit fand das Schweigen ein Ende. Sie steckte ihren Kopf herein und sah wirklich besorgt und aufgeregt aus. »Endlich hab' ich Sie gefunden, Miß Maura. Herr Praeger ist da. Er wollte Sie abholen, gnädiges Fräulein.«

Ich legte die Zeitung hin und konnte die quälende Unruhe von Lady Maudes Händen nicht übersehen. »Mich abholen? Warum?«

»Um Ihnen die Glashütte zu zeigen. Wenigstens hat er das gesagt. Er sagte: Bestellen Sie Miß D'Arcy, daß ich da bin. Ich wollte ihr die Glashütte zeigen.« Und um Lady Maude zu beruhigen, fügte sie noch hinzu: »Hereinkommen wollte er nicht. Er sitzt draußen in seinem Auto.«

»Der Teufel soll ihn holen!« Wieder kam die blinde Wut in Connor hoch. »Was bildet er sich eigentlich ein, wer er ist? Wenn Miß D'Arcy Interesse an der Glasfabrik hat, werde ich sie ihr zeigen. Was denkt er denn, wem die Fabrik gehört?«

Das Flüstern vom Bett machte einen tiefen Eindruck auf uns alle. »Dir gehört die Glashütte nicht, Connor – noch nicht!«

II

Bis ich meinen Mantel geholt hatte und nach unten zu Otto Praeger gegangen war, war Connors Wagen schon lange fort. Die Reifen quietschten, und das Auto holperte über die ausgefahrene Allee davon. Praeger kletterte mühsam aus dem Fond seines großen grauen Mercedes, um mir Guten Tag zu sagen. O'Keefe hielt den Wagenschlag offen, und seine übertriebenen Chauffeursallüren paßten gar nicht zu dem breiten Grinsen in seinem Gesicht.

»Ich hatte mir gedacht, wir könnten einen kleinen Ausflug machen«, sagte Praeger. Connors Abfahrt erwähnte er mit keinem Wort. »Wie ich höre, geht es Lady Maude schon eine Idee besser. Sie werden also nicht unbedingt die ganze Zeit bei ihr sein müssen.« Er brachte mich in den schwellenden Polstern des luxuriösen Rücksitzes so fürsorglich unter, als sei ich ein Kind, knöpfte meinen Mantel zu und gab O'Keefe durch die Trennscheibe ein Zeichen, daß er nun abfahren könnte. Jetzt war er ganz der autoritäre Praeger, und es schien unmöglich, sich ihn in der Gnomenrolle vorzustellen. Sicher hatte Lotti oft gegen dieses selbstsichere väterliche Auftreten revoltiert. Ich empfand es irgendwie als unangenehm, plötzlich Verständnis für eine Frau aufzubringen, die schon lange tot war, ehe ich überhaupt nur ihren Namen gehört hatte. Aber ich ließ Praeger gewähren und alles geduldig über mich ergehen, denn ich konnte mir so gut vorstellen, daß dieser Mann sehr unter dem Kummer um Lotti litt. Wie sollte er das anders ausdrücken als in der umständlichen Fürsorge für eine junge Frau, die seiner Tochter vielleicht etwas ähnlich war?

Cloncath war eine angenehm ruhige Stadt, durch die sich ein klarer Fluß zog. Drei Brücken wie aus einem Bilderbuch beherrschten das Stadtbild, über dem in einer gewissen Höhe und mit Ausblick über die weite Flußmündung eine herrliche, halbmondförmige Straße aus der Zeit der Jahrhundertwende sichtbar wurde. Hier wohnte und arbeitete jetzt die geistige Elite der Stadt, die grau war wie die meisten irischen Städte, aber verschönt durch die Anmut der Landschaft ringsumher und die harmonische Verbundenheit mit den Menschen, die seit Generationen hier lebten. Jenseits der See lag Wales. Praeger ließ O'Keefe zu der bogenförmigen Straße oberhalb der Ortschaft fahren, um mir einen Blick auf die entfernten walisischen Berge zu gewähren.

»Es ist hier immer dasselbe«, sagte Praeger, »man kann sie leider auch heute nicht sehen.« Wir hielten an und sahen nun unterhalb des Hanges die Stadt vor uns liegen – die Kaminkappen, die Rauchwolken, die langsam in die reglose Luft aufstiegen, den glitzernden Fluß und die bewegte See mit ihren Schaumköpfen. Praeger erklärte mir alles mit seinem Stock. »Die Menschen hier haben viel Elend kennengelernt – Hunger, Verfolgung und immer wieder Fremdherrschaft. Aber die Widerwärtigkeiten des modernen Lebens sind noch nicht über sie hereingebrochen. Natürlich wird das alles mit steigendem Wohlstand kommen. Dann werden sie keinen Lachs mehr aus dem klaren Wasser mitten in der Stadt holen, und auch die Forelle wird aussterben. Aber noch nicht, hoffentlich noch nicht.«

Es berührte mich seltsam, das Echo der Worte, die Lady Maude geflüstert hatte, in diesem schwerfälligen Akzent zu hören: »Noch nicht.« Es war die alte Generation, die bremste, die aber auch wissen mußte, was sie damit tat. Praeger fuhr fort: »Nächste Woche gehe ich nach New York. Wenn ich den Tanz um das goldene Kalb und den ganzen Materialismus sehe, wird mir immer klarer, warum ich hierher komme und warum ich hoffe, daß dies hier noch eine Zeitlang überlebt. Ich bin egoistisch. Ich wäre froh, wenn alles so bleibt, bis ich sterbe.« Dann klopfte er gegen die Trennscheibe. »Fahren Sie weiter – zur Glashütte, bitte.«

Die Sheridan-Glasfabrik lag in der Glashüttenstraße, die vom Marktplatz abbog. An dem Platz lag das Untersuchungsgefängnis, das die Engländer im Stil eines griechischen Tempels erbaut hatten, ein Kino und die Geschäfte der ortsansässigen Kaufleute. Man hatte den Eindruck, als sei gerade eine Kuhherde vorbeigezogen – es war nicht ganz so ordentlich wie in einer englischen Stadt, aber doch sehr charakteristisch. Eine der Straßen, die vom Markt abzweigten, gab den Blick auf den Fluß, die Kaimauern und die kleine Fischkutterflotte frei. In Tyrell und Meremount hatte man nicht das Gefühl, so dicht am Meer zu sein. Aber Cloncath wirkte wie eine echte Küstenstadt. Es roch nach Salzwasser, Seetang und Fischen. Die Seemöwen flitzten mit schlagenden weißen Schwingen und klagenden Schreien darüber hinweg.

»Sheridan hat sich hier niedergelassen, weil von hier aus der Zugang für sein Glas zu den englischen Häfen mühelos war«, erklärte Praeger, als wir durch die großen Holztore mit der Aufschrift »Sheridan-Glas« fuhren. »Natürlich ist Waterford bei weitem der bessere Hafen, aber er konnte sich ja nicht gut genau vor die Nase von Waterford-Glas setzen.« Wir befanden uns jetzt in einem langen, schmalen Hof, der mit Ziegelsteinen gepflastert und rechts und links mit alten zweistöckigen Gebäuden eingefaßt war. Connors Wagen war vor einem Fertighaus aus hellblauem Stahl und Glas geparkt. Auf den beiden Eingangstüren stand »Museum« und »Büro«.

»So weit«, sagte Praeger und zeigte auf das moderne Gebäude, »ist Lotti mit dem Aufbau von Sheridan-Glas gekommen. Die Pläne waren schon alle fertig, nach denen alle alten Gebäudeteile eingerissen werden sollten – was ich übrigens keineswegs für richtig hielt. Das sollte hier alles viel zu schnell gehen . . .«

An der Tür zum Museum erwartete uns Connor. »Guten Tag, Herr Praeger«, sagte er. »Sehr liebenswürdig von Ihnen, daß Sie meine Kusine herbringen, damit sie unseren bescheidenen, kleinen Betrieb kennenlernen kann.«

Praeger machte eine altmodische, knappe Verbeugung. »Das Vergnügen ist ganz meinerseits.«

Das Museum war im Verhältnis zu seiner Umgebung viel zu elegant. Der Fußboden war dunkelgrau ausgelegt, die Wände mit anthrazitfarbenem Filztuch bespannt und die Fenster zugehängt. Das einzige Licht spendeten die Beleuchtungskörper in den Ausstellungsvitrinen. Das Kristall erstrahlte auf dem dunklen Hintergrund wie im Mondschein glitzernder Frost über einem winterlich kahlen Feld. Eine hübsche Empfangsdame begrüßte Praeger voller Ehrfurcht und mich mit unverhohlener Neugier. Eilfertig holte sie ein großes, gebundenes Buch hervor, das ich mir ansehen sollte. Die ersten Seiten darin waren mit Zeitungsausschnitten beklebt. »Das ist vom vorigen Jahr, als wir das Museum eröffneten, Miß D'Arcy.« Ich sah die Schlagzeilen eines langen Artikels in den IRISH TIMES: Eine Renaissance für Sheridan-Glas. Auf der nächsten Seite waren Fotos von, wie mir schien, einem Presseempfang im Museum. Mein Blick fiel auf Bilder von Connor und Praeger, die unnatürlich lächelten, und auf eine junge, sehr blonde Frau. Connor langte an mir vorbei und klappte das Buch zu. »Miß D'Arcy kann das ein andermal sehen, Daisy«, sagte er.

»Kommen Sie«, bat mich Praeger, »ich führe Sie herum.«

Ich wurde herumgeführt und sah alles an. Aber hinterher hätte ich nur bitterwenig von dem wiedererzählen können, was man mir erklärt hatte. Der Zusammenstoß von Connor und Praeger an der Museumstür war der Anfang eines Tauziehens der beiden, dessen Mittelpunkt ich war und das während der ganzen Besichtigung der Fabrik anhielt. Praeger führte mich im Museum herum und ging dabei gar nicht so bescheiden mit seinen Kenntnissen um wie auf Schloß Tyrell, als er mir seine eigene Sammlung gezeigt hatte. Er führte mich zunächst an den Ausstellungskästen vorbei, die die Glaswaren enthielten, die Thomas Sheridan selbst gemacht hatte – Stücke von seiner Meisterhand aus etwa der Zeit nach 1720, als er seine Lehrjahre hinter sich hatte. Dann sah ich die Stücke, die seine Söhne hier in Cloncath geblasen hatten, und einiges seiner Glasbläsermeister. Ein Stück stammte von einem Enkel und andere wiederum von Glasbläsern seiner Generation.

»Sie können beobachten, daß es gegen 1820 anfängt, weniger zu werden«, bemerkte Praeger. »Immer wieder dasselbe Muster, etwas Neues wurde überhaupt nicht mehr versucht. Die erlernten Fähigkeiten sind zwar nicht verlorengegangen, aber immer weniger Menschen sind daran interessiert, sie zu erlernen; es fehlt die Begeisterung dazu. Sheridan-Glas wird sich kaum halten können.«

»Aber es hat sich gehalten«, fiel Connor ein. »Es hat, und es wird.«

Es wirkte wie ein böses Omen und sollte wohl auch etwas boshaft sein, daß Praeger so gar nichts sagte, um

Connors Worte zu bestätigen. Er schwieg, und sein Schweigen verurteilte. Um die Spannung dieses Schweigens zu lockern, schritt ich den beiden voran zu der letzten Vitrine in der Reihe. Ich war der Meinung, daß man hier einen Extraplatz für die neuen Dessins freigehalten hatte, die Lotti, Connor und Brendan in die Produktionsplanung der Sheridan-Fabrik aufgenommen hatten. Aber der Glaskasten war nicht leer. Seite an Seite standen da — für mich ein völlig neuer Anblick — die beiden zusammenpassenden Culloden-Pokale.

»Oh, da ist er ja!« sagte ich und wandte mich Connor zu. »Sie haben ihn hergebracht!«

Er zuckte die Achseln. »Hier ist er doch sicherer, nicht wahr? Oder hätten Sie lieber gesehen, wenn ich ihn zu den vielen Sachen nach Meremount getan hätte, wo in dem Gewühl alles aufeinander gestapelt ist und praktisch nur darauf wartet, kaputtzugehen? Er gehört nun einmal hierher.«

»Aber ich habe ihn nicht hergegeben — noch nicht.«

Wieder hob er die Schultern. »Das habe ich auch nicht gesagt. Ich sagte nur, er steht hier sicherer.«

Ich preßte meine Nase gegen das Vitrinenglas, um die beiden Kelche besser betrachten zu können: die schlichte Form, den zarten, verschlungenen Stiel und das Symbolhafte im Muster der Henkel, das nun so unauslöschlich in meinem Gedächtnis haftete.

»Welches ist nun welcher?« fragte ich. Plötzlich beseelte mich der brennende Wunsch, mit absoluter Sicherheit zu erfahren, welchen der Pokale Blanche aufgetrieben und gehegt und dann Brendan mit so viel Sachverstand und Ehrfurcht behandelt hatte. Ein scheußliches Gefühl von Enttäuschung und erlittener Einbuße überkam mich beim Anblick dieser beiden völlig gleichen Kelche.

»Seien Sie unbesorgt.« Ein leiser Spott schwang in Connors Stimme mit, als habe er meine Befürchtung erraten und hätte sogar noch Spaß daran. »Sie kriegen schon

Ihren eigenen richtig wieder. Ein Glasbläser kennt die feinen Unterschiede genau.«

»Hoffentlich«, sagte ich, als Praeger mich am Arm fortzog und wir den Raum durchschritten.

»Auf dieser Seite befindet sich die persönliche Glassammlung von Thomas Sheridan. Meiner Meinung nach ist es eine der herrlichsten Sammlungen aus der Blütezeit des venezianischen Kristalls, die es überhaupt gibt. Man hat sie niemals schätzen lassen ...« Der Blick, den er Connor zuschoß, war wie eine Anklage. Ich konnte mir vorstellen, daß Praeger die Sheridan-Sammlung entsetzlich gern besessen hätte. »Sheridan war kein reicher Mann, wissen Sie, aber er war ein berühmter und angesehener Glasbläser, und die Sachen kamen über andere Glasbläser in seine Hände. Sehen Sie nur ...« Er führte mich weiter und zeigte mir die zerbrechlichen, wundervollen Gegenstände, die Zeugen von Thomas Sheridans eigener Leidenschaft für diese Kunst waren — die Kelche, Teller, Humpen und die Schale, die wie eine Kuchenschüssel aussah und, wie Praeger mir sagte, Tazza genannt wurde. Alles war farbig und vergoldet und mit spitzen Diamanten geschliffen und verziert. Einige der Gläser hatten Stiele mit dem konventionellen Drachen- oder Pferdefuß.

»Zwei der schönsten Latticinio-Exemplare, die ich je gesehen habe«, sagte Praeger und zeigte auf ein Deckelglas und eine Tazza, die beide weißes Netzwerk durchscheinen ließen, was mich immer schon fasziniert hatte. Warum hatte ich mir nur nie die Mühe gemacht, Blanche danach zu fragen? Natürlich hätte sie gewußt, wie diese Dinge hergestellt werden.

Praeger fuhr mit seinen Erklärungen fort. »Früher blies man nämlich verschiedenfarbiges Glas in eine Form, in der weiße, gerade Glasstäbe schon vertikal angebracht waren. Das Gefäß kam dann auf eine Drehscheibe, und die Glasstäbe drehten sich natürlich mit. Das spitzenartige Gewebe kommt aber erst zustande, wenn man das farbige

Glas noch in eine zweite Form bläst, die auch weiße Glasstäbchen enthält. Dafür muß man ein meisterhafter Könner und Künstler sein ...« Er klopfte mit seinem Finger an die Vitrine, und ich spürte sein Verlangen, den Gegenstand seiner Beschreibung zu berühren und zu streicheln. Einen Augenblick lang hatte er Connor vergessen. Er dachte auch nicht mehr daran, sein Wissen über Technik und Kunstgeschichte vor dem Jüngeren hervorzukehren. »Bitte, Miß D'Arcy, sehen Sie sich ganz genau die winzigen Luftblasen in jedem Schnittpunkt der Glasstäbchen an, die die rautenförmigen Felder bilden.« Voller Liebe betrachtete er den zierlichen, gedrehten Stiel eines Pokals.

Während er noch stehenblieb, wanderte mein Blick zu einem großen Schrank, der abseits stand. Er enthielt ein langes, mit Samt ausgeschlagenes Fach aus schön poliertem Holz, das offen und an den Ecken abgerundet und schräg gestellt war, damit der Inhalt gut sichtbar wurde. Auf dem kleinen Etikett stand: »Die Glasbläserwerkzeuge von Thomas Sheridan.« Sie waren oft gebraucht und trugen Zeichen der ungeheuren Hitze bei diesem Handwerk. Ich fühlte, wie mir Tränen in die Augen kamen — warum, ahnte ich nicht.

Connor trat zu mir. Seine Stimme klang weich, Spott und Bitterkeit waren daraus verschwunden. »Die Großen benutzten die gleichen Werkzeuge wie der kleinste Lehrling.« Er zählte sie mir auf. »Die Pfeife und die Gußform, Pinzette, Zirkel, Schere und Kneifzange. Das angesengte Holzding da, das aussieht wie ein großes Butterholz, war sein Rakett. Gleich werden Sie sehen, daß die Leute drüben in der Fabrik heute noch dasselbe Werkzeug benutzen.« Ich guckte mir alles noch genauer an, während er fortfuhr. Er sprach so leise, daß es mir wie Flüstern vorkam. Vertrauliche, persönliche Worte erreichten mein Ohr, die nur für mich bestimmt waren: »Das war Lottis Idee, den Schrank für das Werkzeug machen zu lassen. Sie hatte wirklich sehr oft genau den richtigen Instinkt ...«

Praeger kam mit schleppendem Schritt auf uns zu, und die junge Empfangsdame reichte mir das große, ledergebundene Gästebuch. Auf der ersten Seite war noch Platz. Connor klappte es zu und gab es ihr zurück. »Nein, Daisy, eine Sheridan trägt sich nicht in das Gästebuch der Sheridan-Werke ein.«

Eine mir nicht mehr unbekannte Welle des Mißtrauens ergriff wieder von mir Besitz. Connor zog mich hinzu, schloß mich ein und wies mir einen gebührenden Platz an – ebenso oft aber warf er mich auch wieder hinaus.

Das Mädchen wurde rot und stotterte ganz verwirrt: »Entschuldigen Sie bitte, Mr. Connor. Daran hab' ich einfach nicht gedacht . . .« Sie legte das Buch auf den Schreibtisch. Als Praeger ihr gegenüberstand, reichte sie ihm ihre Hand.

»Ich möchte mich gern von Ihnen verabschieden, Herr Praeger. Sie sind ja nicht so oft hier. Wahrscheinlich ist es das letzte Mal, daß ich Sie sehe.«

»Wieso, mein Kind . . .« Ihr Name fiel ihm nicht ein, er hatte ihn vergessen. »Warum verlassen Sie uns?« Er sagte »uns«, also hatte er noch nicht alles Interesse an den Sheridan-Werken aufgegeben.

»Ich . . .« Sie wurde unsicher und sah Connor an. »Ich habe eine Stellung in Dublin bekommen, die ich in zwei Wochen antreten werde.«

»Daisy geht nicht von sich aus.« Connor hielt eine Erklärung für angebracht. »Ich mußte sie bitten, sich eine anderweitige Beschäftigung zu suchen. Wir können uns eine Daisy nicht mehr leisten. Auch wenn sie hier sehr repräsentativ wirkt und wir ihr nur ein lächerlich kleines Gehalt zahlen – wir können es uns nicht mehr leisten.«

»Aber . . .« Praeger runzelte die Stirn. Seine Gedanken waren offensichtlich nicht mit Daisy und ihrer Stellung beschäftigt, sondern hatten sich einem für ihn wesentlich wichtigeren Umstand, der mit der Kündigung zusammenhing, zugewandt. »Wer paßt denn in Zukunft auf, daß nichts beschädigt wird, wenn Besucher kommen? Regenschirme ... Kinder ... Es ist doch völlig undenkbar, die Sammlung unbeaufsichtigt zu lassen, während Publikum im Hause ist.«

Connor hob die Schultern, als wolle er andeuten, es sei kein guter Stil, das vor Daisy zu erörtern, die es gleich in der ganzen Stadt herumerzählen würde. Gleichzeitig drückte seine Geste aber auch aus, daß die Stadt ebensogut als sicher erfahren könnte, was doch schon vermutet wurde.

»Publikum wird es hier im Haus nicht geben. Ich schließe das Museum. Wir können es uns eben nicht leisten. Das ist ganz furchtbar einfach.«

»Und was soll aus der Sammlung werden?« Praegers Stimme schien zu versagen. Ich fragte mich, ob es aus innerer Anteilnahme mit den Menschen war, die nun keinen Zutritt zum Museum mehr hatten. Oder hoffte er plötzlich, die Sammlung würde verkauft werden?

»Was soll ich damit machen? Hier lassen. Hier ist sie sicherer als in Meremount, das habe ich Maura schon erklärt. Was später vielleicht einmal daraus wird – wer kann das wissen? Sie gehört nicht mir, daß ich darüber verfügen könnte.« Er sah auf seine Uhr. »Ich glaube, wir gehen jetzt weiter. Es ist schon bald Mittagspause, und die Leute würden es mir echt übelnehmen, wenn sie sich die letzte Sheridan nicht richtig ansehen dürften. Wenn man mir natürlich vorher gesagt hätte, daß heute die Besichtigung stattfinden sollte, hätte ich die Arbeiter die schönsten und interessantesten Sachen machen lassen. Nun können sie sich nicht so produzieren, wie sie gern möchten ...« Ungeduldig hielt er uns die Tür auf. Jetzt hatte er zu sagen. Der Wechsel vom Museum zur Fabrik war vollzogen, und wir hatten die Sphäre verlassen, die mit dem Praegerschen Geld in Berührung gekommen und neu gestaltet worden war. Er betrat das Reich, das immerhin noch die Sheridans unter sich hatten, auch wenn es verarmt und antiquiert war.

Nichts, was mir Brendan, Connor oder Praeger erzählt hatten, hatte mich auch nur annähernd auf den Anblick vorbereiten können, der sich mir bot, als ich die Glasbläser bei der Arbeit sah. Wir gingen über den Fabrikhof und kamen in einen langgestreckten Steinbau, dessen Wände alters- und rußgeschwärzt waren und der mit großen, fülltrichterähnlichen Abzügen ventiliert wurde. Man fühlte sich in eine Szene aus dem finstersten Mittelalter versetzt. In dem Gebäude war es düster, das einzige Licht schien von den glühenden Hochöfen zu kommen. Ihre heißen roten Schlunde fesselten den Blick auf sich und reizten die Augen, und ihr Heulen erfüllte die Luft – es war das Getöse der Flammen und das Geräusch von zerbrechendem Glas. In der Dunkelheit schienen sich die Gestalten der Arbeiter ohne Sinn und Anordnung hin und her zu bewegen. Lange Zeit konnte ich weder ein System noch einen Arbeitsrhythmus darin erkennen. Ich hätte ihnen am liebsten zugerufen, sie sollten aufhören, damit ich alles unterscheiden könnte. Ich wollte mir ins Gedächtnis zurückrufen, was man mir schon vorher erzählt hatte, und versuchen, den Erklärungen, die Connor mir ins Ohr brüllte, zusammenhängend zuzuhören – aber das ging nicht. Das Überraschendste bei dem ganzen seltsamen Gang der Handlung war die große Eile, die die bewegte Szenerie beherrschte. Ich begriff allmählich, daß sie alle in raschem Tempo arbeiten mußten, um das unerforschliche Gesetz der Schwere in Schach zu halten. Denn anders würde das geschmolzene Glas am Ende des Blasrohrs die gewünschte Form nicht beibehalten. Sie mußten außerdem gegen die Geschwindigkeit ankommen, mit der flüssiges Glas abgekühlt und sich dann der Formgebung durch Blasen und Zentrifugalkraft widersetzt.

Ich merkte, wie ich mich an die stabilen Gestalten von Praeger und Connor preßte, als der glühendheiße Strahl aus dem Hochofen schoß, und wollte auch gar nicht näher an den Vorarbeiter herantreten, um ihn bei der Arbeit auf seinem Stuhl zu beobachten, wie er drehte, verzierte, zurechtschnitt und Maß nahm. Mehrere Arbeitsgruppen waren am gleichen Glorientiegel damit beschäftigt, hin und wieder ihr Stück in die Glut zu halten, solange es noch nicht vollendet war. Diese dämonischen, glühenden Ballons am Ende der Pfeifen drehten sich zu beiden Seiten von mir in der Luft, und ich gab mir redlich Mühe, nicht zurückzuzucken und der Hitze und dem schnellen Durchgang auszuweichen, und versuchte, meine Augen nicht in Angst und Schrecken zuzumachen. Es war ein präzises, fachmännisches und kompliziertes Ballett, das in schwierigem Rhythmus und Zeiteinteilung aufgeführt wurde. Ein Außenseiter konnte es nicht sofort mit seinen Blicken erfassen. Ihm blieb nichts, als das Wunder zu beobachten, das das Produkt dieses wechselseitigen Spiels war, dieses Tanzes von Geschicklichkeit und fachmännischem Können. Dann kam der Szenenwechsel noch hinzu: das Spiel mit dem Feuerball, das der Meister und sein Gehilfe vollführten, der Übertritt des Külbel aus der Pfeife in die Form, die Exaktheit des kräftigen Blasens, das die Vase oder Schale schließlich von dem nabelschnurähnlichen Werkzeug löste. Es war ein furchterregender, schneller und wundervoller Tanz in mittelalterlicher Dunkelheit.

Als die Stücke fertig waren, an denen sie arbeiteten, rief Connor einen nach dem andern der Vorarbeiter zu sich und stellte sie mir vor. Es war eine verwirrende Menge von Namen und irischen Gesichtern mit ausgetrockneter Haut und blassen Augen, denen man die Überanstrengung der langen Jahre an den Glorientiegeln ansah. Nur zögernd boten sie mir ihre schmutzigen Hände an, wenn sie auch durchaus nicht gewillt waren, auf einen Händedruck zu verzichten. Ich konnte ihre Blicke von mir zu Connor und dann zu Praeger wandern sehen. Sofort wurden Vermutungen und die Hoffnung wach, daß es doch noch wieder einen neuen Anfang für Sheridan-Glas geben könnte. Praeger war der Repräsentant für das Geld, und ich – ich war wohl ein Symbol der Wiederkehr von etwas, das sie längst für tot gehalten hatten. Ich war eine Sheridan, das Enkelkind des Mannes, bei dem noch einige von ihnen in die Lehre gegangen waren, und Trägerin der Tradition. Vielleicht verkörperte ich für sie auch Lotti, die seltsame junge Frau, die plötzlich unter ihnen geweilt hatte als Bindeglied zwischen Connor und Praeger und Katalysator einer neuen Ära. Viele von ihnen mußten sich Lottis erinnern, wie sie hier zwischen denselben beiden Männern gestanden hatte. Aber ihnen schien es natürlich unvergleichlich viel besser, daß jetzt eine junge Frau da war, die zum Haus gehörte, ein direkter Nachkomme und keine Ausländerin, sondern Irin war. Ich konnte mir vorstellen, was sie beim Mittagessen alles zu bereden und abends zu Hause zu erzählen haben würden. Wie schnell würde aber das Ganze in Vergessenheit geraten, wenn sie dann in einem oder zwei Tagen hörten, daß ich wieder fort sei.

Die Sirene ging, es war Mittagspause – und so war auch dies überstanden. Connor sagte: »Das Schleifen und Polieren können Sie ein anderes Mal sehen. Ich werde den Leuten sagen müssen, daß Sie wiederkommen.«

Dankbar betrat ich wieder den kühlen Fabrikhof.

III

O'Keefe stand neben dem geöffneten Wagenschlag, und Praeger hielt mich am Arm. »Kommen Sie«, sagte er, »Sie essen doch mit mir auf Schloß Tyrell zu Mittag?« Es war eigentlich keine Frage – er tat so, als gäbe es gar keine andere Möglichkeit. Trotzdem war ich diesmal nicht bereit, ihm zu gehorchen.

Connor ergriff das Wort, ehe ich eine passende Antwort finden konnte. »Ich glaube, Mr. Praeger, es wird langsam Zeit, daß Maura etwas von der Stadt sieht, finden Sie nicht auch? Und umgekehrt sollte auch die Stadt etwas von ihr sehen.« Er wandte sich mir zu. »Würde es Ihnen Spaß machen, im hiesigen Wirtshaus einen kleinen Imbiß einzunehmen? Delikatessen für Feinschmecker gibt es da nicht, aber Guinness vom Faß. Und das ist ja auch wohl das einzige, was Schloß Tyrell Ihnen nicht bieten kann.«

Sie mochten sich gar nicht, aber sie respektierten sich gegenseitig. Lotti hatte es wahrscheinlich amüsiert, der umkämpfte Gegenstand zu sein. Aber ich war es leid, Lottis Platz einzunehmen, nur weil es eine Wohltat für Praeger war. Es ging nicht an, daß er mich gänzlich vereinnahmte. Natürlich würde es ihm eine Enttäuschung bereiten, das war mir klar. Trotzdem nahm ich Connors Einladung an.

»Ganz wie Sie wünschen«, sagte Praeger steif. Er gab mir die Hand. »Dann wollen wir also Lebewohl sagen. Sonntag fliege ich nach New York.«

»Heute ist Donnerstag. Darf ich noch einmal nach Schloß Tyrell kommen?«

»Ganz wie Sie wünschen«, wiederholte er. Als er abfuhr, sah er sich nicht mehr nach mir um. Sein grobknochiges Gesicht war traurig und unversöhnlich. Aber mir machte es Freude, mit dem Menschenstrom, der dem Tor zustrebte, einzupassen, den Gesprächen zuzuhören und die Flachsereien aufzuschnappen, die hin und her flogen – einige davon meinetwegen, wie ich mir einbildete. Ein eigentümliches Zugehörigkeitsgefühl überkam mich, als ich mitten unter ihnen war und sie mich akzeptierten, als sei ich immer schon ein Teil der Sheridan-Glashütte gewesen.

Am Tor durchfuhr mich plötzlich ein freudiger Schreck, als ich die große Gestalt vor uns erkannte: »Brendan!« Ich hatte seinen Namen gerufen, noch ehe ich bedachte, daß Connor neben mir ging. Der andere Mann wandte sich um und zeigte ein langsames und mutwilliges Lächeln. Mir war klar, daß er gewußt hatte, wo wir waren, und nur wartete, um meine Reaktion zu beobachten – denn mit meinem Zuruf zog ich mir ja bestimmt Connors Mißbilligung zu.

»Tatsächlich, Sie sind es«, sagte er. »Ich hatte natürlich gehört, daß Sie in der Fabrik sind. Man konnte nämlich das Gerede darüber durch halb Cloncath vernehmen. Wie geht es Ihnen denn? Und wie geht es Lady Maude?«

»Danke, mir geht's gut – und ihr geht's besser.«

Er nickte. Als er jetzt mit Connor sprach, konnte er ihn über mich hinweg ansehen, so groß war er. »Ich hatte mir nur ein paar Kleinigkeiten geholt, die noch in meinem Schreibtisch waren – und ein letztes Lebewohl mit einigen Arbeitern gewechselt. Es ist ja tatsächlich das zweite Mal, daß ich mich verabschiede. Deshalb machen sie natürlich schon ihre Bemerkungen über meine Primadonna-Allüren.«

»Sie gehen fort?« Ob das sehr unglücklich klang?

»Ja, mal wieder. Morgen. Ich habe gerade mit den Umzugsleuten verhandelt. Sie sollen meine Sachen aus dem Pförtnerhaus nach Bristol bringen, sowie ich da ein eigenes Domizil habe. Mein Mietvertrag läuft ja noch einige Zeit, aber das werde ich kaum mehr ausnutzen können.« Das alles sagte er eigentlich mehr für Connor als für mich. Die beiden konnten sich wohl nur über Dritte verständigen. Connor schwieg immer noch. Kein Abschiedswort, keine Wünsche für die Zukunft. Aber warum, dachte ich, sollte er denn auch Carroll Brendan Glück wünschen? Es konnte doch kein wohlmeinendes Wort mehr zwischen den beiden gefallen sein, seit Lotti damals umkam – hatten sie das Allernotwendigste miteinander gesprochen, um den Schein zu wahren.

Ich fühlte mich plötzlich der Verzweiflung nahe. Er ging fort, und ich würde ihn vielleicht nie wiedersehen. Deshalb klammerte ich mich an das einzige, das mir einfiel, um ihn noch zurückzuhalten und eine Verbindung zwischen uns herzustellen. »Ihr Scheck«, sagte ich. »Ich muß Ihnen noch Ihren Scheck zurückgeben.«

»Das war eine Abschlagszahlung auf den Culloden-Pokal.«

»Aber ich will ihn behalten. Ich gebe ihn nicht her . . .« Das wurde mir jetzt zum erstenmal klar.

Er hob die Schultern. »Was Sie damit tun, steht ganz in Ihrem Belieben. Vielleicht überlegen Sie es sich noch anders und trennen sich doch davon. Wie dem auch sei — mein Vorschlag geht dahin: ich habe den Pokal gekauft und schenke ihn Ihnen.«

»Wie schön, wenn man sich solche Allüren erlauben kann.« Connors Spott war unverkennbar.

»Ich dachte, du wüßtest«, entgegnete Brendan betont affektiert, »daß die, die es sich am wenigsten leisten können, am großzügigsten sind. In meine höchstpersönlichen Dummheiten darfst du mir wohl kaum hereinreden, mein Guter.« Als hätte er schon zuviel gesagt, gab er mir ganz schnell die Hand und fügte nur hinzu: »Also nochmals auf Wiedersehen und eine gute Heimreise — das heißt, wenn Sie überhaupt wieder zurückgehen.« Er wandte sich um und ging, ohne noch ein Wort an Connor zu richten, über die Straße und auf den Marktplatz zu. Unsere Blicke folgten ihm, bis er beim Gericht um die Ecke bog.

»Gott sei Dank, er geht — und ich hoffe, ich sehe ihn niemals wieder.«

Bei diesen Worten faßte Connor mich beim Arm, wie er es in der Art bis jetzt noch nicht getan hatte. Wir schlugen die gleiche Richtung wie Brendan ein. Ein dumpfer Schmerz bemächtigte sich meiner, und ich ahnte, daß ich etwas ganz Großes verloren hatte — eine Stütze und einen Halt. Meine Füße waren bleiern, und das Ende der Glashüttenstraße schien kilometerweit weg. Connor stützte mich, und darüber war ich seltsamerweise froh.

IV

»Die Vier Königreiche« war das einzige Hotel in Cloncath — »das einzige, wo man essen kann«, sagte Connor, als wir über den Marktplatz darauf zugingen. »Früher hieß es ›Wappen von Tyrell‹, aber nach unserem ruhmvollen Aufstand hat man es angeblich schnell umgetauft.«

»Das klingt, als glaubten Sie nicht so recht an den ruhmvollen Aufstand.«

»Ich glaube immer an das, was nützlich ist — an die praktischste Lösung.« Er stieß die Tür zur Bar auf. Wärme und Lärm empfingen uns — und die Blicke vieler Augenpaare. Es waren fast ausschließlich Männer anwesend — die Akademiker der Stadt, vereinzelte wohlhabende Gutsbesitzer und ein paar andere, die nichts taten, als zum Rennen zu gehen, sofern man ihren Worten glauben konnte. Connor kannte sie alle und stellte mir die meisten vor. ». . . meine Kusine Maura D'Arcy.« Er tat so, als seien wir enger verwandt, als es den Tatsachen entsprach, zog mich ganz in den Kreis hinein, wie er es schon in der Glasfabrik getan hatte, und behandelte mich mit stolzer Besitzermiene. Die Gedanken der Älteren unter ihnen konnte ich unschwer lesen, als Connor meinen Namen nannte: die Geschichte von Blanche Sheridan, die die beste Partie der Grafschaft gemacht hatte und die Ehe wegen eines unbekannten Mannes auflöste. Die jüngeren Männer in Connors Alter hatten die Geschichte vielleicht einmal gehört, aber längst wieder vergessen. Für diese Generation war sie nicht mehr unglaublich und ein Skandal. Sie benahmen sich nicht anders als andere junge Leute bei der Begrüßung auch: ein unverhohlen abschätzender Blick für mein Gesicht und meine Figur und dann Fragen, um herauszubekommen, ob ich zu ihnen paßte. »Ich hoffe, Sie bleiben nun etwas länger hier, wo Sie gerade gekommen sind« und »Zu den Briggan-Rennen bringen Sie sie doch mit, nicht wahr, Connor?« Hier fragte man nicht nach Lady Maude. Für diesen Kreis war sie schon tot, wenn sie überhaupt je für diese jungen Leute existiert hatte. Sie verkörperten das neue Irland, das Aufstände und Bürgerkrieg hinter sich hatte. Sie wollten Irlands Fortschritt, wollten die Vergangenheit vergessen und den Wohlstand herbeiführen. Sie setzten mir mit Fragen zu, boten mir Drinks an, und ihr Flirten war ebenso für Connor wie für mich ein Kompliment. Und dann schlug eine Hand etwas zu schwer auf Connors Schulter und eine lallende Whiskystimme sagte: »Ja, Connor, das muß man dir lassen. Du hast zwei schöne Frauen bekommen, nur diese sieht wie eine Irin aus.«

Ohne zu antworten oder den Sprecher nur anzusehen, schüttelte Connor die Hand ab, setzte sein Glas auf die Theke und nahm mir auch meins ab.

»Wir wollen mal nachsehen, ob es etwas zu essen gibt.« Wieder nahm er mich beim Arm und führte mich von der Bar in den Eßsaal. Als er mir die Tür aufhielt, fiel mein Blick in die Ecke daneben. Brendan Carroll saß mit zwei anderen Herren dort. Ich stutzte bei seinem Anblick. Da hob er mir feierlich sein Glas zum Gruß entgegen, aber seine Augen und sein Mund lachten. Er war Zeuge der Szene an der Bar und des Vorausgegangenen gewesen. Schlagartig sah ich jetzt alles mit seinen Augen: die entgegenkommende Aufnahme, die ich in dem kleinen Kreis gefunden hatte, die Anerkennung, die ein bekannter Name mit sich bringt, und das sofortige Gefühl der Dazugehörigkeit. Er mußte ja annehmen, daß ich dem verführerischen Losgelöstsein und Zauber erlegen war und jetzt mein Interesse diesem Leben zuwandte. Teils hatte er sogar recht. Mir klangen noch seine Worte in den Ohren: ». . . falls Sie zurückgehen.« Und nun wurde mir auch klar, was er damit gemeint hatte.

Brendan kam nicht in den Speisesaal. Mein Blick wanderte zur Tür, sobald sie sich öffnete. Während des Essens sprachen Connor und ich kaum miteinander. Wir wurden häufig von Leuten gestört, die an unseren Tisch kamen oder durch den Saal riefen. Ich hatte das Gefühl, das sei ihm gar nicht unlieb. Connor kannte keine oberflächlichen Unterhaltungen, wenn ihm etwas Schwerwiegendes auf der Seele lag. Eine Menge war ja passiert, seit wir uns an jenem Morgen am Fußende von Lady Maudes Bett gegenübergestanden hatten, und die Erinnerung daran und die Spuren waren noch keineswegs verwischt. Meiner Meinung nach war es unmöglich, daß wir gut miteinander auskommen würden. Er hatte dort in Lady Maudes Zimmer versucht, mich herauszuhalten – und es war ihm mißglückt. Ganz im Gegenteil – er hatte Lady Maude und mich zu unwahrscheinlichen Verbündeten gemacht. Als Praeger sich dann eingemischt hatte, wollte Connor mir mit aller Kraft ein wirkliches Zugehörigkeitsgefühl vermitteln. Das war mir lästig und verwirrte mich. Deshalb war ich für die Störungen bei Tisch irgendwie dankbar, denn gerade in diesem Augenblick wäre ich einem Kampf mit Connor nicht gewachsen gewesen.

Als wir fertig waren, führte er mich durch den Speisesaal in die kleine Hotelhalle. »Vielleicht mögen Sie hier kurz warten – oder wollen Sie lieber in die Garderobe gehen, um sich zu pudern? Ich will eben den Wagen holen und Sie dann nach Hause fahren.«

Vorhin hatte ich Brendan beobachtet, wie er über den Marktplatz ging, nun beobachtete ich Connor dabei und überlegte, ob er sich versprochen hatte, als er sagte: »Ich will Sie nach Hause fahren.« Oder sollte er es wirklich gemeint haben?

V

Die vorsichtige, fast gesetzte Art, mit der Connor am Steuer saß, überraschte mich. Ich hätte mir eher gedacht, daß sein Chauffieren seiner inneren Unruhe und seinen Stimmungen entspräche. Aber er fuhr ruhig und mit großer Leichtigkeit. Vielleicht haftete mir auch noch im Gedächtnis, was Brendan über Lotti gesagt hatte: »Sie ist immer viel zu schnell gefahren.« Wir ließen Cloncath hinter uns, fast ohne daß ich es bemerkte. Nun befanden wir uns zwischen Steinmauern und Laubbäumen auf dem Lande, und ich fühlte mich entspannt und losgelöst bei dem monotonen Fahren und Connors Schweigen, das auszudrücken schien, er hätte unendlich viel Zeit. Außerdem machte sich der Aperitif bemerkbar. Ich war schläfrig, und im Halbschlaf dachte ich an Brendan und wollte es einfach nicht glauben, daß ich ihn heute zum letztenmal gesehen haben sollte. Aber wie sollte es denn sonst kommen? Das wußte ich nicht. Trotzdem tat der Drink auch hier seine Wirkung und verlieh mir eine große Zuversicht. Ich würde das Unnennbare finden, um dessentwegen ich nach Irland gekommen war, und meinem Schicksal nicht ausweichen.

Ich wurde aus meinen Gedanken gerissen, als Connor beim Südportal von Schloß Tyrell die Chaussee verließ und vorsichtig einbog. »Wollen wir Herrn Praeger besuchen?«

»Lieber nicht«, erwiderte er beiläufig. Als wir an dem Pförtnerhaus vorbeifuhren, winkte er der Frau zu, die zum offenen Portal gelaufen kam, um nachzusehen, wer gekommen sei. Ich sah das Lächeln, mit dem sie sein Winken erwiderte, und merkte, daß Connor trotz aller Differenzen mit Praeger hier willkommen war und sich uneingeschränkter Autorität erfreute.

»Was denn sonst?« fragte ich.

»Geduld«, sagte er. »Sie werden schon sehen.«

»Sie selbst sind auch nicht mit besonderer Geduld begnadet.« Würde ich doch nur nicht immer so schnell auf ihn reagieren, wenn er versuchte, zart und einfühlend zu sein! Aber ich begriff allmählich, warum sogar jemand wie Lotti Praeger — eine erfahrene Frau, die aufgeschlossen für Charme und Männlichkeit und vielleicht der Männer ein wenig überdrüssig war — sich durch eine Heirat mit Connor hinreichend ausgefüllt gefühlt haben mochte und glauben konnte, daß die Ehe von Bestand sein würde. Wahrscheinlich wußte Connor das alles auch schon selbst und bediente sich dieser Erkenntnis mit Klugheit und Geschick. Er brachte mich einfach aus dem Gleichgewicht. Der Kampf der Geschlechter und seine Spielregeln waren ihm nicht unbekannt.

Ehe wir zum See kamen, wendete er den Wagen und bog in einen ungepflasterten Seitenweg ein, der sich anscheinend an dem dem Schloß gegenüberliegenden Ufer entlangzog. Die Sonne schien heute nicht. Deshalb lagen die Azaleenbeete, die sich unter den Fenstern der Galerie hinzogen, in der Otto Praegers Bilder hingen, im Halbschatten. Ob er wohl heute seine Blicke lieber den Gemälden als dem See zuwandte, während er seinen einsamen Tee einnahm?

Connor brachte den Wagen zum Stehen. Wir befanden uns am Ende des Weges, wo ein verfallener, tempelähnlicher Pavillon mit Blick auf das Schloß stand. Sein Dach war eingestürzt, und die Säulen, die es getragen hatten, waren unter üppig wucherndem Efeu versteckt. »Es heißt«, sagte Connor, als er die Wagentür öffnete, »daß Diener aus dem Schloß hier während der Aufstände Waffen und Munition lagerten und daß Lady Maudes Bruder es entdeckte und denunzierte. In jener Nacht plünderte die ortsansässige Jugend das Haus und brannte es nieder. Ob das nun wahr ist, habe ich Lady Maude bisher noch nicht gefragt.« Er zeigte auf einen Fußweg, der sich unter den Bäumen hinzog, und fügte hinzu: »Lassen Sie uns dort entlanggehen. Wahrscheinlich kann man uns hier nicht entdecken, sofern Otto Praeger uns nicht schon längst mit dem Fernglas beobachtet. Und wenn schon — das schlimmste, was uns passieren kann, ist eine Einladung zum Tee. Ich glaube nicht, daß er uns das Recht streitig machen würde, hier spazierenzugehen — Ihnen nicht und mir auch nicht.«

»Nein, das glaube ich auch nicht. Aber er hat es doch auch noch nie versucht, nicht wahr?«

Er antwortete nicht, aber ich merkte aus seinem Schweigen, daß meine harmlosen Worte zugunsten Praegers ihm mißfallen hatten. Ich überließ ihn seinen Gedanken und fragte nicht, wohin wir gingen. Der gedämpfte Klang unserer Schritte auf dem feuchten vorjährigen Herbstlaub und das Plätschern der kleinen Wellen am Seeufer schlugen an mein Ohr. Der Weg, der bisweilen im Laub und Unterholz zu verschwinden schien, führte die Bucht entlang und endete, wo weiter entfernt keine Bäume mehr standen. Dort sah ich den gemähten grünen Abhang vorm Schloß. Eine muntere Schar Wildenten hielt mit uns Schritt. Das glänzende Gefieder der Enteriche bildete den einzigen Farbklecks auf dem grauen Wasser. Wir gingen um die schmale Bucht, bis die Bäume spärlicher wurden, und machten einen Umweg um ein Efeufeld und an grünen Rasenflächen vorbei. So gelangten wir schließlich bis fast genau vor O'Ruaircs Turm, der so dicht neben den langgestreckten Gebäuden stand, daß wir von innen nicht entdeckt werden konnten, wenn sich nicht jemand aus einem Fenster herauslehnte. Weit und breit war niemand zu sehen. Connor führte uns in aller Ruhe über den weichen Rasen bis zu einer niedrigen Tür unten im Turm. Im Laufe der Jahrhunderte hatte sich das Gebäude gesenkt, und der Rasen war aufgeschüttet worden. Deshalb mußten wir zur Tür heruntergehen. Connor suchte den passenden Schlüssel für das moderne Türschloß aus seinem Schlüsselbund heraus.

»Haben Sie für Schloß Tyrell alle Schlüssel?« fragte ich. »Oder dringen Sie hier widerrechtlich ein?«

Er stieß die Tür auf und langte zum Lichtschalter, blickte über die Schulter und lächelte über meine Worte. »Kein unbefugtes Betreten«, sagte er. »Ich habe einen Schlüssel und gehöre ja auch immerhin zur Familie, finden Sie nicht? Praegers Familie. Aber Sie – Sie sind ja eine Tyrell. Sie haben hier Vorrang.«

»Bitte, lassen Sie das!« sagte ich. »Versuchen Sie nicht, Lady Maudes fixe Idee auf mich zu übertragen. Tyrell existiert in Wirklichkeit ja gar nicht mehr – nur noch in ihrem Geist.«

»Es existiert«, sagte er. »Es existiert mehr, als Sie denken – der ganze Mythos derer von Tyrell und ihresgleichen in Irland. Selbst nach fünfzig Jahren ist noch vieles davon wachgeblieben. Und es wäre auch jammerschade, wenn es in Vergessenheit geriete. Irland hatte den Krieg der innerlichen Unabhängigkeit schon lange gewonnen, ehe das Wort Unabhängigkeit in Mode kam. Es wäre höchst bedauerlich, wenn das je vergessen würde.«

»Ich war der Meinung, Sie hielten den Aufstand für etwas sehr Nützliches und Reales.«

»Das stimmt. Aber auch der Pragmatismus kennt seine Helden und seine Bösewichte. Der Ire braucht eine eigene Folklore. Es fällt ihm außerdem leichter, jemanden zu hassen und zu bekriegen, den er, wie zum Beispiel die Tyrells, kennt, als eine anonyme Masse Mensch, die sich Engländer nennen, zu verabscheuen.«

Er nickte plötzlich mit dem Kopf, um mich aufzufordern, vor ihm einzutreten, und konnte dabei einen Anflug seiner üblichen Ungeduld nicht unterdrücken. »Na, was ist denn nun? Wollen wir die irische Frage diskutieren oder auf den Turm steigen und den Rundblick von oben genießen?«

»Sind wir deshalb hergekommen?«

»Natürlich. Warum denn sonst?«

Es war unbefugtes Betreten, und ich hatte hier effektiv keine Rechte – nicht mehr als er. Aber es war wohl wirklich so, wie er es mir auseinandergesetzt hatte: der Mythos derer von Tyrell war noch nicht erloschen, man wurde in ihren Bann gezogen, und sie hielten einen fest. Ich ging ihm voran. Mein Fuß betrat die erste der steilen, ausgetretenen Steinstufen, die als Wendeltreppe schmal und schwindelerregend vor mir nach oben führten, mitten in der dicken Mauer des Turms von O'Ruairc.

»Der Tyrellsche Besitz.« Connors Arm holte weit aus über die Brüstung. Er umfaßte mit dieser Bewegung die ganze Landschaft ringsum. »Bis nach Cloncath und bis nach Doylestown – so weit man sehen kann, wie Lady Maude zu erzählen beliebt. Und es könnte auch tatsächlich wahr sein. Früher hat ihnen wirklich die halbe Grafschaft gehört, und was sie nicht rechtmäßig besaßen, stand unter ihrer politischen Kontrolle.«

Ich folgte seinen Zeichen und Erklärungen. Dicht um uns herum lag der Schloßpark, dann kamen die Felder und Weiden wie ein kleingemusterter, hübscher Teppich und dahinter Cloncath und die grauschimmernde See. Ich konnte auch Meremount und die beiden Pförtnerhäuser erkennen. Über den tiefergelegenen Flächen, vornehmlich entlang den Flüssen, begannen die Nebel zu fallen und verhüllten die Bäume, die die Landstraße einfaßten. Es war eine anmutige und friedvolle Landschaft, die ihre grausame Geschichte nicht ahnen ließ. Als ich den dreißig oder mehr Meter tiefen, steilen Abgrund hinabsah, entdeckte ich unten das satte Grün des Rasens. Ich dachte an die Bogenschützen, mit denen diese Mauern bemannt gewesen waren, an die Kämpfe, die um den Besitz dieser Steinmassen ausgefochten worden waren, und an die letzte Schlacht, die die Tyrells schließlich verloren hatten.

»Ist es denn so wichtig?« fragte ich. Langsam wurde mir das Thema leid. »Ist es denn so wichtig, daß es früher einmal den Tyrells gehört hat? Die Tyrells sind ausgestorben – das habe ich ja vorhin schon gesagt.«

Er widersprach nun nicht mehr. »Sie haben recht«, sagte er. »Macht heute hat nichts zu tun mit dem, was einmal war. Und um die Zukunft muß immer wieder gekämpft werden. Dort drüben . . .«, fügte er hinzu. Mit einem Kopfnicken zeigte er auf das dunkle Schieferdach von Meremount inmitten seiner Felder. »Mit den Tyrells ist es vorbei, aber es könnte doch eine Zukunft für die Sheridans geben.«

Ich wartete. Ich wollte ihm weder helfen noch zuvorkommen.

»Heute morgen . . .«, fing er an. »Als Sie heute morgen in Lady Maudes Zimmer kamen, sprachen wir gerade über . . .«

»Sie stritten sich«, verbesserte ich ihn. »Sie brüllten. Sie brüllten ebenso wie in der ersten Nacht — der Nacht, als sie ihren Anfall bekam.«

Er sah mich völlig überrascht an, und sein Ausdruck verdüsterte sich. »Woher wissen Sie das?«

»Ich wachte davon auf — das war doch klar. Es war so laut, daß jeder davon aufgewacht wäre. Es hat sie ja doch fast umgebracht, nicht wahr? Und seitdem denken alle, daß es durch mein plötzliches Auftauchen gekommen sei. Ich habe wohl gehört, wie Sie diese Lügengeschichte erzählt haben und die Leute bei diesem Glauben ließen. Und ich habe darauf gewartet, daß Sie selbst mir die Wahrheit sagen sollten. Aber Sie hätten mir nie die Wahrheit gesagt, nicht wahr?«

Er sah mir offen ins Gesicht. Und wieder erkannte ich den Mann, den Wut und Verzweiflung gepackt hatten, der mir in diesem Zustand schon vertraut war und den ich so viel besser kannte als den höflichen Charmeur.

»Weiß Gott, nie und nimmer! Und warum sollte ich auch? Wenn Sie etwas von dieser Misere über sich ergehen lassen mußten, dann ist das wohl nur recht und billig gewesen. Nicht eingeladen und nicht angemeldet kamen Sie hier an . . .«

»Und nicht erwünscht . . .«, fügte ich hinzu.

»Ja, nicht erwünscht. Die ganzen Jahre hindurch habe ich hier geschuftet und etwas auf die Beine gestellt — und plötzlich kamen Sie. Sie waren einfach da — die Enkelin. Eine Tyrell, nicht unbedingt eine Sheridan. Und sie wollte

Ihnen am liebsten alles vermachen. Und deshalb trifft Sie die Verantwortung – ebenso als wären Sie dabeigewesen, als wir den Strauß ausfochten.«

»Das war es also, was Sie ihr in jener Nacht gesagt haben und wohl auch heute morgen?«

»Jawohl – und zwar ebenso ausführlich. Sie können sich darauf verlassen, daß ich die alte Hexe von Grund auf kenne! Sie ist eine Tyrell – ich hatte weiß Gott genug Zeit, um zu merken, was das heißt. Und auch, was es ihrer Meinung nach heißt, und welche Rechte und Privilegien daraus erwachsen. Deshalb sagte ich ihr klipp und klar: entweder blieben Sie oder ich. Und ich dächte nicht daran, dieses Hundeleben auch noch unter der nächsten Tyrell-Generation zu führen.«

»Wenn ich bliebe – was hat sie denn dazu gesagt?«

»Nichts, überhaupt nichts. Sie hat gar nichts gesagt, weil sie nicht sprechen konnte. Da passierte es ja gerade.«

»Dann wissen Sie es also immer noch nicht? Sie wissen immer noch nicht, was wäre – wie sagten Sie noch genau? –, wenn ich bliebe oder Sie?«

»Nein, ich weiß es nicht. Und das Teufelsweib wird auch alles tun, damit wir nichts erfahren – sie will mich am Gängelband führen und, wenn sie kann, auch Sie. Solange sie lebt, wird niemand etwas erfahren.«

»Und heute morgen haben Sie wieder versucht, das herauszubekommen, nicht wahr? Deshalb kam der Streit zwischen Ihnen beiden zustande – und das Geschrei.«

»Ja«, sagte er. Jetzt klang seine Stimme schon ruhiger. »Deswegen war das Ganze. Heute morgen hörte ich, wie Annie Swift & O'Neil antelefonierte. John O'Neil wird Montag aus Dublin kommen, deshalb nehme ich an, daß sie ihr Testament ändern will.«

»Swift & O'Neil?« Mir fiel ein, daß ich den Namen auf den Briefen gelesen hatte, die nach meiner Geburt an Blanche gerichtet waren.

»Die Anwälte der Tyrells. Man kann sich also vorstellen, daß Änderungen im Testament vorgenommen werden sollen. Das kann nur eins bedeuten: Sie kommen hinein.«

»Es bedeutet aber nicht, daß Sie enterbt sind.«

»Das ist richtig, es bedeutet nicht unbedingt, daß ich enterbt bin. Aber da paßt sie eben enorm auf, daß keiner von uns das weiß. Nicht bis zum Tage ihrer Beerdigung, wenn John O'Neil uns den Wortlaut des Testaments vorliest. Bis dahin läßt sie uns zappeln.«

»Und Ihnen wäre es natürlich lieber, wenn sie jetzt stürbe – bevor sie irgendwelche Änderungen vornehmen kann.« Das durfte nicht unerwähnt bleiben – ich mußte es einfach loswerden. »Wollten Sie das neulich in der ersten Nacht versuchen – sie töten? Und heute früh haben Sie es zum zweitenmal versucht?«

»Sie töten?« Sein Ton war voller Bitterkeit und ließ keinen Zweifel an den Tatsachen. »Manchmal möchte ich es schon, ist das menschlich nicht verständlich? Aber so einfach ist das Töten nun auch wieder nicht. Es ist wesentlich schwieriger, es wirklich zu tun, als es nur zu wollen. Aber wer behauptet, er hätte noch nie im Leben den einen oder andern lieber tot als lebendig gesehen, der lügt ganz einfach. Wollten Sie das hören? Ob ich versucht habe, sie umzubringen? Ich bin ihr schließlich nicht an die Gurgel gefahren oder habe sie mit einem harten Gegenstand erschlagen. Aber vielleicht – ja, vielleicht habe ich doch versucht, sie umzubringen. Ich kann Ihnen nichts anderes sagen, denn das ist die Wahrheit. Sie haben mich danach gefragt. Nun kennen Sie sie.«

Ich kannte sie – oder wenigstens genug von der Wahrheit, um zu begreifen, daß alles wie die volle Wahrheit klang. Wie geschickt wußte er die Wahrheit zu drehen und zu wenden! Wie sehr verließ er sich darauf, daß ich schokkiert sein und meine ganze Einstellung ihm gegenüber ändern müßte.

»Angenommen – nur einmal angenommen, Lady Maude beabsichtigte tatsächlich, ihr Testament zu ändern?

Mich mit hineinzunehmen, aber auch Sie nicht zu enterben. Was dann?«

Er schüttelte den Kopf. »Das ist unmöglich. Da ist nichts, was geteilt werden könnte. Würde man alles, was da ist, für einen einzigen Zweck verwenden — um die Glashütte wieder auf die Beine zu stellen —, dann könnte man es schaffen. Wenn man aber zu teilen versucht, dann geht das Ganze vor die Hunde.«

»Und angenommen — angenommen, sie hat nicht die Absicht, es zu teilen? Angenommen, alles soll für mich allein sein?« Ich empfand die himmelschreiende Ungerechtigkeit dessen, was ich sagte. Und so langsam begriff ich auch das Ausmaß von Ungerechtigkeit, zu dem die alte Dame fähig war, wenn es um die Tyrells ging und darum, ihrem Familiensinn Genüge zu tun.

Connor zuckte resigniert die Schultern. Auch er gab diese Möglichkeit durchaus zu. Es gab Ungerechtigkeit auf Erden, warum sollte sie ihm nicht widerfahren? Er hatte ja schon zugegeben, daß er unter Umständen hätte töten wollen, ehe die Ungerechtigkeit zum rechtsgültigen Sachverhalt werden konnte.

»Dann steht es Ihnen natürlich zur Verfügung. Aber Sie werden alles wieder verlieren. Was Sheridan-Glas braucht, ist ein Sheridan. Man kommt ohne einen so genialen Glasbläser wie Brendan glänzend zurecht, weil alles einfach weitergehen kann wie bisher. Das Wesentliche aber, was dahinterstehen muß, ist der Sheridansche Mut und Schweiß. Wir brauchen jetzt einen Kaufmann hier und keinen Künstler. Jahre harter Arbeit sind vonnöten, in denen nicht mit einem Reingewinn zu rechnen ist. Wenn kein Geld aus der Firma gezogen wird, könnte das Werk sich wieder hochkämpfen. Und Waterford würde mit der Zeit seinen Konkurrenten haben. Aber dafür braucht man einen Sheridan — das muß *ich* machen. Sollten Sie das ohne mich zu machen versuchen, würden Sie scheitern. Auch wenn Sie Geld von Praeger und obendrein noch

Brendan Carroll hätten, würden Sie es nicht schaffen, das glaube ich ganz bestimmt. Hier wird ein Sheridan gebraucht.«

»Bin ich keine Sheridan?«

»Genau das. Und ich auch. Ich weiß sehr wohl, daß ich auch nicht mehr mit einem Stück Glas machen kann, als es zerbrechen. Aber seit Thomas Sheridan hat keiner von der Familie härter gearbeitet, um den Betrieb hochzuhalten, als ich. Warum sich verzetteln, warum aufteilen, was uns beiden gehört? Anstatt zu teilen, wollen wir uns doch lieber verbünden. Das ist die praktischste Lösung.«

»Das bedeutet . . .« – ich wunderte mich über die Ruhe meiner eigenen Stimme –, »daß wir heiraten sollten.«

»Natürlich.« Er war sich seiner Sache ganz sicher und voller Zuversicht. »Ich habe zwar gesagt, daß ich dieses Hundeleben nicht noch eine Tyrell-Generation lang führen wollte, aber ich würde wie ein Sklave für meine Frau arbeiten. Und wenn diese Frau eine Sheridan wäre . . .«

»Ist das alles, was ich Ihnen bedeute – eine Sheridan?«

»Machen Sie keine Witze! Das glauben Sie ja selber nicht. Sie brauchen nicht einmal in den Spiegel zu sehen, um zu wissen, daß es für Sie kein Problem ist, einen Mann zu finden. Ist Ihnen denn gar nicht klar, wie die Männer Sie angucken wie ich Sie zum Beispiel angucke, und wie Brendan Sie anguckt und jeder, der heute mit Ihnen zusammengekommen ist? Alte und junge – Praeger eingeschlossen. Ihr Problem ist es nicht, einen Mann zu finden, sondern vielmehr, sich für einen zu entscheiden. Wahrscheinlich gibt es in diesem Augenblick ein Dutzend Männer in London, die Sie heiraten könnten. Nur waren Sie sich bis jetzt nicht ganz sicher, daß einer von denen für Sie in Frage kommt – Justin, von dem Sie mir erzählt haben, oder sonst wer.«

»Aber Sie, Sie glauben, daß Sie der Richtige für mich sind?«

»Ganz sicher. Verstehen Sie es recht – ich sagte nicht,

daß ich der einzige bin, den Sie heiraten könnten. Ich sage nur, daß ich der Beste für Sie bin — angesichts dessen, was Sie sind und wer Sie sind. Angesichts der ganzen Umstände, die jetzt aufgetaucht sind, bin ich ganz sicher, jawohl.«

Was für ein gefährliches Spiel wir spielen, dachte ich. Wir sprachen leise, ruhig und ohne Emotionen, als sei das, worüber wir redeten, nicht etwas ganz Unerhörtes in einer Zeit, in der die Ehe keinen bloßen Vertrag bedeutete, sondern auf Liebe und Leidenschaft aufgebaut war. Meine scheinbare Ruhe ermutigte ihn, und ich war mir dessen wohl bewußt. Aber seine Fähigkeit, unsere gemeinsame Zukunft auszumalen, wo wir uns vier Tage vorher noch niemals begegnet waren, faszinierte und bezauberte mich.

»Sie wollen dem entgegenhalten, daß alles viel zu schnell käme — und auch Liebe dazugehört. Müssen nicht zwei Menschen, die heiraten wollen, Liebe zueinander empfinden, fragen Sie. Aber Maura, könnten . . . könnten wir nicht schon jetzt ein bißchen ineinander verliebt sein? Und könnten wir nicht noch viel verliebter sein, wenn wir nur wollten? Sie begreifen doch, wie alles werden könnte, nicht wahr? Und Sie wissen auch genau, wie es zwischen uns sein könnte. Vieles arbeitet schon für uns — und vieles geht schon zwischen Ihnen und mir hin und her. Sie haben mehr von einer Sheridan, als Sie zugeben wollen, denn sonst wären Sie nicht zuallererst nach Irland gekommen. Sie haben mehr Interesse an Sheridan-Glas — und vielleicht auch an mir —, als Sie eingestehen wollen, denn sonst wären Sie ja nicht hier. Wenn ich mich nicht ganz irre, sind Sie sich durchaus noch nicht sicher, ob Sie nach London und zu dem ganzen Modellkram zurückkehren wollen — denn sonst hätten Sie doch nie die Chance verpaßt, in einem Film mitzumachen. Sie hätten sonst auch nicht das Risiko auf sich genommen, alle Leute zu verschnupfen, die Ihnen nützlich sein könnten. Wegen einer verrückten alten Dame hätten Sie das alles doch wohl nicht aufgegeben. Wenn Ihnen jene anderen Dinge wichtig genug gewesen wären, wären Sie doch schon nach einer Stunde abgereist – oder spätestens nach einer Nacht. Warum sind Sie geblieben? Wenn Sie die Sheridan-Werke haben wollen, dann nicht ohne mich.«

»Wie war es denn mit Lotti?«

Er runzelte die Stirn. »Was soll mit ihr gewesen sein?«

»Sie ist nicht geblieben.«

»Lotti war keine Sheridan. Sie wäre niemals lange hiergeblieben – nicht mit mir und auch nicht mit einem anderen Mann.«

»Sie sind meiner so sicher. Wußten Sie denn über Lotti nicht vorher Bescheid?«

»Lotti war . . .« Zum erstenmal suchte er nach Worten. »Lotti – für mich war das eine Lehre. Ich bin nicht dumm. Ich lerne. Und ich glaube, ich habe den Unterschied erkannt.«

Dieser Gedanke, den Connor so schnell in Worte zu fassen gewagt hatte, war natürlich auch anderen Leuten gekommen. Außer ihm hatten auch noch andere begriffen, welchen Lauf die Dinge nehmen könnten – die Regelung, die so sehr auf der Hand lag: die praktische Lösung, wie Connor es nannte. Zu oft schon hatte man mich mit Lotti verglichen und dabei die wesentlichen Unterschiede bemerkt. Mir fiel Reverend Stanton ein, der in seiner naiven Redseligkeit zufällig fast die gleichen Worte wie Connor gebraucht hatte. »Ich sehe den Unterschied«, hatte er gesagt. Ich hatte beobachten können, wie dieser Gedanke plötzlich auch den Männern kam, die ich an der Bar der »Vier Königreiche« kennengelernt hatte. Und nicht zu übersehen war es, als Brendan sein Glas hob und mir etwas spöttisch zuprostete. Sogar der Betrunkene hatte gelallt: » . . . diese ist aber Irin.« Und dann dachte ich daran, daß nicht einmal in Claudes gleichgültiger Welt, aus der ich doch eigentlich geflohen war, die nüchterne Verbindung von zwei aufgeklärten Menschen durch Connors

Vorschläge verbessert worden wäre, obgleich sie so wohl durchdacht waren wie alles, was aus dieser anderen Welt kam.

Ich betrachtete die stille, trauliche Landschaft unter mir, die in graues Licht getauchten friedlichen Felder, das herrliche Grün der jungen Blätter und den leicht gekräuselten Rauch, der von Schloß Tyrell aufstieg. An dem Rauch, der aus dem Schornstein des nördlichen Pförtnerhauses kam, merkte ich, daß Brendan da war. In Meremount gab nur ein einziger Schornstein ein Lebenszeichen. Die Wildenten bewegten sich ruhig auf dem See, dessen Oberfläche sich sanft kräuselte. Alles strahlte heitere Ruhe und stille Unschuld aus, es war ein Bild des Friedens. Aber es hatte auch nur dieselben nüchternen Antworten auf dieselben Fragen, mit denen man sich auf der ganzen Welt auseinandersetzen mußte.

Ich wandte mich um und ging auf die enge Tür zu, die zur Wendeltreppe führte. Connor war sich der Wirkung seiner Worte so sicher, daß er es nicht für nötig gehalten hatte, seine Hände auf mich zu legen. Er hatte auch nicht versucht, mich zu küssen oder zurückzurufen. Er wollte wohl die kühle Vernunft für sich arbeiten lassen – und tatsächlich hatten seine Worte auch schon ihre Wirkung. Als ich gerade aus seinem Blickfeld verschwinden wollte, schlug seine Stimme an mein Ohr. Es war bei der ersten Biegung der Wendeltreppe.

»Sie haben nicht nein gesagt.«

Nein, das hatte ich nicht – das war das Schlimme. Ich tastete mich durch die abwechselnd dunklen Stellen und das Licht, das durch die schmalen Mauerspalten fiel, vorsichtig nach unten und trat aus dem Turm heraus. Noch immer hörte ich Connors Schritte nicht hinter mir. Ich hätte sofort nein sagen sollen. Aber wäre das nicht eine viel zu klare und ehrliche Antwort auf diesen kühl berechneten Antrag gewesen?

Ich ging um den O'Ruairc-Turm herum, bis ich zum

Haupteingang des Schlosses kam. Nun war ich es schon gewohnt, diese Stufen hinaufzusteigen und von O'Keefe begrüßt zu werden. Er empfing mich, als wäre meine Anwesenheit das Natürlichste von der Welt und als würde sich daran auch in Zukunft nichts ändern. Er stellte keine Fragen und zog nicht einmal eine Augenbraue in die Höhe.

»Sagen Sie bitte Herrn Praeger, daß ich zum Tee zu ihm komme.«

VI

O'Keefe fuhr mich von Schloß Tyrell nach Meremount zurück, und Otto Praeger blieb in dem Gefühl zurück, einen Sieg errungen zu haben. Ich hatte ihm lediglich erzählt, daß ich oben auf dem O'Ruairc-Turm gewesen sei, wie er es mir ja vorgeschlagen hatte. Natürlich wußte er, daß ich mit Connor oben gewesen war. Aber er erkundigte sich nicht danach, warum ich mittags nicht mit ihm gegangen war, und fragte auch nicht nach dem Turmschlüssel, den Connor noch hatte. Es schien ihm eine wirkliche Genugtuung zu sein, daß ich nun zu ihm gekommen war, anstatt mit Connor zurückzufahren. Er nutzte seinen Sieg in keiner Weise aus, sondern war während der Stunde, die wir gemeinsam verbrachten, merkwürdig still. Er bot mir immer wied Tee an, zeigte mir einige seiner seltenen Bücher und war ängstlich bemüht, alles Persönliche zu umgehen. Er bat mich nicht einmal, doch wiederzukommen, als ich ihn verließ. Ich gewann den Eindruck, daß er mir beweisen wollte, wie sehr er sich in der Gewalt hatte. Er sagte nur: »Sonntag fliege ich nach New York.«

Als ich in Meremount ankam, war Connor nicht dort. »Er hat angerufen, daß er heute abend nicht kommen würde.« Mehr sagte Annie nicht. Die nächste Stunde verbrachte ich in Lady Maudes Zimmer. Ich las ihr vor. Sie hatte auf eine Nummer der Zeitschrift COUNTRY LIFE gedeutet. »Es ist ein Aufsatz über Lerchen darin«, sagte sie. Aus der Art, wie sie sich zurechtrückte, die Lider schloß und die Hände erwartungsvoll faltete, schloß ich, daß sie ihn schon gelesen hatte. Als ich geendet hatte, bat sie mich, ihn noch einmal vorzulesen. Als Mrs. O'Shea kam, war ich gerade bei einer Abhandlung über weißschwänziges Hochwild.

Sofort drückte Lady Maudes Gesicht Mißvergnügen aus. »Ich werde morgen mit Dr. Donnelly sprechen, Mrs. O'Shea. Es ist völlig überflüssig, daß Sie hier sind. Eine unnötige Ausgabe . . . Schließlich habe ich ja auch meine Enkelin bei mir.«

»Und ich hole mir meine Anweisungen von Dr. Donnelly, vielen Dank, Lady Maude«, erwiderte Mrs. O'Shea schroff. »Ich zweifle nicht daran, daß Sie ohne mich fertig werden, aber ich werde erst gehen, wenn Dr. Donnelly sagt, daß ich gehen soll, und nicht vorher.«

Ich ließ die beiden allein und hörte nur wieder mit einem Gefühl von Angst und Schrecken die Worte: » . . . meine Enkelin ist bei mir.« Vorher, als ich noch nicht Lady Maudes höchstpersönliche Anerkennung genoß, war alles viel leichter, wenn auch zweifellos weniger angenehm gewesen. Die Schlinge um meinen Hals zog sich immer mehr zu.

Zum Abendessen bereitete ich gegrillte Hähnchen in Kräuterbutter mit Knoblauch vor. Es herrschte inzwischen ein stillschweigendes Einverständnis, daß wir zusammen in der Küche aßen, wenn Connor abwesend war. Um die Mahlzeit möglichst in die Länge zu ziehen und die müßigen Stunden vorm Schlafengehen auszufüllen, machte ich noch Sabayon mit Connors letztem Kognak anstatt mit Marsala. »Man kann den Unterschied ja überhaupt nicht merken«, sagte Annie, die weder die eine noch die andere Art früher gekannt hatte. Mrs. O'Shea löffelte ihren Teller mit sichtlichem Vergnügen leer. »Ein großartiger Anfang für die Ereignisse des morgigen Tages«, sagte sie. »Großonkel Patrick mochte ja ein gutes Tröpfchen zu gern.«

Nachts war Meremount ein ausgesprochen ungastlicher Ort. Ich wanderte durch die riesigen, hohen Räume im Erdgeschoß – Halle, Eßzimmer, Frühstückszimmer, Salon und Bibliothek. Die wenigen Lampen, die überhaupt funktionierten, beleuchteten die ungeheure Weite nur schwach. Es brannte kein Feuer, alle Kamine waren kalt. Und der einzige Sinn und Zweck der Räume war, die Früchte von Lady Maudes tausendfältigen Bemühungen zu horten. Ohne besonderes Interesse sah ich mir verschiedene Bilder an, die gegeneinander gelehnt waren – Stilleben und Jagdszenen, die wahrscheinlich als ganze Posten auf Auktionen aufgekauft waren. Ich verstand nicht genug davon, um die guten Stücke herauszufinden, die nach Otto Praegers Worten hier verborgen sein könnten. In Connors Studierzimmer hätte ich einen gemütlichen Platz gefunden, wohin ich mich hätte setzen können. Das Feuer war angelegt, es bedurfte nur noch eines Streichholzes. Aber unter keinen Umständen wollte ich, daß Connor mich bei seiner Rückkehr ausgerechnet dort finden sollte. Deswegen ging ich nach oben. Lottis Katze begleitete mich bis zum ersten Stock. Dort machte sie halt und beobachtete mich. Ein leiser Klagelaut ließ die große Leere des vollgestellten Hauses noch deutlicher werden und drückte die grenzenlose Traurigkeit aus, die das Warten auf ihre junge Herrin, die niemals wiederkommen sollte, ihr bereitete.

Als ich an Lady Maudes Tür vorbeiging, vernahm ich drinnen die leisen Stimmen der beiden Frauen. Es war wahrscheinlich die letzte Phase der ewigen Streiterei, wer zu sagen hätte. Ich war über die Festigkeit und Klarheit von Lady Maudes Ton überrascht.

Zu vorgerückter Stunde, aber noch ehe ich eingeschlafen war, drang schließlich das Geräusch von Connors Wagen nach oben. Er betrat das Haus durch die Küche. Es dauerte eine Ewigkeit, bis die Treppe unter seinem Gewicht knarrte. Plötzlich ertönte in der Stille ein Schrei von Lottis Katze und gleich darauf eine unterdrückte Zurechtweisung. Dann vernahm man wieder die Schritte auf der Treppe und den Korridor entlang. Trotz seines leisen, vorsichtigen Auftretens verriet das alte Haus ihn. Zuletzt kam er zu meiner Tür. Er hielt an. Ich wartete und hörte förmlich mein schnelles, kurzes Atmen. Mir war selbst nicht klar, ob ich gern wollte, daß die Tür aufging oder nicht. In diesem Augenblick der Spannung fühlte ich mich nicht in der Lage, ihn hereinzuholen oder mich zu wehren – wahrscheinlich fehlten mir Mut und Energie für das, wonach ich mich in tiefstem Herzen sehnte. Aber die Entscheidung lag nicht bei mir. Ganze nahe hörte ich jetzt wieder den Schrei der Katze und dann ein leises Scheuern an der Tür, als wäre sie mit ihrem Körper daran entlanggewischt. Es folgte Connors verhaltener, ärgerlicher Ausruf, der eigentlich ein unterdrückter Fluch war. Dann hatte er wohl die Katze auf den Arm genommen, denn sie schrie nun nicht mehr. Ich hörte, wie sich die Schritte weiter von der Halle entfernten. Connor ging auf sein Zimmer zu. Er kam auch nicht wieder zurück. Lange Zeit lag ich noch wach, und die gleichen Gefühle wie am Nachmittag beseelten mich, als ich die Turmstufen herabstieg und Connors Stimme mir nachrief: »Sie haben nicht nein gesagt.« Aber dieses Mal war mein Körper von einer wilden Leidenschaft gepackt. Connor hätte einen stärkeren Bundesgenossen als reine Vernunft und Überredungskünste gefunden. Wäre er jetzt im Dunkeln zu mir gekommen, hätten meine Gefühle ihm die Antwort, nach der ihn so sehr verlangte, nicht versagt.

9. KAPITEL

I

Gegen zehn Uhr am nächsten Morgen hupte es auf der Auffahrt vor dem Haus. Es klang freundlich, aber auch etwas frech und irgendwie vergnügt. Ich konnte mir denken, wer es war, und lief deshalb zur Haustür, bevor Annie da sein konnte. Brendan lehnte gegen das schmiedeeiserne Treppengeländer.

»Ich wünsche Ihnen einen wunderschönen guten Morgen! Leute, die es wissen müssen, haben mir gesagt, daß es sehr ungehörig ist zu hupen, wenn man eine Dame besuchen will. Aber die verflixte Klingel funktioniert ja nicht. Hier sollen sich wohl gütige Feen als Hausgeister betätigen — oder wünscht Lady Maude ganz einfach keine Besucher? Was meinen Sie?«

Ich sah ihn an. Er lächelte und schien gelöst. Ruhig erwiderte er meinen Blick. Bei ihm deutete nichts auf einen drohenden Konflikt, und man brauchte auch keinen Zornesausbruch zu befürchten. Bis zu diesem Augenblick war mir gar nicht klargeworden, wie groß meine innere Spannung war. Ich hatte in der ängstlichen Erwartung eines bevorstehenden Ereignisses gelebt, denn Angst und Sorge wohnten in diesem Haus und bestimmten auch das so schwer belastete gespannte Verhältnis zwischen Connor, Lady Maude und mir.

Als Antwort sagte ich ganz einfach die Wahrheit. »Mir klang es wie die Fanfare des Befreiers. Aber Sie gehen fort, nicht wahr? Wollen Sie nicht heute abreisen?«

»Mal sehen«, sagte er. »Das könnte auch von Ihnen abhängen. Heutzutage gibt es ja so viele Reisemöglichkeiten, stimmt's? Man kann auch morgen abfliegen — oder übermorgen. Ich hatte eigentlich gedacht, ich wollte von diesem legendären Irland einen würdigen Abschied nehmen, wenn ich Sie dazu überreden könnte, diesen Abschied mit mir zu feiern. Ich bin so ganz in der Stimmung, meine Augen an dem Anblick der Felsenklippen von Cashel zu weiden. Und mir scheint, ich kann meinen letzten Tag auf dem alten Heimatboden nicht besser verbringen, als einen von Irlands wichtigsten Glanzpunkten einer neuentdeckten Irin vorzuführen. Mögen Sie mitkommen?«

Die prächtig in Schwarz gekleidete Mrs. O'Shea war schon zur Beerdigung ihres Großonkels Patrick abgefahren. Ich war gerade mit den Vorbereitungen für pochierten Lachs fertig, den es mittags kalt geben sollte. Im Krankenzimmer war ich erst um vier Uhr wieder an der Reihe. Ich war plötzlich frei. Und nun war es ein köstlicher Ferientag geworden.

»Ich komme«, antwortete ich.

»Cashel of the Kings«, sagte er. »Der einstige Sitz der Könige von Munster. Es heißt, daß der heilige Patrick höchstpersönlich hierher kam, um einen von ihnen zu taufen.«

Wir waren von Norden her darauf zugegangen. Vor unseren Augen trat ein riesiger, schauriger, etwa sechzig Meter hoher Kalksteinfelsen zutage, der die Hochebene von Tipperary überragte. Man spürte hier die Vergangenheit noch viel deutlicher als im O'Ruairc-Turm. Jahrhunderte alte Geschichte reihte sich aneinander. Es fing mit dem berühmten Kreuz des heiligen Patrick an, das gegen den sturmzerrissenen Himmel errichtet und in einen Stein eingesetzt worden war, der der Sage zufolge der Krönungsstein der Könige von Munster gewesen sein soll. Tausend Jahre hatte es dort gestanden — umschwärmt von den schwarzen Krähen und gepeitscht von den Regengüssen Irlands. Sein Schnitzwerk war im Laufe der Zeit immer undeutlicher geworden, während rundherum die einem Heiligtum angemessenen Kirchengebäude errichtet wurden.

»Der Rundturm«, sagte Brendan, »steht hier seit dem zehnten Jahrhundert. Die Cormac-Kapelle . . .« – er führte mich in ein leuchtendes Juwel aus rotem Sandstein – »stammt aus dem zwölften Jahrhundert. Cormac MacCarthy, König von Desmond, hat sie erbaut. Es heißt, dies sei das herrlichste Beispiel irisch-romanischer Architektur, das es überhaupt in Irland gibt. Da die Engländer aber leider nicht allzuviel unzerstört gelassen haben, braucht das wohl keine besonders große Auszeichnung zu sein. Kommen Sie – die Kathedrale ist wirklich großartig und riesig, obgleich Sie von der Cormac-Kapelle wesentlich mehr haben werden.«

»Sie kennen das alles so gut!«

»Als ich noch ein Kind war, wurde ich schon hierher gebracht – auch alle meine Geschwister. Dieser Ort hatte es mir gleich so angetan, wie ich gar nicht beschreiben kann. Als ich später als Lehrling in den Sheridan-Werken anfing, sparte ich so lange, bis ich das Fahrgeld für den Bus hierher zusammen hatte. Und es war auch das erste, was ich tat, als ich meinen ersten Wagen kriegte – ein uraltes Auto, wissen Sie –, hierher zu fahren, anstatt das schönste Mädchen aus meinem Bekanntenkreis darin auszuführen. Ich weiß es noch wie heute. Es war ein Sonnabend, der Regen schüttete nur so vom Himmel, und ich war weit und breit der einzige hier. Ich stieg auf den Rundturm und kam mir vor, als wäre ich selbst der König von Munster. Natürlich völlig idiotisch, aber mir ist schon manchmal gesagt worden, daß es einer meiner Fehler ist, mich ab und zu so zu benehmen.«

Wir durchwanderten das weite Schiff der Kathedrale unter freiem Himmel. »Dreizehntes Jahrhundert«, sagte Brendan. »Im achtzehnten Jahrhundert wurde das Dach auf Anordnung des protestantischen Dechanten von Cashel, einem noch heute gehaßten Mann, abgerissen.« Über uns flatterten die Krähen und bewegten sich pausenlos im Kreise. Sie schienen zeitlos ewig wie das Kreuz und der Himmel. Wir stiegen die fast dreißig Meter auf den Rundturm und hatten einen weiten Blick über das Plateau und bis zu der einen halben Kilometer von der Klippe entfernten, verfallenen Hore-Abtei. »Ich wollte immer so gern eine Ruine besitzen«, sagte Brendan. »Das ist so köstlich zwecklos in dieser erdrückend zweckmäßigen Welt.«

Draußen vor der Kathedrale weideten schwarze Schafe auf den tiefgrünen Grasflächen, die den Friedhof einfaßten. Wir gingen zwischen den Gräbern umher, wobei die Schafe uns kaum den Weg freigaben. Ich las die Namen und Daten auf den Grabsteinen. Hier draußen waren die einfachen Leute vom Lande begraben, während die Erzbischöfe in ihren Steinnischen in den dicken Mauern der Kathedrale ruhten. Einige Inschriften auf den Grabsteinen waren neueren Datums.

»Wenn ich einmal sehr alt bin«, sagte Brendan, »— und ich möchte wohlbemerkt ein biblisches Alter erlangen, mit oder ohne Bombe —, wenn ich einmal alt bin und den Tod wie einen eisigen Hauch herannahen fühle, dann will ich in die Gegend von Cashel ziehen, damit ich hier oben begraben werden kann — bei den Schafen, den Ruinen und den Krähen.«

Es fing zu regnen an, und die nicht überdachten Teile der Kathedrale wurden in einen feucht-schillernden Nebelschleier gehüllt. Wir stiegen die Klippe hinab, kletterten über ein Gatter und wanderten über einen kleinen Acker zum Garten des Queen-Anne-Herrenhauses, das einst der Palast der Erzbischöfe von Cashel gewesen war. »Das sind die, von denen einer das Dach abreißen ließ«, erklärte Brendan böse. Jetzt war ein kleines Luxushotel daraus geworden. Das Mittagessen wurde in einem Raum serviert, der mit dem Eßzimmer von Meremount Ähnlichkeit gehabt hätte, wären dort die vielen Möbel entfernt worden, damit die Proportionen besser zur Geltung kämen.

Als der Kaffee gebracht wurde, stellte ich die Frage, die mir schon seit Beginn unseres Ausfluges auf den Lippen brannte.

»Waren Sie mit Lotti hier?«

Er blickte von seiner Tasse hoch. »Ja. Es war aber nicht sehr erfolgreich. Lotti war nicht für Ruinen geschaffen.«

»Aber Sie nahmen sie doch hierher mit, weil Sie glaubten, sie wäre es?«

»Weil ich es vielleicht hoffte – aber doch auch wieder in der klaren Erkenntnis, daß es sie keinen Deut interessierte. Sie wollte nur von Meremount fort – vielleicht wollte sie es aber auch nur Connor vorhalten, wenn sie sich beklagte, daß er sie niemals irgendwohin ausführte. Ruinen zu besichtigen, war nicht Lottis Geschmack, wenn sie einmal fort wollte. Fortgehen hieß nach London oder Paris . . .«

»Oder Kopenhagen?«

»Ja«, sagte er. »Oder Kopenhagen.«

»Sie sprechen hart über sie. Und doch liebten Sie sie.«

»Ich habe Ihnen erzählt, daß ich mich am ersten Abend, als ich sie sah, in Lotti verliebte. Liebe kommt erst nach dem Verliebtsein. Und manchmal kommt sie nie.«

»Bei Ihnen kam sie doch?«

Er schüttelte den Kopf. »Das sollte sie auch gar nicht. Für Lotti wäre wahre Liebe eine viel zu schwere Bürde gewesen. Sie begriff das einfach nicht – aber wer tut das schon? Außerdem wollte sie auch nicht. Sie wollte mit dem Mann, den sie mochte, ins Bett gehen und Spaß mit ihm haben. Es durfte nichts ernst gemeint sein. Aber Connor war ernst und nahm viele Dinge auch sehr ernst – ganz besonders ernst nahm er die Sheridan-Glashütte und die Ehe. Ihr wurde das auf die Dauer langweilig – aber mehr noch als Langeweile empfand sie wohl Angst und Schrecken. Sie konnte die Verpflichtung nicht ertragen, daß jemand es wirklich todernst mit ihr meinte. Deshalb kam sie zu mir. Und sie hat niemals erfahren, daß ich

— trotz all des Unsinns, den ich hier rede — sie ebenso ernst nahm wie Connor. Sie wollte mit mir spielen, und ich — nun, ich wollte im Grunde geliebt werden. Als ich merkte, daß ich das nie bekommen würde, wollte ich am liebsten Schluß machen.«

»Aber Sie machten nicht Schluß. Sie waren im Begriff, mit ihr nach Kopenhagen zu reisen. Sie beide hätten die paar Tage Vergnügen gehabt, und Connor hätte es niemals erfahren dürfen. War es nicht so?«

Wieder schüttelte er den Kopf. »Nein, so war es nicht. Ja ich ging wohl mit dem Plan um, daß sie nach Kopenhagen kommen und sagen sollte, sie flöge nach London. Ich stimmte zu, weil es entsetzlich schwer war, zu Lotti nein zu sagen. Aber dann wollte ich es abblasen. Natürlich konnte ich mir vorstellen, wie es in Kopenhagen sein würde — ja, was diesen Teil anlangt, hätte wohl ausnahmslos jeder Mann mit einem Mädchen wie Lotti gewollt. Was aber würde hinterher sein? Das konnte ich mir weder ausmalen noch mich damit abfinden. Wieder in Cloncath sein, mit Connor zusammenarbeiten und Lotti fast täglich in der Fabrik sehen und so tun, als sei zwischen uns gar nichts passiert. Ich kann lügen, wenn es unbedingt sein muß. Aber eine ununterbrochene Lüge, eine Lüge, die ich ständig fortsetzen mußte, und nicht aus Liebe zu einer Frau, sondern nur, um sie zu besitzen — nein, das hätte ich wohl niemals ausgehalten. Ich hätte den Boden unter meinen Füßen verloren. Lotti war zuviel für mich — und schließlich hatte ich auch genug Verstand, um das einzusehen.«

»Aber trotzdem wollten Sie nach Kopenhagen reisen?« Hoffentlich klang meine Frage skeptisch. Denn in Wirklichkeit hatte Brendan eine Saite in mir zum Klingen gebracht, die kein Mann vorher entdeckt hatte. Ich sehnte mich zutiefst nach der Bestätigung, daß es einen Menschen gab, der ebenso sehr nach Liebe verlangt hatte wie ich — und es noch tat, der begriffen hatte, daß ihm nicht das Eigentliche und Wahre angeboten worden war, und sich für die Zukunft versagte, nachdem er erkannt hatte, daß ihm mit falscher Münze heimgezahlt wurde. Er erstrebte in der Liebe die volle Verantwortung, er suchte ihre Last und ihre Verpflichtung. Ich beneidete Lotti merkwürdigerweise, während ich ihm lauschte — beneidete sie und bedauerte sie auch, weil sie nicht gewußt hatte, was sie zurückwies. Sie war nicht fähig gewesen, unter den vielen Dingen, die das Leben ihr geschenkt hatte, das einzig Wertvolle herauszulinden. Sie verwarf, ohne noch gefunden zu haben — ihr wurde Liebe geboten, wo sie nur das Vergnügen gesucht hatte.

»Es hätte keine Reise nach Kopenhagen gegeben«, sagte Brendan. »Wenigstens nicht mit mir. Ich wollte ihr, wenn sie abends gekommen wäre, erklären, daß es so nicht ginge. Ich wollte ihr sagen, sie müsse das Flugzeug nach London nehmen, so wie sie es Connor auch erzählt hatte. Ich wollte allein nach Kopenhagen gehen und die Dinge erledigen, die zu erledigen waren. Und ich wollte mich nach jemandem umsehen, der meinen Platz in den Sheridan-Werken einnehmen konnte. Ja ich lief vor ihr weg. Ich rannte um mein Leben. Aber es hatte inzwischen schon viel zu lange gedauert, bis ich begriffen hatte, daß es so nicht weitergehen konnte. Ich hatte nicht früh genug mit ihr gesprochen. Ich wartete bis zu jenem Abend, und da war es zu spät. Die Brücke krachte zusammen, und ich konnte ihr Kommen nicht rechtzeitig genug verhindern. Und beide wußten es, Connor und Praeger, daß sie zu mir hatte kommen wollen.«

»Sie haben es den beiden nicht gesagt, daß Sie sich entschieden hatten und für Sie alles vorbei war und die Reise nach Kopenhagen abgeblasen werden sollte?«

Seine Mundwinkel zuckten. »Und Lotti verleugnen, als sie schon tot war? Nie und nimmer war sie das Mädchen, dem man so etwas antun konnte. Wir hatten beide Schuld auf uns geladen, ob nun aus der Reise nach Kopenhagen etwas wurde oder nicht. Beinahe hätte ich Lotti geliebt, und das wollte ich ihr nach dem Tode nicht nehmen. Weiß Gott, kaum jemand hat sie damals geliebt – wenigstens nicht die, die es hätten tun sollen.«

Er winkte dem Kellner und zahlte. Auf dem Rückweg nach Meremount regnete es pausenlos. Keiner von uns sprach, und wir rauchten beide zuviel.

Brendan hielt den Wagen an, als wir die Hälfte der Auffahrtsallee, die nach Meremount führte, hinter uns hatten. Es regnete jetzt heftiger, und das schnelle Geräusch der Scheibenwischer war wie ein Grabgeläute für diesen Tag.

»Ob es Ihnen wohl möglich wäre«, fragte er, »einem Iren an seinem letzten Abend auf heimatlichem Boden einen Kuß zu geben? Einem Iren, wohlgemerkt, der Sie nach Cashel of the Kings führte!«

Ich neigte mich zu ihm hinüber. In unserem Kuß lag Süße, aber auch Herzeleid. Lange Zeit preßte er mich an sich, sanft streichelten seine Finger meinen Hals und verfingen sich in meinem Haar. Als er mich endlich freigab, sprach er sehr zart und weich.

»Ob ich dich wohl jemals wiedersehen werde . . .?«

Ich antwortete nicht. Und er erwartete auch keine Antwort.

Er fuhr den Wagen bis dicht vor die Treppe von Meremount. Es goß in Strömen. Trotzdem ließ ein etwas schuldbewußter sechster Sinn mich aufblicken, als ich die nassen Stufen zur Haustür hinauflief. Connor stand am Fenster des oberen Zimmers am rechten Ende des Hauses. Das Fenster hatte keine Vorhänge, denn der Raum diente lediglich als Lagerraum für Möbel. Er machte nicht den Versuch, zurückzutreten und meinem Blick auszuweichen, sondern sah mich mit demselben ruhigen Selbstvertrauen an, das er mir gegenüber immer gezeigt hatte und das fast anmaßend wirkte. Er hatte wahrscheinlich beobachtet, wie der Wagen schon vorher angehalten hatte, ehe er vor der

Freitreppe vorfuhr. Und wahrscheinlich hatte er auch erraten, was passiert war.

Als ich die Haustür hinter mir geschlossen hatte, trat ich an ein Seitenfenster und sah zu, wie Brendan den Wagen wendete, in die Allee einbog und dann verschwand. Ich hätte ihn am liebsten zurückgerufen. Das Gefühl eines drohenden Unglücks, das mit diesem Haus so eng verknüpft schien, ergriff von mir Besitz. Und zu der Vorahnung kam noch etwas anderes: ich fühlte mich bedroht. Der regendunkle Nachmittag vertiefte die Schatten in der Halle und im Treppenhaus. Als ich den Schlafzimmertrakt erreicht hatte, wartete ich. Ich war der festen Meinung, daß sich die Tür des Zimmers, aus dem Connor nach draußen geblickt hatte, öffnen würde. Aber sie blieb geschlossen. Die nun herrschende Stille war drohender, als wenn die Tür mit einem Knall aufgeflogen wäre. Connor hatte so seine eigenen Methoden, einem sein Mißfallen fühlen zu lassen. Zum erstenmal fragte ich mich, ob es vielleicht doch noch einen anderen Grund als nur Genußsucht für Lottis Flucht vor Connor gegeben haben könnte.

II

Als ich mich umgezogen hatte, ging ich zu Lady Maude, um meine Pflichten zu übernehmen. Annie brachte den Tee für uns beide und verkündete, daß Connor dagewesen und wieder gegangen sei und nicht zum Abendessen käme.

»Wie ruhelos Mr. Connor in diesen Tagen ist, dieses ewige Kommen und Gehen. Das ist geradeso wie damals . . .«

Lady Maude unterbrach sie. »Ach was, Annie, lauter dummes Gewäsch!«

Ich wunderte mich, daß sie immer noch nicht dazugelernt hatte: So konnte man heutigentags nicht mehr mit dem Personal reden und dann noch erwarten, daß die

Leute bei einem blieben. Aber auch Annie schien nichts dazugelernt zu haben. Sie nahm den Tadel demütig hin. »Sehr wohl, gnä' Frau.« Die Tyrells zählten nicht mehr mit – außer bei denen, denen sie noch unendlich viel bedeuteten.

Der Abend schleppte sich mühsam hin. Ich fragte Lady Maude, ob sie etwas für mich zu nähen hätte. Eine ungeduldige, fast verächtliche Handbewegung war die Antwort. »Nähen? Nein. Annie macht hin und wieder einen Stich, wo es nötig ist. Ich vergeude keine Zeit mit solchen Dingen.« Ich dachte an die gepfuschten Stopfstellen in den alten Damastservietten, die wir benutzt hatten, und konnte mir ein Bild von Annies Handarbeitsfähigkeiten machen. Lady Maude zeigte auf einen Artikel über Waldanemonen, den ich ihr vorlesen sollte. Als ich damit geendet hatte, mußte ich aus einem Stoß alter Nummern des NATIONAL GEOGRAPHIC einen ihrer Lieblingsberichte über das Himalayagebirge heraussuchen. Die Beschreibung von Schnee und Einsamkeit schien sie zu beruhigen, denn als sie wieder das Wort ergriff, war ihr Ton milder.

»Morgen wollen wir mit Churchills ›Leben des Marlborough‹ anfangen.« Sie zeigte auf eine Buchreihe auf dem Kaminsims. Als ich näher heranging, sah ich, daß alle von Churchill waren – angefangen von seinem Bericht über den Burenkrieg bis hin zur Zeit nach dem Zweiten Weltkrieg. Plötzlich überkam mich eine entsetzliche Vision: ich sah mich in diesem Haus gefangen und las Churchill und das NATIONAL GEOGRAPHIC einer alten Frau vor, die sich weigerte, zu sterben.

Als Lady Maude für die Nacht zurechtgemacht war und Annie die letzte Tasse Tee heraufgebracht hatte und selbst nach oben gegangen war, nahm ich ein Bad in dem Zimmer, das neben Lady Maudes Schlafzimmer lag. Es war eine kurze Affäre, weil das Wasser nur lauwarm und es auch sonst so abstoßend in dem Raum war, wie überall in Meremount. Vielleicht hatte mich auch der Anblick von

Lady Maudes Zahnbürsten, dem alten Waschlappen und Schwamm und den paar verstreuten Toilettengegenständen, die ihre einfache Lebensführung verrieten, eingeschüchtert. Als ich in aller Eile in der Badewanne planschte, hörte ich Connor nach Hause kommen. Ich vernahm seine Stimme draußen in der Halle, als er mit Saphira sprach. Dann brach die Stille der Nacht vollständig über Meremount herein. Ich lag nun im Bett, in Mrs. O'Sheas Bett, hatte meine Füße auf Annies Wärmflaschen gelegt und dachte an das langsame Dahindämmern dieser Aristokratin, die schon vor langer Zeit auf die Beziehungen zu ihrer Umwelt verzichtet hatte, von dieser Welt verlassen war und sogar dieser Vernachlässigung mit souveräner Gleichgültigkeit gegenüberstand. Sie lebte in ihrer eigenen Vorstellungswelt und beschäftigte sich mit weißschwänzigem Wild, Waldanemonen und den Schneebezirken der Himalayagipfel. Ich hatte mich bis jetzt für das Opfer gehalten, das in diese unwirkliche Welt hineingezwängt worden war. Jetzt erkannte ich, daß Connor der eigentliche Gefangene war.

III

»Um Himmels willen, so wachen Sie doch auf, gnädiges Fräulein! Aufwachen!« Zum zweitenmal, seit ich nach Meremount gekommen war, wurde ich derart unsanft aus dem Schlaf gerüttelt – nur dieses Mal mit rauhen, zielbewußten Händen. »Bitte, stehen Sie auf, laufen schnell herunter und holen Dr. Donnelly ans Telefon. Sagen Sie ihm, er wird hier dringend gebraucht.«

Das einzige Licht kam aus Lady Maudes Zimmer. Die beiden Verbindungstüren standen offen, und Mrs. O'Sheas Gestalt hob sich deutlich davor ab. Sie trug noch Hut und Mantel, und ihre behandschuhten Hände, mit denen sie mich wachgerüttelt hatte, waren vom Regen naß. Ich kämpfte mich mit einiger Schwierigkeit aus dem Schlaf und richtete mich langsam auf.

»Was ist denn los?« Mein Kopf tat weh, und ich konnte meine Augenlider nur mühsam offenhalten.

»Gas! Das ist los. Der Gasofen im Badezimmer ist angestellt, und die Flamme ist aus, und Gott allein weiß, was meiner Patientin hätte passieren können. Schnell jetzt! Sagen Sie Dr. Donnelly, ich wüßte nicht, wie schlimm es sei, aber es wäre das beste, wenn er käme. Und er soll vorsichtshalber auch gleich einen Krankenwagen bestellen.«

Dann wurde Mrs. O'Shea ganz steif, als eine Stimme aus dem Schlafzimmer rief. »Maura – Maura, bist du da?«

»Das ist sie – und Gott sei Dank klingt das ja ganz vernünftig. Nein, verlieren Sie keine Zeit. Gehen Sie jetzt nicht zu ihr. Das besorge ich schon.« Mrs. O'Shea rief mir, als sie durch das Badezimmer geeilt war, noch nach: »Rufen Sie Dr. Donnelly an. Aber einen Krankenwagen werden wir wohl nicht brauchen.«

Dann hörte ich ihre Stimme zwar immer noch herrisch, aber doch ohne das Entsetzen, mit dem sie mich aus dem Schlaf geholt hatte. »Na, Lady Maude, was machen Sie hier denn für Geschichten? Eine schöne Angst haben Sie mir eingejagt, wo ich doch gerade erst in dieser Minute von der Beerdigung zurückgekommen bin. So, nun lassen Sie sich mal anschauen. Na ja, die Fenster mußte ich ja aufmachen, um ein bißchen frische Luft hereinzulassen. Das war ja ganz stickig hier drinnen. Aber trotzdem wird es noch eine schöne klare Nacht werden.«

Ich fand meine Pantoffeln und den Morgenrock und rannte zum Telefon in Connors Studierzimmer. Die Treppe wurde nur von dem oberen Korridorlicht beleuchtet. Auf meinem Weg nach unten stieß ich gegen einen Satz Kamingeräte aus Messing, die auf einer Stufe übereinandergelegt worden waren. Sie sausten mit einem lauten Krach vor mir in die Tiefe und rissen einen ganzen Berg kleinerer Gegenstände mit sich. Ich hörte in der Dunkelheit, wie unten Lottis Katze in ein Angstgeheul ausbrach und dann – aber das konnte ich nicht sehen, sondern nur hören – voller Furcht und Schrecken durch die Halle jagte.

Die Verbindung mit Dr. Donnelly klappte sofort. »Ich weiß selbst nicht, was eigentlich passiert ist. Mrs. O'Shea kam gerade wieder nach Hause und weckte mich. Irgend etwas mit einem Gashahn, der aufgedreht war, und die Flamme brannte nicht. Sie glaubt, Lady Maude könnte Schaden genommen haben. Aber ich habe sie reden gehört – sie scheint in Ordnung zu sein.«

»Ich komme sofort«, sagte er.

Ich knipste sämtliche Lampen in der Halle, die funktionierten, und auch das große Treppenlicht an und sammelte die gröbsten Trümmer von meinem Zusammenstoß mit dem Kamingerät zusammen. Eine chinesische Vase war zerbrochen. Ich überlegte einen Augenblick, ob sie wohl wertvoll gewesen war, aber es berührte mich nicht sonderlich, denn ich hätte mir ja selbst das Genick dabei brechen können. Ein großer Zorn stieg in mir auf, der mir nach und nach meine Angst nahm. Weiß der Himmel, wo mochte nur Connor stecken?

Er war in Lady Maudes Badezimmer. Ich kam durch Mrs. O'Sheas Zimmer dazu, wo ich meine Zigaretten und mein Feuerzeug noch schnell zu mir gesteckt hatte. Es roch nach Gas, aber nicht übermäßig stark. Die Fenster vom Bad und von Lady Maudes Zimmer waren weit geöffnet. Connor bückte sich gerade, um etwas hinter der Tür aufzuheben. Als er hochkam, erkannte ich, was es war. Er hielt einen Badeteppich in der Hand, den er wegstieß, als er mich sah. Er zielte mit einer betont gleichgültigen Bewegung auf den Rand der Badewanne, wo die Matte gewöhnlich hing, und warf vorbei. Sie schlug mit einem dumpfen, dunklen Ton auf dem Boden auf.

»Das würde ich an Ihrer Stelle lieber sein lassen«, sagte er und zeigte auf die Zigaretten und das Feuerzeug in meiner Hand. »Wir könnten sonst alle in die Luft fliegen.«

Ich steckte sie in die Tasche meines Morgenrocks. Connor trug über seinem Schlafanzug einen dunkelblauen Hausmantel, der im Gegensatz zu seiner sonstigen Kleidung übernatürlich luxuriös schien — Kaschmir oder Vicuña wahrscheinlich. Sicher war es ein Geschenk von Lotti — es war ganz ihr Stil, auch was die Farbe anlangte. Als ich das alles in mir aufnahm und Connor selbst so gelassen und gleichgültig dastand, wurde ich noch böser. »Wie ist das denn alles passiert?« fragte ich sehr energisch. »Ich habe den Gasofen nicht angelassen.« Ich ging an die Tür von Lady Maudes Zimmer, wo sowohl Annie als auch Mrs. O'Shea sich um die alte Dame bemühten. Die Art, wie sie sprachen und herumwirtschafteten, ließ erkennen, daß es Lady Maude nicht schlecht ging.

Ich hörte ihre dünne, alte Stimme kläglich eine Tasse Tee verlangen — und außerdem eine Erklärung, warum alle Hausbewohner zu dieser Stunde in ihrem Badezimmer wären. »Um zwei Uhr in der Nacht«, sagte sie.

»Das wäre alles nicht passiert, wenn ich dagewesen wäre«, meinte Mrs. O'Shea und sah mich nicht gerade freundlich an. »Es war ja nur ein Glück und Segen, daß ich mich entschlossen hatte, schon vorzeitig zurückzukommen — mein Neffe Rory hat mich hier abgesetzt. Aber die ganze Beerdigung war sowieso eine Pleite. Mit einem von diesen neumodischen Priestern, denen man da unten eine Gemeinde anvertraut hat und der nicht daran glaubt . . .«, hier machte sie seinen Tonfall nach, »daß man ein Begräbnis zu einem geselligen Beisammensein machen sollte! Deshalb war das Ganze so früh zu Ende, und ich beschloß, mit Rory zurückzufahren. Wie kann ich nur vor Dr. Donnellys Augen treten und ihm gestehen, daß ich ein unerfahrenes junges Mädchen hier allein . . .«

»Auf der Stelle halten Sie Ihren Mund!« Unwirsch und fordernd brach es aus Lady Maude hervor. »Es ist überhaupt nichts passiert. Ich fühle mich vollkommen wohl. Ich wünsche, daß ich jetzt von allen allein gelassen werde. Und ich möchte etwas Tee, Annie.«

»Beinahe wäre Ihnen aber nicht so vollkommen wohl gewesen, Lady Maude.« Connor stand jetzt neben mir. »Ich möchte annehmen, daß Maura den Gasofen brennen ließ, als sie gestern abend im Badezimmer fertig war. Aber der hätte ja natürlich einfach weitergebrannt, bis der Tank leer gewesen wäre. Der Fehler lag in der Gasleitung. Ein Anschlußrohr war undicht, wahrscheinlich schlechte Lötarbeit. Hätte das so mehrere Stunden gedauert, hätten Sie unter Umständen schwer krank werden können.«

»Es hätte sie umbringen können«, ertönte es von Mrs. O'Shea, die viel zu aufgeregt war, um ihre Worte zu zügeln. »*Ich* schlafe immer mit offener Schlafzimmertür, und diese Zimmertür steht auch offen, damit ich hören kann, was mit meiner Patientin ist. Ich hätte das Gas auch bestimmt gerochen — na ja, die Jugend hat eben einen tiefen Schlaf.«

»Diese teuflischen technischen Errungenschaften!« Lady Maude zupfte zornig an ihren Laken. »Ich wünsche, daß das morgen früh abmontiert wird, Connor! Vergiß nicht, daß ich dich für die Installation verantwortlich mache! Natürlich muß es Ärger geben, wenn diese Dinge hinter meinem Rücken geschehen. Wenn man sich förmlich hereinschleichen muß, um eine solche Arbeit in ein paar Stunden zu schaffen, kann man denn da etwas anderes erwarten, als eine höchst dürftige Ausführung?«

Connor tat diese Kritik mit einem Achselzucken ab, als interessiere sie ihn überhaupt nicht. »Am besten gehe ich jetzt gleich herunter und drehe den Haupthahn am Tank ab. Hier oben kann man nichts dagegen tun, daß das Gas ausströmt, weil die Kupferleitung undicht geworden ist. Sie müssen gestern abend mit dem Fuß oder sonstwie dagegen gestoßen haben, Maura. Natürlich ein Zufall, aber ein bedauerlicher.« Dann wandte er sich gelassen um und ging durch das Badezimmer hinaus, während uns vier Frauen nichts anderes übrigblieb, als uns gegenseitig anzusehen – oder zumindest den dreien, mich mit Augen anzustarren, die mich krimineller Fahrlässigkeit bezichtigten.

Obwohl mein Zorn groß war, schaffte ich es zu schweigen und die Worte zu verschlucken, die ich Connor am liebsten ins Gesicht geschleudert hätte. Am liebsten wäre ich auf den Korridor hinausgerannt und hätte ihm nachgeschrien, daß das alles mit mir nichts zu tun gehabt hätte, daß ich nicht einmal den Gasofen angesteckt hatte und meine Zimmertür offengeblieben war, wie Mrs. O'Shea mir eingeschärft hatte. Ich wollte unbedingt auf der Stelle und sofort wissen, warum Connor den Badeteppich aufgehoben hatte, den ich ganz bestimmt ordentlich zusammengefaltet über den Badewannenrand gelegt hatte. Ich sah aus seiner Haltung, als er sich gebückt hatte, um den Teppich aufzuheben, daß er zusammengerollt hinter der Tür gelegen hatte. Und ich wußte, daß Mrs. O'Shea ihn in ihrer Eile nicht weiter beachtet hatte, sondern im Dunkeln zur Seite schob, als sie meine Tür aufmachte und mich rief.

Ich wollte ihm ins Gesicht sagen und ihn vor Lady Maude beschuldigen, meine Tür zugemacht und den Badeteppich unten vor die Türritze gelegt zu haben. Denn auf diese Weise konnte das Gas nur in eine Richtung ausströmen: in Lady Maudes Schlafzimmer. Selbst bei dieser geringen Menge Gas hätte sie nach mehreren Stunden einen neuerlichen Anfall erleiden müssen, der durch den Sauerstoffmangel und zunehmende Atembeschwerden ausgelöst worden wäre. Gegen Morgen hätte Connor den Badeteppich entfernen und meine Tür wieder aufmachen können. Es war ein schlecht durchdachter und hastig und unvorbereitet durchgeführter Plan, den er wahrscheinlich erst in dem Augenblick gefaßt hatte, als er am Badezimmer vorbeiging und mich drinnen hörte, das Plätschern in der Badewanne. Natürlich hätte es verhängnisvoll ausgehen können, denn Mrs. O'Sheas vorzeitige Rückkehr war ja in seinem Plan nicht vorgesehen gewesen.

Aber ich hielt meine Anschuldigungen zurück. Ich hatte genug gelernt, um zu wissen, daß ich solche Worte nicht aussprechen konnte, ohne daß sie schon morgen in alle vier Himmelsrichtungen von Cloncath ausposaunt sein würden. Mrs. O'Sheas scharfe Zunge würde dafür sorgen. Ich brauchte Zeit zum Nachdenken. Jetzt wurde mir klar, was ein schlechter Vergleich ist, den man schließt, um einen Skandal zu vermeiden – ein Pakt, wie ihn Brendan, Praeger und Connor nach Lottis Tod geschlossen hatten. Ich wußte damals wirklich noch nicht, was ich tun sollte. Ich konnte auch Mord! rufen und damit an den Grundfesten dieses Hauses rütteln, das uns Schutz und Obdach bot. Oder ich konnte durch mein Schweigen seine äußere Struktur stützen, während innen der Verwesungsprozeß nicht aufzuhalten war. Als ich in diesen Minuten mein Schweigen nicht brach, war das schon der erste Schritt zu dem Pakt mit der Lüge.

IV

»Ich habe ihr etwas gegeben, damit sie schlafen kann.« Dr. Donnelly sank in den Stuhl bei Connors Schreibtisch zurück, als er seinen Tee trank. »Man kann natürlich nicht sagen, ob und gegebenenfalls wie sehr es sich nachteilig ausgewirkt hat, daß noch keine Laboratoriumsuntersuchungen vorgenommen worden sind. Und das bedeutet Krankenhausaufnahmen. Lady Maude ist noch nie in ihrem Leben im Krankenhaus gewesen. Ich neige zu der Auffassung, daß die Gefahr, sie dieser ganzen Prozedur zu unterwerfen, größer ist ...« Er machte eine sprechende Gebärde, und es bedurfte keiner weiteren Worte, weil wir uns alle vorstellen konnten, wie die resolute alte Dame ihre letzten Kräfte im Kampf gegen Schwestern und Krankenhausroutine aufreiben würde. Dann fuhr er fort: »... als sie hier zu behalten. Wenn sie mehr zur Ruhe gekommen ist, werde ich das Risiko auf mich nehmen müssen. Zwischen Krankenhausaufnahme und -entlassung brauchen ja nur ein paar Tage zu liegen. Ich würde dann aber besser wissen, wie die Behandlung durchzuführen ist. Inzwischen braucht sie sehr viel Ruhe. Sie müssen unbedingt dafür sorgen, daß nichts sie stört oder aufregt.«

Er sah uns alle an: Connor, Mrs. O'Shea, Annie und mich, und sein milder, vielleicht auch anklagender Blick schien uns zu fragen, wieso diese nächtliche Episode sich überhaupt zutragen konnte. Keiner von uns, auch nicht Mrs. O'Shea, konnte etwas zu seiner Verteidigung anführen. Wir versuchten es auch nicht, weil wir uns schämten.

»Mit Ruhe und aufopferungsvoller Pflege kann sie sich wahrscheinlich fast vollständig wieder erholen. Ihr können noch viele Jahre beschieden sein.« Dann schüttelte er den Kopf. »Aber die Tyrells sind kein kräftiger Schlag, und sie ist schon alt ...« Er schrieb jetzt auf seinem Rezeptblock. »Lassen Sie bitte diese Medikamente gleich aus Cloncath kommen, Mrs. O'Shea, und verabreichen ihr dann ...«

Während die beiden sich ärztlichen Belangen zuwandten, ruhte mein Blick auf Connor. Ich hatte ihn beobachtet, als Dr. Donnelly sagte, Lady Maude könnten noch viele Jahre beschieden sein. Er hatte alles darangesetzt, um sich zu beherrschen. Aber ich hatte im Lauf der letzten Tage sein Gesicht zu gründlich kennengelernt, und deshalb sah ich, daß er schon die lange Qual des Wartens durchmachte — die kostbaren Jahre, in denen seine Jugend dahinschwand und ihm immer noch die Macht versagt war, nach seinen eigenen Wünschen und Vorstellungen zu handeln, zu regieren und zu befehlen. Er hatte sich nach dem Glück gesehnt, für die Sheridan-Werke mit seinem ganzen Können und aller Kraft zu arbeiten — aber als ihr Herr und Gebieter und nicht als der Diener einer alten

Frau. Ich war fest davon überzeugt, daß er sich in seiner Verzweiflung heute nacht der Gefahr ausgesetzt hatte, um jeden Preis diese Freiheit zu gewinnen – und daß es ihm nicht geglückt war. Das Wissen um dieses Mißlingen und um seine ferneren Leiden und Prüfungen stand deutlich in seinem Gesicht geschrieben. Ich erkannte es und begriff.

10. KAPITEL

I

Die wenigen Stunden bis zum Tagesanbruch wollten kein Ende nehmen. Nachdem Dr. Donnelly uns verlassen hatte, war jeder in sein Zimmer gegangen. Meiner Meinung nach mußte allerdings Mrs. O'Shea die einzige sein, die Schlaf fand. Heute morgen konnte es kein freundschaftliches Dämmerfrühstück für Connor und mich geben. Ich zog mich an und ging in meinem Zimmer hin und her, um warm zu werden. Um sechs Uhr verließ ich so leise wie irgend möglich das Haus. Der Motor meines M. G. war kalt geworden, und es dauerte lange, geräuschvolle Minuten, ehe er ansprang. Connor mußte das gehört haben, aber er unternahm keinen Versuch, sich zu erkundigen, wohin ich ginge.

Ringsum auf dem Lande fing es schon an, sich zu regen. Ich traf Bauernwagen und Lastautos mit Vieh auf ihrem Weg zum Markt. Die Kühe waren schon gemolken und wieder auf den Weiden. In den kleinen Häusern der Leute vom Gut arbeiteten die Männer noch eine Stunde in ihren eigenen Gemüsegärten, ehe es Zeit war, zur Arbeit zu gehen. Das bloße Gefühl, daß die Leute da waren und freundlich die Hand zum Gruß hoben, obwohl ich fremd war, tröstete mich. Die Stunden seit Dr. Donnellys Fortgang waren die einsamsten, die ich je durchlebt hatte. Deshalb wirkte die wohlmeinende Gegenwart dieser einfachen Menschen wie ein warmer Hauch, in den ich mich einhüllte. Meine Wunden und meine Angst wurden gestillt.

Die Frau am Südportal von Schloß Tyrell erkannte mich wieder. »Heute morgen kommen Sie aber früh, gnädiges

Fräulein«, sagte sie als sie das Tor öffnete. »Aber Herr Praeger ist ja auch ein Frühaufsteher.«

Als ich mich dem Schloß näherte, fuhr ich jedoch nicht über die Brücke, sondern weiter geradeaus auf der Allee und zum nördlichen Pförtnerhaus. Die Verrammelungen an den Überresten der Brücke waren eine abstoßende Mahnung an jene erste geheime Absprache, zu schweigen.

Brendan hatte mein Auto gehört und kam an die Haustür. »Heute morgen kommst du aber früh, weiß Gott!« Es waren fast die gleichen Worte, die die Frau am Hauptportal gebraucht hatte, aber seine Stimme klang nicht überrascht, sondern voller Sorge. »Was macht dir Kummer?«

»Hätte ich doch nur Gewißheit!« Das Wohnzimmer war ausgeräumt. Zugeschnürte Kisten waren für die Möbelleute auf- und nebeneinander gestellt. Brendans Koffer waren gepackt und standen abholbereit neben der Tür. Ein entsetzlich trostloses Gefühl überkam mich bei ihrem Anblick. Mir wurde plötzlich unumstößlich klar, daß er fortging und ich allein zurückblieb. Ich war jetzt nicht mehr – wie noch vor zwei Tagen – davon überzeugt, daß ich mit allem im Leben allein fertig werden könnte.

»Du siehst entsetzlich schlecht aus«, sagte er offen. »Warte mal . . .« Das Wasser im Kessel fing gerade an zu kochen. Er ging zum Herd, gab Pulverkaffee in zwei Becher, verrührte ihn mit dicker Sahne und tat viel Zucker dazu. Einen Becher brachte er mir, und ich nahm einen Schluck. Ich schüttelte mich, weil es so süß war, genoß aber das heiße Getränk sehr. Dann bot er mir eine Zigarette an und ergriff mein Handgelenk, damit das leise Zittern vorüberging, während er mir das Feuerzeug hinhielt. Er holte seinen eigenen Kaffeebecher und setzte sich neben mich aufs Sofa.

»Nun erzähl bitte«, sagte er.

So klar und objektiv, wie ich nur konnte, berichtete ich ihm, was sich in den frühen Morgenstunden in Meremount zugetragen hatte. Er hörte bis zum Schluß zu, ohne mich zu unterbrechen.

»Und du bist dir ganz sicher, daß du beide Türen offengelassen hattest?«

»So sicher, wie man überhaupt nur sein kann. Man wird ja allmählich ganz wirr im Kopf, wenn jeder einem etwas anderes erzählt, und fragt sich so langsam schon selbst, ob man sich auch nicht geirrt hat.«

»Und der Gasofen? Hattest du ihn bestimmt abgestellt?«

»Darum dreht es sich ja gerade. Ich habe ihn niemals angezündet. Ich wollte ja ganz schnell mit Baden fertig werden, darum habe ich mir gar nicht erst die Zeit genommen, den Raum zu heizen. Weißt du, Lady Maude liegt ja im Nebenzimmer, und bestimmt hätte sie es frivol gefunden, auch nur eine Sekunde länger als unbedingt nötig im Bad zu bleiben.«

»Und der Badeteppich?«

»Ich weiß ganz genau, daß ich ihn über die Wanne gelegt hatte.« Plötzlich konnte ich nicht mehr. Meine Müdigkeit und alle Zweifel, die während der dazwischenliegenden Stunden allmählich aufgetaucht waren, hatten mich vollständig erledigt. Ich stellte den Becher hin und legte meine Hand über die Augen. »Ich habe jetzt so entsetzliche Angst«, sagte ich. »Angst, weil ich nicht weiß, was das alles zu bedeuten hat. Und auch Angst, dazubleiben. Und ich kann sie doch nicht mit ihm allein lassen. Und wenn ich alles sage, was ich weiß, könnten der Skandal und der Lärm und die Unruhe sie töten. Und ich bin mir auch nicht ganz sicher, ob sich alles beweisen läßt. Wenn Mrs. O'Shea geht, bleibt sie mit ihm allein . . .«

Ich hörte, wie er sich neben mir erhob, zum Telefon ging und wählte.

»Guten Morgen . . . O'Keefe? Hier spricht Brendan Carroll. Ist Herr Praeger schon auf? . . . Gut. Sagen Sie ihm bitte, daß ich Miß D'Arcy aufs Schloß bringe. In etwa fünf Minuten sind wir da. Danke.«

Er legte den Hörer auf die Gabel zurück und wandte sich mir zu. »Komm«, sagte er. »Jeder von uns nimmt sein Auto. Vielleicht brauchen wir beide Wagen.«

»Warum gehen wir denn zu ihm hin?«

Er zog einen Pullover über sein Sporthemd. »Allmählich wird es Zeit, daß hier jemand offen mit der Sprache herausrückt.«

O'Keefe kam uns entgegen, als wir die Treppen hinaufgingen. »Guten Morgen, gnädiges Fräulein. Guten Morgen, Mr. Carroll.«

»Wie geht's Ihnen, Kevin?« fragte Brendan.

»Danke, großartig, Mr. Carroll – einfach großartig, Bren.« Sie wechselten einen amüsierten Blick gegenseitigen Einverständnisses. Zuerst begriff ich nicht ganz, aber dann fiel mir ein, daß sie etwa das gleiche Alter haben mußten. Wahrscheinlich hatten sie die gleiche Schulbank gedrückt. Sicher hatte O'Keefe ihn noch so in der Erinnerung, wie Brendan sich selbst beschrieben hatte; den kleinen Bren Carroll, der in seines Bruders Gummistiefeln die Dorfstraße hinaufstolzierte. Man konnte sich nur schwer einen Begriff davon machen, wie tief eingewurzelt die menschlichen Bindungen hier auf dem Lande waren und wie weit die Erinnerung zurückreichte, sofern die Fäden nicht durch den Wandel der Zeit und die Vielfalt des Großstadtlebens abrissen oder die Bevölkerung von Kriegen heimgesucht wurde. Das erklärte auch, warum Lady Maude – ohne Macht, ohne Geld und fast ohne Freunde – immer noch Respekt und Gehorsam einflößte.

O'Keefe hatte Kaffee und eine Schüssel mit Toast für uns vorbereiten lassen, der unter einem silbernen Deckel heißgehalten wurde. Die Tassen waren riesig, und wir tranken das Gemisch aus halb Kaffee und halb heißer Milch voller Dank. »Wie in aller Welt schafft Otto Praeger es nur«, murmelte Brendan und biß dabei in den knusprigen Toast, »hier in Irland jemanden dazu zu bringen, einen solchen Kaffee zu machen?« Der Entschluß, zu Otto Praeger zu gehen – ganz gleich, was ihn dazu bewogen hatte –, hatte ihn sichtlich erleichtert. Er machte überhaupt keinen besorgten oder beunruhigten Eindruck, als er seinen Kaffee schlürfte und sein Blick über den See wanderte. Die Morgensonne stand blaß am Himmel, und auf dem Rasen lag Tau, so daß es aussah, als sei er mit Reif überzogen. Brendan behielt aber auch mich im Auge. Als ich mir eine Zigarette in den Mund steckte, fühlte ich seine Hand wieder zart auf meinem Handgelenk.

»Jetzt keine mehr – noch nicht. Du wirst heute noch eine Menge rauchen, bis der Tag zu Ende geht, das kannst du mir glauben.«

Es war gar nicht so schwer, sie wegzulegen, weil aus seinen eindringlichen Worten Besorgnis sprach.

Wir hörten Otto Praegers Schritt und seinen Stock auf der Treppe. Langsam kam er auf uns zu – ohne ein Anzeichen von Neugier oder Verwunderung über unsere Anwesenheit. Er war sorgfältig rasiert und gekleidet und duftete nach Bayrum.

»Guten Morgen!« sagte er. Seine Aussprache schien mir schwerfälliger, als ich in Erinnerung hatte. So früh am Morgen hatte seine Zunge wohl noch nicht genug Übung im Englischen. Er nickte mir zu und zeigte auf die Kaffeekanne. »Würden Sie so liebenswürdig sein? . . . Oh, vielen Dank! . . . Und nun berichten Sie, Mr. Carroll.«

Brendan wiederholte in aller Kürze, was ich ihm mitgeteilt hatte. Es war eine sonderbare Erzählung mit nur wenigen Tatsachen und einer Menge Vermutungen. Natürlich konnte sie weder das Angstempfinden, das in mir wachgeworden war, noch das Gefühl der Bedrohung und am allerwenigsten meine Überzeugung wiedergeben, daß meine Willenskraft abnahm und Connor immer mehr der Beherrschende wurde. Etwas fehlte auch darin, weil Brendan gar nichts davon wußte: das war die ungeheuerliche

Kälte, mit der Connor mir im O'Ruairc-Turm seinen Vorschlag unterbreitet hatte, und die nicht zu leugnende starke Wirkung, die davon ausging, weil Connor selbst von der Berechtigung seiner Forderung überzeugt war.

»Auch sonst wäre da noch viel zu sagen . . .«, hörte ich meine eigenen Worte, als Brendan geendet hatte. »Es kommt da so sehr viel zusammen . . . oh, ich kann das alles gar nicht im einzelnen erzählen . . . aber es ist genug, um bestimmt zu glauben . . .«

»Ja, genug.« Praeger hob seine Hand und beendete damit meinen Satz. Sein auch sonst immer blasses Gesicht wirkte jetzt wie eine weiche Teigmasse, und ich fragte mich, ob er sich wohl schlecht fühlte. Er hob den Kopf und sah Brendan an.

»Sie muß es erfahren, jawohl. Ja, ich weiß nun, warum Sie gekommen sind. Jeder von uns hatte sich zum Stillschweigen verpflichtet. Aber dieses Versprechen darf nicht ein mögliches Unrecht an anderen Menschen einbegreifen – jetzt ein Unrecht an Maura, weil sie hier hineingezogen ist. Lady Maude wird inzwischen nicht nur zu hören bekommen, was wir ihr zu sagen haben – sie wird die Geschichte von allen möglichen Seiten erfahren. Kommen Sie, wir wollen nach Meremount gehen.«

II

Annie ging nach oben, um Connor unsere Ankunft zu melden, und ich führte Praeger und Brendan in Connors Studierzimmer. In Annies Gesicht arbeitete es merkwürdig, als sie sah, mit wem ich kam. Ihre Lippen zuckten nervös, und sie zupfte unruhig an ihrer Schürze.

»Sofort, gnädiges Fräulein – ich sage es ihm sofort.«

Praeger blieb einen Augenblick in der Tür des Studierzimmers stehen und ließ seinen Blick nach hinten durch die Halle gleiten. Ich überlegte mir, was ihn wohl so interessieren konnte. Ich war dann doch einigermaßen erschüttert bei dem Gedanken, daß sich meine Augen in weniger als einer Woche schon so sehr an das Gewühl von Möbeln gewöhnt hatte – ihr Anblick versetzte mich überhaupt nicht mehr in Erstaunen, sondern war für mich im Gegenteil etwas ganz Selbstverständliches. Ja, ich fühlte mich sogar ein ganz klein wenig gekränkt, als er den Kopf schüttelte und mit der Zunge schnalzte.

»Ach! Noch mehr dazugekommen, aber sonst hat sich hier nichts verändert.« Und er fügte hinzu: »Mein Gott, was für Werte!«

Er trat näher und setzte sich schwerfällig in den Sessel vor die Aschenreste des gestrigen Kaminfeuers. Es war kalt im Zimmer. Sicher würde Praeger es nach der vorbildlich gleichmäßigen Wärme von Schloß Tyrell als unangenehm empfinden. Deshalb fragte ich vorsichtig, weil ich ja nicht wußte, ob es zu machen wäre: »Würden Sie gern ein Feuer haben? Im Korb hier ist Torf, und Anbrennholz könnte ich aus der Küche holen. Nur . . .« – hilfesuchend sah ich Brendan an – »habe ich weiter noch keine Erfahrung beim Anzünden von Torffeuern.«

Brendan schüttelte den Kopf. »Connor kommt.«

Zunächst vernahm man einen leisen Wortwechsel auf der Treppe, dann sah Annie flüchtig zu uns herein und nickte kurz und nervös mit dem Kopf, als sie an der Studierzimmertür vorüberging, und schließlich stand Connor selbst vor der Tür.

»Wie ich sehe, sind wir hier nun alle versammelt. Guten Morgen, Herr Praeger! Sie haben Meremount eine ganze Zeit nicht mit Ihrer Anwesenheit beehrt. Maura . . . und Brendan. Es ist ja noch reichlich früh am Tag für so viel Betrieb. Was ist der Grund?«

Wieder versetzten mir seine Sicherheit und meine eigenen Zweifel einen Stich. Er ging weiter ins Zimmer hinein, und sogar Praegers Anwesenheit schien nun nicht mehr ganz so bedeutungsvoll. Er ließ sich keineswegs beirren. Brendan wartete, bis Connor ein Päckchen Zigaretten vom

Kaminsims genommen und mir angeboten hatte. Als ich ablehnte, zündete er sich selbst eine Zigarette an und ergriff dann das Wort.

»Maura hat mich heute früh aufgesucht, Connor . . .«

»Das hab' ich mir gedacht. Und außerdem hat sie uns alle aufgeweckt, als sie wegging.«

»Verdammt noch mal! Sei jetzt bitte still und hör zu! Sie kam, um mir zu berichten, was sich in der letzten Nacht hier zugetragen hat.«

»Gestern nacht? — Ja, das war eine sehr ereignisreiche Nacht. Aber doch nichts Ernstliches, obgleich das sehr wohl möglich gewesen wäre. Ich habe schon daran gedacht, Leo Dougherty einen Prozeß zu machen, weil seine Leute bei den Installationsarbeiten für den Gasofen so miserabel gearbeitet haben. Andererseits haben sie es ja mehr oder minder auch nur in einer halben Stunde gemacht, aber immerhin . . . Wahrscheinlich hätte ich selbst merken müssen, in welchem Zustand die Anlage war, aber ich betrete dieses Badezimmer ja nie. Und außerdem fällt ja sowieso alles im Haus auseinander . . .«

Jetzt sprach Praeger zum erstenmal. Seine belegte, volle Stimme schien den leichtfertigen Ton zu verjagen, den Connor anzuschlagen versucht hatte. »Maura ist nicht der Meinung, daß es sich letzte Nacht um einen Unglücksfall gehandelt hat, Connor.«

Seine schwarzen Augenbrauen gingen schlagartig nach oben. »Nein? . . . Und was glaubt sie, wenn ich fragen darf?«

»Sie glaubt . . .«, antwortete Brendan.

Da fiel ich ihm ins Wort. »Ich werde das selbst sagen, Brendan. Wenn es schon gesagt werden muß, dann tue ich es. Ich bin der Meinung, Connor, daß Sie selbst die Stelle in der Gasleitung schadhaft gemacht haben. Daß Sie die Tür zu meinem Zimmer zugemacht und mit dem Badeteppich den unteren Türschlitz abgedichtet haben, damit ich den Gasgeruch nicht merken sollte. Das Ganze war für

Lady Maude bestimmt, nicht wahr? Sie hofften, daß sie wieder einen Anfall bekommen würde, wenn sie nur genug von dem Gas einatmete. Mrs. O'Shea hat in der Eile den Badeteppich nicht bemerkt, aber Sie haben ihn schnell aufgehoben, als ich hereinkam. Ich bin mir hundertprozentig sicher, daß ich ihn auf den Badewannenrand gelegt habe . . .«

»Natürlich können Sie sich ganz sicher sein, denn da habe ich ihn ja auch gefunden.«

»Was taten Sie denn . . .«

Er unterbrach mich. »Wie soll ich denn Ihrer Meinung nach das Fenster aufgekriegt haben? Ich glaube nicht, daß in den letzten zehn Jahren jemand das Schiebefenster geöffnet hat. Deshalb mußte ich mit beiden Fäusten dagegen hämmern, damit es sich bewegen ließ. Die Matte habe ich ganz einfach als Polster für meine Hände benutzt. Wenn ich sie zufällig gerade da fallen ließ, wo Sie sie entdeckten, dürfte das wohl kaum ein Grund für Ihre Verdächtigungen sein . . .«

Ich fühlte Praegers und auch Brendans fragende Blicke auf mir ruhen. War dies nicht die Bestätigung, daß ihre Zweifel von vorhin berechtigt gewesen waren? Connor hatte selbstverständlich Zeit genug gehabt, um die Geschichte mit dem Badeteppich zu begründen. Und es klang ja auch wie die reine Wahrheit. Trotzdem glaubte ich ihm nicht.

Er legte mein Schweigen als Unsicherheit aus. »Glauben Sie im Ernst«, sagte er, »daß ich zu so etwas fähig wäre . . .?«

»Ja, das tue ich!« rief ich aus. »Ich glaube bestimmt, daß Sie dazu fähig sind. Ich glaube, Sie haben ihren Tod gewollt!«

»Sie haben mich nicht ausreden lassen«, sagte er. Seine Ruhe stand in einem nervös machenden Gegenstand zu meiner wachsenden Erregung. »Ich wollte sagen, daß das wohl ein unglaublich plumpes Unterfangen gewesen wäre, finden Sie das nicht auch? Etwas mehr Verstand hätte man mir eigentlich zutrauen dürfen. Und warum hätte ich es eigentlich tun sollen? Lady Maude ist alt. Es dauert nicht mehr lange, bis sie stirbt. Ich habe diesen Zustand jetzt ja schon eine ganze Weile ertragen — ich kann ihn auch noch ein bißchen länger aushalten.«

»Nein«, sagte ich. »Sie vergessen . . . wissen Sie nicht mehr, was Sie mir erzählt haben!? Sie hätten erfahren, der Anwalt käme am Montag. Sie fürchten, Sie könnten leer ausgehen, nach all . . . all der Arbeit und dem langen Warten. Sie könnten leer ausgehen, weil ich gekommen bin und Lady Maude vielleicht ihr Testament ändern will.«

Er hob die Schultern. »Ich hatte es nicht vergessen. Aber ich möchte Ihrem Gedächtnis gern noch etwas mehr nachhelfen. Ich habe außerdem gesagt, daß jeder, der behauptet, er hätte noch nie im Leben den Tod eines seiner Mitmenschen herbeigesehnt, ein Lügner ist. Und hinzugefügt habe ich, daß der Wunsch nicht die Tat ist. Es ist ein sehr sehr großer Schritt von dem einen zum andern. Ich habe diesen Schritt bisher nicht gemacht.«

»Weil du es das letzte Mal nicht brauchtest, so war es doch.« Brendan sprach jetzt. »Damals wurde die Tat für dich ausgeführt. Du hattest den Wunsch, und alles, was du zu tun hattest, war abwarten und den Dingen ihren Lauf lassen. Niemand brauchte die Tat auszuführen — Lotti besorgte das selbst.«

Das saß. Endlich begriff Connor die neue Situation. Sein Gesicht war meines Erachtens verändert und hatte jenen finsteren Ausdruck angenommen, den ich bei mir selbst den »schwarzen Blick« nannte. Mit Überraschung stellte ich fest, wie gut ich ihn kennengelernt hatte. Ich merkte schon im voraus, wenn sein Ausdruck oder seine Stimmung sich änderte oder der Übergang von kühler Gelassenheit zu Leidenschaft sich vollzog — ebenso wie ich die ganz eigenartige Welt von Meremount langsam kennengelernt und akzeptiert hatte. Die Gefahr lag eben darin, daß ich sie akzeptiert hatte.

»Warum bringst du um Gottes willen Lotti hier mit hinein? Lotti ist tot — das ist endgültig alles vorbei.«

»Das haben wir damals gedacht.« Brendans Worte waren jetzt keine Herausforderung für Connor, sondern sie sollten die Erinnerung wachrufen. Er sprach nachdenklich und langsam. »Wir alle drei dachten damals, als wir uns stillschweigend einigten, daß alles, was mit Lotti zu tun gehabt hatte, abgeschlossen sei. Es bestand keine Veranlassung, die alten Geschichten wieder aufzurühren. Wir stimmten darin überein, daß wir von Lottis gutem Ruf retten wollten, was noch zu retten war — und das entsprach auch ganz den Gefühlen, die die Leute hier ihr entgegenbrachten. Du, Connor, und ich — wir beide wollten auch ein wenig innere Ruhe für Herrn Praeger und Lady Maude mit hinüberretten, auch wenn wir selbst keine finden würden. Es war sinnlos zu sprechen, da niemand die Wahrheit zu erfahren brauchte.« Er hob seine Hände in die Höhe, als schlösse er die beiden anderen Männer mit ein. »Das haben wir damals gesagt.«

»Und das sage ich heute noch.« Connors Gesicht hatte wieder den wohlbekannten Ausdruck äußerster Beherrschung angenommen. Seine Stimme klang fester. »Nichts hat sich geändert.«

»Etwas doch. Maura ist hier — sie hat den Wandel vollzogen. Ihre ganzen Schwierigkeiten in diesem Haus und mit uns allen haben die Situation verändert.«

»Und was, zum Teufel, hat das mit gestern nacht zu tun?« fragte Connor. »Du redest lauter Unsinn — und du sprichst über Dinge, die dich überhaupt nichts angehen.«

»Es sind aber Dinge, die jetzt gesagt werden müssen. Es ist durchaus möglich, daß Maura morgen hier fortgeht. Sie könnte aber ebensogut bleiben . . .«

»Nein!«

Er beachtete meinen Einwurf gar nicht. »Es ist ihr gutes Recht zu bleiben, wenn sie will. Aber vielleicht hast du sie sogar überredet zu bleiben — wer weiß das alles? Du bist übrigens auch nicht der einzige, Connor, der erkennt, welche Vorteile das hätte. Wenn sie aber bleibt oder auch nur überlegt, ob sie bleiben soll, dann muß sie die Wahrheit erfahren.«

»Ich bin anderer Meinung. Das hat überhaupt nichts mit Maura zu tun.«

»Glaubst du wirklich, Connor, ich würde es dulden, daß Maura in engste Beziehungen zur Familie tritt, ohne ihr vorher die volle Wahrheit zu sagen?« Praeger beteiligte sich nur sehr wenig, aber als er das Wort ergriff, sprach er mit großer Bestimmtheit. »Es liegt in ihrer freien Entscheidung, ja oder nein zu sagen – aber es muß ihr zugestanden werden, daß sie sich erst dann entscheidet, wenn sie alles weiß, was wir wissen. Und jetzt holen wir uns am besten die Frau herein, hieß sie nicht Annie?«

»Gut, dann sagen Sie es ihr.« Connors Stimme war rauh. »Aber, um Himmels willen, ziehen Sie Annie nicht wieder hinein. Wenigstens könnten uns die Tränen und das Gejammer erspart bleiben.«

»Wenn sie es von Annie selbst hört, erfährt sie es so wie wir. Es ist dann nichts hinzugefügt oder weggelassen . . .«

»Nein, nichts hinzugefügt außer einem hysterischen Anfall und dem, was sie seit letzten November zu der Geschichte noch alles hinzugedichtet hat . . .«

»Rufen Sie sie!« befahl Praeger und schnitt damit Connor das Wort ab.

Brendan ging in die Halle. »Annie . . .? Ob sie in der Küche sein kann, Maura?« Aber Annie hatte sich in der Nähe der Eßzimmertür aufgehalten, weil sie sichtlich darauf wartete, daß man sie kommen lassen würde. Als sie erschien, nestelte sie an ihrer Schürze herum und schob ihre Schultern in unverkennbarer Abwehrstellung vor.

»Sie haben mich gerufen, Sir?« Sie war sich nicht im klaren, an wen sie die Frage richten sollte. In diesem Raum hatte ein Stellungswechsel stattgefunden, und sie wußte nicht, wer jetzt maßgeblich war. Praeger entschloß sich, diese Rolle zu übernehmen.

»Ja, Annie, kommen Sie herein. Und machen Sie bitte die Tür zu.«

Sie tat es ohne Hast. Als sie sich umwandte, zeigte ihr Gesicht offensichtliches Widerstreben und beinahe Furcht. »Bitte, Sir, es fängt doch nicht alles wieder von vorn an, nein? Ich wollte sagen, natürlich versuche ich, nicht darüber nachzudenken, so wie Sie es mir aufgetragen haben. Aber ich kann nun mal nicht anders. Ich habe fast keine Nacht mehr ruhig geschlafen, seit das alles passiert ist, und das ist die reine Wahrheit . . .«

Connor streckte unbeherrscht seine Arme aus, und seine Zähne knirschten vor Zorn.

»Soll das nun immer so weitergehen . . .?«

»Annie«, sagte Brendan freundlich, »wir wissen, daß es schwer ist. Aber hätten Sie kein Stillschweigen bewahrt, wäre Lady Maude durch eine entsetzliche Zeit hindurchgegangen, nicht wahr? Und daß das passierte, hätten Sie doch niemals gewollt, wo es doch keine Möglichkeit gab, Mrs. Sheridan wieder hier zu haben.«

»Nein, Mr. Carroll, und ich bleibe auch dabei. Und trotzdem . . . Aber das stimmt: ich habe mein Versprechen gegeben, und ich halte es auch.«

»Ja, Annie, das ist gut so. Wir bitten Sie aber jetzt, noch jemandem — nur einem einzigen Menschen — alles zu erzählen.« Er zeigte auf mich. »Miß Maura soll wissen, was damals in der Nacht passiert ist. Es ist für alle Teile das beste, wenn sie Bescheid weiß. Das läßt sich nur schwer erklären . . .«

Einen Augenblick verdrängte ein blitzschnelles, schlaues Verstehen ihre ängstliche und nervöse Haltung. »Ich glaube, ich weiß auch, warum, Mr. Carroll. Wenn ich auch nicht viel gelernt habe, bin ich doch nicht gerade dumm. Ich sehe, was sich vor meinen Augen abspielt, genau wie jeder andere auch, obgleich einige das nicht glauben wollen.« Sie konnte sich einen ganz flüchtigen Blick zu Connor hin nicht verkneifen, aber er wandte sich ab, lehnte sich gegen den Kamin und guckte zum Fenster hinaus, als ginge ihn der ganze Vorgang hier nichts an.

»Annie, in der Nacht, als Mrs. Sheridan den Unfall hatte, . . .«

»Ja, Mr. Carroll«, sagte sie und war jetzt schon wesentlich aufgeschlossener.

» . . . entsinnen Sie sich, daß ich damals hier angerufen habe?«

Anstatt Brendan zu antworten, wandte sie sich direkt an mich. »Mr. Carroll telefonierte hier an, und ich nahm seine Nachricht entgegen und ging nach oben, um Mrs. Sheridan Bescheid zu sagen. Und das ist die reine Wahrheit.«

Ich fuhr herum und sah Brendan an. »Lotti war demnach noch hier im Hause? Du hast mir doch gesagt, sie sei schon fort gewesen. Du sagtest, dein Anruf sei zu spät gekommen.«

Er gebot mir Schweigen. »Haben Sie die Nachricht übermittelt, Annie?«

»Nein, Mr. Carroll. Als ich die Treppe heraufkam, war ja Lady Maude persönlich auf dem Korridor vor Mrs. Sheridans Schlafzimmer. Sie sagte mir, ich solle nicht hineingehen. Deshalb berichtete ich ihr, was Mr. Carroll gesagt hatte, und sie schickte mich danach wieder herunter.«

»Warum erlaubte sie Ihnen denn nicht hineinzugehen?« Als er merkte, wie die alten Zweifel in Annie wieder wach wurden, drang er in sie. »Weiter, Annie. Die halbe Wahrheit bedeutet gar nichts.« Jetzt wandte sie sich Praeger zu. »Muß ich denn wirklich alles erzählen, Sir? Alles über Mrs. Sheridan und Mr. Connor?«

Er nickte. Er sah zum Erbarmen aus, als hätte er nun schon zum soundsovielten Mal die Geschehnisse jener endlos langen und qualvollen Nacht durchgemacht. Der harte Griff, mit dem er seinen Stock umklammerte, lockerte sich nicht.

Annie fuhr nun langsamer in ihrem Bericht fort. »Na schön, es war wegen des heftigen Streites, den die beiden hatten. Deshalb sollte ich nicht hineingehen. Natürlich konnte man das hören, jedes kleinste Wort, so deutlich wie nur irgendwas. Mrs. Sheridan hat sich nie darum gekümmert, wer was hörte. Das ging so weiter, nachdem ich die erste Nachricht oben ausgerichtet hatte, und wahrscheinlich hatte der Krach auch Lady Maude aus ihrem Zimmer geholt. Sie konnte es einfach nicht ertragen, wenn Mrs. Sheridan sich so aufführte.« Annie sah kurz Herrn Praeger an, als wolle sie sich bei ihm entschuldigen. »Aber das kam natürlich nur deswegen, weil Mrs. Sheridan noch so jung und auch verwöhnt war . . . schlecht war sie sicherlich nicht. Das war nichts als Übermut und Frohsinn — das heißt, bis dann die Sache mit Mr. . . .«

»Miß Maura weiß das, Annie. Erzählen Sie ihr aber bitte von dem ersten Anruf und was passierte, als Sie nach oben gegangen waren, um Mrs. Sheridan Bescheid zu sagen.«

»Ja, eine halbe Stunde vorher hatte es angefangen. Miß Lotti packte oben ihre Sachen für ihre Reise, und mich hatte sie weggeschickt, weil ich eine Flasche Champagner heraufbringen sollte. Sie und Mr. Connor wollten sie zusammen trinken — das taten sie nämlich oft. Als ich mit der Flasche ankam, hatten sie eine kleine Auseinandersetzung, wenn man so sagen darf. Oh, nichts Ernstes, wissen Sie. Er saß nur da und guckte zu, wie sie ihre Sachen zusammenpackte. Sie wollte nicht, daß er sie zum Flugplatz nach Dublin brächte, wo an dem Abend doch so ein scheußliches Wetter war und so. Darüber beklagte er sich, und sie sagte, daß sie gern ihr eigenes Auto nehmen wollte, das dann auf dem Flugplatz bleiben könnte, weil sie es doch vielleicht brauchen würde, wenn sie Lust hätte, vor der Zeit nach Haus zu kommen. Und natürlich ließ er sie, weil sie so schrecklich gern ihren eigenen kleinen Wagen fuhr und auch immer ihre eigene Herrin sein wollte. Sie hatte doch immer betont, daß sie es gar nicht möchte, wenn man sie am Gängelband führte – und Mr. Connor hat sich so große Mühe gegeben, daß er ihr alle Freiheiten ließ. Es gibt nicht viele Ehemänner in Irland, die das so hingenommen hätten, wie sie mal hierhin flog und mal dorthin, das können Sie mir glauben. Aber andererseits gab es natürlich auch nicht viele junge Damen, die wie Mrs. Sheridan waren.«

»Um Gottes willen!« Es brach aus Connor hervor. »Können wir nicht zum Kern der Sache kommen und mit diesem albernen Gewäsch aufhören!«

»Ich habe nur gesagt, was sich zugetragen hat, Mr. Connor.«

»Dann fahren Sie fort!«

»Ja, dann klopfte ich also und kam herein und sagte Mrs. Sheridan, daß die Leute von der Luftlinie angerufen hätten. Ich sollte Mrs. Sheridan sagen, daß die Abflugszeit um zwei Stunden verschoben werden müßte, weil die Maschine wegen des schlechten Wetters auf dem letzten Flughafen Verspätung hatte. Was war das die ganze Zeit über nur für ein Wetter, ich weiß es noch ganz genau. Und ich habe den beiden, Mrs. Sheridan und Mr. Connor, gesagt, was ich den Leuten von der Fluglinie geantwortet habe, daß nämlich niemand hier nach Kopenhagen fliegen wollte, wie sie behaupteten. Mrs. Sheridan flöge nach London. Aber sie behaupteten steif und fest, daß Mrs. Sheridan für Kopenhagen gebucht hätte. Es blieb mir also nichts anderes übrig, als ihr die Nachricht zu übermitteln, damit sie das in Ordnung bringen konnte. Hätte ich das natürlich noch einmal ganz genau durchdacht . . ., dann hätte ich es ja nie vor Mr. Connor ausrichten dürfen. Das war der entsetzliche Fehler und außerdem die größte Dummheit meines Lebens. Aber ich hätte wirklich nicht einen Augenblick gedacht . . . Sie hatten sich Treue geschworen, muß man bedenken, wie jedes andere Ehepaar . . . aber das hätte ich nie gedacht . . .«

Dieses Mal bremste Praeger ihren Wortschwall. »Bitte, Annie, sagen Sie nur, was tatsächlich geschehen ist.«

»Na schön. Also, Mr. Connor saß da und hörte zu, was ich über Kopenhagen sagte, und daß es ein Irrtum sein müsse und so, und sagte dann ganz laut in meiner Gegenwart – wissen Sie, so als wäre ich gar nicht da gewesen –: ›Das ist kein Irrtum‹, sagte er, ›nicht wahr, Lotti? Heute abend fliegt Brendan nach Kopenhagen?‹ Mrs. Sheridan hat überhaupt nichts abgestritten. Sie lachte bloß. ›Ein kleiner Abstecher, Connor‹, hat sie, glaube ich, gesagt. Er beugt sich nun zur Seite und nimmt ihr Flugbillett aus ihrer Handtasche – auf der Frisiertoilette lag alles offen herum, wo sie doch ihre Sachen alle eingepackt hatte. Er nimmt das Billett, klappt es auf und liest laut vor. ›Dublin, Kopenhagen, London, Dublin – eine hübsche kleine Rundreise, Lotti‹, sagte er. Und genau vor meinen Augen nimmt er die Champagnerflasche und gießt den Inhalt über ihre beiden fertig gepackten Handkoffer – über die ganzen bezaubernden Sachen, die sie hatte. ›So, da hast du eine kleine Abschiedsfeier‹, sagte er. Und damit fing es an. Sie brüllten sich gegenseitig an – ganz schreckliche Schimpfwörter hat Mr. Connor gebraucht. Und sie schrie ihn an, daß sie sich in einem so langweiligen alten Haus wie diesem nicht unterdrücken lassen würde – auch was von den Glaswerken und allem andern kam dabei vor. Ich bin bloß noch weggerannt, das können Sie mir glauben. Aber während ich die Treppe hinunterlief, konnte ich es immer noch hören, und sogar unten noch. Natürlich weiß ich, daß sie die Hälfte davon nicht wirklich meinten und auch wieder zur Vernunft gekommen wären – aber damals waren sie wie zwei Verrückte. Ich hielt mir mit beiden Händen die Ohren zu und betete für sie – sie möchten doch aufhören, so schreckliche Sachen zu sagen, und das Ganze möchte vorübergehen. Aber seit der Kopenhagen-Geschichte hatte ich doch meine Zweifel, zumal es ihr nicht im mindesten leid tat, daß sie entlarvt war. ›Ich bin ja so froh‹, schrie sie ihm immer wieder zu: ›Froh, froh, froh! Jetzt weißt du alles, und ich brauche mich nicht mehr zu verstellen. Und ich muß dieses alberne Spiel nicht mehr mitmachen, daß ich eine Landedelfrau in Tweed bin ... Wie mich das alles anekelt‹, sagte sie, ›und wie froh werde ich sein, wenn ich erst abgereist bin.‹«

Connor hatte sich abgewandt und seine Arme auf den Kaminsims gelegt. Ich war dankbar, daß ich sein Gesicht nicht sehen konnte. Annies Stimme war, je mehr sie sich für die Geschichte erwärmte, lauter und klangvoller geworden. Die Vorliebe für alles Dramatische, die den Iren eigen ist, brach während ihrer Erzählung durch, als die Erinnerung wieder lebendiger wurde und ihre Zunge die bösen Worte wiederholte. Sogar durch Annies breiten irischen Akzent konnte ich den Widerhall jenes Streites hindurchhören – Lottis leicht fremdländischen Tonfall, ihr unbekümmertes Lachen und das tiefe Grollen von Connors Zorn und Schmerz. Annies Körper bewegte sich hin und her, als sie die Szene wiedergab, und man hätte meinen können, sie schaukelte sich von einer Rolle in die andere hinein, während ihre eigenen Ausrufe wie ein rauher griechischer Chorgesang wirkten.

»Danach«, fuhr sie fort, »klingelte das Telefon wieder.« Ihre schrille Stimme klang jetzt ganz normal. »Es war Mr. Carroll, der mir sagte, daß die Brücke eingestürzt sei. Ich ging also gleich wieder nach oben, um Miß Lotti zu benachrichtigen, und da traf ich eben Lady Maude, die mir sagte, sie würde die Nachricht weitergeben. Was konnte ich noch tun ... ich mußte es dabei bewenden lassen, zumal mir Lady Maude sagte, das sollte ich auch, und dann glaubte ich doch ganz bestimmt, daß Miß Lotti niemals gehen würde, wo Mr. Connor jetzt doch alles wußte. Ich war der Meinung, er hätte sie zurückgehalten, was wohl jeder andere Ehemann getan hätte. Deshalb ging ich wieder in meine Küche und betete einige Ave-Marias für diese beiden armen jungen Geschöpfe, daß ihr Streit gütlich beigelegt werden möge. Ich hörte, wie oben eine Tür ein paarmal aufflog und wieder zugeknallt wurde, als rannten sie aus ihren Zimmern raus und wieder rein. Einige Minuten später hörte ich dann den Spektakel auf der Treppe, als einige von den kleineren Gegenständen herunterfielen — so wie es einem passiert, wenn man beim Heruntergehen nicht aufpaßt. Das nächste, was ich daraufhin hörte, war die Haustür, die zugeschlagen wurde. Ich rannte in die Halle und zur Haustür und betete, es möchte Mr. Connor sein — aber es war Miß Lottis Wagen, der anfuhr. Da stürzte ich in den Regen hinaus und rief ihr nach und winkte, aber sie hielt nicht an. Natürlich muß sie mich gesehen haben, weil ich noch genau weiß, wie ihre Scheinwerfer gerade über mich weggingen. Aber sie hielt nicht mehr an. Da fing ich an, mir Sorgen zu machen, ob sie die Nachricht auch wirklich erhalten hätte.

Ich wußte nicht, was ich tun sollte. Ich wagte nicht, wieder zu Mr. Connor zu gehen, er in seiner blinden Wut und so. Deshalb telefonierte ich Mr. Carroll auf eigene Faust an. Natürlich hatte es keinen Sinn, so zu tun, als wüßte ich nicht, daß Miß Lotti dorthin hatte fahren wollen — und daß die beiden zusammen nach Kopenhagen wollten. Das wäre schon alles wieder in Ordnung gekommen, wenn Miß Lotti nur das von der Brücke wüßte — sie konnte ja auch den großen Umweg gemacht haben. Aber ich war in großer Sorge, wissen Sie. Ich wollte ihm sagen, daß er draußen nach ihr Ausschau halten sollte — nur für den Fall, daß . . . Aber die Leitung war besetzt. Ich wartete und versuchte es dann noch einmal. Aber Sie wissen ja selbst, daß es nur ein paar Minuten von hier bis zum nördlichen Pförtnerhaus sind. Dieses zweite Mal klingelte das Telefon eine Ewigkeit, und keiner antwortete. Alle paar Minuten versuchte ich wieder, aber niemand antwortete. Allmählich kam mir der Gedanke, daß sie sich vielleicht doch noch in Dublin treffen wollten, aber trotzdem versuchte ich immer wieder.

Ganz zum Schluß kam jemand an den Apparat. Es war nicht Mr. Carroll. Ich sagte, daß ich von Meremount aus anriefe — etwas vorsichtig und nicht ganz sicher, wieviel ich über Miß Lotti sagen dürfte. ›So, dort spricht Meremount?‹ fragte der Mann. ›Dann sagen Sie bitte Mr. Sheridan, er möchte gleich herüberkommen. Mrs. Sheridans Wagen liegt im Fluß, und wir können sie nicht finden.‹

Ich rannte hinauf in Miß Lottis Schlafzimmer, aber da war niemand — die Lampen waren angeknipst, und die Koffer standen noch ebenso da wie vorhin, als Mr. Connor den Champagner darübergegossen hatte. Nur der kleine Necessairekoffer fehlte. Von Lady Maude war nichts zu sehen. Ich ging weiter und guckte in Mr. Connors Zimmer, obgleich ich eigentlich nicht erwartete, ihn da zu finden, denn so langsam nahm ich ja nun an, daß er hinter ihr hergegangen sei und ich das in der Aufregung nur nicht gemerkt hätte. Aber tatsächlich, er war da. Er saß da nur so in seinem Sessel und starrte auf die Wand — so wie jemand, der nie wieder hochkommen würde. Ich sagte ihm nun das mit Mrs. Sheridans Auto. Eine ganze Weile schien er es einfach nicht zu begreifen. Gott steh mir bei, ich war so aus der Fassung gebracht, daß ich hinging und ihn schüttelte. ›So wahr mir Gott helfe‹, sagte ich, ›Sie oder Lady Maude haben ihr natürlich gesagt, daß die Brücke weggespült ist? Sie konnten sie doch nicht fortgehen lassen, wo Sie wußten, daß . . .?‹ Er sah mich nur ganz ruhig an und sagte: ›Ich weiß nicht, wovon Sie reden.‹ Dann stand er auf und ging die Treppe herunter, aber keineswegs eilig, als wüßte er schon, daß sie tot sei.

Und sie war wirklich tot. Sie hatte das mit der Brücke nicht gewußt, als sie von hier wegfuhr. Und seit jener Nacht habe ich mir immer wieder Vorwürfe gemacht, weil ich mich nicht vergewissert hatte, ob sie auch wirklich Bescheid wüßte. Wenn ich sie bloß hätte zurückhalten können – oder das Telefongespräch mit Mr. Carroll in den kurzen Minuten zustande gekommen wäre ... Aber was nützt das alles – es hat nicht sein sollen, und ich habe seitdem einen Tod auf meinem Gewissen.«

Brendan wandte sich mir zu. »Als Annie versuchte, mit mir zu telefonieren, hatte ich Schloß Tyrell in der Leitung. Und als das Gespräch beendet war, hörte ich das Krachen.«

Annie hatte höchst geräuschvoll zu schluchzen angefangen. Sie preßte den Saum ihrer Schürze gegen die Augen und schwankte nach hinten und dann wieder nach vorn. »Und ich habe geschwiegen und nicht gesagt, wer dafür verantwortlich war – und zur Beichte kann ich seitdem auch nicht mehr gehen. Ich wollte ja nicht, daß es einen Skandal gibt und Kummer und Leid über Lady Maude hereinbricht – sie war ja früher immer so gut zu meiner Familie. Wenn ich das gesagt hätte, was ich über Mr. Connor wußte, hätte er sich bestimmt wegen Mordes verantworten müssen.«

Connor wandte uns nun wieder sein Gesicht zu. »Hören Sie sich das nur an! Sie weiß kein bißchen mehr, als was sie eben erzählt hat. Alles andere ist pure Phantasie ...«

Praeger machte sich bemerkbar. »Ich danke Ihnen, Annie. Sie haben sich als tapfere Frau gezeigt und Ihre Pflicht getan. Und damit haben Sie Lady Maude einen guten Dienst erwiesen. Würden Sie jetzt bitte einen Augenblick draußen warten ...? Und Sie brauchen sich ganz bestimmt nicht mehr zu ängstigen. Sie haben Ihre Pflicht erfüllt.«

Sie nahm einen Augenblick die Schürze von den Augen und sah Praeger an. »Vielen Dank, Sir.« Ihr Kopf senkte sich zwar wieder, aber seine Worte über erfüllte Pflicht hatten ihr wohlgetan und sie beruhigt. Sie taten sichtlich ihre Wirkung, während sie für eine jüngere Frau wohl kaum von Bedeutung gewesen wären. Wir warteten, bis sich die Tür hinter ihr schloß.

Connor ergriff als erster das Wort. »So, nun haben wir die ganze mordgierige, elende Affäre zum zweitenmal über uns ergehen lassen. Und was ist damit bewiesen? Gar nichts, nicht mehr als beim letzten Mal, und auch in Zukunft gibt es nichts zu beweisen. Und außerdem hat es sich auch nicht herausgestellt, daß ich für das verantwortlich zu machen bin, was gestern nacht passierte.«

»Wir wollen gar nichts beweisen«, sagte Praeger und hob gleichzeitig die Schultern. »Wir versuchen es auch gar nicht. Als Maura erzählte, was sich nach ihrem Dafürhalten letzte Nacht abgespielt hat, war mir klar, daß man ihr unbedingt auch sagen müßte, was sonst noch alles in der Nacht passiert ist, als Lotti verunglückte. Sie ist inzwischen zu sehr in die ganze Geschichte verwickelt, als daß man ihr das vorenthalten könnte.«

Alle sahen mich an, als warteten sie auf eine Antwort oder Entscheidung. Was hätte ich noch hinzufügen können? Ein Zittern überlief mich.

»Sie haben Lotti gehen lassen . . .«, sagte ich zu Connor.

Er schlug mit einer Hand ins Leere, als erkenne er den Vorwurf nicht an. »Warum glauben Sie denn alle, daß gerade ich sie gehen ließ? Bis zu dem Augenblick, als Annie in meinem Zimmer vor mir stand, mich schüttelte und mir sagte, daß ein Unglück geschehen sei, hatte ich nicht die leiseste Ahnung, Lotti könne irgendwie in Gefahr sein. Ich wußte gar nicht, daß die Brücke eingestürzt war! Sie alle hier scheinen der Tatsache gegenüber merkwürdig blind zu sein, daß Annie immer wieder gesagt hat, sie hätte Lady Maude benachrichtigt. Sie nimmt lediglich an, daß Lady Maude die Nachricht an mich weitergab und daß ich, obwohl ich Bescheid wußte, Lotti gehen ließ. In Wahrheit habe ich Lady Maude zu der Zeit überhaupt nicht gesehen. Ich hatte Lottis Zimmer verlassen, um durch das Bad in mein eigenes zu gehen. Ich ließ sie ziehen, weil nichts auf der Welt sie zum Bleiben bewogen hätte — und außerdem hatte ich es satt, wie wir uns gegenseitig aufführten. Aber ich ließ sie nicht in den Tod gehen. Sie alle übersehen geflissentlich die Tatsache, daß man Lady Maude die Mitteilung über die Brücke gemacht hatte und nicht mir. Warum soll ich der Schuldige sein — warum nicht sie?«

Praeger antwortete ihm. »Lotti hat mit ihrer Untreue vor Ihnen geradezu renommiert. Sie hatte alles verächtlich gemacht, was Sie als gut und lohnend erkannt hatten . . .«

»Heutzutage mordet man nicht wegen Untreue, Herr Praeger. Ich wußte, daß ich Lotti verloren hatte — eines Tages wäre sie fortgegangen. Es war sogar kaum von Belang, daß Brendan der unmittelbare Anlaß war, weil er sie nämlich noch weniger nehmen konnte als ich. Mir war auch klar, daß er es nicht war, mit dem sie letztlich auf und davon ginge. Ich besaß sie schon nicht mehr — sie umzubringen, war nicht nötig.«

Praeger stieß einen Seufzer aus. Er strich sich müde mit einer Hand über seine faltigen Wangen. »Ich hätte dies alles lieber nicht noch einmal erörtert. Aber es geht nicht, daß Maura Zeuge der Auseinandersetzungen ist und es zu keiner Klärung kommt. Wir wollen doch nicht vergessen, daß auch Geld eine Rolle dabei spielte — und Geld kann alles umwandeln, womit es in Berührung kommt. Lotti war mein einziges Kind, und ich bin ein reicher Mann. Daraus habe ich kein Hehl gemacht. Sie verloren nicht nur Ihre Frau, sondern auch die Aussicht auf ein Vermögen.«

»Und warum — wenn Sie kein Hehl daraus machen wollen —, warum also sollte ich die Henne töten, die goldene Eier legte? Ich bin nicht töricht, Herr Praeger. Ich bin auch dann nicht so töricht, wenn ich zornig, gekränkt und so hundeelend wie damals bin.«

»Weil . . .« Praeger bewegte plötzlich seinen Zeigefinger mit einer typisch deutschen Geste gebieterisch hin und her. »Weil Sie damals nicht wußten, daß Lotti von dem Geld rechtmäßig nichts gehörte. Wenn sie Sie lediglich verlassen hätte und sich hätte scheiden lassen, konnten

Sie keine Ansprüche erheben. Als Ehemann einer Toten — einer reichen Frau, wie Sie denken mußten — waren Ihre Ansprüche beachtlich.«

Connor schien krampfhaft nach Worten zu suchen, um eine passende Antwort zu geben. Durch sein Zögern und den leisen Seufzer vorher vermittelte er den Eindruck, als erwarte er gar nicht, daß Praeger ihn verstünde oder ihm sogar Glauben schenkte, weil er außer Geld ja keine anderen Werte im Leben kennen würde. »Herr Praeger . . .«, fing er an. Und dann wiederholte er sich. »Herr Praeger — ja, ich liebe Geld. Ja, und ich würde auch gern Geld haben, um aus der Glashütte etwas zu machen. Jawohl, und ich bin auch ehrgeizig, sechsmal so ehrgeizig wie die meisten Männer, denen man begegnet. Aber nein, so leidenschaftlich habe ich niemals nach Geld verlangt, daß ich deswegen töten würde. Es ist, wie ich Maura freimütig bekannt habe, ein ganz großer Schritt vom Wunsch zur Tat.«

Es war unheimlich effektvoll. Er konnte halbe Wahrheiten ganz meisterhaft von sich geben. Ich glaubte ihm nicht, und doch fühlte ich einen leisen Zwang, es wenigstens zu versuchen. Wie konnte jemand, der so vernünftig war und so genau um seine Fehler wußte, andererseits zu solchen Gewalttätigkeiten fähig sein? Aber ich durfte nicht wieder schwankend werden.

»Wenn also nicht Sie«, sagte ich, »warum dann Lady Maude? Warum hätte sie Lottis Tod wünschen können?«

Er hatte für mich fast denselben Blick und dieselben müden, nachsichtigen Gesten, die schon seine Antworten an Praeger begleitet hatten. »Sie kennen Lady Maude«, sagte er. »Jetzt kennen Sie sie. Die Vorstellung dürfte nicht allzu schwierig sein, was es für sie bedeutete, Lotti hier im Haus zu haben. Oft habe ich gedacht, daß Lotti die stärkste Rivalin gewesen sein muß, die Lady Maude seit ihrer Jungmädchenzeit gehabt hat. Können Sie das nicht begreifen? Der ganze Haushalt fing an, sich um Lotti zu drehen, alle Pläne stammten von Lotti, und das Geld schien ja auch Lotti zu gehören.« Der spöttische Ton der letzten Worte war auf Praeger gemünzt. »Lady Maude sah, wie ihr alles aus den Händen glitt – und das konnte sie nicht ertragen. Wenn einer von Ihnen gesehen hätte, was für Wagenladungen Möbel in den Monaten, als Lotti hier lebte, noch ankamen. Lady Maude ging auf Auktionen, die sie früher im Traum nicht besucht hätte, weil sie einfach unter ihrer Würde waren, und zahlte für ziemlich wertlose Sachen viel mehr, als sie früher ausgegeben hätte. Die ganzen Rechnungen wurden natürlich in die Glasfabrik geschickt – und ich mußte sehen, wie ich sie bezahlte. Das war so ihre Art, sich durchzusetzen, und trug sehr dazu bei, Lotti und mir Ärger und Verdruß zu bereiten. Was meinen Sie, wie Lotti reagierte, als sie eines Tages nach Hause kam und Lady Maude dabei überraschte, wie sie eine neuerliche Möbelladung in dem Raum unterbrachte, den sie gerade für sich selbst neu dekoriert hatte? Und der Krach, der dann entstand, bis wir alles wieder herausholen konnten! Können Sie sich vorstellen, was Lotti sagte, als Lady Maude drohte, sie würde lieber das Gut verkaufen als mit ansehen, daß Lotti ihre Pferde da weiden ließ? Es war nicht gerade taktvoll, wenn Lotti fragte, wessen Geld eigentlich in Meremount und der Glashütte ausgegeben würde und wessen Geld die Zukunft der Sheridans sichern sollte. Und ebensowenig war es taktvoll, wenn sie davon sprach, wessen Geld die Vergangenheit der Tyrells so teuer erkauft hätte. Lotti war ein ständiger Dorn in Lady Maudes Auge. Zu viele von den Gutsleuten holten sich ihre Anweisungen von Lotti und übergingen Lady Maude. Und das war ihr früher im Leben nicht passiert. Sogar Annie – ja, selbst die hingebungsvolle Annie brachte sie aus der Fassung, weil sie es einfach nicht lassen konnte, immerfort über Lotti zu sprechen und sich auf sie zu beziehen . . .«

»Das alles ist noch kein Grund, jemanden umzubringen«, unterbrach Praeger ihn.

Connor wandte sich rasch um. »Was? Man tötet nur wegen des lieben Geldes, nicht wahr, Herr Praeger? So ist es doch? Schön, aber vergessen Sie eins nicht: wenn ich über Lottis finanzielle Situation nicht Bescheid wußte, so war Lady Maude auch nichts darüber bekannt. Sie können doch nicht im Ernst glauben, daß sie sich ein weiteres Leben in Meremount ohne Lotti, aber mit Praegerschem Geld ausmalte? Sie wußte natürlich, daß ich all mein Geld, falls ich etwas hätte, in die Glashütte stecken würde. Sie hatte mich ja lange Zeit auf die Probe gestellt, deswegen konnte sie in dieser Hinsicht ganz sicher sein. Vielleicht tauchte in ihrem kranken Hirn auch der Gedanke auf, daß es unter ihrer Oberaufsicht möglich sein könnte, Tyrell mit irgendwelchen Geldern zurückzugewinnen. Gerade Sie, Herr Prager, haben oft genug über diese Manie von ihr gesprochen. Glauben Sie wirklich nicht, daß eine alte Frau, die ganz in ihre Träume der Vergangenheit versponnen ist, jemanden ins Jenseits befördern könnte, der diese Träume zu vereiteln scheint? Es war doch wohl Brendan, der sagte, ich hätte in jener Nacht selbst nichts zu tun brauchen, sondern mußte nur den Dingen ihren Lauf lassen. Warum konnte es nicht Lady Maude sein, die es geschehen ließ?«

Wenn es doch nur nicht so einleuchtend wäre, was er sagt, dachte ich. Die ganze Unsicherheit überkam mich von neuem und zwang mich, ihm zuzuhören und zu glauben. »Hat denn jemand diese Frage jemals an Lady Maude gerichtet?«

»Ach! Lady Maude fragen?« Praeger wies den Gedanken weit von sich. »Sie beantwortet nichts, was sie nicht beantworten will. Natürlich ist diese Frage gestellt worden. Nachdem Lotti tot war, saß ich hier in diesem Zimmer und stellte alle diese Fragen. Aber das Recht und Gesetz, unter dem andere Menschen stehen, und die gewöhnlichen Maßstäbe kann man bei ihr nicht anwenden. Sie lehnte es einfach ab, mir zu antworten — hätte ich den Versuch machen sollen, sie vor dem Leichenbeschauer zu einer Antwort zu zwingen, schließlich sogar vor Richter und Geschworenen? Einer von diesen beiden Menschen hat Lotti in jener Nacht in den Tod geschickt – entweder vorsätzlich, indem ihr die Nachricht nicht übermittelt wurde, oder rein zufällig, weil sie zu schnell fortging. Ich habe damals allen Ernstes bezweifelt, daß das Gericht mir eine zufriedenstellende Antwort geben könnte. Die, die ich selbst gefunden hatte, ließ alles offen – und das schien mir das beste. So kam es, daß wir alle zu schweigen beschlossen. Und mit diesem Versprechen haben wir seither weitergelebt, jeder auf seine Weise. Nichts wurde daran geändert, außer daß auch Sie jetzt einbezogen sind. Ich weiß . . .« – er hob die Hand, um meinen Einwänden zuvorzukommen –, »ich weiß, daß Sie nicht darum gebeten haben. Aber wer bittet denn schließlich um das, was ihm im Leben zustößt? Die freie Wahl wird einem nicht sehr oft gelassen.«

Er kam langsam in Bewegung, als wolle er sich zum Fortgehen rüsten. »Und was haben wir nun dieses Mal eigentlich erreicht? Auch nicht sehr viel. Dieselben Zweifel und wieder keine Antworten auf dieselben Fragen. Maura ist überzeugt, daß Connor letzte Nacht versucht hat, Lady Maude nach dem Leben zu trachten. Und wir alle können ihr nur sagen: ›Hüten Sie sich – es ist sogar möglich, daß er schon einmal ein Menschenleben genommen hat.‹ Weiter wollen wir nicht gehen. Für uns wird es in diesen Dingen niemals Klarheit geben, was auch immer . . .«

Die Tür ging auf. Praeger war der einzige, der ihr gegenübersaß, deswegen sah er den Neuankömmling auch zuerst. Der Anblick brachte ihn, wenn auch nur mühsam, auf die Beine.

»Lady Maude!«

Etwas Königliches ging von ihr aus, wie sie in ihrem verblichenen, purpurnen Morgenrock und den ausgetretenen, gestickten Hausschuhen vor uns stand. Der silberweiße Zopf umrahmte wie eine Krone ihr schönes, welkes

Gesicht. Und wieder überraschte es mich, wie groß sie war. Obwohl sie sich leicht über den Stock in ihrer Hand beugte, überragte sie Annie, die neben ihr stand und sie am Arm hielt, als hätte sie ihr gerade die Treppe heruntergeholfen. Annie sah Herrn Praeger ängstlich an und ergriff zuerst das Wort, ehe sonst jemand etwas sagen konnte.

»Entschuldigen Sie, Herr Praeger. Die gnädige Frau ließ mich durch Bridget hinaufholen, weil sie wissen wollte, wer so früh schon hier wäre. Sie hatte die Autos und die ganze Unruhe gehört. Und als sie sah, daß ich ganz aus der Fassung war und so . . .«

»Sei still, Annie!«

»Entschuldigen Sie, gnädige Frau, aber ich habe Herrn Praeger versprochen . . . Wissen Sie, Herr Praeger, sie hat alles aus mir herausgeholt über das, was hier unten vor sich ging.«

»Sie haben nicht das Recht, Annie, irgend jemandem außer mir etwas zu versprechen. Seien Sie jetzt still und gehen hinaus . . .«

»Aber, gnädige Frau, wo Sie doch kaum stehen können . . .«

»Bitte — sofort!«

Annie wich zurück. Die Haltung, in der Lady Maude mit dem Rücken zur Halle stand, drückte äußerstes Vertrauen in den seit eh und je gewohnten Gehorsam ihrer Dienerin aus. Sie blickte uns alle der Reihe nach an und sprach kein Wort, bis die Eßzimmertür ins Schloß gefallen war und wir wußten, daß Annie gegangen sei. Erst dann ergriff Praeger wieder das Wort, so sehr hatte das Warten ihn und auch uns gefangen gehalten.

»Lady Maude, bitte — hier ist ein Sessel. Sie haben eben erst das Bett verlassen . . .«

»Ich bin es nicht gewöhnt, Herr Praeger, daß man mir in meinem eigenen Hause einen Sessel anbietet. Das Haus gehört noch immer mir — ohne Rücksicht auf irgendwelche Rechte, die Sie sich durch Ihr Geld hier erkauft zu haben einbilden — Sie und Ihre Tochter.«

Praeger machte eine leichte Verbeugung. »Es sollte nur ein Zeichen der Höflichkeit sein, Lady Maude. Bitte, seien Sie versichert, daß ich mir keine Eigentumsrechte angemaßt habe.«

»Die waren Ihnen auch niemals zugebilligt.« Ihr Ton war abgehackt und bestimmt. »Und nun zur Sache!« Die Hand mit dem Stock war erhoben und zeigte mit einer schwungvollen Bewegung auf jeden einzelnen von uns, während die andere Hand sich an den Türpfosten klammerte, damit sie das Gleichgewicht nicht verlor. »Ich muß die Frage stellen, was Sie hier alle machen. Ich kann mich nicht entsinnen, Sie eingeladen zu haben.«

»Es sollte dies kein geselliges Beisammensein werden, Lady Maude.« Meiner Meinung nach war es nicht richtig, Praeger alles zu überlassen. Andererseits waren die beiden schon die Hauptpersonen gewesen, ehe einer von uns Lady Maude oder Meremount gekannt hatte. Sie waren natürliche Gegner und standen sich in nichts nach. Trotzdem wurde mir sofort klar, daß selbst Praeger sich der Wirkung ihrer dominierenden Persönlichkeit nicht ganz entziehen konnte. »Wir sind hier zusammengekommen, weil . . .« Ihm fehlten die Worte. Er wollte nicht noch einmal von vorn anfangen. Auch sie würde nichts Neues mehr sagen. Fragen, die sie nicht zu beantworten wünschte, überhörte sie einfach. Sie handelte nach ihren eigenen Gesetzen und wich von ihren Grundsätzen nicht ab. »Einige Fragen wären noch offen . . .«

»Fragen? Sie haben mich nichts zu fragen, Herr Praeger — und auch sonst niemanden in meinem Hause. Es gibt nichts zu beantworten. Sie sind, wie schon das letzte Mal, nur gekommen, um unverschämte Beschuldigungen von sich zu geben — Anklagen, Verleumdungen — und Lügen!«

»Nein, Lady Maude, Sie verkennen mich. Mein Besuch hat nichts mit Ihnen zu tun. Es ist wegen Maura . . .«

»Maura! Immerhin ist sie *meine* Enkeltochter, Herr Praeger. Aber sie ist wohl schon Ihr Geschöpf geworden, nicht wahr? Sie kommt, wenn Sie es wollen, und tut, was Sie ihr sagen. Sie sind ein Räuber, Herr Praeger, Sie plündern und zerstören und glauben, daß Sie alles kaufen können, worauf Ihr habgieriger Blick fällt. Sie bringen Verderben mit sich – Sie und Ihresgleichen. Durch Sie und Ihre Tochter ist mehr Unglück über dieses Haus hereingebrochen, als Ihr Geld je wieder gutmachen kann. Aber Geld ist Ihr höchstes Gut. Sie kennen keine andere Möglichkeit des Wiedergutmachens. Ich weiß, warum Sie jetzt gekommen sind: um mir meine Enkelin wegzunehmen und um meine Dienerin zu quälen und ihr Geschichten einzureden, die sie sich in ihrem schlichten Gemüt niemals hätte ausmalen können. Und sie das alles sogar noch wiederholen zu lassen, damit sich meine Enkelin gegen mich wendet . . .«

»Dieses Mal, Lady Maude, gehen Sie entschieden zu weit! Dieses Mal haben Sie mehr gesagt, als ich bei aller Höflichkeit unerwidert hinnehmen kann. Was Ihre Dienerin ausgesagt hat – heute morgen und auch in der Nacht, als Lotti ums Leben kam –, war die volle Wahrheit, die sie mit eigenen Augen sah. Sie selbst war Zeugin des Vorganges.«

»Lügen! Nichts als Lügen! Ihre Tochter starb, weil sie es nicht anders verdiente. Und die Früchte ihrer Verderbtheit entwickelten sich schon in diesen beiden jungen Männern, die hier stehen. Bevor sie uns alle hier ins Verderben gestürzt hätte, hätte sie aus dem Haus ein Tollhaus gemacht. Es war schon besser, daß sie umkam. Aber der Schaden war bereits angerichtet, und die Verdorbenheit verschwand keineswegs mit ihr. Hier ist noch jemand« – der Stock fuhr durch die Luft und richtete sich auf mich –, »der von der Verdorbenheit angesteckt ist – durch ausgerechnet diese beiden Männer und nicht zuletzt auch durch

Sie, Herr Praeger. Irgendwie haben Sie sie auf Ihre Seite gekriegt, und deshalb glaubt sie die Lügengeschichten, die Sie erfunden haben. Sie hat sich mit Schmeicheleien und Versprechungen und – soviel ich weiß – mit Bestechungsgeschenken kaufen lassen. Die Neureichen haben ihre eigenen Methoden, und ich schäme mich, daß eine Tyrell sich so konnte verführen lassen. Als sie zu mir kam, glaubte ich, das bedeute das Ende einer langen Wartezeit, und nun sei jemand da, dem ich anvertrauen könnte, was noch nachgeblieben war. Aber jetzt sehe ich, daß Sie alle zusammen eine Fremde aus ihr gemacht haben . . .«

»Nein!« sagte ich. »*Das* ist eine Lüge. Die vielen Jahre, in denen ich eine Fremde war, gehen zu Ihren Lasten, Lady Maude. Das hätte nicht nötig getan. Sie hatten dreiundzwanzig Jahre Zeit, um aus mir eine Enkeltochter zu machen. Aber Sie zogen vor, es nicht zu tun.«

»Deine Mutter hat mich verraten. Wie kannst du denn glauben, daß ich an dir interessiert war, während du unter ihrem Einfluß standest und sie zerstörte und verdarb, was ich dir Gutes hätte tun können? Jawohl, *verdarb* – Blanche war nicht besser als die andere, als Ihre Tochter, Herr Praeger. Blanche verriet mich und die ganze Zukunft der Tyrells wegen eines Mannes. Und dann kam diese andere und verriet nicht nur alles, was hier gut war, sondern versuchte obendrein noch, es mir zu stehlen. Und jetzt auch noch meine Enkeltochter – aber sie hat ja schon vorher zu Ihresgleichen gehört. Kaum hatte sie die Lügen gehört, da glaubte sie sie auch schon. Es war ein Fehler von mir, zu hoffen. Es war auch ein Fehler von mir, zu glauben, daß sie anders sein könnte als ihre Mutter, bloß weil sie eine Tyrell war – anders sein könnte als alle diese dummen, verdorbenen, egoistischen jungen Frauen, die heutigentags die Erde bevölkern.«

Sie umklammerte ihren Stock mit beiden Händen und stützte sich darauf. Es handelte sich um einen langen Herrenstock, der aber für ihre Größe nicht zu lang war. Er mündete in einem silbernen Löwenkopf. Das Löwenhaupt und die alte Frau schienen zusammenzugehören, denn beide hatten einen unbezähmbaren Stolz und zähen Lebenswillen.

»Jetzt ist es so weit, daß ich nicht mehr hoffen kann. Ich bin nun zum letztenmal verraten worden. Wo keine Hoffnung mehr ist, da ist wenigstens Friede.«

Der Körper der alten Frau straffte sich, als spannte sie jeden Muskel an, um ohne Stütze stehen zu können.

»Ich wünsche, daß jeder einzelne von Ihnen verschwindet – Sie alle! Du, Connor, und auch du, Maura. Aus meinen Augen und aus meinem Leben. Du hast keine Ansprüche an mich und keinerlei Rechte außer denen, die ich dir eingeräumt hatte, Connor. Jetzt mache ich alles rückgängig. Du, Maura, hast mir nichts gegeben. Ich schulde dir nichts. Mehr ist dazu nicht zu sagen.«

Sie richtete sich auf, und ich merkte, wie hartnäckig sie sich bemühte, völlig gestrafft dazustehen und die aufrechte Haltung ihrer Jugendjahre wieder einzunehmen. Dann wandte sie sich um und begab sich vorsichtig zum untersten Treppenabsatz. Keiner von uns rührte sich oder sagte ein Wort. Es lag eine unendliche Tragik über ihr, als sie langsam die Treppe erklomm, und doch bot sie auch wieder einen bewundernswerten Anblick. Auch ich stand reglos und wagte nicht, ihr behilflich zu sein, weil ich wußte, daß ich mir damit nur ihren Zorn, ihre Verachtung und endgültige Zurückweisung zugezogen hätte. Aber plötzlich überkam mich die Gewißheit, daß ich sie in diesem Augenblick zum letztenmal sah – diese irre alte Frau, die immer noch das Leben einer Aristokratin führte, während Tradition und Zeremoniell – alles, wodurch und wofür sie lebte – von der Welle dieses Jahrhunderts gänzlich fortgespült war. Und auch für meine eigene Person überkam mich eine Traurigkeit, weil ich unbestimmt empfand, daß ich endgültig etwas verloren hatte, was ich eigentlich nie gekannt hatte. Sie hatte recht. Ich hatte ihr nichts bedeutet und nichts geschenkt, und sie ihrerseits schuldete mir nichts. Auch für sie war etwas verlorengegangen. Während unsere Blicke sie nach oben begleiteten, bis der Saum ihrer purpurroten Robe und die altmodischen, gestickten Pantoffeln mit den zierlichen, abgenutzten, seidenen Absätzen verschwunden waren, dachte ich an jenen Brief, den Blanche vor dreiundzwanzig Jahren geschrieben hatte. Wäre der Brief nicht zurückgeschickt worden, hätten wir beide, Lady Maude und ich, in diesem Augenblick eine wesentlich günstigere Bilanz ziehen können.

Vielleicht ließ sie in ihrer mühsam bewahrten Haltung ein wenig nach, als sie die oberste Stufe erreicht hatte und wußte, daß sie außer Sicht war. Vielleicht war die Anstrengung als solche weit über ihre Kräfte gegangen – vielleicht bewirkte aber auch ein letztes Nachgeben einer der spitzen, kleinen Absätze der alten Pantoffeln, daß sie sich den Fuß verrenkte und stürzte. Es konnte natürlich auch die gefährliche Situation gewesen sein, in der wir alle in dem Haus uns ständig befanden: die Unmassen kleiner Gegenstände, die Treppe und Treppenabsatz bedeckten. Als sie stürzte, gingen Vasen, Hocker, Laternen, eine Uhr mit einem Glockenspiel und ein Lacktablett wie ein Sturzbach mit ihr in die Tiefe. Es war ein ohrenbetäubender Lärm, und wir konnten hinterher nicht sagen, ob sie einen Ton von sich gegeben hatte.

Das armselige Häufchen, das am Fuß der Treppe lag und ihr Körper war, erschien uns grotesk und war ihrer nicht würdig. Es war widersinnig, aber ein vergilbter Damenfächer aus lumpigen Spitzen war quer über ihre Brust gefallen, als wäre diese höchst leichtfertige Lage gewollt. Connor war als erster bei ihr. Er kniete sich neben sie, neigte sich zu ihr und berührte ihr Gesicht.

»Lady Maude . . .?« Ich hatte nicht gewußt, daß seine Stimme so zart klingen konnte.

Praeger drängte sich an uns vorbei. »Bitte, lassen Sie mich machen. Ich habe schon mit vielen kranken Menschen zu tun gehabt . . .« Schwerfällig ließ auch er sich auf die Knie nieder und nahm, ohne sich zu wehren, Brendans Hilfe dabei an. Ich konnte mich des Gedankens an die vielen Kranken und Toten nicht erwehren, die ihm während seiner Zeit im Konzentrationslager durch die Hände gegangen sein mußten, als ich sah, mit welchem Geschick er ihren Puls fühlte, sich wie selbstverständlich über sie beugte, um ihrem Atemgeräusch zu lauschen, den roten Morgenmantel auseinanderschob und fachmännisch sein Ohr an den eingefallenen Brustkasten in dem eingelaufenen Flanellhemd legte. Ich war froh, daß er den Halsausschnitt des Nachthemdes nicht öffnete. Für Lady Maude hätte das den Gipfel aller Schmach und Beleidigung bedeutet.

Schließlich richtete er sich auf und hob seinen Kopf. Er drehte sich herum, bis er den Blick nicht etwa auf Connor, sondern auf mich fallen ließ.

»Ich glaube«, sagte er, »daß Lady Maude tot ist.«

Aber dann war es Connor, der ihr mit sanften Fingern die Augen zudrückte. Er betrachtete eine Zeitlang ihr Gesicht, das noch im Tode hart war, als wäre sie nicht einmal in diesem allerletzten Augenblick zur Selbstaufgabe fähig gewesen. Jetzt blickte auch er auf und sah mir in die Augen.

»Wäre das eine Woche früher passiert, hätten Sie niemals durch diese ganze Hölle hindurch gemußt. Sie wären auch nicht in die Vorkommnisse hineingezogen worden, die Sie heute gesehen und gehört haben. Aber nun ist sie tot, und höchstwahrscheinlich ist sie eine der Letzten ihrer Art gewesen. Schließlich und letztlich war es doch wohl gut, sie gekannt zu haben.« Aus der Art, wie er sprach, hätte man fast glauben können, daß ihr Tod ihm naheging.

Dann setzte er noch hinzu: »Sie war eine verrückte alte Frau — noch verrückter, als wir alle uns bis zu der Nacht, als Lotti starb, vorstellen konnten. Sie müssen nämlich wissen, daß sie mir niemals ein Wort über die Brücke gesagt hat.«

Er brauchte nichts mehr zu befürchten, er war außer Gefahr. Die toten Lippen würden sich nicht auftun, um ihn Lügen zu strafen. Er war jetzt der einzige Mensch, der die volle Wahrheit kannte.

11. KAPITEL

I

Mrs. O'Shea wurde geweckt, und Dr. Donnelly kam und bestätigte, was Otto Praeger schon festgestellt hatte.

»Es ist nicht möglich zu entscheiden, was zuerst kam: der Sturz oder der Herzschlag. Sie hat keine ernstliche Verletzung, deshalb kann ich auf den Totenschein mit gutem Gewissen ›Herzschlag‹ schreiben. Ihnen bleibt damit die Aufregung mit einer Autopsie erspart. Aber natürlich mußte es so kommen, nicht wahr? Hier in der Gegend wird man sie sehr vermissen. Niemand hat allerdings je viel von ihr gesehen – außer auf Auktionen, aber auch dann war sie äußerst zurückhaltend –, aber trotzdem genoß sie die allgemeine Aufmerksamkeit, und man sprach über sie. Weiß Gott, die Erde wird allmählich ein schrecklich langweiliger Planet, denn alle wirklichen Charaktere gehen von uns. Werden Sie noch länger hier bleiben, Miß D'Arcy?«

»Nein, Dr. Donnelly, ich bleibe nicht.«

»Ja, wollen Sie denn die Glashütte schließen?«

»Ich habe mit der Glashütte nichts zu tun, Dr. Donnelly. Sie gehört mir nicht.«

Er schüttelte den Kopf, und ich sah, daß er meinen Worten keinen Glauben schenkte.

Der letzte, verhältnismäßig ruhige Augenblick dieses Tages kam, als Connor Lady Maudes Leichnam in ihr Bett getragen hatte und nun Mrs. O'Shea ihres Amtes waltete. Bis dahin hatte Otto Praeger still in Connors Studierzimmer gesessen und darauf gewartet, daß Dr. Donnelly mit seinen Formalitäten fertig würde. Annie servierte ihm schandbar schlechten Kaffee. Ihr Schluchzen war einem Schluckauf nicht unähnlich, aber trotzdem wollte sie ihre Pflichten nicht vernachlässigen.

»Sie werden mich doch nicht in das Zimmer nach oben schicken, Miß Maura? Das wäre wirklich zu schwer. Ich will nachher eine Zeitlang bei Lady Maude wachen, wenn Mrs. O'Shea sie fertiggemacht hat, und einen Rosenkranz für sie beten, obgleich sie mir solche papistischen Übungen, wie sie es zu nennen pflegte, nicht danken würde. Aber ich habe den Tyrells mein Leben lang gedient und kann jetzt hier unten mehr helfen, als wenn ich oben in meinem Zimmer sitze und jammere.«

Nachdem Dr. Donnelly fortgegangen war, ließ sich Praeger beim Telefon nieder, und von da an blieb für uns alle kaum noch Zeit, allein zu sein oder zu weinen. »Ist es Ihnen recht, wenn ich Ihnen jetzt helfe?« fragte er mehr mich als Connor. »Es gab eine Menge Unstimmigkeiten zwischen Lady Maude und mir, aber ein alter Feind ist fast so gut wie ein alter Freund. Meine Generation ist vielleicht besser auf das Ritual, das ein Todesfall erforderlich macht, eingestellt als Ihre.«

»Selbstverständlich, ganz wie Sie es für richtig halten — und wie es Connor am besten erscheint. Aber wird es denn sehr offiziell werden?«

»Es kommen natürlich viele Leute — meist ältere Menschen, die aber auch einiges erwarten. Sie stimmen doch mit mir überein, nicht wahr, Connor?«

Er hob die Schultern. »Vor allem werden sie neugierig sein — besonders auch, weil Maura hier ist. Und einige wenige wird es geben, die echt traurig sind — nicht wegen Lady Maude, denn sie besaß meines Wissens gar keine Freunde und die Leute hatten ganz im Gegenteil Angst vor ihr. Aber einigen von ihnen wird ihr Ableben tatsächlich auch das Ende der guten alten Zeit bedeuten und darüber werden sie trauern. Ihretwegen . . .« Wieder zuckte er mit den Achseln. »Ja, ich glaube doch auch, daß es in ihrem Sinne ist, wenn wir die Trauerfeierlichkeiten nach der alten Tradition begehen.«

Praeger fühlte sich jetzt als der Verantwortliche. Er ließ Fräulein Schmidt und O'Keefe von Schloß Tyrell kommen. Sie berieten sich in Connors Studierzimmer, und dann ging O'Keefe wieder fort und hatte eine Liste von Fräulein Schmidt bei sich. Inzwischen langten auch schon die ersten Tagelöhner von Schloß Tyrell an. Sie kamen ins Haus hinein und nahmen ihre Mützen in die Hand und sprachen mit mir und Connor, ehe sie zu Praeger gingen. »Aufrichtiges Beileid!« sagten sie. »Gott schenke ihrer Seele Frieden.« Aber dann hörten sie genau zu, was Praeger ihnen auftrug. Es war Samstag und somit für viele von ihnen ein freier Tag. Aber die geplante Fahrt in die Stadt war nichts im Vergleich dazu, daß man sie bei den Vorbereitungen für Lady Maude Sheridans Beerdigung helfen ließ. »Es soll eine Abschiedsfeier mit allem Drum und Dran und ganz im alten Stil werden«, hörte ich einen von ihnen voller Anerkennung sagen. Sie waren wirklich restlos erschlagen, als sie das Möbelgewühl in der Halle und im Eßzimmer sahen, durch das sie sich ihren Weg zu Praeger bahnen mußten. Aber dann wurden sie von einer Art Freudentaumel gepackt, als sie das meiste davon auf Lastautos verfrachteten, die teils von Praegers Gut und teils von einer Umzugsfirma in Cloncath kamen und von ihm schon bestellt waren. »Nur um etwas Platz zu schaffen«, entschuldigte sich Praeger. »Gleich nach der Beerdigung soll alles wieder an Ort und Stelle stehen. Sie können ganz beruhigt sein, Fräulein Schmidt führt eine Liste über jedes Stück, das das Haus verläßt. Wir versuchten nur, ein klein wenig Ordnung zu schaffen, ehe die ersten Besucher kommen.«

»Solange die Glasfabrik nicht die Rechnung dafür bekommt, bin ich einverstanden«, sagte Connor. Praeger nickte kurz und ging ins Eßzimmer, um dort nach dem Rechten zu sehen.

»Ist das nicht etwas übertrieben?« fragte ich Connor. »Lady Maude hätte dieses Theater nicht behagt, fürchte ich.«

»Daß es so viel kostet, hätte ihr nicht behagt – aber sonst, alles andere wäre ganz in ihrem Sinn. Einer Tyrell angemessen, wäre ihre Einstellung dazu gewesen, davon bin ich überzeugt. Aber natürlich hätte sie niemals erwarten können, ein Organisationsgenie, wie es Praeger zweifellos ist, ganz zu ihrer Verfügung zu haben. Lassen Sie ihn nur gewähren – alles, was er anpackt, wird aufs beste durchgeführt, dreimal so gut wie es sonst jemand machen könnte. Sicher ist es ihm gewissermaßen auch eine Genugtuung. Er wird ein Begräbnis für Lady Maude organisieren, wie er es für sich selbst nicht anders haben möchte, nur – daß bei seinem Tode keine vier Jahrhunderte Geschichte hinter dem Sarg herziehen.«

Am späteren Nachmittag wurde Praeger von einer großen Müdigkeit ergriffen. Ich erkannte es an seinen langsameren Bewegungen und seinen Versuchen, mit zahllosen Tassen Kaffee, die O'Keefe jetzt machte und ihm brachte, gegen seine Abgeschlagenheit anzukämpfen. Er fuhr mit seinen Telefonaten fort und gab wie immer seine klaren Anweisungen. Der Erfolg war überall sichtbar: er hatte einen grundlegenden Wandel vollzogen.

Sechs Gärtner von Tyrell hatten die Kiesauffahrt vorm Haus vom Unkraut befreit, das Gras geschnitten und die Beete gesäubert. Topfpflanzen wurden gebracht, die man unten an der Treppe aufstellte, und die langen Grasstreifen zu beiden Seiten der Auffahrt waren gemäht worden, damit reichlich Platz zum Parken vorhanden wäre. Die Halle war bis auf einige tadellos erhaltene Stühle fast frei von Möbeln. Zum erstenmal konnte ich die herrlichen Proportionen des gewaltigen Raumes, die jetzt voll zur Geltung kamen, die Schönheit der Adam-Kamine und den weiten, freien Treppenbogen bewundern. Die Sheridan-Kronleuchter hatte man abgenommen und gereinigt, und vier Elektriker versuchten, die Lampen zu reparieren, damit so viele wie möglich funktionierten. Ich hatte den Eindruck, das gesamte Personal von Tyrell sei anwesend. In dem jetzt seltsam kahlen Eßzimmer führte O'Keefe das Regiment. Die vier Anrichten und ein langer Tisch waren geblieben und die Stühle gruppenweise über den Raum verteilt. Der Tisch und die Büffets waren mit feinstem weißen Damast und blankgeputztem Silber gedeckt – ob das nun aus Meremount oder Schloß Tyrell stammte, ahnte ich nicht. Die Kaffee- und Teemaschinen waren vorbereitet, und draußen in Lottis nicht fertiger Küche wurde Whisky und Sherry aus den Kisten gepackt.

»Wie können Sie ihn das nur alles machen lassen«, sagte ich zu Connor. »Wenn er diese ganzen Sachen nicht besorgt hätte, würden Sie es dann tun?«

»Natürlich nicht. Lady Maudes Nachlaß könnte das gar nicht darstellen – und ich noch weniger. Aber er kann es, und er will es auch. Ich kenne keinen falschen Stolz, Maura. Das möchte ich ganz den Tyrells überlassen. Wenn Sie Einhalt gebieten wollen, tun Sie es. Schließlich sind Sie ja doch die nächste Angehörige.«

Aber ich griff nicht ein. Ich konnte den Lauf der Dinge nicht hemmen, und Connor hatte den Kern der Sache erfaßt, als er sagte, daß Praeger es im Grunde für sich selbst machte. Und irgendwie hatte Praeger mich mit seinen Vorstellungen auch mitgerissen. Ich wollte nicht, daß man über das Haus mit seinem eigenartigen Sammelsurium redete und lachte. Und ich wollte noch viel weniger die spitzen Bemerkungen hören, die böse Zungen so liebend gern von sich geben. Am allerwenigsten aber wollte ich, daß Lady Maude armselig und ohne gebührende Beachtung davonging.

Dann kam der Augenblick, da die Treibhäuser von Schloß Tyrell das Letzte hergegeben hatten, um den Salon auszuschmücken, wo der schlichte Sarg jetzt stand. Praegers Leute zogen sich zurück – bis auf diejenigen, die in der Küche helfen sollten. Für die Damen waren Lottis Schlafzimmer und Bad als Garderobe hergerichtet, und auf der Treppe gab es nun keine Gefahrenmomente mehr. Was im ganzen Haus allerdings deutlich zutage trat, waren die abgetretenen Teppiche, die abblätternde Farbe und die langen Risse in den Wänden. Aber Praegers Blumenschmuck milderte alles sehr. Nachdem das Personal von Schloß Tyrell abgezogen war, wurde es merkwürdig still im Hause. Es war leergeräumt und wirklich schön. Ganz zum Schluß schritt Praeger mit mir durch die unbewohnten, nur wenig möblierten und stillen Räume. Er war stolz. »O ja, es kann prachtvoll aussehen, dieses Haus. So ist es kein unwürdiger Abschied, den die alte Dame nimmt. Sehen Sie – da kommen schon die ersten Autos . . . Ich gehe jetzt. Montag komme ich wieder.«

»Montag? Wollen Sie morgen nicht dabei sein? Nach allem, was Sie für uns getan haben, sollten Sie . . .«

»Der morgige Tag gehört den Tyrells und den Sheridans – und den Iren. Nicht den Ausländern. O'Keefe hat Anweisung erhalten, daß er alles holen läßt, was eventuell noch benötigt werden sollte. Montag komme ich zur Beerdigung. O'Keefe steht zu Ihrer Verfügung, er wird Ihnen helfen – und Connor.«

Das Gefühl der Leere rührte nicht nur von der eigenartigen, neuen Kahlheit des Hauses her. »Wo ist Brendan?«

»Brendan? Brendan ist vor einigen Stunden abgefahren – er wollte das Flugzeug nach Manchester nehmen. Ich glaube, er geht nach Bristol. Sie waren gerade oben, als er mich bat, Ihnen seine Abschiedsgrüße zu übermitteln.«

Praeger beobachtete einen Augenblick mein Gesicht. Was es ihm offenbarte, wußte ich nicht, denn ich war mir selbst nicht im klaren über meine Gefühle. O'Keefe kam gleich darauf, um Praeger zu seinem Auto zu geleiten, und in der Halle trat Connor in einem dunklen Anzug zu mir. Ich trug den schwarzen Rock und Pullover, die Praeger telefonisch aus Cloncath hatte kommen lassen. Mrs. O'Shea hatte noch schnell Abnäher in den Rock genäht und war dessen froh, denn auf diese Weise konnte sie noch ein paar Stunden länger bleiben. Der Rocksaum bedeckte dezent das halbe Knie. Es war alles vorbereitet und restlos fertig, so wie nur Praegers guter Geist und sein Geld es in den wenigen Stunden zu schaffen vermochten. Connor flüsterte mir die Namen der zuerst Angekommenen zu. Als sie mir offiziell kondolierten, konnte ich schon aus ihren forschenden Blicken erkennen, welche Betrachtungen und Vermutungen sie anstellten.

Offen ausgesprochen hörte ich es deutlich genug, als ich später einmal nach oben ging, um mir nach all den vielen Menschen ein paar Minuten Pause zu gönnen. Die Stimme, die aus Lottis Badezimmer kam, war hell und nicht zu überhören. »Was meinen Sie, wem hat die alte Dame wohl das Ganze vermacht? Aber vielleicht ist es ja möglich, daß Connor klug genug ist, sich die zweite auch noch zu schnappen — damit sozusagen alles in der Familie bleibt.«

Und Brendan — Brendan hatte mich in dieser Situation im Stich gelassen. Als ich in meinem Zimmer vorm Spiegel stand, um mein Gesicht zu pudern, sah ich plötzlich Tränen hervorquellen, die aber nichts mit Lady Maude zu tun hatten.

II

Den ganzen Sonntag über kamen und gingen die Besucher. Ich verfiel diesem Rhythmus völlig. Connor nannte mir ihre Namen — oder sie taten es selbst, wenn sie zu Lady Maudes Jugendfreundschaften gehörten und ihm unbekannt waren. Es handelte sich um so unendlich viele, daß ich hinterher nur bei ganz wenigen die Namen mit den Gesichtern zusammenbringen konnte. Jeder drückte sein Beileid auf andere Weise aus. »Mein tiefes Mitgefühl — und Sie eben erst angekommen . . .« Ich hörte auch

Worte der Anerkennung: »Sie sind also Blanches Tochter?« Einige wenige zeigten mir ihre Mißbilligung und vermittelten das Gefühl, daß Blanche etwas Unverzeihliches getan und ich bis in alle Ewigkeit an dieser Schuld zu tragen hätte. Zum Beispiel war da ein alter Mann, dünn wie eine Bohnenstange und größer als die meisten Anwesenden, der mich zwar anguckte, mir aber nicht die Hand gab. »Es ist eine Sünde und Schande«, sagte er, »daß Sie erst jetzt in allerletzter Minute gekommen sind. Maude Tyrell hat wirklich zu viele Jahre allein leben müssen.« Er hieß John Carew, und sein Gesicht habe ich auch später nicht vergessen. Ich nahm den belastenden Vorwurf von ihm und denen, die ebenso dachten, hin, obgleich es mich ja nur bedingt anging. Aber da war nun endlich etwas, was ich für Blanche tun konnte – mit mehr persönlichem Einsatz und Verständnis, als ich das noch vor einer Woche vermocht hätte. Die Vorstellung von Lady Maude, wie sie langsam die Treppe hinaufstieg, wie unendlich einsam sie dabei wirkte und welche Worte sie dabei sprach, verfolgte mich. »Du hast mir nichts gegeben. Ich schulde dir nichts.« Mir war, als hingen diese zwei Sätze noch heute in der Luft. Es war wahrscheinlich ziemlich blödsinnig, sich jetzt damit zu befassen, zumal diese Aussage meiner eigenen Zukunft nicht gerade dienlich sein konnte.

Die Halle und das Eßzimmer waren von gedämpftem Stimmengewirr und dem leisen Klappern von Teetassen und Klirren von Gläsern erfüllt. Die Menschen verweilten nur kurz im Salon, wo der schwere Duft zu vieler Blumen in der Luft hing und die regenfeuchten Mäntel ihren Geruch ausströmten. Denn es regnete den ganzen Tag. Im Eßzimmer brannte ein Feuer und ebenso in der Halle in den beiden Kaminen. Auch im Salon war ein Feuer angezündet, aber das trug ebensowenig wie die Blumenfülle dazu bei, den tiefen Ernst und das Gefühl der Weltferne zu mildern, die der schlichte Sarg inmitten des Aufwandes, den Praeger getrieben hatte, vermittelte. Sein Personal hatte die Bedienung übernommen, und den ganzen langen Tag klappte alles wie am Schnürchen – bis auf einen kleinen Zwischenfall am Nachmittag, als Lottis Saphira, die auf dem Kaminsims im Eßzimmer saß, mit ihrem neugierigen Pfötchen nach einem glitzernden Schmuckstück auf einem Damenhut langte. Ein Schrei ertönte, und ein Glas fiel zu Boden, aber selbst diese Aufregung ging schnell wieder unter in dem allgemeinen, gleichbleibend gedämpften Gemurmel. Annie trug ihr gutes Schwarzseidenes, hatte aber darauf bestanden, ihre Schürze anzubehalten, indem sie sagte: »Ich weiß, wo mein Platz ist, Miß Maura.« Sie hatte keinerlei Pflichten, sondern saß still in einem Winkel des Salons und zählte die Gäste, die kamen und gingen.

Connor blieb den ganzen Tag über an meiner Seite. Er nannte mir die Namen, räumte mir alle Schwierigkeiten aus dem Weg und sorgte dafür, daß ich hin und wieder in sein Studierzimmer ging, um dort am Kamin zu sitzen, während er mir einen Kognak einschenkte oder eine Tasse Tee brachte und die Tür bewachte, damit ich mich einen kurzen Augenblick in Ruhe entspannen konnte. Sehnsüchtig wünschte ich, etwas Trost bei ihm zu finden, aber das konnte ich nicht. Ich fühlte mich an jenem Tag und in dem großen Haus einsam und verlassen.

Schließlich gingen sie – alle die vielen Menschen, deren Namen und Gesichter ich niemals behalten würde. Sie ließen mich in einem Zustand körperlicher und seelischer Erschöpfung zurück. Ich konnte mich des Gefühls nicht erwehren, daß ich als Double für eine mir Unbekannte an einer feierlichen Handlung teilnahm. Es war nicht für Blanche, weil Blanche die Rolle ja abgelehnt hatte, sondern für jemanden, der ich hätte sein können, wenn ich schon vor vielen Jahren hergekommen wäre und Lady Maude anders zu mir gestanden hätte, als es nun der Fall gewesen war. Aber ich war nicht die vielgeliebte Enkeltochter, der die angebotene Zuneigung zustand, sondern eine Fremde, die mit Vorwürfen überhäuft wurde. Daß mich dabei keine Schuld traf, schien an der Sache selbst wenig zu ändern. Wir waren uns gegenseitig fremd gewesen und fremd geblieben und wurden schließlich sogar Feinde. Nur deswegen grämte ich mich – nicht wegen ihres Todes.

Einer der Letzten, die uns verließen, war Reverend Stanton. Er hatte meine anfängliche, instinktive Zuneigung zu ihm nicht enttäuscht, weil er mich mit konventionellen Phrasen verschont hatte. Außerdem hatte er mir im Laufe des Nachmittags bisweilen, wenn die Unterhaltung ins Stocken geriet, hilfreich zur Seite gestanden. Er wußte, daß ich die lokalen und speziell irischen Dinge nicht kennen konnte und war dann das ausgleichende Element gewesen. Jetzt sagte er nur: »Nun werde ich Sie also doch noch in der Kirche sehen. Aber es hat dem HERRN gefallen, Sie bis dahin einen schweren Weg gehen zu lassen.«

Die Lampen waren fast alle erloschen, die Feuer verglimmten. O'Keefe und Praegers sonstigen Leute waren gegangen. Annie hatte den Wunsch geäußert, im Salon bleiben zu dürfen. Sie erbat sich Bridget zur Gesellschaft. »Auf keinen Fall werde ich einschlafen, Miß Maura, da können Sie ganz unbesorgt sein.« Als ich die Treppe hinaufging, strich die Katze an meinem Fußknöchel entlang und stieß ihren leisen Klagelaut aus. Ich nahm sie in meine Arme. Beim ersten Treppenabsatz hörte ich dann Connors Stimme von unten.

»Gute Nacht, Maura!« Seine eine Hand lag auf dem Treppenpfosten. Er machte keine Anstalten, nach oben zu kommen. Man sah ihm die Anstrengungen des langen Tages nicht an – auch nicht des qualvollen Wartens, das er durchmachen mußte. James O'Neil, Lady Maudes Anwalt, hatte heute mit uns gesprochen. Morgen nach der Beerdigung würde er das Testament eröffnen und uns Lady Maudes Letzten Willen vorlesen.

»Gute Nacht«, antwortete ich mit matter Stimme und wandte mich ab, um weiter nach oben zu gehen.

»Maura?«

Ich sah mich um. Er war von einer dunklen Schönheit, ein kraftvoller junger Mann, der seine innere Spannung nicht verriet und seine Wünsche und Ziele nicht aus den Augen verlor. »Ja, bitte?«

»Sie haben sich heute glänzend bewährt. Viel besser, als man je hätte erwarten können. Sehen Sie, so schwierig ist es gar nicht, sich anzupassen — und auch nicht so schlimm, eine Sheridan oder gar eine Tyrell zu sein.«

Die Katze bewegte sich unruhig in meinen Armen. »Jetzt ist es zu spät, Connor«, sagte ich. »Es ist endgültig zu spät.«

III

Es war ein heiterer Frühlingstag, und das düstere Schwarz der Menschen, die nach Meremount kamen, schien völlig unangebracht. Das strahlende Grün der Felder und Bäume war in Sonnenschein gebadet, und der Gesang von Hunderten von Vögeln wurde zur lauten und jauchzenden Hymne, als der Sarg aus dem Hause getragen wurde — durch die zwei Menschenreihen hindurch, die bis unten an der Treppe standen und das Rund füllten, das der Kiesplatz vorm Haus bildete. Irgendwo hatte Praeger einen doppelspännigen Leichenwagen aufgetrieben, der nun hinter den beiden Rappen wartete, die mit schwarzen Federbüschen geschmückt waren und deren Decken die glänzende Schwarztönung eines Rabens im Sonnenschein zeigten. Fast alle Leidtragenden, die sich in Meremount versammelt hatten, auch Connor und ich, gingen den Weg von knapp einem Kilometer bis Fermoyle zu Fuß. Dort war die Pfarrkirche der Tyrells, die Kirche, die von Tyrellschem Geld zu groß und zu prunkhaft erbaut worden war. Die Sheridan-Werke hatten den ganzen Tag über geschlossen, und auch auf dem Praegerschen Gut wurde nicht gearbeitet. Ich erkannte in der Menge viele Gesichter, die ich schon in der Fabrik gesehen hatte, und auch Praegers Leute waren ausnahmslos anwesend. Frauen kamen aus ihren Katen am Wegesrand und sprachen Gebete. Das gemurmelte »Gott sei ihrer Seele gnädig!« lief wie ein Kehrreim von Haus zu Haus. In Fermoyle hatten die Geschäfte ihre Fensterläden geschlossen, als der Leichenzug vorüberkam, und überall sah man in den Türen und an den Fenstern Gesichter auftauchen – teils voller Teilnahme und teils aus Neugier. Bei der Kirche warteten noch viel mehr Menschen. Der Friedhof und die Seitenstraßen der kleinen Stadt waren voll von Autos. Die uralte Spaltung Irlands wurde in der Kirche selbst deutlich: die Katholiken blieben draußen. Aber dieses eine Mal hatte Mr. Stanton eine bis auf den letzten Platz volle Kirche. Die meisten Menschen gehörten Lady Maudes Generation an. Es waren alte Leute, die letzten der protestantischen Mehrheit, auf die es im politischen Leben Irlands nicht mehr ankam – aber sie hielten die Erinnerung an früher noch wach. Connor flüsterte mir zu, daß viele von ihnen durch halb Irland gereist wären, um bei Maude Tyrells Beerdigung nicht zu fehlen. Denn im Tode war sie wieder eine Tyrell, wie sie es im Grunde immer geblieben war. Sie versammelte sich zu ihren Vätern. Denn die Sheridans, sagte Connor, werden fast immer in Cloncath begraben.

Während Mr. Stanton die Gebete verlas, wanderten meine Augen über das Grab. Zu meinem Entsetzen fühlte ich den scharfen und starren Blick einer älteren Dame auf mich gerichtet, die mich nicht nur durchbohrend, sondern auch feindlich ansah. Als sich unsere Blicke trafen, wandte sie ihren Kopf absichtlich langsam ab. Ihr schmallippiger Mund ließ Zorn und alte Verbitterung erkennen. Ich beugte mich zu Connor hinüber und fragte flüsternd: »Wer ist . . .?« Er hatte den Vorfall beobachtet. »Mrs. Geraldine Findlay – die Mutter des Mannes, mit dem Blanche Sheridan verheiratet war. Ich glaube, daß sie und Lady Maude sehr gute Freundinnen waren, bevor . . .«

Als wir uns vom Grabe entfernten, hatte die unversöhnliche alte Frau mir den Rücken zugewandt. Sie verließ den Friedhof vor uns allen.

In Meremount wiederholten sich die Ereignisse vom Vortage, als die Trauergäste hereinkamen, um sich vor ihrer Heimfahrt zu erfrischen. Der Druck, den die Anwesenheit des Sarges mit der toten Frau auf sie ausgeübt hatte, war jetzt aber von ihnen gewichen. Die Unterhaltung war lauter und lebhafter, und O'Keefe wurde häufiger um Whisky als um Tee gebeten. Heute war auch Otto Praeger dabei. Er hielt sich gänzlich im Hintergrund und wußte dabei doch, daß für viele, die mich schon einer eingehenden Prüfung unterzogen hatten, jetzt er den Brennpunkt des Interesses bildete. Gerüchte über Praegers Aktivität hatten die Teilnehmer an der Beerdigung längst vorher erreicht. Jetzt wurden sie durch die Anwesenheit von O'Keefe und Schloß Tyrells Dienerschaft bestätigt. Und wer sich ein Urteil über die Güte des Whiskys und die Üppigkeit des kalten Büffets bildete, der wußte, daß Maude Sheridans Vermögen diesen Teil der Feierlichkeiten nicht bestritt. Als sie das Warum des ganzen Aufwandes erörterten, wanderten ihre Blicke zwischen Connor, Praeger und mir hin und her. Sie schienen der Auffassung zu sein, daß ich nun das Erbe alles dessen antrat, worin Lotti ihren Erwartungen nicht entsprochen hatte.

Und dann war plötzlich alles vorbei. Die Menschen hatten sich verlaufen, die Wagen waren aus den Parklücken herausmanövriert und im Eßzimmer war nicht mehr mit Damast, Silber und großen Tee- und Kaffeemaschinen gedeckt. Annies Reich war jetzt wieder die Küche. Sogar das dämmerige Zwielicht dieses widersprüchlichen, frühlingsfrohen Tages war rosig, und das abendliche Lied der Vögel schien nichts von seinem Jauchzen eingebüßt zu haben.

Dann brach auch Reverend Stanton auf, und selbst Otto Praeger mußte gehen, weil die Etikette es vorschrieb, obwohl die wichtigste aller Fragen noch auf eine Antwort wartete.

Wir sollten die Antwort aber sehr bald erfahren. Zusammen mit James O'Neil zogen wir uns auf unsere Plätze vor dem neu angezündeten Kaminfeuer in Connors Studierzimmer zurück. Die Urkunde war knapp und nüchtern abgefaßt – und sachlicher, als der Letzte Wille einer angeblich senilen alten Frau von Rechts wegen sein durfte. Annie erhielt ein Legat, und der ganze Besitz fiel nach Abzug der Schulden Connor zu, »der mir ein treuer Diener war«.

Als der Anwalt zu Ende gelesen hatte, sah er mich über seine Brillengläser hinweg an und sagte schnell, wie um einem Einspruch zuvorzukommen: »Das ist Lady Maudes Letzter Wille in der Form, in der sie ihn vor zwei Jahren abgeändert und ergänzt hat. Wie Sie vielleicht wissen, war ein Termin vereinbart worden, daß ich ausgerechnet heute zu ihr kommen sollte, wenn sie noch am Leben gewesen wäre. Es ist mir nicht bekannt, ob sie erwog, irgendwelche Änderungen vorzunehmen. Aber dieses hier . . .« und dabei klopft er auf die dicken, rechtsgültigen Papiere, »ist ihr Letzter Wille und ihr Testament, die rechtskräftig angefertigt sind. Ich bin der Meinung, daß sie gesetzlich unantastbar sind.«

Und dann ging auch er. Wir waren in dem, wie es schien, jetzt weiten und leeren Haus allein. Als Connor die Tür schloß und damit den Glanz der Frühlingsdämmerung verbannte, sagte er ohne Emotionen: »Die alte Hexe . . . Sogar wenn sie mir formell vermacht, was ich mir schon verdient hatte, behandelte sie mich wie einen ihrer Domestiken.«

12. KAPITEL

I

Am nächsten Morgen blieb ich in meinem Zimmer, bis ich das Zuschlagen der Haustür und Connors Schritte auf dem Kiesweg draußen vernahm. Unsere beiden Autos waren jetzt die einzigen, die neben der Auffahrt, wo gestern noch so viele Wagen gestanden hatten, parkten. Ich beobachtete durch mein Fenster, wie er auf sie zuging. Er trug das Tweedjackett, das er gewöhnlich anhatte, wenn er in die Fabrik ging. Eine nicht zu übersehende Leichtigkeit und Ungeduld beflügelte seine Schritte und verriet ihn. Er knallte seine Autotür nicht wie sonst voller Mißmut und Unwillen zu, sondern mit einer Geste jugendlichen Eifers, als beträte er einen klar vorgezeichneten Weg. Er hatte recht – es war nun sein eigener Weg. Von heute an arbeitete er nur noch für sich.

In diesem Augenblick klopfte Annie an meine Tür. Sie hielt ein Teebrett in den Händen, als sie hereinkam. »Er ist gerade weg«, verkündete sie, »und ich dachte, daß Sie vielleicht eine Kleinigkeit zu sich nehmen möchten, Miß Maura. Aber nun sehe ich, daß Sie schon aufgestanden und fertig sind.« Sie stellte das Teebrett auf einen der vielen Tische im Zimmer und rückte einen Stuhl davor. »Hier, bitte schön – ich hab' mein Bestes getan, um es Ihnen recht zu machen.« Das Tablett war sorgfältig mit einem gestärkten kleinen Tischtuch gedeckt, das gar nicht nach Meremount aussah, das Silber glänzte, das Frühstücksporzellan paßte zusammen und kein Stück fehlte, und sogar der Toast war nicht angebrannt. »Hoffentlich gefällt's Ihnen so.«

Ich schlug das weichgekochte Ei auf, während sie mich besorgt beobachtete. »Tadellos! Vielen Dank.«

Ihr zufriedenes Lächeln verschwand jedoch gleich wieder. Denn als sie gesehen hatte, daß ihre Bemühungen meinen Beifall fanden, nahm sie sich die Zeit, um sich im Zimmer umzusehen. Und dabei fiel ihr Blick auf den offenen Koffer auf meinem Bett.

»Sie wollen doch um Himmels willen nicht abreisen, Miß Maura?« Ihr Protest kam wie ein Wehklagen hervor.

»Einmal muß ich ja doch abreisen, Annie. Es kann genauso gut auch jetzt sein. Weswegen sollte ich denn noch bleiben?«

»Aber nein doch, natürlich müssen Sie . . . Ach, Miß Maura, gehen Sie doch bitte nicht! Was sollen wir denn ohne Sie bloß machen?«

»Es geht alles so weiter wie früher, Annie«, sagte ich so vorsichtig, wie ich konnte. Aber trotzdem fuhr sie zurück.

»Früher war Lady Maude da. Aber wo sie jetzt nicht mehr ist, habe ich niemanden mehr zu betreuen und nichts zu tun.«

»Mr. Connor wird Ihre Hilfe sehr nötig haben.«

»Der? Ach nein. Der wird mich nicht brauchen. Der braucht nun wirklich niemanden. Und Sie können doch wohl nie im Leben glauben, daß er den ganzen Haushalt nur für einen einzelnen Menschen weiterführen wird. Er wird das Haus verkaufen, wenn er kann – und alles, was drin ist, obendrein – wo es ihm nun gehört.«

»Niemand wird ihn daran hindern können, Annie. Es kommen andere Zeiten. Sie haben vollkommen recht.« Ich brach mir etwas Toast ab und tat Butter darauf. »Wofür sollte er auch so ein großes Haus brauchen?«

»Wenn Sie vielleicht . . . Wenn Sie vielleicht hierbleiben würden, Miß Maura. Wenn vielleicht Sie und Mr. Connor . . .?«

Ich biß kräftig in meinen Toast. »Nein, Annie. Das wird niemals sein. Schlagen Sie sich das bitte ein für allemal aus dem Kopf.«

»Immerhin würde es keine schlechtere Ehe als viele geben, die ich kenne — sogar noch besser als manche. Er kann enorm arbeiten, das muß man ihm zugute halten . . . Und schließlich hatte auch Miß Lotti ihn so gern, daß sie ihn heiratete. Sie können lange suchen, ehe Sie so einen Mann finden, und würden vielleicht noch nicht einmal besser fahren.«

»Annie!«

Ein Seufzer entrang sich ihrer Brust. »Entschuldigen Sie, Miß Maura. Das war sehr egoistisch von mir gedacht. Sie haben recht — Ihre Mutter ist eine solche Ehe eingegangen, und es kam für sie nichts dabei heraus. Und dabei war Mr. Lawrence sogar ein viel vornehmerer Mensch als Mr. Connor ist oder je sein wird.«

»Nein . . .«, stimmte ich ihr zu. Nachdenklich knabberte ich an einem Stückchen Kruste. »Nein, Connor ist nicht der Typ eines vornehmen Menschen — überhaupt nicht, nicht wahr, Annie?« Dann sah ich ihr unumwunden ins Gesicht und sagte hart und mit fester Stimme: »Glauben Sie, daß er es getan hat, Annie? Glauben Sie, daß er es war, der Mrs. Sheridan verschwiegen hat, daß die Brücke eingestürzt war?«

Sie entzog sich meiner Frage. »So wahr mir Gott helfe, Miß Maura, ich weiß es nicht. Ich weiß es ganz bestimmt nicht.«

»Sie müssen es doch wissen, Annie. Sie standen den beiden so nahe. Ihr Gefühl müßte Ihnen doch sagen, daß es eher der eine als der andere gewesen sein kann.«

»Ach, Miß Maura, jetzt versuchen Sie, mich festzunageln. Aber ich lasse mich nicht überrumpeln, denn ich weiß es wirklich nicht — und das ist bei Gott die reine Wahrheit. Falls es nicht Mr. Connor war, muß es Lady Maude gewesen sein, aber das werde ich nie und nimmer glauben können.«

Ich war in dieselbe Sackgasse geraten, in die zu einem viel früheren Zeitpunkt auch schon Praeger gekommen war. Weiter konnte ich nicht gehen. Ich schenkte mir Tee ein und sagte langsam, während ich umrührte: »Warum haben Sie so unendlich viel für Lady Maude getan, Annie? Sie müssen doch wissen, daß andere Hausangestellte es heutzutage leichter haben – viel weniger Arbeit, ganz andere Voraussetzungen und bessere Verhältnisse. Warum sind Sie die vielen Jahre über hiergeblieben und haben alles ganz allein bewältigt?«

»Lady Maude war gut zu mir«, sagte sie ausweichend.

»Lady Maude wußte doch gar nicht, was es heißt, ›gut‹ zu jemanden zu sein, Annie. Sie war nicht dumm – und schon gar nicht gerecht. Sie verlangte von Ihnen so viel Arbeit, als wären noch sechs andere zu Ihrer Hilfe da. Und schließlich – schließlich haben Sie mehr für sie getan, als man billigerweise hätte erwarten können. Sie nahmen ihretwegen ein schreckliches Risiko auf sich, Annie. Sie hätten ins Gefängnis kommen können – das wissen Sie doch, nicht wahr?«

»Und ob ich das weiß! Aber ich war es ihr schuldig. Wenn die ganze Geschichte vor die Polizei gekommen wäre, hätte man ihr etwas Fürchterliches angetan. Und was danach dann noch alles gekommen wäre! Schrecklich! Und wäre überhaupt etwas Gutes dabei herausgekommen?«

»Nichts Gutes, Annie«, sagte ich. »Nein, nichts Gutes.«

»Und dann müssen Sie auch bedenken, daß sie es ja nicht von mir verlangt hat. Meiner Meinung nach wäre es ihr nie in den Sinn gekommen, daß die Polizei oder sonstwer etwas damit zu tun bekommen könnte. Darin dachte sie ganz altmodisch, dürfen Sie nicht vergessen. Sie fand immer, daß man solche Dinge innerhalb der Familie regeln müßte. Sie wußte, daß ich niemals gegen sie – aussagen würde – und gegen Mr. Connor auch nicht. Herr Praeger dachte natürlich, ich täte das nur, weil ich Mrs. Sheridan so gern mochte – und ich mochte sie wirklich gern. Aber in Wahrheit war Lady Maude der einzige Mensch, für den ich so etwas getan hätte – der einzige!«

»Ja, Annie, das weiß ich«, sagte ich und wartete. Sie hatte angefangen zu reden – nun würde sie auch alles erzählen.

»Es ist ja auch ganz gut, wenn Sie ein bißchen wissen, wie Ihre Großmutter war. Sie haben sicherlich gedacht, daß sie ein launisches altes Ekel war, die nur tat, was ihr paßte, und damit auch immer durchkam. Und sich aus den anderen Menschen nichts machte. Darum ist es nun wohl das Beste, wenn Sie erfahren, was sie für mich getan hat – wo Sie doch die letzte Tyrell sind, die es gibt. Für mich und für meine Mutter. Meine Mutter diente auf Schloß Tyrell – sie war bei Ihrer Großmutter Kammerzofe. Na ja, und dann passierte die alte Geschichte. Sie war in anderen Umständen, und der junge Mann wollte rein gar nichts für sie tun. Er wollte nach Amerika, und Frau und Kind wollte er nicht, weil sie ihm nur lästig waren. Lady Maude erfuhr das, und dann ging sie doch tatsächlich los und kaufte sich den Burschen. Danach hat sie dem Priester alles erzählt und die Hochzeit arrangiert und war selbst Trauzeuge. Sie werden vielleicht nicht wissen, was das damals bedeutete, weil sie doch protestantisch und die Tochter von einem Grafen war – und dann Trauzeuge für ein armes kleines Landkind in einer katholischen Kirche. Aber sie hat es durchgesetzt, und dabei war sie selbst noch ein junges Mädchen. Der Teufel wäre losgewesen, wenn ihr Vater das rausgekriegt hätte. Aber ich bekam wenigstens den Namen meines Vaters, auch wenn er sich gleich hinterher fortmachte. Ich konnte erhobenen Hauptes durchs Leben gehen, und meine Mutter auch, weil sie das für uns getan hatte. Wer zu ihr gehörte, für den sorgte sie auch. Und als sie dann an die Reihe kam, sorgte ich für sie, obgleich sie niemals zugegeben hätte, daß sie von irgend jemandem Hilfe brauchte, am wenigsten natürlich von solchen wie mir. Lady Maude hat eine Menge durchgemacht – mit ihrem irgendwie halbverrückten Vater. Und ihr Bruder war ein ganz Toller – der, der in der Nacht, als Tyrell abbrannte, ums Leben kam. Natürlich war nicht mehr viel da, was sie ihrem armen Ehemann hätte übermachen können, und noch weniger vielleicht ihrem einzigen Kind. Es war alles aufgebraucht, kann man wohl sagen. All das sollten Sie sich vor Augen halten, Miß Maura, wenn Sie über Lady Maude nachdenken. Ich hab' ihr das nie vergessen können, und meine Mutter auch nicht. So, und nun wissen Sie, warum ich hiergeblieben bin. Die Familie stirbt nun mit Ihnen aus. Und da glaubte ich wirklich an ein Wunder, als Sie so plötzlich auftauchten. Und ich hoffte . . .«

»Sie dürfen nicht hoffen, Annie.« Mir war, als wiederholte ich fast dieselben Worte, die Otto Praeger an mich gerichtet hatte. »Im Leben regelt sich nicht alles nach unseren Wünschen.«

»Wahrscheinlich nicht, Miß Maura. Und was hier nicht geklärt wird, findet eine friedliche Lösung in einem späteren Leben. Und sie ist nun schon dort — Gott sei ihrer Seele gnädig. Ich werde für sie beten — und auch für Sie, gnädiges Fräulein. Gott behüte Sie.«

Diese Worte ließen mich nicht los und bedeuteten mir mehr als alle Wünsche für Glück und gute Reise. So fuhr ich von Meremount fort. Annies Gestalt, die sich kerzengerade mitten vor das wundervoll symmetrische Haus aufgebaut hatte, wurde klein und kleiner, bis sie im Rückspiegel verschwand. Schließlich schlossen sich auch die Baumreihen — und alles war vorüber.

II

O'Keefe führte mich sofort in Praegers Bibliothek, ohne überhaupt erst nachzufragen, ob er das tun sollte. Er kannte wohl schon im voraus Praegers Antwort und wollte keine Zeit mit Fragen verschwenden. Praeger arbeitete. Der Schreibtisch war mit sorgfältig aufgestapelten Papieren bedeckt. Fräulein Schmidt saß auf dem geradlehnigen

Stuhl neben ihm und hielt einen Stenogrammblock auf ihrem nicht sehr schlanken Knie. Als er zu meiner Begrüßung aufstand, gab Praeger ihr durch Kopfnicken ein Zeichen, und sie ließ uns sofort allein.

»Wie schön, daß Sie kommen! Ich wollte Sie in Meremount antelefonieren, wenn Sie meiner Meinung nach aufgestanden wären. Heute nacht fliege ich von Shannon nach New York. Ich dachte, ob Sie mir vielleicht die Freude machen würden, mit mir ein kleines mittägliches Essen einzunehmen . . .«

»Ich bin gekommen, um Ihnen Lebewohl zu sagen, Herr Praeger. Ich gehe wieder nach London und will versuchen, entweder das Fährschiff oder die Luftfähre zu erreichen — einer von beiden wird das Auto hoffentlich mitnehmen können.«

»Ach so . . .!« Er zeigte auf einen Sessel ihm gegenüber und ließ sich schwerfällig in seinen eigenen fallen. Einen Augenblick machte er den Eindruck, als ob er außer Atem sei und nach Luft rang. »Das kommt sehr überraschend«, sagte er. »Sie können nicht noch ein wenig bleiben? Müssen Sie so schnell fort? Alle Welt hat es so eilig.«

»In Meremount kann ich nicht bleiben«, sagte ich. »Das wissen Sie.«

Er zuckte die Achseln. »Meremount ist nicht der einzige Ort. Schloß Tyrell verfügt auch über freie Zimmer.« Er lehnte sich nach vorn und überschlug sich fast in seinem plötzlichen Eifer. »Sie könnten hier wohnen, während ich in New York bin. Machen Sie Ferien — schlafen lange und lassen sich von O'Keefe betreuen. Er hätte dann jemanden, für den er sorgen kann, und Mrs. Sullivan einen zum Bekochen . . .« Er hielt inne, weil ich den Kopf schüttelte.

»Ich kann nicht bleiben.« Es ging fast über meine Kräfte, dieser Versuchung zu widerstehen — ganz einfach in Praegers wohldurchdachtem Luxus ausruhen, ihm alle Fürsorge überlassen und selbst nichts tun, seine Bilder betrachten und in seinen Gärten spazierengehen, seine Bücher lesen und seine leckeren Mahlzeiten einnehmen – Connor nicht sehen und versuchen, nicht über Brendan nachzudenken. Aber es durfte nicht sein. Ein Wort, das Lady Maude gesagt hatte, verfolgte mich: »Sie hat sich verkauft ... Die reichen Leute machen das auf ihre Art ...« Ich könnte mich in all diesem Luxus selbst verlieren. Deshalb sagte ich: »Ich habe in London noch so viel zu erledigen ...«

»So ...?« Ungläubig hob er seine Schultern. »Oder wollen Sie nicht hier bleiben, weil Sie sich gekränkt fühlen – enttäuscht, daß das Testament nicht anders lautete?«

Ich warf meinen Kopf unwillig in den Nacken. »Nein! Ich wollte nichts haben! Wie hätte ich auch? Noch vor einer Woche ahnte ich nicht, daß es dieses alles überhaupt gab! Was hätte ich wohl haben wollen?«

»Ja, glauben Sie wirklich, daß man eine Woche oder auch mehr Zeit braucht, ehe man etwas haben will? Entschuldigen Sie bitte, Maura, wenn ich Sie für reichlich naiv halte. Ein erster kurzer Blick – das allein genügt schon.«

»Vielleicht«, sagte ich. »Und trotzdem will ich nichts von allem haben. Woher wissen Sie übrigens, was im Testament steht?«

»Ich muß Sie noch einmal um Entschuldigung bitten«, antwortete er. »Aber ich mußte es erfahren. Ich war im Begriff, nach New York zu reisen und mußte im Bilde sein, damit ich unter Umständen das Nötige in die Wege leiten konnte, falls meine Hilfe gebraucht würde. Deshalb habe ich O'Keefe gestern abend noch zu Annie hinübergeschickt und weiß natürlich jetzt Bescheid. Und deswegen wollte ich Sie auch zu mir bitten, ehe ich abreise. Ich habe mit meinen Anwälten in Dublin telefoniert ...«

»Einen Augenblick, bitte!« Ich guckte ihn entgeistert an. Mir wurde ganz schwindelig bei dem Gedanken, welche Überlegungen er angestellt und welche Schritte er bereits unternommen hatte. »Warum, um Himmels willen, haben Sie das getan?«

»Weil Sie selbstverständlich das Testament anfechten müssen. Und die ersten Schritte dazu leitet man am besten sofort ein. Denn ein Hinauszögern könnte recht nachteilige Folgen haben.«

Ich sank plötzlich in meinen Sessel zurück und überlegte mir schnell, wie ich Praeger am deutlichsten klarmachen könnte, was für ihn sichtlich ein ganz neuer Gedanke war. »Ich will es nicht!« war alles, was ich sagen konnte. »Ganz im Ernst, ich will es nicht!«

»Was heißt hier ›wollen‹? Ich bin ganz sicher, daß Lady Maude das Testament ändern wollte. Sobald Sie gekommen waren, wurde ihr klar, in wessen Hände das Erbe gehört. Es ist Ihre Pflicht, dafür zu sorgen, daß ihre Wünsche auch ausgeführt werden.«

»Aber wieso können wir denn ganz sicher wissen, daß das ihr Wunsch war? Sie hat ein rechtsgültiges Testament gemacht und Connor darin Rechte zuerkannt . . .«

»Er hat keine Rechte. Sie haben doch nicht vergessen, was sie noch ganz zum Schluß sagte: ›Du hast keinerlei Rechte außer denen, die ich dir eingeräumt hatte. Jetzt mache ich alles rückgängig.‹ Deutlicher konnte es doch wohl nicht sein?«

»Aber sie hat uns alle beide ja nicht anerkannt, Herr Praeger. Wenn Sie das so gut behalten haben, werden Sie auch noch wissen, was sie zu mir sagte: ›Du hast mir nichts gegeben. Ich schulde dir nichts.‹«

Sein Atem ging schwer. »Meinetwegen — vor dem Gesetz sind Sie also gleich. Dem Sinne nach aber und wahrscheinlich auch in Wirklichkeit verstarb Lady Maude ohne Testament. Wäre sie nicht auf der Treppe gestürzt, sondern oben heil angekommen, dann hätte sie höchstwahrscheinlich den Rest ihres Lebens damit verbracht, ihre endgültige Entscheidung in einem neuerlichen Letzten Willen niederzulegen. Da es den aber nun einmal nicht gibt, hat der nächste Blutsverwandte die größeren Rechte.«

»Connor würde das anfechten – wenn wir nicht vor Gericht aussagen wollen, was in jener Unglücksnacht damals tatsächlich geschehen ist und Annie und Brendan zum Reden bringen. Aber Connor weiß genau, daß wir das niemals tun würden. Und deswegen bleibt es immer das von ihr unterschriebene Testament – auch wenn ich ihr leibliches Enkelkind bin.«

»Womit sollte Connor wohl gegen uns prozessieren? Er hat kein Geld, und wir könnten ihm das Verfügungsrecht über den Besitz entziehen lassen, so daß er aus dieser Quelle auch kein Geld bekäme.«

»Und womit sollte ich einen Prozeß finanzieren? Ich habe genausowenig Geld.«

Eine geringschätzige Geste mit der Hand verwarf diesen Einwand. »Die besten Anwälte von ganz Irland haben Vorschußzahlungen von mir. Sollen sie doch auch mal etwas dafür tun.«

»Angenommen, sie hätten Erfolg und das Gericht käme zu der Entscheidung, daß mir ein Anspruch zuzuerkennen ist, daß aber auch Connor auf Grund seiner Arbeit und seiner berechtigten Hoffnungen Ansprüche hätte. Was dann? Sie würden die Sheridan-Werke mittendurch teilen – und sie sind ja jetzt schon fast stillgelegt. Das würden sie nicht überstehen.«

»Connor würde das nicht überstehen!« Als er sich in diesem Augenblick alle Möglichkeiten ausmalte, sprach er mit einer donnernden Stimme. »Der Prozeß würde ihn finanziell zugrunde richten, und wir könnten ihn zum Verkauf zwingen. Seine Existenz wäre damit ruiniert – er wäre vernichtet!«

Er haßte Connor – was mochte wohl der Grund sein? Vielleicht glaubte er, daß Connor Lotti in den Tod schickte, oder war es nur, weil Connor ihm ja Lotti durch die Heirat genommen hatte? Sein Zorn und Haß straften die vielen vernünftigen Reden, die er mir über Connor gehalten hatte, ehe ich die volle Wahrheit erfuhr, Lügen. Es schien ihn jetzt nicht mehr zu interessieren, ob ich merkte, wie gern er den anderen vernichten würde, wenn er dazu in der Lage wäre. Und ich sollte ihm dabei helfen . . .

Ich begab mich wieder in meine anfängliche Verteidigungsstellung, aber mit viel weniger Zuversicht. »Ich flehe Sie an – versuchen Sie doch bitte, mich zu verstehen! Ich will wirklich und wahrhaftig von der Erbschaft nichts haben.«

Eine ganze Zeit saß er mit gegeneinander gepreßten Fingerspitzen und halbgeschlossenen Augen da. Man hätte meinen können, er wolle sich mit aller Gewalt dazu zwingen, Geduld mit mir zu haben. »Das können Sie nur sagen, weil Sie jung sind. Nur junge Menschen glauben, daß Freiheit alles ist im Leben. Aber lassen Sie mich Ihnen sagen, daß es so etwas wie Freiheit in Wirklichkeit nicht gibt. Als Äußerstes wird einem vielleicht so viel Freiheit gelassen, sich sein eigenes Gefängnis auszusuchen.«

»Aber braucht man nicht auch Freiheit, um dazu überhaupt in der Lage zu sein?«

»Ach so – jetzt wollen Sie anfangen, kluge Reden mit mir altem Mann zu führen, ja? Aber das eine muß ich Ihnen noch sagen dürfen: Sollten Sie diese Sache jetzt im Sande verlaufen lassen, können Sie später niemals mehr darauf zurückkommen. Es hat keinen Zweck, sich in zehn Jahren zu der Auffassung durchzuringen, daß es immerhin gar nicht so übel gewesen wäre, die Glasfabrik der Sheridans und Meremount zu besitzen und dabei noch eine Sheridan und eine Tyrell zu sein.«

Ich war so überrascht, daß ich in meinem Sessel ganz nach vorn rutschte. »Ja, erwarten Sie denn von mir, daß ich die Sheridan-Werke weiterführen soll? Daß ich nicht verkaufen würde – und in Meremount lebe?«

Er hob die Schultern. »Allein könnten Sie die Sheridan-Glashütte natürlich nicht fortführen, zumindest nicht im Anfang. Aber das läßt sich ja alles regeln. Für gutes Geld kann man auch eine gute Geschäftsleitung kaufen.«

»Und woher sollte ich das Geld nehmen?«

»Es gibt viele Möglichkeiten, Geld zu leihen. Natürlich muß man die nötigen Sicherheiten haben — aber ich würde schon dafür sorgen, daß das richtig gemacht wird.«

»Connor und Lotti hatten doch auch keine Sicherheiten. Als Lotti starb, hörte doch die finanzielle Hilfe für die Glaswerke auf.«

Ein Zittern lief über seine massigen Wangen. »Als Lotti tot war, hatte ich kein Interesse mehr an Connor Sheridan. Die Abmachungen, die Lotti hinsichtlich der Sheridan-Werke getroffen hatte, waren ihre Privatsache. Das hörte mit ihr auf.«

»Aber in meinem Fall wäre das anders?«

»Es wäre anders, jawohl.«

Er wollte Lotti wiederhaben, das war mir klar. Von dem Augenblick an, als sein Blick zum erstenmal auf das am Flußufer hingestreckte Mädchen mit dem blonden Haar gefallen war, hatte er den heißen Wunsch, Lotti ins Leben zurückzurufen. Aber es war eine idealisierte Lotti, die er in mir suchte — sein kleines Mädchen, das die Kriegsjahre ihm endgültig entrissen hatten. Er war der Meinung, daß er mir tatsächlich noch Unterricht geben und mich in den Dingen erziehen könnte, die ihm wichtig waren — Geld, Irland und sogar darin, eine Tyrell zu sein. Aber ich sollte eine gehorsame und häusliche Lotti werden, die dieselben Interessen und Neigungen hatte, die auch dem Vater am Herzen lagen — und außerdem hätte ich noch den Vorzug, daß meine wirklichen Väter schon vierhundert Jahre in dem Lande gelebt hatten, dem mit Leib und Seele anzugehören sein sehnlichster Wunsch war. Mir fiel das Hotel »Vier Königreiche« in Cloncath wieder ein, die Atmosphäre dort und meine eigenen Empfindungen, als Connor mich dorthin geführt hatte und einer der Anwesenden es dann aussprach: » . . . aber diese ist Irin.« Das wollte Praeger. Er wünschte es sich so sehr, daß er gar nicht mehr erkennen konnte, daß ich anders als das Bild war, das in seiner Vorstellung lebte. Für ihn sollte ich so sein, wie er es sich ausmalte. In seiner Traumwelt war für mein eigentliches Ich kein Platz mehr – weder für das gegenwärtige noch für ein späteres.

Ich erhob mich. »Ich danke Ihnen aufrichtig, Herr Praeger. Es ist sehr, sehr gut von Ihnen, mir alle diese Hilfe anzubieten. Aber ich werde nicht mit Connor kämpfen. Ich glaube allen Ernstes nicht, daß ich zu den Sheridan-Werken und nach Meremount oder sonstwie hierher gehöre. Ob mein Gefühl sich da täuscht, wird sich natürlich erst später herausstellen. Wenn ich einen Fehler gemacht habe, dann wird es, wie Sie schon sagten, zu spät sein, um noch Schritte zu unternehmen. Aber dieses Risiko bleibt mir eben nicht erspart.«

Er reichte mir seine Hand. Sie war kraftlos, und scheinbar machte es ihm Mühe, sie überhaupt hochzuheben. »Ich gebe Fräulein Schmidt meine Londoner Adresse. Sie sind doch bestimmt oft in London. Wenn es Ihre Zeit erlaubt, würde ich zu gern etwas ganz Leckeres für Sie kochen.«

Er nickte, sagte aber kein Wort – vielleicht konnte er einfach nicht sprechen.

III

Ich bat Daisy, die Empfangsdame im Sheridan-Museum, bei Connor anzurufen und ihm zu sagen, daß ich ihn gern sprechen würde. Er kam sofort heraus und nickte Daisy kurz zu, als er durch die Tür ging. »Danke, Daisy – Sie können schnell einmal in die Kantine hinübergehen und ein Täßchen Tee trinken, ja? Das ist fein!« Sie ging nur widerwillig, weil sie fürchtete, sie könnte etwas versäumen. Connor kam indessen langsam auf mich zu. Ich stand vor der Vitrine mit den beiden Culloden-Pokalen. Er suchte nach Zigaretten und hielt mir sein Päckchen hin.

»Wie Sie sehen, ist Rauchen hier streng verboten«, sagte er und lächelte dabei. »Warum ist man denn schließlich Chef, wenn man nicht auch einmal eine Anordnung umgehen darf?«

In aller Ruhe zündete er die beiden Zigaretten an und ließ sich dann noch Zeit, bis er wieder das Wort ergriff. »Ist es Ihnen nicht recht, daß ich hier der Chef bin? Zu guter Letzt doch Chef — und kein Hundsfott mehr.«

Ich hob die Schultern. Innerlich war ich von dem Zusammentreffen mit Praeger noch arg mitgenommen. Ich hatte ihm Widerstand geleistet und siegreich mit ihm gekämpft, als er mich vereinnahmen wollte und den unverkennbaren Wunsch zeigte, mich in eine neue Lotti zu verwandeln, die mehr nach seinem Geschmack war. Connor sollte das nicht erfahren, denn ich hatte einfach keine Kraft mehr, mich auch mit ihm in einen Streit einzulassen. Ich würde am besten gleichgültig und kühl erscheinen und konnte nur hoffen, daß ich es noch schaffte, diese letzte Unterredung durchzustehen und mich dann auf den Weg zu machen — fort von Cloncath.

»Von mir aus können Sie sein, was Sie wollen, Connor. Noch vor einer Woche hatten wir keine Ahnung von unserer gegenseitigen Existenz, deshalb ist es doch wirklich egal, was der andere war oder tat. So viel kann sich doch in einer Woche nicht verändert haben . . .« Warum wollte ich ihm das zu beweisen versuchen, wo Praeger mich schon vom Gegenteil überzeugt hatte?

Connor zeigte mit seiner Zigarette auf mich. »Am liebsten würde ich Ihnen tatsächlich eine Grobheit ins Gesicht schleudern und sagen: Hören Sie damit auf! Sie reden einen Haufen Unsinn und wissen das auch. Alles hat sich in dieser einen Woche verändert. Sie haben alles verändert.«

»Ich habe wirklich nichts dazu beigetragen. Ich war einfach nur da.«

»Daß Sie da waren, das war eben das Entscheidende.«

Ich strich mein Haar mit einer plötzlichen Geste des Unwillens und der Ungeduld aus der Stirn. »Mein Gott, fangen Sie nicht wieder davon an! Ausgerechnet Sie sollten das nicht tun! Meinetwegen – vielleicht ist manches passiert, weil ich gekommen bin. Aber auch wenn ich nicht gekommen wäre, wäre das Ergebnis dieser Woche am Ende wohl genau das gleiche gewesen. Lady Maude ist tot – aber mußte sie nicht einmal sterben? Und Sie sind im Besitz der Sheridan-Werke. Dafür haben Sie gearbeitet, und das haben Sie sich gewünscht. Jetzt gehört alles Ihnen. Mit mir hat das gar nichts zu tun. Ich gehe, und ich will nicht mehr als nur mein Eigentum wieder mitnehmen. Ich bin gekommen, um den Culloden-Pokal zu holen.«

»Warten Sie...«, sagte er sehr langsam. »Nur einen Augenblick noch warten Sie! Warum laufen Sie einfach so davon? Warum die ganze Eile?«

»Ich laufe nicht davon. Es ist zufällig an der Zeit, daß ich abreise. Jetzt können Sie doch nicht mehr wollen, daß ich bleibe?«

»Ich hatte Sie zum Bleiben aufgefordert – entsinnen Sie sich nicht? Ich habe Sie sogar einmal gefragt, ob Sie mich heiraten wollen.«

»Entsinnen? – Wie könnte man so etwas wohl vergessen!? Aber das war, ehe Sie wußten, daß die Glashütte Ihnen zufällt. Auch, ehe Sie wußten – wie hatten Sie es noch formuliert? –, ob ich ›drin‹ erwähnt würde und Sie enterbt wären. Was vor Lady Maudes Tod gesagt wurde, zählt nicht mehr.«

Ich konnte sehen, wie seine Enttäuschung wuchs. Seine Lippen wurden schmal, und er bemühte sich, seine Zunge im Zaum zu halten. »Sie sind ein verteufeltes Frauenzimmer! Was erwarten Sie eigentlich – wollen Sie, daß ich wieder ganz von vorn anfange? Müssen wir uns denn wirklich vormachen, daß das alles nicht passiert ist, was zwischen uns war? Muß ich wirklich zum zweitenmal um Sie werben? Nein, dafür ist es zu spät. Ich bin zu alt, um den romantischen Jüngling zu spielen, und dafür habe ich auch schon zu viel hinter mir. Ich habe keine Zeit, den ganzen Zirkus noch einmal mitzumachen. Sollten wir heiraten, dann wissen wir alle beide, was wir zu erwarten haben. Es wäre nicht die große Liebe, von der man in der Jugend träumt, aber es könnte in jeder Hinsicht sehr gut werden — verdammt gut sogar!«

»Sie brauchen doch einen Geschäftspartner — oder irre ich mich?«

»Hol Sie der Teufel! — Ich brauche eine Frau. Ich brauche dich!«

Schreckliche, endlose Sekunden verrannen, während er mir die Zigarette aus der Hand nahm und sie ausdrückte. Er küßte mich sehr, sehr lange — und in diesen Augenblikken wurden Zweifel in mir wach, ob ich ihn in allen Punkten auch richtig beurteilt hatte. Es schien ganz ausgeschlossen, daß die Inbrunst und das Feuer seiner Lippen Berechnung sein sollten und die faszinierende Zärtlichkeit, mit der seine Hand meinen Kopf hielt, während er ihn hintenüber bog, erheuchelt sein könnte. Dieser Kuß war ehrlicher als der, den er mir damals gegeben hatte. Es war, als hätten wir uns ein ganzes Leben schon gekannt — gekannt, verstanden und verziehen. Unsere Gefühle waren nicht mehr die ganz junger Menschen, und die Möglichkeit eines Irrtums schien nicht gegeben. »Ich würde ein guter Ehemann sein können . . . und der glühendste Liebhaber«, sagte er leise. Jetzt verstand ich auch, warum Lotti in die Ehe gewilligt hatte. Wenn sie auf der Suche nach einem Mann gewesen war, mit dem sie in ihren Kreisen Ehre einlegen konnte, dann hatte sie in Connor den richtigen gefunden. Die erste heiße Glut mochte verflogen sein, als die uralten, ewig neuen und abwechslungsreichen Liebesspiele, die ihr Leben ausmachten, wieder zu ihrem Recht kamen. Es hatte aber für sie eine Zeit gegeben — das war mir klar —, in der Connor ihr tausendmal mehr geschenkt hatte, als sich die meisten Frauen erträumen können. Das war nicht wegzuleugnen, es war Wirklichkeit. Alles konnte mir gehören, wenn ich allerdings bereit wäre, unter dem ständigen Druck zu leben, daß ich noch mehr über ihn wußte oder, besser gesagt, mir noch andere Dinge über ihn erzählt worden waren.

Schließlich machte ich mich von ihm los. Mein Atem ging schwer. »Es kann nicht sein«, sagte ich. »Es würde niemals gehen. Es wäre zu viel des Guten. Du hast einmal gesagt, daß ich gut hierher passe. Und gerade da liegt die Schwierigkeit: ich passe eine Idee zu gut hierher. Was ihr alle nur seht, ist das Äußere. Euch interessieren die Belange der Sheridans und Tyrells, Irland und was dazugehört. Und keiner von euch denkt auch nur im entferntesten an das, was ich im Grunde bin: das Wesen, das Eugene D'Arcys Tochter genausogut wie Blanche Sheridans ist. Ihr alle, jeder einzelne von euch, wollt mich in eure Pläne einbeziehen, aber niemand denkt dabei an mich. Jeder rät mir, was ich tun sollte, aber keiner hat mich bisher gefragt, was ich tun möchte.«

»Du redest schon wieder Unsinn«, sagte er mit belegter und zorniger Stimme. Merkwürdigerweise fürchtete ich mich nicht vor seinem Zorn, wie ich es eigentlich gedacht hätte. Vielleicht gehörte das auch zu der Wandlung. »Du redest romantischen Unsinn. Mit dem, was du wirklich denkst, hat das gar nichts zu tun. Oder hast du etwa Angst? Hast du das törichte Märchen geglaubt, daß ich Lotti umkommen ließ? Und glaubst du vielleicht an ein Hirngespinst, das du dir um zwei Uhr am frühen Morgen zusammenphantasiert hast, weil du mich einen lächerlichen Badeteppich aufheben sahst? Sie haben dir wohl wieder zugesetzt, nicht wahr — Annie und Praeger?«

»Niemand hat mir zugesetzt. Und nie will ich wissen, ob du Lotti in den Tod geschickt hast — und ich will auch niemals Gewißheit erlangen, ob ich dich in jener Nacht falsch beurteilt habe, als ich dachte, du wolltest Lady Maude umbringen. Annie und Praeger könnten mich sowieso niemals überzeugen, weil sie zwei verschiedene Vermutungen haben.«

»Zwei . . .?«

»Praeger glaubt, daß du Lotti in den Tod gehen ließest – aber hauptsächlich glaubt er es wohl, weil er dir grollt und dich nicht mag. Vielleicht haßt er dich sogar, und deswegen kommt es ihm gelegen, das zu glauben. Annie hingegen – im Grunde ihres Herzens glaubt Annie, daß Lady Maude die Verantwortung dafür hat. Und deswegen hat sie auch geschwiegen. Für dich hätte sie das niemals getan. Du kannst also sehen – die beiden untereinander widerlegen sich gegenseitig.«

»Und du – was ist denn deine Meinung?«

»Ich sagte doch – ich weiß es nicht. Ich will es auch nie wissen. Ganz sicher wußten es nur zwei Menschen, und einer von ihnen ist tot. Vier von uns – Praeger, Annie, Brendan und ich – werden für den Rest ihres Lebens daran herumrätseln müssen. Und du mußt nun den Rest deines Lebens damit leben. Vier von uns wissen – oder wissen auch nicht. Praeger wird alt, er wird nicht mehr viele Jahre am Leben bleiben. Annie hat noch mehr Zeit. Aber Brendan und ich – höchstwahrscheinlich werde ich dich überleben. Es wird also immer irgend jemand Bescheid wissen. Vielleicht bist du mit dem Mord davongekommen, aber ein erfolgreicher Mord ist wie ein geschliffener Glasrand, der glatt sein kann – und auch schneidend scharf.«

Ich befand mich auf der Landstraße nach Dublin, fast sechzehn Kilometer hinter Cloncath, als mir der Gedanke kam. Auf dem Schalensitz neben mir stand die Holzkiste, in der der Culloden-Pokal verpackt war. Seine Rückreise nach London vollzog sich in wesentlich größerer Sicherheit als der Hinweg, den er wahrscheinlich in Brendans Manteltasche gemacht hatte. Mein seitlicher Blick streifte hin und wieder die Kiste. Ich war froh, daß ich nichts anderes von Connor verlangt hatte, als was schon in meinem

Besitz gewesen war. Meine Gedanken beschäftigten sich mit dem Pokal, so wie ich ihn inzwischen kennengelernt hatte. Jetzt konnte ich ihn mir ganz genau und in allen Einzelheiten vor Augen führen — seine wundervolle, zarte Feinheit, die Schönheit seiner Linienführung und die äußerste Entfaltung der Glasbläserkunst, wie Thomas Sheridan sie seiner Mitwelt und allen, die nach ihnen kamen und sein Erbe antraten, weil familiäre Bande oder persönliches Können sie dazu berechtigte, offenbart hatte. Und plötzlich wußte ich, was ich aus Thomas Sheridans Hinterlassenschaft außerdem noch besitzen wollte. Ich verlangte mit jeder Faser meines Herzens danach. Sollte Connor es mir nicht freiwillig geben, würde das für mich ein Grund sein, mit ihm darum zu kämpfen.

Und so kam es, daß ich den Wagen noch einmal wendete und wieder nach Cloncath fuhr.

13. KAPITEL

I

In Liverpool wurde das Auto von der Fähre gebracht. Danach ging ich in ein Hotel und nahm ein ausgedehntes zweites Frühstück ein. Während ich meinen Kaffee trank, rauchte ich viel zuviel und tat so, als läse ich interessiert die Zeitung, damit die Kellner mich in Frieden lassen sollten. Bevor ich zu einem Entschluß gekommen war, wurde der Speisesaal geschlossen. Die Telefonverbindung mit Claude ließ ich von der Hotelhalle aus herstellen. Ich wartete nervös auf das Gespräch, weil mir klar war, daß es vor meiner Rückkehr nach London stattfinden mußte, ehe die alten Spielregeln wieder ihre volle Gültigkeit erlangten.

Sein Ton war leutselig, als er an den Apparat kam. »Claude? Hier ist Maura. Ich bin in Liverpool.«

Nun wurde der Ton ein mürrisches Brummen. »Ja, Liebling, von mir aus können Sie da auch gern bleiben. Sie haben mich im Stich gelassen – Sie haben mich einfach lächerlich gemacht. So leicht kann man das nicht verzeihen, Maura . . .«

»Bitte, Claude, hören Sie einmal ganz ruhig zu und explodieren nicht gleich. Ich kann nämlich wirklich nicht anders. Ich habe mir noch einmal alles genau überlegt und bin zu dem Entschluß gekommen . . .«

»Zur Sache, Schätzchen, ja? Ich hab' heute morgen noch mehr zu tun.«

»Claude, es ist wegen der Fotos – der, die Max gemacht hat und die Sie für die *Wild*-Reklame nehmen wollten.«

»Ja bitte . . .?« fragte er mit unheilvoller Stimme. »Was ist damit?«

»Hören Sie, Claude, ich will nicht, daß Sie sie verwenden. Ich muß sie sogar ganz im Gegenteil wiederhaben. Sie müssen nämlich wissen, daß . . .«

»Was! Wiederhaben? Sie sind vollkommen verrückt! So können Sie mir nun nicht kommen, Sie kleines Biest! Vergessen Sie eins nicht, Sie großes Dummerchen, ich habe Sie bloß verkauft, weil diese Bilder so enorm wirkungsvoll sind. Und bilden Sie sich nur nicht ein, daß sie so großartig sind, sondern Max ist ein gottbegnadeter Fotograf. Sie sind verkauft, versichere ich Ihnen. Sie können sie nicht zurückbekommen. Es ist zu spät. Übrigens würde die Zeit auch nie und nimmer langen, für *Wild* und ihre Herbstkampagne andere herzustellen.«

»Claude, ich muß sie unbedingt wiederhaben. Ich sage Ihnen das mit allem Nachdruck, und es ist mein voller Ernst. Diese Fotografien gehören mir, und ich hatte Ihnen nicht erlaubt, sie zu verkaufen. Sie sind mein Eigentum, und ich bin entschlossen, sie wiederzukriegen. Wenn es nicht anders geht, werde ich sie einklagen.« Es kam mir unwahrscheinlich vor, daß ich selbst das gesagt haben sollte. Ein übermütiges Triumphgefühl beseelte mich bei dem Klang meiner eigenen Stimme, die Claude erklärte, daß er so nicht in mein Leben eingreifen könnte.

»Das können Sie nicht machen! Sie bringen das ganze Geschäft zum Scheitern. Wenn Sie diese Fotos zurückziehen, werden die Leute von *Wild* den gesamten Geschäftsabschluß rückgängig machen.« Seine Stimme klang längst nicht mehr mürrisch und schlecht gelaunt. Er fühlte, daß es mir ernst war mit dem, was ich sagte, und bot nun alle wirksamen Drohungen und seine eiskalte Logik auf, um mich zu schlagen. Er wurde todernst. »Maura, eins verspreche ich Ihnen — wenn Sie diesen verrückten Gedanken nicht aufgeben, werden Sie sich auf der schwarzen Liste von ausnahmslos jeder Agentur in London wiederfinden. Sie werden dann niemals wieder arbeiten können. Niemand wird Sie auch nur mit einer Feuerzange anrühren. Und dafür werde ich höchstpersönlich sorgen.«

»Claude, es ist sinnlos, mir drohen zu wollen. Was kommen soll, kommt doch. Das ist nicht meine Schuld. Diese Fotos waren niemals für eine Veröffentlichung bestimmt. Sie haben mir nie gehört – und ebensowenig Max. Sie waren das Privateigentum meiner Mutter. Ich hatte kein Recht, sie jemals aus der Hand zu geben. Sie sind eben nicht dafür da, daß man Geld mit ihnen verdient – mehr kann ich auch nicht sagen.«

»Ich höre Ihnen genau zu, Maura, und ich kann nicht glauben, daß jemand mit voller Überlegung einer aussichtsreichen und wahrscheinlich auch höchst lukrativen Karriere Lebewohl sagt.« Wie affektiert seine aalglatten und drohenden Worte wieder klangen! Er hoffte wohl, daß ich meinen Standpunkt ändern würde, wenn er mir in den rosigsten Farben schilderte, was ich vielleicht alles versäumen würde. Und er hoffte, meine Entschlossenheit zu zerstreuen, indem er mich lächerlich machte. »Lediglich aus purer Neugier, Liebling – wollen Sie mir nicht verraten, was diesen plötzlichen Wandel bewirkt hat? Es wäre doch ganz aufschlußreich zu wissen, wenn es nicht so dumm wäre.«

»Es geht Sie nichts an, Claude. Ich habe nur rein zufällig entdeckt, daß nicht alles im Leben käuflich ist. Die Erklärung muß Ihnen genügen.«

»Sie sind köstlich! Neunzehntes Jahrhundert, Liebling! So reizend exzentrisch! Ich frage mich nur, wie lange das anhalten soll. Wollen Sie zurück zur Natur in den Sümpfen von Irland? Es ist ein Jammer, denn Sie hatten Chancen. Sie wären womöglich eine ganz große Nummer geworden. Aber natürlich ist es Ihnen klar, daß Sie jetzt erledigt sind. Von dem Augenblick an, da ich mit den *Wild*-Leuten telefoniert habe, ist Ihre Karriere als Fotomodell endgültig vorbei. Haben Sie sich das klargemacht, Maura? Lediglich dieser eine einzige Anruf, und Sie sind erledigt. – Hören Sie denn noch, Maura . . .?«

»Ich habe genau zugehört, Claude, und ich weiß Bescheid.« Sehr sorgfältig legte ich den Hörer auf.

In der Hotelhalle mußte ich mich erst einmal hinsetzen und noch eine Tasse Kaffee trinken, zwei Zigaretten rauchen und versuchen, ruhiger zu werden. Meine Bluse war ganz verschwitzt, und meine Hände zitterten immer noch etwas, als ich ein zweites Telefongespräch nach London anmeldete. Ich mußte mit Max Arnott sprechen.

»Max? – Hier ist Maura.«

»Ich habe auf deinen Anruf gewartet.« Seine tiefe Stimme war gelassen und beruhigend. »Claude hat mich zwanzig Minuten lang angeschrien.«

»Das tut mir schrecklich leid, Max. Aber ich konnte wirklich nicht anders. Dir ist es doch im Grunde egal, nicht wahr? Ich meine, daß sie sich natürlich darüber freuen, wenn du dich einverstanden erklären solltest, die ganze Serie zu übernehmen – egal, ob ich das Modell bin oder jemand anders.«

»Wahrscheinlich . . . Es ist wirklich völlig belanglos, Maura. Ich habe gar kein Interesse an dieser Bilderserie, wenn ich es nicht für dich tun soll. Aber ich bin froh – ich bin sehr froh, daß wir Blanches Bilder nicht nehmen.«

»Ist das wirklich wahr?«

»Ganz bestimmt. Und ich freue mich auch, daß dir das noch rechtzeitig zum Bewußtsein gekommen ist. Was war, läßt sich mit den Bildern nicht verkaufen. Und man kann auch nicht so tun, als ließe es sich je wieder einfangen. Sie wurden für einen besonderen Zweck gemacht – und der war rein persönlich. Ich dachte eigentlich nicht, daß du schon alt genug wärest, um das zu verstehen. Und vor allem wollte ich dir die Chance nicht verderben . . .«

»Ich bin heute wesentlich älter, als ich vor zehn Tagen war.« Meine Stimme fing an zu zittern. »Ich muß gehen, Max. Bald besuche ich dich und Susie.«

Als ich dazu wieder in der Lage war, telefonierte ich zum letztenmal – und zwar mit dem Geschäft in King's

Road. Es berührte mich eigenartig, als Mary Hughes Stimme sich mit dem Namen meiner Mutter meldete. »Blanche D'Arcy.«

»Mary? Hier spricht Maura. Ich bin in Liverpool — und fahre heute noch nach London. Heute irgendwann am späten Abend komme ich an.«

»Gott sei Lob und Dank! Wie hab' ich mich um dich gesorgt, weil du deine Pläne so plötzlich geändert hattest. Ich wußte ja nicht, was ich davon halten sollte. Du hättest mir aber auch wenigstens eine Postkarte schreiben können.«

Ich stellte mir sinnloserweise eine bunte Ansichtskarte vom Schloß Tyrell oder Meremount in ihren besseren Tagen vor, auf der stand: ». . . könntest du doch auch hier sein!« »Nicht einmal dafür hatte ich Zeit, Mary. Es war — ganz verrückt und schrecklich. Meine Großmutter . . .« Ich konnte davon jetzt nicht anfangen.

»Deine Großmutter! Ich wußte gar nicht, daß du eine hast. Das klingt mir alles höchst irisch, mein Liebling.«

»Das stimmt tatsächlich! Ich erzähle dir später alles.« Natürlich würde ich ihr nicht alles erzählen. Nur vier von uns würden überhaupt alles wissen, das hatte ich Connor ja versprochen. »Mary, ich habe nur schnell angerufen, damit du weißt, daß ich zurückkomme. Und würdest du so lieb sein, mir oben in der Wohnung etwas Brot und Milch hinzusetzen?«

»Es ist ja wohl selbstverständlich, daß ich auf dich warte.«

»Nein, tue das auf keinen Fall. Ich komme wahrscheinlich sehr spät an — der Vormittag ist schon fast vorüber, und ich fürchte, daß starker Verkehr sein wird. Ich werde wohl irgendwo unterwegs zu Mittag essen, um eine Pause einzulegen. Wir sehen uns dann morgen früh.«

»Moment mal, Maura — noch etwas!«

Das Telefonfräulein schaltete sich ein; sie forderte mich

auf, Geld nachzuwerfen. »Mary, das muß warten. Ich habe kein Kleingeld mehr. Also — bis morgen!«

Ich brachte den Wagen vom Parkplatz bis vors Hotel und sah zu, wie meine Tasche und die beiden kleinen Kisten hinten hineingepackt wurden. »Wie Sie sagten, habe ich mich der beiden da besonders angenommen, gnädiges Fräulein«, sagte der Portier und zeigte auf die Kästen. »Ich hab' sie nicht aus den Augen gelassen.« Ich gab ihm mehr Trinkgeld, als er erwartet haben mochte — aber natürlich konnte er ja auch nicht den Inhalt der Kisten kennen.

Ohne Hast ordnete ich mich in den fließenden Verkehr ein und machte mich auf eine langweilige Fahrt gefaßt. Ich würde den ganzen Weg über zwischen schweren Lastautos eingeklemmt sein, die nach London und gen Süden wollten, und stundenlang Zeit haben, um über alles nachzudenken, was geschehen war, was ich getan hatte und was anders geworden war. Was gewesen war, war endgültig vorbei — Claude und vielleicht sogar mein ganzes Leben in London, wie ich es gekannt hatte. Mit Lloyd Justin war es aus. Die Zukunft, die sich mir eröffnet hatte, hatte ein wechselvolles Spiel mit mir getrieben: Connor, Meremount, Sheridan-Glas, Praeger und Brendan — es war jetzt alles vorbei. Ich war nicht das Reklamemädchen für *Wild* geworden, ich war nicht Lotti geworden und erst recht nicht die Besitzerin der Sheridan-Glashütte. Ich war auch nicht jung verheiratet, so wie man sich das Leben in Amerika erträumt. Anstatt dieser vielen Möglichkeiten erwartete mich eine irgendwie beängstigende Leere — beängstigend, weil ich fürchten mußte, daß ich schließlich nichts Vernünftiges tun würde, was der Mühe wert war und meinen Fähigkeiten und Neigungen entsprach.

II

Wie ich schon vermutet hatte, war es spät geworden, ehe ich endlich nach London hereinkam und einen Parkplatz vor dem Geschäft in der King's Road fand. Oben in der Wohnung und auf der Treppe war alles hell erleuchtet. Ich hatte meine Reisetasche und die beiden Kisten, von denen die eine groß war und sich schlecht tragen ließ, hineingebracht und sah erst dann den Brief auf dem Tischchen in der Halle. Die Adresse hatte Mary flüchtig hingekritzelt: Maura. Während ich ihn aufschlitzte, stieg mir ein Duft in die Nase, der von oben kam – ein kräftiger Duft, der sich aus Zwiebeln, Knoblauch und Wein zusammensetzte. Außerdem roch es auch ein ganz klein wenig angebrannt. Mit dem Schrieb in der Hand ging ich die Treppe hinauf und blieb stehen, als ich den ersten Satz las.

»Liebe Maura! Ich weiß tatsächlich nicht, ob ich etwas Idiotisches gemacht habe – ob ich ihn hätte hereinlassen dürfen oder besser die Polizei gerufen hätte.« Ich wurde weich in den Knien, und ich mußte mich am Geländer festhalten, als ich den Rest überflog. »Aber er hat mich dann völlig überzeugt, so daß ich ihm einfach glauben mußte. Ich begreife zwar nicht, was das alles zu bedeuten hat. Aber er war Montag und Dienstag und heute morgen schon wieder hier und fragte, ob Nachricht von Dir gekommen wäre. Er sagte, er wüßte nicht, ob Du von Irland wiederkämest – aber wenn ja, dann wolle er auf Dich warten. Und deshalb ließ ich ihn warten.«

Ich stand in der Wohnzimmertür und sah ihn. Er lag zusammengerollt auf dem Sofa, das für seine Länge zu kurz war, und schlief. Und plötzlich wußte ich, daß ich sein schlafendes Gesicht noch viele, viele Male sehen und jeden Zug darin kennen würde, und daß meine Stimmungen sich in seinem Mienenspiel widerspiegeln sollten. Ich würde ihn lieben. Aber es würden auch Zeiten kommen, in denen ich glaubte, ihn fast hassen zu können. Ich würde mit ihm lachen und mich von ihm trösten lassen. Ich würde ärgerlich und vielleicht böse über ihn sein, und ich würde mich nach ihm sehnen, so wie ich mich nach ihm gesehnt hatte, seit er fortgegangen war. Als ich ihn betrachtete, wußte ich, warum ich gestern nach Cloncath umgekehrt war und von Connor die Glasbläserinstrumente, die Thomas Sheridan gehört hatten, gefordert hatte. Connor hatte sie widerstandslos hergegeben, und wahrscheinlich wußte er auch, für wen ich sie bestimmt hatte.

Er schlief ganz fest. Ich beugte mich über ihn und streichelte seine Wange mit meiner Hand. Und mir war ganz klar, daß sich das noch tausendmal wiederholen würde.

»Brendan! — Das Essen brennt an!«

14. KAPITEL

In Bristol wohnen wir nicht romantisch über der Glasbläserei, wie ich es mir einst für Brendan ausgemalt hatte – aber doch so nahe dabei, daß ich nachmittags herüberkommen, etwas Buchführung machen und Briefe tippen kann – langsam und mühevoll, weil ich es noch lerne. Das alte, steinerne Lagerhaus, das wir bei Verwandten von Tim Henderson, Brendans Geschäftspartner, gemietet haben, liegt direkt am Fluß, und ich verbringe mehr Zeit damit, den Schiffsverkehr zu beobachten, als ich eigentlich dürfte – und sogar noch viel mehr Zeit, der Arbeit an den Hochöfen zuzusehen, jenem phantastischen Tanz, bei dem sich Geschicklichkeit und Grazie ergänzen und den man mir in den Sheridan-Werken zum erstenmal gezeigt hatte. Jetzt habe ich keine Angst mehr davor, und ich zukke auch nicht mehr zurück, wenn das glühende flüssige Glas blitzartig auf Pfeife oder Blasrohr neben mir aufleuchtet. Ich bin nun auf den Rhythmus und die einzelnen Figuren des Tanzes eingestellt, und es macht mir Freude, dabei zuzuschauen – außerdem ist es, wie Brendan sagt, im Winter warm um die Schmelzöfen herum. Sie haben nur zwei Glorientiegel, und ich glaube auch nicht, daß Brendan und Tim noch weitere haben möchten – auch dann nicht, wenn die Nachfrage es erforderlich machen sollte. Sie beschäftigen sechs Lehrlinge, zwei Gesellen und noch einen Glasbläsermeister. Wenn sie den Betrieb vergrößern, würde das das Ende der Qualitätsarbeit bedeuten, die sie auf jedes einzelne Stück verwenden. Im Frühjahr wollen sie erstmalig in London und in Stockholm ausstellen, aber auch jetzt haben sie schon eine Menge

Aufträge – für Glaswände, abstrakte Glasskulpturen, Schalen und Vasen. »Wir müssen gut aufpassen«, sagt Brendan zu Tim, »daß wir nicht zu viel Erfolg haben, denn sonst wiederholen wir uns. Und das wäre unser Tod.« Schon jetzt haben wir Erfolg – aber natürlich ist es nicht der Erfolg, mit dem man Reichtümer erwerben kann.

Was Claude mir angedroht hatte, trat tatsächlich ein: in London gab es für mich eine ganze Zeitlang keine Anstellung als Fotomodell. Und wahrscheinlich werde ich nie wieder für eine elegante Modezeitschrift arbeiten – darauf wird Claude schon aufpassen. Andererseits habe ich aber auch die peinlichen, unerwünschten Extrapfunde angesetzt, so daß ich nicht mehr so dünn bin und mit hungrigen Augen in die Welt gucke – allein schon deswegen hat es mit den Modellaufnahmen ein Ende. Aber es gibt ja noch genug anderes, wofür man sonst noch arbeiten kann – zum Beispiel für feine Backmischungen, Schokolade und Pullover-Modelle, die in Frauenzeitschriften neben den Strickanleitungen abgebildet sind. Das ist eine wesentlich ruhigere Beschäftigung, als ich sie vorher hatte, fast sogar langweilig. Aber wenigstens ist meine Zeit dadurch nicht vollständig mit Beschlag belegt, und außerdem bin ich nicht mehr gereizt, schlechter Laune und oft wie zerschlagen. Wenn es erforderlich ist, gehe ich wie jeder andere Berufstätige nach London und sehe zu, daß ich so schnell wie möglich wieder nach Hause komme. Ungebundenheit kann etwas Köstliches sein.

Über Meremount, Tyrell oder Connor sprechen wir nicht. Es würde uns zwar nicht wehtun, wenn die Rede darauf käme, aber es ist alles gesagt, was zu diesem Thema zu sagen wäre. Ich weiß ja, was ich Brendan bedeute und daß ich nicht etwa ein Ersatz für Lotti bin – und mehr will ich gar nicht wissen. In der TIMES hatten wir gelesen, daß Sotheby das Mobiliar von Meremount versteigert hat. Interessenten waren Händler aus New York – es wurde munter geboten, und die Preise waren entsprechend hoch.

Tatsächlich tauchten die kleinen Kostbarkeiten und zweitrangigen Meisterstücke, deren Wert Praeger schon vorausgesehen hatte, auf: die Reihe Chippendale-Stühle, die zusammengehörenden Kommoden, das Sèvres-Eßservice aus dem achtzehnten Jahrhundert, das auf dem Boden aufgestapelt gewesen war, und das chinesische Porzellan. An allen drei Auktionstagen war Mary Hughes anwesend und schickte mir jeweils einen Katalog mit kurzen Preisvermerken. Hinter den flüchtig hingekritzelten Zahlen konnte ich ihren ganzen Kummer erkennen. Sie wußte ja nun über Meremount Bescheid und litt deshalb für Blanche und war über alles traurig, was Blanche entgangen war. Ich persönlich mache mir nichts daraus. Ein einziges Mal nur packte mich die Wut. Es verletzte mich zutiefst, als eine Journalistin, die in Irland Urlaub gemacht und von der Meremount-Affäre Wind bekommen hatte, die Geschichte kurz vor der Auktion im SUNDAY EXPRESS veröffentlichte. »Seltene Schätze im Herrenhaus einer exzentrischen Einsiedlerin.« Einiges davon entsprach der Wahrheit — Lady Maude, die Sheridan-Glashütte, Lottis tragischer Tod noch einmal aufgewärmt und Otto Praegers Reichtum. Es war fürs breite Publikum zurechtgemacht und stark übertrieben. Daß einige Tatsachen stimmten, machte die ganze falsche Darstellung nur noch schlimmer.

Mary Hughes ist dem Geschäft noch treu geblieben — und wird es wahrscheinlich auch bleiben, bis der Pachtvertrag abgelaufen ist. Deshalb ist Blanches Name immer noch hoch über King's Road zu lesen. Ich fahre manchmal auf Auktionen in der ländlichen Umgebung von Bristol und habe versuchsweise sogar ein paar Sachen für Mary erstanden, wobei ich kein allzu großes Vertrauen habe, ob meine Einkäufe auch das Richtige waren. Aber die Händler, die immer auf Auktionen auftauchen, waren Blanches Freunde gewesen und hatten ihre Freude daran, mir einiges über den Antiquitätenhandel beizubringen. Ich habe das Gefühl, daß sie Blanche liebten und verehrten und sie sehr vermissen.

Otto Praeger hat Meremount gekauft und konnte schließlich auch Thomas Sheridans ursprüngliche venetianische Glassammlung erwerben. So ist beides nicht mehr in Connors Besitz. Das und der Erlös von Sothebys Versteigerungen haben ihm genug Geld eingebracht, um noch mehr aufnehmen zu können. Danach wurde es ihm möglich, die Sheridan-Glashütte allmählich so weit zu bringen, daß sie nun konkurrenzfähig ist. Er wird nicht so viel aufbauen können, wie er mit dem Praegerschen Geld als Rückendeckung hätte erreichen können. Aber wenn nicht alles schiefgeht, ist es doch wohl sicher, daß Sheridan-Glas nicht vom Markt verschwindet. Darüber bin ich froh. An Connor jedoch versuche ich nicht zu denken.

Praeger hat die Verbindung zu Brendan und mir aufrechterhalten. Dreimal schon war er bei uns in Bristol. Wir ängstigen uns so langsam vor seinen Besuchen und bringen es doch nicht fertig, ihn abzuweisen. Er ist ein einsamer Mensch, der viel von Meremount spricht, aber nie von Connor. Meremount wird restauriert, und es macht Praeger das größte Vergnügen, seine Agenten durch England und den ganzen Kontinent zu hetzen, damit sie Möbel und Gemälde zu seiner Ausschmückung, die dem vollkommenen Herrensitz des achtzehnten Jahrhunderts würdig sein soll, auftreiben. Er hat Connor Gelder in schwindelnder Höhe für das Vorrecht gezahlt, sich von Meremounts Inventar mit aller Sorgfalt das auszuwählen, was sich dort am schönsten machen würde. Bilder von Hogarth, Gainsborough, Romney und Reynolds sollen dorthin — und Praeger zahlt die Preise, die ein Sammler zahlen muß, wenn er es eilig hat. »Meremount soll ein Museum für Kunst und Gewerbe des achtzehnten Jahrhunderts werden — Malerei, Innenausstattung und Möbel, Keramik, Silber, Glas, Teppiche und Landschaftsgärtnerei . . . Es ist als Schenkung für das irische Volk gedacht.

Präsident de Valera wird die Eröffnungsansprache halten.« Sein Blick verschleiert sich, wenn er davon spricht. Er träumt davon, sich auf diese Weise angestammte Rechte zu erwerben.

Wesentlich schwieriger ist es, Brendan und mich zu weiteren Käufen zu überreden. Er besichtigt die Glasbläserei und sagt: »Schon mit einem sehr kleinen Kapital könnten Sie Ihren Jahresumsatz verdoppeln.« Brendan versucht dann mit einer Engelsgeduld, ihm klarzumachen, daß Tim und er nichts weiter wollen, als das verkaufen, was sie selbst hergestellt haben — und daß ein Dutzend Glasbläsermeister auch ein Dutzend verschiedenartige Ideen und Ausführungen nach sich ziehen würde, wovon jede ihren eigenen Absatzmarkt benötigt. Aber Praeger schüttelt den Kopf. »Für die Dessins gibt es Kontrollgesetze — sehen Sie doch Steuben in Amerika.« Aber Brendan mag nicht ein und dasselbe Stück zehntausendmal sehen. »Wir wollen ja gar nicht Sheridan-Glas, Steuben oder Kosta sein. Wir wollen eine Studio-Werkstatt bleiben. Die Großindustrie wird sicherlich unsere Muster nachmachen, aber wir werden sie eben als erste hergestellt haben.«

Wieder muß Praeger den Kopf schütteln, und sein Angebot, uns Geld zu leihen oder zu schenken, wird strikt abgelehnt.

Aber er hält auch in anderer Beziehung die Verbindung zu uns aufrecht. Er wartet auf mein erstes Kind, das demnächst geboren werden soll, wie nur ein Großvater es tun kann. Und wenn es da ist, wird man ihn noch schwerer zurückhalten können. Er legt uns immer wieder nahe, nach Tyrell zu kommen. »Das Pförtnerhaus im Norden steht noch leer«, sagt er. »Ich habe es bisher nicht wieder vermietet. Sie könnten dort völlig ungestört und allein sein.« Er begreift nicht, wie herrlich ungestört unser Leben jetzt verläuft, weil wir nur füreinander da sind und einer im andern aufgeht. Er wird die Verbindung mit uns niemals abreißen lassen, und es wird immer schwieriger werden, ihn fernzuhalten. Er will uns ständig mit Geschenken überhäufen — ich fürchte manchmal, er will uns sogar alles schenken. Brendan und mir ist es klar, daß wir viel verlieren würden, wenn er uns die Gelegenheit zum gegenseitigen Beschenken nimmt und wir genug Geld haben, um nicht mehr füreinander arbeiten zu müssen. Denn es ist ein köstlicher Teil unserer Liebe, materiell und auch sonst auf hundertfältige Weise für den anderen zu sorgen.

Aus diesem Grunde versuchen wir, ihn so lange wie irgend möglich von uns fernzuhalten. Aber wir wissen nicht, wer der Stärkere sein wird.